Você, de novo

"Ari e Josh são meu tipo favorito de par romântico: engraçado, imperfeito e complicado, com aparências espinhosas escondendo corações sensíveis." – AVA WILDER, autora de *Como fingir em Hollywood*

"*Você, de novo* é um daqueles livros especiais que dá vontade de ler várias vezes. Ao mesmo tempo que faz uma homenagem inteligente a todas as melhores partes das comédias românticas, também as faz parecer novas." – ALICIA THOMPSON, autora de *Síndrome psíquica grave*

"Um romance cantado com uma melodia perfeita! Uma estreia espetacular!" – CHRISTINA LAUREN, autora de *Imperfeitos*

"Kate derruba as normas de gênero e destaca os desafios dos relacionamentos dos millennials, abordando diferentes identidades sexuais e apresentando personagens multiculturais que transmitem verdadeiramente a realidade de uma metrópole efervescente." – *Entertainment Weekly*

"Esta não é uma comédia romântica comum. A história de amor de Ari e Josh é caótica, original e muito engraçada e sexy." – GEORGIA CLARK, autora de *Tinha que ser você*

Você, de novo

Kate Goldbeck

Traduzido por Carolina Rodrigues

Título original: *You, Again*

Copyright © 2023 por Kate Goldbeck
Copyright da tradução © 2024 por Editora Arqueiro Ltda.
Copyright p. 371-383 © 2023 por Penguin Random House LLC

Todos os direitos reservados. Nenhuma parte deste livro pode ser utilizada ou reproduzida sob quaisquer meios existentes sem autorização por escrito dos editores.

coordenação editorial: Gabriel Machado
produção editorial: Guilherme Bernardo
preparo de originais: Luísa Suassuna e Paula Lemos
revisão: Midori Hatai e Taís Monteiro
diagramação: Guilherme Lima e Natali Nabekura
capa: SelinaDraws
adaptação de capa: Gustavo Cardozo
impressão e acabamento: Associação Religiosa Imprensa da Fé

CIP-BRASIL. CATALOGAÇÃO NA PUBLICAÇÃO
SINDICATO NACIONAL DOS EDITORES DE LIVROS, RJ

G564v

Goldbeck, Kate
Você, de novo / Kate Goldbeck ; tradução Carolina Rodrigues. - 1. ed. - São Paulo : Arqueiro, 2024.
384 p. ; 23 cm.

Tradução de: You, again
ISBN 978-65-5565-695-4

1. Ficção americana. I. Rodrigues, Carolina. II. Título.

24-92901

CDD: 813
CDU: 82-3(73)

Gabriela Faray Ferreira Lopes - Bibliotecária - CRB-7/6643

Todos os direitos reservados, no Brasil, por
Editora Arqueiro Ltda.
Rua Artur de Azevedo, 1.767 – Conj. 177 – Pinheiros
05404-014 – São Paulo – SP
Tel.: (11) 2894-4987
E-mail: atendimento@editoraarqueiro.com.br
www.editoraarqueiro.com.br

EM MEMÓRIA DE LAURA MEYERS.
É TUDO UM PROCESSO.

2014

1

– COM LICENÇA, SENHOR – chama Ari, mantendo-se firme na calçada em frente ao Brooklyn Museum, com os pés afastados e alinhados aos ombros. – Se esperou dez minutos para comprar um café gourmet, com certeza tem tempo pra falar comigo sobre a proteção do segundo maior habitat de linces em Nova Jersey.

Era sempre melhor começar com uma provocação. Nada desse papo de "Posso falar com você rapidinho?". Nenhum pedestre nesta cidade está disposto a "falar rapidinho" com uma pessoa que arrecada doações.

O homem alto está usando óculos escuros, jeans caro e um suéter preto, e anda meio curvado por causa de uma mochila grande e pesada. Ele reduz a passada, até que vê o colete neon e o fichário dela, percebendo seu erro meio segundo tarde demais.

– Eu tô no celular, caramba! – reclama ele, tentando contorná-la.

Tudo bem. Ari está acostumada com gente que finge estar em uma ligação apenas para não interagir com ela. Dá um passo para a direita e bloqueia o caminho dele outra vez. Só precisa de mais uma doação para bater a meta, então o Homem Alto e Irritante de Suéter vai ter que ceder vinte segundos para ouvi-la advogar em prol dos linces.

– Me dá um gole? – pede Ari, esticando a mão para o copo dele, que tem uma logo minimalista. – Tive um dia cheio.

Esse truque (que ela aprendeu com Gabe, o colega de trabalho com quem mantém uma amizade colorida) funciona em vinte por cento das vezes, o que é uma taxa de sucesso fenomenal no ramo de importunar estranhos por (nenhuma) diversão e (pouquíssimo) retorno financeiro.

– Inacreditável! – exclama o homem.

Ele afasta o copo e atravessa a rua fora da faixa, virando a cabeça para lhe lançar um olhar furioso.

Ou talvez para conferir se Ari não o está seguindo.

Quando falou com o grupo do teatro de improviso sobre as "oportunidades lucrativas" na ProActivate, Gabe garantiu que eles se acostumariam com as esquivas frequentes, a falta de contato visual e a rejeição absoluta.

"É um bom treino pra quem quer ser comediante", disse ele. "E paga mais."

A verdade é que tudo paga mais do que comédia.

Mas, pelo menos no palco, você pode mandar mal na frente de dezenas de pessoas de uma vez só. É muito eficiente, apenas dez minutos de agonia. Nas ruas, é como se a cada trinta segundos ela estendesse a mão e toda vez recebesse um corte de papel superdoloroso.

Parece até... a definição de insanidade.

Ari se mudou para Nova York para ser comediante. Quando conheceu Gabe, um dos carismáticos líderes do grupo de improviso em que ela se enfiou quatro meses atrás, ele contou histórias sobre agentes que iam a apresentações abertas e disse que se encontrava com roteiristas do *Daily Show* tarde da noite. Ele se tornou seu herói e seu crush.

O que Gabe esqueceu de mencionar foi que a maioria desses encontros acontecia porque ele trabalhava como caixa em um restaurante de lámen no quarteirão do estúdio.

Voltando para casa debaixo de uma leve garoa, Ari fica atenta, em busca de uma última pessoa para bater sua meta de doação. Quem sabe a mulher com o guarda-chuva quebrado, que deixa seu Yorkshire fazer xixi em um canteiro de flores? Ou o homem atarracado de barba ruiva e óculos de armação grossa, esperando na porta de um bar na Washington Avenue? Nenhum dos dois parece promissor. Resignada, Ari continua o caminho para casa.

Após responder ao anúncio de Natalie nos classificados, que procurava alguém para alugar o "aconchegante" segundo quarto no seu apartamento "ao lado de Prospect Heights", Ari logo descobriu que, na verdade, o imóvel ficava a 25 minutos de caminhada do bairro mais valorizado do Brooklyn.

"Tecnicamente, o quarto pode ser considerado um closet", explicou Nat quando Ari foi visitar o apartamento, "mas tem uma cama de solteiro alta e com certeza dá pra colocar uma escrivaninha embaixo."

Não deu para colocar uma escrivaninha. Mas morar com Natalie sem dúvida era muito melhor do que permanecer onde Ari estava: no sofá-cama da sala do primo de um amigo.

Ainda mais hoje à noite. Natalie foi passar o fim de semana nos Hamptons e deve voltar bem tarde. O apartamento estará gloriosamente vazio. Será a oportunidade perfeita para ela usar seu vibrador mais barulhento.

Pelo menos a ideia é essa.

– Adivinha só quem bateu a meta ficando na porta de um supermercado caríssimo? – diz Gabe, recostado próximo à porta do prédio de Ari, protegido da chuva pelo toldo.

Ele tem a beleza clássica de um modelo de catálogo ou de sites de banco de imagem, com seu cabelo cacheado penteado e os olhos castanhos brilhantes.

– Foi molezinha – acrescenta ele. – E você?

Gabe se desencosta da parede de tijolos. Seu colete neon da ProActivate está enfiado no bolso de trás da calça jeans. Ele sempre faz o maior sucesso com o pessoal empurrando carrinhos de bebê ou passeando com cachorro na coleira.

– Ficou faltando um – responde Ari, pegando a chave no bolso.

– Que droga – comenta Gabe, então mostra um Blu-ray de *A origem*. – Quer terminar de assistir?

É só um pretexto. Eles estão "assistindo ao filme" faz três semanas, catorze minutos de cada vez. Na última, eles pausaram depois de uma rodada cheia de tesão de "Transa, casa ou mata?". (Ari: Tom Hardy, Ken Watanabe, Joseph Gordon-Levitt. Gabe: Marion Cotillard, Cillian Murphy, Leonardo DiCaprio.)

– Natalie não está em casa – revela Ari, enfiando a chave na fechadura. – Eu estava pensando em...

– Perfeito – interrompe Gabe, segurando a porta para ela passar. – Tenho um encontro em Boerum Hill mais tarde.

Quando entram no apartamento, Gabe tira a camisa antes mesmo de Ari colocar o disco no aparelho de Blu-ray de Natalie.

O lance de Ari com Gabe é muito conveniente. Ele é um cara tranquilo, disposto a experimentar coisas novas e perito em tirar o sutiã dela com apenas uma das mãos. Os dois só estão interessados em sexo, *não* em namorar. Ele é o primeiro homem com quem Ari se envolve que não se ofende com o acréscimo de um vibrador à equação.

E, depois de ser rejeitada o dia todo, é bom se sentir *desejada*.

No momento 1h06m47s do filme, duas roupas íntimas já estão no chão, quando ouvem três toques estridentes do interfone.

– Você pediu comida? – pergunta Gabe, ofegante, desabando no sofá. – Um sanduíche cairia muito bem agora.

– Como é que eu ia pedir comida? – retruca Ari, se sentando. – Com minha terceira mão?

Mais dois toques curtos soam pelo apartamento, seguidos por um terceiro incessante.

Ari se levanta e corre aos tropeços até o interfone.

– Oi – diz ela, apertando o botão.

A resposta é um misto distorcido de estática, voz grave, "comida" e "Natalie".

– O botão tá quebrado – explica Ari. – Vou descer.

Ela veste a camiseta.

– Natalie sempre pede comida macrobiótica. Deve ser o cara da entrega – explica ela a Gabe, que já está no celular. Ari pega a cueca boxer dele do tapete, procurando outra coisa no chão. – Droga, cadê minha calcinha?

– Roupa íntima é superestimada – opina Gabe, e se levanta. – Vou tomar um banho.

Ari veste a cueca dele, calça os tênis e desce a escada correndo para pegar a entrega.

Ao chegar ao térreo, ela vê uma sombra corpulenta pela janela na parte superior da pesada porta do prédio. Mas, assim que começa a abri-la, a sombra ganha um contorno familiar.

O Homem Alto e Irritante de Suéter está parado sob o toldo, segurando uma sacola reutilizável com alimentos que parecem uma pintura holandesa de natureza-morta do século XVIII.

Ele é pálido e magricela, talvez na casa dos 20 e poucos anos, tem cabelo castanho e um rosto comprido de proporções excêntricas. Mas não no mau sentido.

Ele analisa o rosto dela pela fresta da porta.

Ari pigarreia e pergunta:

– Posso ajudar?

O homem parece confuso, mas não responde.

– Você veio me falar sobre seu Senhor e Salvador Jesus Cristo? – questiona Ari.

– Eu sou judeu – rebate o desconhecido, olhando por cima do ombro dela. – Você é a colega de apartamento da Natalie?

Ele tem cheiro de loção pós-barba cara.

– Talvez – responde Ari, erguendo a sobrancelha. – Você trouxe as refeições paleolíticas e sem glúten dela?

– É bacalhau cozido em azeite com mexilhões, laranja e chorizo – esclarece ele, impaciente. – Natalie não avisou que eu vinha?

Como se aproveitasse a deixa, o celular de Ari vibra várias vezes.

Nat 🔒 : preciso de um favorzããão.

confundi as datas.

Josh vai cozinhar pra mim hoje à noite

Nat 🔒 : o chef.

ele já tá a caminho com as compras do mercado.

peguei o ônibus que saía mais cedo, mas não vou chegar a tempo.

abre a porta pra ele? 😳 😳

Merda.

Essa conversa fiada é bem a cara da Natalie, que sempre se dá bem porque tem uma pele luminosa e uma risada incrível. Ari tem uma queda por ela, mas de um jeito totalmente diferente do tesão ocasional por Gabe. É incapaz de dizer "não" para a colega de apartamento.

– Espera aí, quem é você? – questiona Ari, segurando o aparelho junto ao peito para impedi-lo de ver a tela.

– Josh. Namorado da Natalie – afirma ele, com convicção. Como se fosse um fato.

Ari retruca com outro fato:

– Nat não tem namorado.

– TEM, *SIM* – responde ele, com a confiança de quem acredita que diz a verdade. Ou praticamente a verdade. – Eu.

Quase não dá para perceber, mas a garota franze as sobrancelhas ao ouvir a palavra "namorado". Josh se orgulha de captar microexpressões que outras pessoas deixam passar.

De acordo com a programação dele, em oito minutos Natalie deveria estar bebericando uma taça de vinho Sancerre, observando-o cortar os gomos das laranjas com sua faca Shun Dual Core Kiritsuke.

Mas, em vez disso, ele está encarando uma estranha de cabelo rosa, vestindo uma cueca e uma camiseta desbotada com o slogan HOPE do Obama e as mangas cortadas.

– Nat não está em casa, se atrasou – apressa-se a dizer a garota, sem abrir a porta para ele. – Posso colocar a comida na geladeira. Tem um bar na esquina, você pode esperar lá até ela chegar.

Cada segundo perdido é contabilizado no cérebro de Josh, num tique-taque cada vez mais alto. Parado na entrada do prédio, segurando 170 dólares de ingredientes perecíveis de altíssima qualidade, ele considera desistir de seu plano. Chamar um Uber. Remarcar o encontro para outra noite, quando todos os elementos do seu conceito possam se alinhar sem dificuldade.

Mas isso seria admitir um fracasso.

– De jeito nenhum – responde ele. – Preciso de trinta minutos para preparar isso aqui, mais cinquenta de cozimento. Tenho que começar agora. E está chovendo.

Depois de saborear o *mousse au citron*, Josh Kestenberg e Natalie Ferrer-Hodges vão avançar do status confuso de *ficando sem compromisso, ponto de interrogação* para *relacionamento de verdade, ponto-final*.

Ponto de exclamação!

Não, *ponto-final*. Mais elegante.

– Se eu fizer o favor de deixar você entrar... – começa a garota.

– "Favor"?

– ... você vai ter que se redimir pela grosseria de hoje cedo e me ajudar a bater a meta. – A boca dela se repuxa num sorrisinho. Uma covinha se forma em sua bochecha esquerda, mas seus olhos não parecem nada felizes. – Preciso de uma doação de 40 dólares. Aceito cartão de crédito.

– Do que você está falando?

Não é sempre que Josh se sente perdido em uma conversa.

– Que bom que você perguntou! Com o apoio de amantes da vida selvagem como você, a Nature Conservancy está criando a Alameda dos Linces, um cinturão verde protegido onde felinos selvagens nativos podem circular livremente e...

– Era *você*? – interrompe Josh, colocando a sacola de compras no pórtico.

– Inacreditável, não é? – retruca a garota, com um sorriso enorme, sem nenhum acanhamento.

– Você está me extorquindo? – Josh dá um passo à frente e se agiganta diante dela. – Isso é algum tipo de golpe?

– Sim, eu finjo morar em apartamentos por todo o Brooklyn pra convencer os namorados ricos e nervosinhos das minhas colegas de apartamento a fazerem doações recorrentes.

Recorrentes? Que ótimo, ele vai receber e-mails dessa organização pelo resto da vida.

– Quer saber mais detalhes sobre a Alameda dos Linces? – pergunta ela.

– *Não*.

– Obrigada por ajudar a construir um futuro seguro para os felinos – recita ela, de cor, e abre a porta, permitindo que ele entre no saguão. – Isso parece o início de um episódio de *Law & Order*. Vou deixar um estranho entrar no meu apartamento. Vai que você me amarra com um cabo e rouba nossos notebooks ou coisa assim. Mas seu nome será o último no meu registro de doações, portanto, se algo acontecer comigo, você será o suspeito número um. – Ela pausa para respirar quando chegam ao pé da escada. – Eu sou a Ari.

– Josh Kestenberg – apresenta-se ele, que sente o impulso automático de oferecer um aperto de mão, mas se detém. – Tenho uma receita para preparar, então você vai ter que se amarrar sozinha.

– Arianna Sloane – acrescenta ela, como se quisesse provar que também tem um sobrenome. Ela gesticula para a escada. – E não me venha com gracinhas. Pode ir na frente. Não quero que você fique encarando minha bunda até o terceiro andar.

Josh revira os olhos e carrega as sacolas até o primeiro lance da escada. Ao passar por Ari, ele sente cheiro de maconha barata, o que o faz se lembrar dos colegas veganos reclamões da turma de antropologia em Stanford. Josh sobe de dois em dois degraus, tentando ganhar distância e evitar o máximo de interação possível, mas Ari está logo atrás dele.

– Se você é cozinheiro, não deveria estar trabalhando a esta hora? – indaga ela.

– Eu sou chef. Passei os últimos dois anos na Europa. Eu crio receitas. – Ele trabalhou como freelancer para a revista *Bon Appétit* duas vezes, modéstia à parte. – Acabei de voltar a Nova York.

– Acho que nunca vi Nat consumir nada além de refeições paleolíticas e shakes proteicos – comenta Ari.

– Ela ainda não provou minha comida.

– Há quanto tempo vocês estão "juntos"? Quer dizer, você é cozinheiro e...

– Chef.

– ... e nunca cozinhou nada pra ela. Não acha isso meio esquisito?

– Não. – Josh aperta o passo, como se quisesse deixar a acusação para trás. *Será que é esquisito?* – Estamos saindo há seis semanas.

– Seis semanas já é um relacionamento? Saí com um cara, o Nico, por um ano e meio, e ele *não era* meu namorado. Mas ainda tenho o número dele salvo no meu celular com três emojis de berinjela ao lado do nome.

Josh não responde. Ari está tentando puxar assunto a partir das respostas dele, por isso é melhor não dar corda. Além disso, ele está um pouco sem fôlego.

– Como você registrou a Nat nos seus contatos? – pergunta Ari. – "Namorada"? Tem um emoji de coração ao lado do nome dela?

Que inferno, essa garota deve conversar até com taxistas e caixas de supermercado.

– Não – responde Josh. – Não preciso de um emoji pra lembrar que temos um relacionamento.

Por que é quase impossível conhecer mulheres solteiras interessantes, mas é tão fácil atrair gente com a extraordinária habilidade de apontar os detalhes que ele vive tentando varrer para debaixo do tapete?

Ao chegarem ao terceiro andar, Josh se vira e encara Ari.

– Natalie nunca falou de mim?

A pergunta escapa de sua boca de repente. Tem um tom carente, constrangedor.

– Deixa eu pensar... – murmura Ari, se atrapalhando com as chaves. – Você é o cara que tem um banheiro incrível com duas duchas?

– Não.

Como assim?

– Ah! Você foi o modelo de setembro no calendário Bonitões de Bushwick do ano passado? – sugere ela, analisando-o de cima a baixo.

– Não sei do que você...

Ari abre a porta do apartamento com o quadril.

Josh decide ignorar as perguntas constrangedoras. É evidente que ela está debochando da cara dele. Ele dá um passo cauteloso para dentro da sala de estar, desviando da pilha de sapatos na porta. Ele sempre recebia Natalie em seu apartamento, onde não precisava lidar com variáveis desconhecidas: superfícies que não foram bem higienizadas ou colegas de apartamento hostis e tagarelas.

Ele espia um pedaço de renda escapulindo por baixo do sofá.

Ari acompanha o olhar dele e exclama:

– *Ah,* então estava ali!

Antes que Ari possa pegar a calcinha, uma porta se abre e um homem sem camisa aparece cantando uma música, em meio a uma nuvem de vapor.

– *Bring him hooooome! Briiing him home!* – Ele para a cantoria floreada e assente para Josh, simpático e indiferente à presença dele. – E aí, cara?

Ari não se dá ao trabalho de apresentar os dois.

– Posso pegar minha cueca de volta? – pergunta o rapaz para ela. – Na verdade, deixa pra lá, preciso correr. – Ele cantarola a música, veste a camisa e pede: – Me liga daqui a uma hora se eu precisar de resgate?

– Beleza – afirma Ari, mal erguendo os olhos do seu fichário da Nature Conservancy. – Divirta-se.

Josh vê o sujeito ir embora sem dar um beijo de despedida em Ari.

Assim que a porta se fecha, ela surge do lado esquerdo de Josh, de fichário e caneta na mão.

Depois que ele deixa as sacolas no chão e anota o número de seu cartão de crédito em letras garrafais, Ari faz um gesto grandioso e anuncia:

– Aqui é a cozinha. Nada de botar fogo no apartamento.

Josh inclina a cabeça, encarando algo atrás dela.

– É sério, fogão elétrico?

– Qual o problema? – questiona Ari, olhando para o fogão velho que não tem sequer exaustor.

– Não tem controle de temperatura, nem sutileza, nem chama. Ou fica pelando ou fica morno.

– Tenho certeza de que você vai dar um jeito. – Ari dá de ombros. – Finge que está participando de um daqueles programas de competição culinária e precisa acender o próprio fogo.

Josh estreita os olhos para ela e começa a tirar as coisas das sacolas. Mal tem espaço na bancada de vinil com estampa de granito para organizar os ingredientes e os equipamentos que levou. Josh ergue o olhar e fica surpreso ao ver a colega de Nat abrindo a porta da geladeira lotada de ímãs. Ele achou que ela o deixaria sozinho.

– Vou preparar meu jantar também – explica Ari, curvando-se para pegar uma embalagem de enroladinhos de salsicha vegetariana na gaveta do freezer. – Você tem um pouco de sotaque quando reclama dos eletrodomésticos – comenta ela, servindo-se de dois enroladinhos. – Cresceu por aqui?

– No Upper West Side – revela Josh.

Ela bate a porta do micro-ondas, pensativa.

– Talvez seja porque eu não sou daqui, mas sempre tive inveja desse sotaque esquisito. Eu gosto.

Ele fica surpreso, sem saber como reagir. Tecnicamente, não é um elogio, é?

Josh tira da mochila um papel dobrado com esmero, contendo os tempos de preparo, e coloca sua tábua de corte em cima de um pano de prato branco e limpo. Depois de assumir o controle do espaço, ele dedica sua energia a transformar cenouras orgânicas em palitos idênticos.

Apesar do espaço apertado, os dois se ignoram por alguns minutos. Assim que as cenouras parecem ter saído de uma minúscula serraria, Josh coloca uma pequena abóbora-japonesa na tábua e pega o cutelo. Talvez seja exagerado, mas a abóbora tem uma casca dura e ele não queria correr o risco de se atrapalhar na frente de Natalie. Além disso, o cutelo sempre acrescenta uma dose de drama. Ele dá uma pancadinha perto do talo da abóbora, cobre o cutelo com um pano e o força para baixo, cortando a polpa.

– Você não mencionou que tinha um cutelo quando pediu pra entrar – acusa Ari, tirando o jantar do micro-ondas e pousando o prato na bancada. – Posso usar?

Josh respira fundo, mas não tanto a ponto de inalar o cheiro dos enroladinhos.

A resposta óbvia é *não*. Josh não contava com a participação do público esta noite. E se entregasse o cutelo a ela, o que aconteceria?

Ari poderia deixá-lo cair, cegar a lâmina, destruir a abóbora. Talvez Josh precisasse fazer uma demonstração com um movimento fluido. Mas, para isso, Ari teria que se aproximar dele.

Péssima ideia.

Para sua própria surpresa, Josh assente.

– Fica aqui. Pega o cabo assim... *Não*, desse jeito – instrui ele, reposicionando os dedos dela.

– Você é sempre tão mandão? – murmura Ari, enfiando o cutelo na casca da abóbora, empurrando a lâmina para baixo e colocando toda a sua força no movimento. – Quer dizer, nada *contra* também.

Josh não costuma permitir que outros cozinheiros, principalmente amadores, toquem em seus equipamentos. Não quer que eles deixem marcas de dedos em suas coisas, nem que usem pegadores quando é preciso uma colher, nem que adicionem uma pitada de sal em sua carne perfeitamente temperada.

No entanto... quando Josh vê Ari tocando em um utensílio que pertence a ele, sente um arrepio na nuca.

– Nunca aprendi a cozinhar – explica Ari, picando a abóbora em tamanhos e formatos diferentes, que Josh vai levar alguns minutos para acertar. Pelo menos ela não decepou nenhum dedo. – Eu morava com a minha avó, e as habilidades culinárias dela eram restritas ao micro-ondas.

Ari se inclina para a frente cada vez que pressiona a lâmina para baixo, e Josh tem oitenta por cento de certeza de que ela não está usando sutiã.

Ele pigarreia e diz:

– Você veio para Nova York trabalhar em um esquema de pirâmide disfarçado dessa palhaçada idealista que se aproveita de estudantes?

– Eu vim pra ser comediante – confidencia Ari.

Josh decide nunca mais tocar no assunto para não correr o risco de ser convidado para alguma apresentação tenebrosa.

– Mas eu sou *excelente* em arrecadar doações. Tenho talento para encontrar coisas em comum com estranhos. – Ela ergue os olhos da tábua. – Menos agora.

Josh se pega analisando os detalhes do rosto de Ari. Bochechas coradas e redondas, queixo fino, o lábio inferior bem mais cheio que o superior. O rosto dela começa a assumir outra expressão. Confusão, se ele for otimista; irritação, se for sincero. Josh sempre foi melhor em discutir do que em flertar.

Não que queira flertar com ela.

Depois de um instante, Ari larga o cutelo e empurra a tábua na direção de Josh, que bufa.

– Valeu pela aula. – Ela seca a mão em um pano de prato e enche um copo d'água direto da torneira. Josh faz uma anotação mental para comprar um filtro para Natalie. – Era o mínimo que você podia fazer depois de atrapalhar minha noite.

– *Eu* atrapalhei a *sua* noite?

– Atrapalhou – confirma Ari, então coloca um pote de mostarda debaixo do braço, volta para a sala de estar e se joga no sofá. – Eu tinha grandes planos pra minha noite sozinha.

– Você não estava exatamente sozinha... – Josh hesita. – Se quer privacidade, que tal... ir pro seu quarto?

– Está um forno lá dentro. A janela do meu quarto é pequena demais pra um ar-condicionado. – Ela pega o controle remoto. – E por que eu deveria sair daqui? Esse apartamento é *meu*.

– O APARTAMENTO NÃO É DA NATALIE? – pergunta Josh, sacudindo a frigideira.

– Eu pago metade do aluguel – retruca Ari, com raiva, sem tirar os olhos da televisão.

Ela dá play no filme no ponto em que ela e Gabe pararam de assistir e mergulha o enroladinho de salsicha em uma poça gigante de mostarda.

Semanas atrás, Ari havia começado a ver *O Grande Hotel Budapeste* quando Natalie chegou em casa depois de ir a algum restaurante, bêbada de vinho, mas não sonolenta. Ari fingiu prestar atenção na direção de arte do filme enquanto inalava o perfume suave do produto misterioso que deixava o cabelo de Natalie brilhante e macio. Ela tocava na perna de Ari toda vez que ria. Se fazer alguém rir é a melhor sensação do mundo, fazer alguém rir *enquanto a pessoa toca sua coxa* é tipo... a melhor sensação do mundo junto com uma pequena dose de ecstasy. O toque no braço foi quase melhor do que o orgasmo que Nat a fez ter dez minutos depois.

Quase.

Aconteceram mais duas reprises e meia dessas "noites de filme". Depois dessas sessões, cada uma ia dormir no próprio quarto. Ou, no caso de Ari, ficar deitada em sua cama de solteiro bamba com um sorrisinho bobo, encarando o que sobrou das estrelas fluorescentes que o locatário anterior colara no teto. Talvez ela tivesse percebido o que seria o relacionamento sexual perfeito: bastante satisfatório e livre de conflitos emocionais.

Mas até então ela não tinha conhecido nenhum dos pretendentes de Natalie. Por que Nat concedeu o papel de "namorado" a esse cara enquanto Ari permanecia como uma reles figurante anônima? O que o tornava digno de amor (sério, *o quê?*) enquanto Ari servia apenas para transar?

Ari volta a ouvir o som de uma lâmina afiada indo de encontro à tábua de corte, em golpes constantes e precisos, como um lembrete da presença de Josh no espaço dela. Das suposições e opiniões dele.

– Você nunca preparou nem mesmo café da manhã pra Natalie? – indaga Ari.

– A gente costuma comer na rua – responde ele, sem parar de cortar. – Por quê? Você oferece Red Bull e biscoitos quando os caras acordam?

Ela solta um ruído entre uma risada e um resmungo e retruca:

– Quando eles acordam, eu não estou mais lá há muito tempo.

Há um breve intervalo nos golpes da faca.

– Como assim? Você levanta e vai embora?

– Gosto de acordar na minha própria cama – explica ela, acabando de comer o segundo enroladinho. – É mais simples assim.

– Ah. – Ele volta a cortar e revira os olhos dramaticamente. – Que romântico.

– Acha romântico dividir a cama com um estranho? – Ari se levanta e leva o prato até a pia. – Ou você acorda em um lugar desconhecido pela manhã ou precisa expulsar alguém do seu apartamento. Enfim, não compactuo com a indústria do romance. – Ela esfrega o prato com tanta força que o arranha. – É uma distração que torna as mulheres dependentes da validação dos homens.

Talvez essa afirmação seja heteronormativa demais, mas Josh também parece ser heteronormativo demais.

Ari o observa colocar um quadradinho de manteiga em uma panela grande no fogão. Olhando mais de perto, ele tem o tipo de rosto que as fotos não capturam direito: testa proeminente, queixo retraído, olhos castanhos sérios e nariz comprido. O perfil de Josh poderia ter sido esculpido em mármore há 2.500 anos. Bonito em certos ângulos, desarmônico em outros. O tipo de pessoa que você encontra só uma vez de passagem, mas do qual ainda se lembra cinco anos depois.

Ari não tem essa *coisa*, essa qualidade marcante. Os outros olham para ela e concluem que deve haver algo mais interessante ali ao lado. Nem mesmo o cabelo tingido de rosa a ajuda a se destacar. Depois de ir a um festival no McCarren Park, ela concluiu que pelo menos um quinto das mulheres no Brooklyn também tinha cabelo rosa.

– Você formou essas opiniões a partir da sua própria experiência? – Josh mexe no botão do temível fogão elétrico e baixa o fogo. – Ou leu meia dúzia de textos da disciplina "Introdução à história das mulheres"?

– Você é sempre prepotente?

– Você é sempre ingênua?

Ele se agacha na altura do fogão. Ari estica o braço para pegar um pano de prato, bloqueando o acesso dele ao eletrodoméstico.

– Ingenuidade é comprar o mito patriarcal da monogamia – argumenta ela.

– O *mito* patriarcal? – Ele pega o pano de prato no gancho e o oferece a Ari. – Sai da frente pra eu não queimar minha panela Le Creuset nessa porcaria de fogão.

– Você acredita de verdade na ideia de alma gêmea disseminada pelas comédias românticas e por aqueles comerciais cafonas de joias em que um homem surpreende uma mulher com um anel em uma caixinha preta como se isso fosse uma grande conquista?

– As comédias românticas não inventaram o conceito de alma gêmea. Só o tornaram mais rentável – responde Josh, tampando a panela com água fervendo, e então se vira para ela. – Se quer saber, o culpado é Platão.

Ari seca as mãos no pano de prato, ponderando se morde a isca.

– Platão?

– *O banquete*? O discurso de Aristófanes?

– É melhor refrescar minha memória. Eu estudei numa escola pública no Arizona.

Josh pega sua lista cuidadosamente impressa e a vira para o verso em branco.

– Platão diz que os humanos originais eram criaturas redondas com quatro braços, quatro pernas e uma cabeça com um rosto de cada lado – explica ele.

Ari observa a caneta deslizar pelo papel, produzindo um desenho que parece Violeta Chataclete após se transformar em um mirtilo na fábrica de chocolate de Willy Wonka. Mas o desenho tem dois rostos, oito membros e alguns rabiscos acima das pernas.

– O que é isso? – pergunta ela, apontando para o rabisco à esquerda.

Josh olha para o traço indicado e responde:

– Genitais.

– Ah. – Ela faz uma careta. – Credo.

– É UMA REPRESENTAÇÃO ABSTRATA – insiste Josh, reforçando algumas linhas com a caneta. – Pode ser uma combinação qualquer de... genitais.

– Que progressista. Não esperava isso.

– Você nunca ouviu essa história? Meu pai sempre me contou que foi o que inspirou os biscoitos mesclados.

– Aqueles biscoitos redondos vendidos em mercadinhos, com metade da cobertura de chocolate e metade de baunilha? – Ari dá de ombros. – Nunca comi.

Josh olha para ela, surpreso.

– Você mora em Nova York! Isso é cultura básica.

– Eu me mudei pra cá faz quatro meses!

Ele suspira.

– Uma das minhas funções na delicatéssen do meu pai era confeitar os biscoitos mesclados. Ninguém mais fazia as linhas retinhas. Eu achava relaxante.

– Você comia os que ficavam tortos, pelo menos?

– Credo, não. Eram doces demais, como colocar uma colher de açúcar na boca.

Ele faz uma careta, lembrando-se do cheiro enjoativo de fondant e glacê real.

– Seu pai é dono de uma delicatéssen? – indaga Ari, dando uma olhada no *mise en place* perfeito. – Foi ele que te ensinou a cozinhar?

– Meu pai me ensinou a nobre arte de montar sanduíches de carne em conserva e servir salada de repolho.

Todo o treinamento culinário recebido do pai tinha sido na delicatéssen, subindo a hierarquia aos poucos: Josh passou de ajudante de garçom a auxiliar de cozinha, depois a chefe de grelha até chegar a açougueiro. O pai nunca cozinhara em outro restaurante. Mal cozinhava no próprio apartamento, preferindo abrir sopas enlatadas.

– Ele não é chef – declara Josh. – Esse é um título que se conquista em uma cozinha de verdade, não na Brodsky's.

Os olhos de Ari brilham ao reconhecer o nome.

– Espera, seu pai é dono da Brodsky's?

– Ah, *disso* você já ouviu falar?

– Bom, a loja é famosa, não é? Tem um letreiro azul neon?

Em 1977, o pai de Josh, Danny, herdou do tio a delicatéssen Brodsky's, com o acordo tácito de que seria o guardião de uma tradição que já durava quarenta anos. O nome Brodsky's é sempre acompanhado de termos como "um monumento", "um clássico", "visto em filmes como...". Ninguém no East Village, em Manhattan ou na região metropolitana de Nova York deseja que a Brodsky's mude.

Apenas Josh.

Ele e o pai discutiam desde que Josh conseguiu alcançar o forno.

Quando era criança, Josh passava horas na Brodsky's, implorando para trabalhar, enquanto o pai grelhava salsicha alemã ou misturava enormes porções de conservas em vinagre. Ele absorveu todo o conhecimento enigmático do pai – por exemplo, "a umidade é inimiga de um bom *latke*" – e estudou a proporção correta de gemas e claras para preparar uma boa salada de ovos. Até que, um dia, Danny decidiu que Josh crescera o bastante para usar as ferramentas mais importantes da cozinha: facas e fogo.

A dose de perigo desbloqueou uma paixão dentro de Josh. Ele começou a cozinhar por conta própria: experimentou novas técnicas, aprendeu receitas desafiadoras, pediu o livro *Modernist Cuisine* no aniversário de 16 anos. Quando sua irmãzinha, Briar, se recusou a comer patê de fígado, Josh preparou rolinhos de legumes para sua merenda na escola. (Foi uma bela maneira de praticar seu manejo com a faca.)

Sua mente fervilhava, principalmente com ideias para "aprimorar" os pratos clássicos da Brodsky's. Será que poderiam adicionar alho-poró caramelizado ao *kugel* de batata? Um pouco de páprica na salada de ovos?

A resposta do pai era sempre a mesma. Ele apontava para o letreiro gasto e pintado à mão que servia como slogan da Brodsky's desde a década de 1950: *A comida que você gostaria de lembrar*.

"A comida que você gostaria de *esquecer*", murmurava Josh, ainda adolescente.

E, por muitos anos, ele tentou esquecer. Em vez passar as tardes na delicatéssen, dedicou-se a atividades extracurriculares. Tornou-se um gênio na Olímpiada de Matemática, juntou-se às equipes de debate e de Simulação da ONU. Não havia motivo para que pai e filho tivessem mais do que uma conversa passageira nos raros momentos em que estavam no mesmo lugar ao mesmo tempo.

Mas, no terceiro ano de sua graduação em economia em Stanford, Josh decidiu ir jantar no French Laundry. Naquela noite, uma paixão adormecida reacendeu quando ele mergulhou a colher em um creme de ovos incrivelmente aveludado. A apresentação em uma casca de ovo cortada com precisão era sutil e elegante, e uma lasca fina e comprida de cebolinha oferecia uma explosão de sabor intenso. Não era apenas comida: era uma experiência sensorial que proporcionava uma gama de possibilidades totalmente diferente do picadinho de carne do pai.

Quando Josh anunciou que pretendia largar a graduação em Stanford para frequentar o Culinary Institute of America, Danny balançou a cabeça com uma decepção que apenas os pais são capazes de sentir.

"Você quer pagar milhares de dólares para que alguém te ensine a picar uma cebola?", murmurou Danny.

A mãe de Josh, Abby, concordou em bancar o curso, com a expectativa de que, um dia, Josh usasse seu conhecimento para assumir a delicatéssen. Só que ele não tinha vontade de ser o herdeiro de um império de pastrami que desmoronava aos poucos. Seus planos eram bem mais ambiciosos. Depois de concluir o programa, ele foi para a Europa trabalhar em algumas das melhores cozinhas do mundo.

Josh e o pai ainda não se falaram desde que ele voltou à cidade. Abby cumpre o papel de mediadora.

– Os humanos de dois rostos eram tão poderosos fisicamente que se tornaram uma ameaça para os deuses. Então Zeus os cortou ao meio. – Josh desenha um traço violento no meio do corpo redondo. – Agora, todos correm por aí sobre duas pernas, confusos e aflitos, tentando encontrar a outra metade.

Ari se inclina para perto e apoia o cotovelo nos poucos centímetros quadrados vagos na bancada.

– A alma gêmea?

– Exatamente – confirma Josh, assentindo e jogando o pano de prato por cima do ombro.

EM MEIO À EMPOLGAÇÃO de terem concordado sobre algo, Ari tem um vislumbre do que Natalie enxerga em Josh. A voz dele é muito mais agradável quando está contando uma história, em vez de discutir. Além disso, chega a ser irritante o fato de os homens ficarem tão atraentes com um pano de prato pendurado no ombro e as mangas arregaçadas.

– Isso é bem triste – comenta Ari, observando o traço que corta a figura ao meio. – Não é de admirar que tenham adaptado esse conceito na hora de filmar comédias românticas estreladas por atrizes louras.

Josh fica sério. Ele se empertiga, fazendo Ari se sentir ainda mais baixa do que seu 1,60 metro.

– Sua alma gêmea traz uma sensação arrebatadora de pertencimento – explica ele, com convicção genuína. – Ela cura sua ferida existencial. Essa é a base do amor moderno.

A breve fagulha de interesse que Ari sentiu por ele só pode ter sido causada pelo pano de prato pendurado no ombro.

– Você acha mesmo que existe *uma única pessoa* neste planeta capaz de satisfazer todas as suas necessidades?

– Acho. E qualquer hora você vai se cansar de ficar procurando sua calcinha às duas da manhã! – exclama Josh, com sotaque outra vez. – Você vai buscar uma pessoa que não te deixe entediada. Que se sacrifique por você, mesmo quando você não merecer. Que vai gostar de dormir abraçada a você a noite toda, até seu braço ficar dormente. Que tem a obrigação de providenciar sopa com bolinhas de matze quando você ficar doente. Ninguém com um emoji de berinjela ao lado do nome vai se importar tanto com você.

Ari o encara, boquiaberta e um pouco alarmada com o tamanho do monólogo improvisado. Josh desvia o olhar para um risco na bancada laminada e pigarreia de leve.

– O que foi? – pergunta ele.

– Você é muito doido.

O celular de Josh vibra em cima da bancada.

Natalie: oi! desculpa mesmo.
vou me atrasar mais do que imaginei

chegando em Manhattan agora

Josh solta mentalmente uma explosão de palavrões criativos. O bacalhau já está escaldado. Em meia hora, o *sauce vierge* de laranja vai ficar gelatinoso. Quando Natalie chegar, Josh vai estar todo desarrumado e suado.

Às vezes, durante as sessões de terapia, as emoções de Josh se sobrepõem à sua habilidade de responder perguntas como "O que você está sentindo neste momento?". Ele não consegue respirar fundo nem imaginar seus pensamentos indo embora como folhas na correnteza. Nesses momentos, sua terapeuta o aconselha a "encontrar uma âncora". A ideia é se concentrar no entorno, em coisas que ele consegue tocar, ouvir, cheirar. Mas Josh tem dificuldade de ficar quieto e se concentrar nos detalhes à sua volta.

Exceto na cozinha.

Em nenhum outro lugar os sentidos estão tão entrelaçados. Existe apenas o momento presente ao sentir o irresistível aroma do alecrim ou ao ouvir o borbulhar da água fervendo em fogo baixo. A faca deslizando pela polpa de uma pera perfeitamente madura.

Por isso, é uma bênção Josh estar diante de uma tábua de corte, segurando um tomate italiano carnudo que vai temperar a *panzanella*, quando a mensagem de Natalie chega.

Quais são suas opções? Guardar os ingredientes que custaram quase 200 dólares, a tábua de corte e a panela Le Creuset e ir embora com raiva?

Merda, ele está preso nesse apartamento sufocante.

– Está tudo bem? – pergunta Ari.

– Está. – Josh esfrega a testa. *Encontre uma âncora.* – Nat vai se atrasar.

Ari ergue a sobrancelha e assente devagar.

– É exatamente esse tipo de situação que nunca preciso enfrentar. – Ela dá as costas para ele, abre a geladeira e pega uma fôrma de gelo. – Se não estivesse tão preocupado em tornar esse relacionamento monogâmico, você poderia simplesmente dar de ombros e fazer outros planos para esta noite em vez de surtar.

– Não estou surtando – insiste Josh, mesmo sentindo o coração acelerado.

Ari segura as extremidades da fôrma de gelo e a torce com violência até que os cubos se soltem.

– Claro que não – diz com desdém.

Para de falar com ela. Deixa pra lá. Não deixa ela te distrair. Encontre uma âncora.

– Até parece que você entende de relacionamentos. Você é incapaz de formar conexões mais íntimas do que sexo casual com o mínimo de interação possível – acusa Josh, numa sequência ininterrupta de palavras.

– Eu não sou "incapaz" de ter um relacionamento – retruca Ari, despejando o gelo num copo d'água. – Eu sou *sincera* sobre as minhas expectativas. Assim, nem as pessoas me machucam nem eu as decepciono. Todo mundo sai ganhando.

– Se o seu objetivo é trepar com pessoas com quem você não se importa, virar pro lado, se vestir e ir embora, meus parabéns, você conseguiu.

– A gente finge que vai ver um filme... Mas que diferença faz se eu me visto dez minutos ou oito horas depois? – Ari inclina a cabeça para trás e toma quatro goles d'água, como se a discussão exigisse que ela se reidratasse. Depois pousa o copo na bancada com um baque. – Hipoteticamente, a gente poderia fazer o sexo mais quente e inconsequente da sua vida e depois...

– *A gente?*

– *Hipoteticamente*. – Ela solta o ar, bufando. – Depois, eu recolheria minha calcinha e sairia no meio da noite sem te acordar.

– Isso se você conseguisse encontrá-la.

Josh vê uma mancha de mostarda no canto da boca de Ari e sente uma pontada de alegria perversa.

– Eu sempre mando uma mensagem de agradecimento no dia seguinte. – Ela faz uma pausa. – A não ser que a pessoa tenha me chupado por três minutos sem o menor entusiasmo e exigido um boquete safado logo depois.

Não é sempre que Josh fica sem palavras. Seu raciocínio se desviou para o comprimento da cueca boxer de Ari. O debate acalorado entre os dois. O fato de Josh ter lhe emprestado o cutelo.

Alguma coisa está acontecendo... um *frisson* de excitação. Em algum momento, entre a extorsão em prol dos linces e a descrição de um hipotético sexo sem compromisso, Josh concluiu – a contragosto – que Ari é bonita. Mesmo com seu cabelo rosa desbotado. Ela é detestável e está errada sobre tudo, mas essa é a conversa mais revigorante que Josh teve num passado próximo. Sua vida social não anda muito movimentada.

– Você está perdendo a melhor parte. – Josh larga a faca. – Você nunca teve uma daquelas conversas, quando os dois estão deitados na cama depois da primeira vez que...? – Ele deixa a frase morrer, como se fosse arriscado demais usar certas palavras na frente de Ari. – Quando os dois estão vulneráveis, nervosos e cheios de esperança, porque talvez ainda se lembrem dessa noite anos depois? E a pessoa te conta coisas que você nunca teria como adivinhar? E aí a guarda vai baixando, e você começa a entender quem ela é de verdade?

Ari estreita os olhos para Josh, como se estivesse tentando enxergar uma cor que ainda não existe.

– Você já passou dez minutos em um aplicativo de relacionamento? – Ela tem uma voz marcante, mesmo um pouco rouca, depois de ter passado o dia todo gritando para chamar a atenção de pedestres. – Eu não quero descobrir quem essas pessoas são de verdade.

Josh solta um suspiro que não traz alívio algum. Ele inclina a tábua de corte, fazendo os pedaços de tomate deslizarem lentamente até caírem numa saladeira.

Ari se apoia no canto da bancada de um jeito ao mesmo tempo agressivo e inesperadamente sexy, então pergunta:

– Por acaso você é o único homem na face da Terra que não tem interesse em sexo casual sem consequências?

Josh fica na dúvida se é uma acusação ou um convite.

– Isso não existe – responde ele, por fim. – Você vai embora antes que a outra pessoa tenha a chance de mostrar as consequências.

Ari ergue uma sobrancelha, dá as costas e volta para a sala.

– No mínimo, você está perdendo o sexo matinal – diz Josh, indo atrás dela. – E o sexo às três da manhã, quando os dois ainda estão acordados. E descobrir o que a outra pessoa gosta de comer no café da manhã...

– Está falando do café da manhã constrangedor "pra gente se conhecer melhor"?

– Se você já me conhecesse antes de a gente transar, o café da manhã não seria constrangedor!

– Ah, dá um tempo. – Ela se coloca na frente do ar-condicionado e deixa o vento frio entrar pela bainha da camisa. – O café da manhã não passa de uma obrigação acompanhada de umas mimosas sem graça.

– Parabéns. Você descobriu como evitar qualquer migalha de intimidade com outro ser humano.

As chalotas e a erva-doce na panela chiam alto demais, indicando que estão prestes a queimar, mas Josh não consegue largar a discussão.

– Garanto que o melhor sexo da sua vida não vai ser com um estranho.

– Tem razão! – exclama Ari, dando um passo na direção dele. – Provavelmente vai ser com alguém que eu odeio.

É a vez de Josh rebater: um insulto ou uma declaração moralista. Mas sua mente só repete a última frase, as palavras pairando perigosamente no ar.

– Talvez não. – Ari dá de ombros. – Sabe quem está bem no topo da lista de melhor sexo da minha vida?

– Quem?

Ele tenta parecer indiferente, mas teme ter deixado sua curiosidade patética transparecer.

Ari nem pisca ao dizer:

– Sua namorada.

O guincho estridente do alarme de incêndio no teto abafa a resposta de Josh.

É COMO SE ELE ESTIVESSE tentando manter o equilíbrio no meio de um terremoto.

Ari pega a vassoura encostada na parede, sobe numa cadeira bamba e cutuca o alarme até que pare de incomodar seus ouvidos.

– *Natalie?* – Josh parece horrorizado e confuso ao mesmo tempo. – E o seu... o seu namorado?

– Que namorado?

– Você está com a cueca dele.

Josh dá uma olhada na cueca antes de desviar os olhos outra vez.

– Gabe? – indaga Ari, apoiando a vassoura na parede. – Ele é só um amigo.

Josh solta um *pff* cheio de crítica. O celular dele vibra.

– Natalie pegou um táxi – avisa ele após ler a mensagem. – Vai chegar em vinte minutos.

Talvez seja a contagem regressiva que cause o pânico. O instinto de buscar uma saída. Pela primeira vez nesta noite, Ari entende o que vai acontecer se ela ainda estiver no apartamento quando Natalie chegar.

Vai ter que ver os dois se cumprimentarem com um beijo, marcando o início de um jantar romântico (ainda que um pouco queimado). Todo cheio de si, Josh vai ver Natalie perguntar a Ari se ela pode sair do apartamento.

Melhor dar o fora daqui enquanto ainda é uma *escolha*, não uma humilhação.

Ari corre até o quarto e veste uma calça jeans que estava largada no chão. Ela pega fones de ouvido, carregador, uma garrafa d'água e joga tudo em sua bolsa.

– Você vai embora? – pergunta Josh, quando Ari passa correndo por ele.

– Vou. – Ela hesita antes de abrir a porta. – Por quê? Você achou que ia rolar um ménage?

Ele parece desnorteado por um instante, mas então seus olhos percorrem o rosto de Ari, fazendo com que ela sinta um formigamento estranho no couro cabeludo. É como se Josh estivesse invadindo seu espaço pessoal só com o olhar.

– *Você* achou que ia rolar um ménage? – rebate ele. – Porque não tem nem dois minutos que você estava descrevendo nosso sexo hipotético.

– E não tem nem quarenta minutos que você estava secando a minha bunda.

– Eu não sequei nada – afirma Josh, com mais indignação do que Ari gostaria. Ele baixa a cabeça, tornando mais evidente a diferença de altura entre os dois. – Eu sei por que você é assim.

É como se ele conseguisse enxergar tudo: o que ela aprendeu em "Introdução à história das mulheres", a ansiedade que sente ao ficar ajustando a cueca de Gabe nos quadris, a falsa bravata de alguém que sente a dor de mais uma rejeição em potencial depois de um dia cheio.

– Você não sabe nada sobre mim – insiste Ari, tateando atrás de si em busca da maçaneta.

– Você tem tanto medo de ser rejeitada que usa conceitos ridículos de estudos culturais pra embasar o seu comportamento. – O sotaque dele aparece outra vez. – Isso não te torna fodona nem corajosa. Se você tivesse um pingo de confiança na sua... *conexão*... com Natalie, esperaria ela aparecer e decidir quem é o mais importante.

– Se Natalie quer ser a sua "namorada", por que me pede pra chupar ela depois de ter saído pra jantar com você? – rebate Ari, deixando que a frustração e a raiva a dominem.

Josh a encara, retorcendo os lábios.

– Se eu tivesse que chutar... – começa ele. Ari tem experiência suficiente com homens impetuosos para saber que ele está formulando uma resposta com o intuito de machucar. – Ela acha conveniente.

Ari está determinada a não demonstrar nenhum vestígio de dor.

– Eu ouço bem quanto ela gosta – diz ela, lentamente, como se cutucasse uma ferida. – Mesmo com as coxas dela tapando meus ouvidos.

O rosto de Josh fica vermelho. Uma veia pulsa em sua testa.

Ari puxa a maçaneta da porta, tentando sair do apartamento antes que ele possa responder. Ela não faz ideia do lugar para onde vai, só sente um desejo incontrolável de fugir daqui. É melhor ser a pessoa que vai embora do que a pessoa que é deixada para trás.

Assim que ela abre a porta, Josh diz:

– Você esqueceu sua calcinha.

– Desculpa, não tô te ouvindo. – Ari coloca o telefone no ouvido. – Eu tô no celular, caramba!

Três anos
depois

2

ARI ESTÁ DO LADO DE FORA DO RESTAURANTE, equilibrando nas mãos seu celular, um vape e um enorme espetinho de cordeiro. Não fica surpresa quando sua colega de apartamento, Radhya, não atende suas ligações, já que o serviço do jantar no Scodella ainda está em andamento. Ela deve estar na cozinha, tostando e grelhando com perfeição cortes de carne de porco caros e "cuidadosamente selecionados". Ou então coisas como codorna, que não passa de um frango chique. Só de apertar com a ponta do dedo um pedaço de carne, Rad sabe exatamente em qual ponto está.

Quarta, 13/09, 22h12
Ari: EXCELENTE NOTÍCIA 🍖 👑 💰
vou passar aí, pode tirar um intervalo?

Sem admitirem abertamente o fato de serem melhores amigas, elas se tornaram o contato de emergência uma da outra ao longo do verão depois que Radhya expulsou o marido e começou a procurar alguém que não se importasse em dormir no cômodo do meio de um apartamento com quartos conectados. Logo encontrou Ari, para quem isso não seria um problema, já que nunca levaria ninguém para dormir em sua cama.

As duas passaram a maior parte de julho e agosto fumando maconha no sofá e maratonando os episódios de *Real Housewives* enquanto Radhya revelava todos os podres do seu ex (ele a traiu com uma recepcionista, colocava ketchup no cachorro-quente, a traiu com outra recepcionista). Ouvir a lista mais deprimente do mundo todas as noites só fez aumentar a convicção de Ari em sua abordagem em relação a sexo e namoro. (Mais do primeiro, nada do segundo, por favor.)

Radhya prepara queijos-quentes deliciosos às duas da manhã. Ari faz os brownies de maconha potentes e deliciosos que dão vontade de comer queijo-quente de madrugada. Radhya gosta de ter uma amiga que não julga sua escolha de carreira, os homens com quem ela transa (em geral, colegas de trabalho) nem a quantidade de dinheiro que ela gasta em maquiagem. Ari sempre pede permissão antes de pegar os produtos emprestados.

Como amigas, as duas formam um casal melhor do que Radhya e o ex-marido jamais foram.

Ari: área de carga e descarga? Ou te encontro no Milano's?

Ari enfia o celular no sutiã e começa a comer o espetinho de carne. Está morrendo de fome. É a alegria: uma efervescência estranha e incontrolável, como um refrigerante cheio de gás. Fazer as pessoas rirem – fazer com que se distraiam por alguns segundos e se deixem levar – é a melhor sensação do mundo. Sim, melhor que sexo. Stand-up dá uma onda diferente da que sente com o grupo de improviso e com drogas de verdade. É muito melhor quando dá certo e dez vezes pior quando dá errado.

Mas hoje à noite *deu certo*. Mesmo que tenha sido só uma das apresentações abertas organizadas por Gabe. Mesmo que a maior parte da plateia fosse composta por aspirantes a humoristas que nunca achavam graça das piadas dos outros, ou que ficassem tão nervosos que sentiam dor de barriga, ou que fossem prepotentes a ponto de reclamar por ainda estarem se apresentando em palcos abertos.

Nada disso importa esta noite, porque, cinco horas atrás, Ari ouviu a fatídica notificação de seu celular. Um e-mail. Assunto: PROPOSTA.

Dinheiro de verdade em troca de um roteiro. Ela passou a noite toda lendo a mensagem, uma palavra por vez, como se estivesse saboreando aos poucos um cálice de vinho.

KWPS (a pronúncia é "quips") vai ser a Netflix da comédia, mas com curadoria.
Só as paradas mais legais. Nem precisa de vogal no nome.

É um momento decisivo na sua carreira. Algo tangível para acrescentar à sua parca lista de conquistas profissionais. Ela é babá de uma família na 68th Street com a Park Avenue. Caixa em um lugar que vende panini no Rockfeller Center. Assistente no teatro LaughRiot, na 53rd Street, onde atende o telefone, faz faxina depois das aulas e serve bebidas fracas e caras no bar improvisado antes das apresentações.

Talvez, a partir de hoje à noite, ela consiga dizer que é uma comediante sem sentir uma onda gigantesca de síndrome do impostor engolfar seus órgãos internos.

Ari sempre se sentiu meio fora de compasso com a intensidade da "comunidade" de comédia em Nova York. A maioria das pessoas ama falar sobre a própria "jornada". Sobre ter ganhado concursos de talento na infância ou editado a revista de humor *The Harvard Lampoon*, ou se encontrado com o fantasma de Del Close. Ari foi parar nesse mundo depois de transar com o líder do grupo de improviso da sua faculdade. O encontro foi rápido, mas o grupo durou quatro anos. Foi como entrar em uma minúscula fraternidade nerd.

A total confiança entre as pessoas e a camaradagem a fisgaram. As apresentações davam uma onda ainda maior. Embora ela nunca tivesse recebido muita atenção enquanto morava na casa da avó, ali havia uma centena de pessoas da sua área, cativadas por cada palavra.

Por ser uma adulta com um emprego remunerado, Radhya é o mais próximo que Ari tem de uma figura materna a quem dar orgulho. A verdade é que vovó Pauline não queria ser responsável por uma criança aos 48 anos, mas a mãe de Ari decidiu que "não aguentava mais" e foi embora com um fã de rock psicodélico. Com o passar dos anos, a mãe reaparecia de vez em quando, apenas por tempo suficiente para dar a Ari a esperança de que fosse ficar, antes de desaparecer no meio da noite sem acordar a menina para se despedir.

Radhya, por outro lado, nunca a decepcionava.

Radhya: Entra. O barman gostoso tá aqui hoje. Ele te bota pra dentro
Ari: o australiano?
Radhya: ele é da Nova Zelândia. E fala igualzinho ao cara mais gato dos Conchords

– RADHYA! – GRITA JOSH. – Larga a porra do telefone. Quanto tempo pro filé?
– Um minuto.
– Um minuto, *chef* – corrige ele. – Fica de olho no tempo daquele pato. Na mesa 5 tem uma crítica gastronômica do *Eater*. Não quero que o pato solte líquido ao ser cortado.

Já passa das dez da noite, mas a impressora de recibos ainda entra em ação de vez em quando, expelindo os últimos pedidos de sobremesa.

Com uma pinça, Josh coloca uma única folha de curry sobre um pedaço de linguado escaldado. O corte do peixe tem o molde perfeito de um diamante, coberto por "escamas" feitas de lâminas de abobrinha em meia-lua, dentro de uma poça rasa de *fumet* de açafrão. Ele tinha feito um esboço do prato em seu notebook na semana passada, e lá estava: *soigné*, imaculado, criado por pura determinação. O tipo de coisa que faria o pai dele balançar a cabeça e perguntar: "Por que você precisa se exibir desse jeito?" Bom, pelo menos é o que o pai diria se os dois estivessem se falando. Briar e Abby já vieram ao restaurante várias vezes, mas Danny se recusa a se aproximar da cozinha de Josh. ("Tenho certeza de que ele ia *amar*!", insistia Abby.) Josh não se importa. É melhor assim.

– O forno não está bem equilibrado – avisa Radhya, colocando a ave besuntada com mel de lavanda no forno. – Vou deixar o pato por dez minutos antes de virar.

– *Oito* minutos. A receita é *minha*. Não quero que o risoto coagule e fique nojento e gelatinoso na bancada porque você deixou o pato passar do ponto. – Ele faz uma pausa. – E são "oito minutos, *chef*".

Radhya balança a cabeça. Ela sabe selar uma vieira como ninguém e reproduzir com maestria pratos do Le Bernardin ou do Red Rooster, sendo bem versátil. É irritante como ela está certa em relação a tudo, como o tempo que leva para preparar vinte alcachofras (35 minutos) ou o número exato de grãos de sal a serem salpicados em cada fatia de tomate (sete). Mas, ultimamente, ela anda desleixada, desatenta, distraída: os piores atributos que um cozinheiro pode ter. Até mesmo Danny era no mínimo *consistente*.

Josh chegou a achar que tinha escutado Radhya chorando no frigorífico semana passada, mas, quando ela reapareceu em sua estação de trabalho, a maquiagem estava impecável como sempre.

Um garçom vem pegar o linguado e o filé, equilibrando pratos com destreza no antebraço.

– Tem uma garota no bar perguntando pela Radhya – informa ele. – Disse que se chama "Xoxozinha".

Os outros cozinheiros dão risadas; eles fazem piada há muito tempo sobre Radhya ser gay sem motivo algum, só por ser uma chef mulher que gosta de futebol e coloca apelido em todo mundo. Josh tem quase certeza de que em algum momento ela mencionou um marido.

– Radhya está ocupada tomando conta desse pato pelos próximos oito minutos – avisa Josh.

– Dez – retruca ela.

– "Dez, *chef*."

Quando Josh começou a trabalhar na cozinha do Scodella, Radhya tinha um cargo mais alto do que ele. Mas, ao cair nas graças do patrão, foi rapidamente promovido a sous chef. Josh ouviu os sussurros insatisfeitos da equipe a respeito de sua ascensão. Parecia que os cozinheiros de linha não davam a mínima para a experiência de Josh na Dinamarca e em Barcelona, mas sem dúvida reconheciam o sobrenome Kestenberg. Ele ainda não conseguiu reprimir a insubordinação ocasional e sutil de Radhya. Deve ser ressentimento. Rancor. Inveja.

– Vou dar uma olhada no salão – anuncia Josh, desamarrando o avental.

É uma boa desculpa para escapar do calor da cozinha, e uma oportunidade para espiar o primeiro prato da mesa 5.

Antes, Josh dá uma passada no escritório vazio do chefe para se limpar um pouco. Ele analisa o próprio reflexo. Nunca conseguiu largar o hábito de fazer uma rápida lista das falhas em sua aparência. O nariz comprido que predomina na porra do rosto todo? *Confere.* Olheiras por causa dos trinta anos de insônia? *Confere.* Pelo menos os dentes estão limpos mesmo depois de provar várias colheradas de quinoa vermelha mal temperada. Não que ele tenha intenção de abrir um sorriso que mostre seus dentes levemente tortos no salão. Josh tem quase certeza de que menos de dez pessoas na face da Terra já o viram sorrir assim.

Ele pega o celular. Nenhuma mensagem de Sophie. Ainda.

As coisas pareciam instáveis desde domingo passado. Enquanto Sophie saía do apartamento dele e ia até o elevador, Josh soltou espontaneamente um "eu te amo" durante a despedida. Ela parou e virou a cabeça. Por um instante, Josh chegou a acreditar que Sophie correria até ele e o abraçaria com lágrimas nos olhos. Claro, na sequência, os dois transariam em seu pequeno átrio (contra a parede, quem sabe?), ela confessaria que retribuía os sentimentos e talvez fizessem planos de viajar para Rhineback no fim de semana.

Na realidade, o que Sophie disse, com um sorriso que poderia ser descrito no máximo como *simpático*, foi: "Que legal."

Então entrou no elevador.

Josh está analisando a entonação específica do "que legal" faz quatro dias. Sempre teve dificuldade com esse tipo de ambiguidade. "Legal" é bom, mas definitivamente não é um "eu também te amo", que é a única resposta que alguém quer ouvir nessa situação. Existe uma arte para navegar no espaço entre *sair com alguém* e *ter um relacionamento*, e Josh tinha feito merda ao apressar a declaração apoteótica. Agora, seu cérebro repete essa cena antes de cair no sono toda noite.

Ele enfia o celular no bolso. *Encontre uma âncora.*

O salão tem um tipo de caos sonoro diferente da cozinha. A risada de alguns fanfarrões barulhentos ressoa acima do jazz agradável e discreto ao fundo, preferência do dono. O tilintar das colheres de sobremesa batendo na louça, cadeiras sendo arrastadas pelos clientes que começam a sentir os efeitos da segunda garrafa de vinho ao se levantarem para ir embora.

Se 98 por cento do serviço envolve suar, gritar, calcular, bajular e pinçar do outro lado da porta vaivém da cozinha, andar pelo salão para verificar as mesas é o auge. É claro que uma excelente avaliação em uma publicação gastronômica seria uma forma de validação ainda melhor.

Parando na mesa 5, Josh finge de maneira convincente que não faz ideia de quem é a mulher, embora tenha o cuidado de se apresentar com o nome completo. Ele pergunta educadamente sobre os primeiros pratos. O *baccalà fritto* "não era tão audacioso", segundo ela. O *torchio* tinha sido "interessante".

Deve ser a conversa mais enigmática da semana de Josh. Bom, além da interação com Sophie.

Josh pede licença, mas algo o impede de voltar para a cozinha: uma gargalhada estridente vinda do bar com balcão de mármore.

Há apenas uma cliente ali: a amiga de Radhya. Jace – que não pode ser o nome verdadeiro do barman – conversa com ela e mostra algo em seu celular. Só dá para ver as costas dela. Cabelo castanho e uma blusa preta. Nada memorável, mas algo de familiar nessa mulher instiga a memória de Josh.

Ela joga a cabeça para trás e solta outra risada, do tipo que não dá para fingir por educação. Até onde ele se lembra – e ele se lembra de todos os seus sucessos e fracassos nos mínimos detalhes –, a única ocasião em que ele provocou esse tipo de empolgação em uma mulher foi durante o sexo.

É a voz dela que a entrega: o timbre específico e levemente rouco que fez morada na cabeça dele três anos atrás. Não há outro motivo para isso a não ser a verdade incômoda de que nos lembramos de incidentes constrangedores com muito mais clareza do que dos encontros agradáveis.

Josh se aproxima do bar, não para confirmar que a mulher de fato é a ex-colega de apartamento de sua ex-namorada. Ele só precisa saber se fizeram mais algum pedido no bar. Só isso.

Jace ergue a cabeça para cumprimentá-lo.

– E aí, cara? – cumprimenta ele, com um sotaque que Josh sempre desconfiou que fosse falso.

– *Chef* – corrige ele, se policiando para não fazer contato visual com ela. Ainda não.

Jace se vira para sua única cliente e pergunta:

– Essa não é a melhor coisa que você já colocou na boca?

Ari Sloane pousa o copo no balcão. Sem descanso de copo.

– Esse é um posto muito disputado. – Ela se inclina para a frente, os braços apoiados no bar. – O que mais você tem na manga?

– Muitas tatuagens, pra começo de conversa – diz Jace, observando Ari deslizar o indicador pelo braço dele. – Você tem alguma?

Ela assente.

– Nenhuma que dê pra mostrar agora. Me pergunta de novo mais tarde?

Josh pigarreia e avisa:

– Se você tiver a intenção de pedir comida, saiba que vamos fechar a cozinha depois da última mesa.

– Você já conhece a colega de apartamento da Radhya? – pergunta Jace, meneando a cabeça. – Desculpa, qual seu nome mesmo?

– Xoxozinha – responde ela.

Ari está usando um cropped preto e óculos. Pendurada no encosto do banco dela, há uma jaqueta verde-militar com um broche arranhado do Bernie Sanders preso no bolso. E agora ela usa franja, por isso está quase irreconhecível. A não ser pela covinha na bochecha direita.

Josh sabe que desta vez ela está de sutiã porque dá para ver o contorno do celular enfiado no bojo.

– Que apelido encantador – murmura Josh.

– Bom, eu chamo Radhya de "Piranhuda", então esse apelido não estava mais disponível. – Ari repara no dólmã dele. – Você trabalha pra ela?

– Não – responde Josh, abandonando o tom neutro. – Eu comando a cozinha. Ela grelha a carne.

Ari não dá sinais de que o reconhece. Nem o mínimo franzir de testa, nenhum estreitar de olhos. Nunca na história das expressões faciais houve um semblante tão neutro. Até mesmo o "que legal" de Sophie era mais perscrutável.

– A gente já se conheceu – comenta Josh, incapaz de se conter por mais tempo.

Os lábios dela se curvam para cima muito de leve.

– Hã? – pergunta Ari, mais curiosa do que hostil, observando o rosto dele. Talvez estivesse tentando analisar seu nariz característico sem parecer rude. – No aniversário da Radhya?

Josh balança a cabeça.

– No Tinder?

– *Não.*

– OkCupid? – pergunta, franzindo o cenho.

Ela já estava apelando.

– Ari.

– Ah! Fiz uma entrega de maconha medicinal no seu apartamento! – anuncia ela, triunfal.

Jace se anima e pergunta:

– Você ainda faz isso?

– A gente chama de "serviço de concierge de cannabis" – explica Ari. – Assim dá para cobrar vinte por cento a mais dos alunos da New School.

– Espírito empreendedor – comenta Josh, com rispidez.

Jace apoia os cotovelos no bar, olhando de um para outro, e pergunta:

– Vocês dois já...?

Josh estremece.

– É claro que não.

– Eu estava comendo a namorada dele – revela Ari. – Ele recusou a oportunidade única de um ménage.

– NÃO FOI ISSO QUE ACONTECEU – insiste o Homem Alto e Irritante de Suéter.

Ari observa os olhos castanhos arregalados do barman. Qual é o nome dele mesmo? Chase? Jake?

– Não é todo homem que dá conta desse tipo de coisa – afirma ela.

Josh bufa, empertigando-se e mostrando toda a sua altura. Ele parece um tantinho mais velho, um pouco mais intimidador, os ombros mais largos. Há uma leve frieza em seus olhos agora, diferente da carência e da curiosidade de dois (três?) anos atrás. Ele mudou o visual: seu cabelo está preso para trás num meio rabo de cavalo ridículo, com uma bandana ao redor da testa, como se fosse um guerreiro gastronômico, tentando intimidar cebolas e batatas. É desnorteante vê-lo nesse novo contexto quando ele só tinha existido no antigo apartamento dela – tipo ver seu professor de matemática do ensino médio comprando um saco de Cheetos apimentados em uma loja de conveniência.

Josh se vira para o barman gostoso e explica:

– Ela era colega de apartamento da minha namorada. Passamos uma noite infernal juntos. – Então se dirige a Ari de novo: – Ainda recebo e-mails da Nature Conservancy.

– Parece que os linces ainda precisam da sua ajuda – responde ela, bebericando seu drinque.

– Então você se lembra? – pergunta Josh, a irritação transparecendo em sua voz. Quando Ari não cede, acrescenta: – Tem falado com Natalie depois que ela se mudou da Califórnia pra fazer o pós-doutorado?

– Quem?

Chase ou Jake desliza outro whiskey sour para Ari. Ela com certeza não precisa de mais um drinque. O álcool está começando a turvar a dose de dopamina do e-mail auspicioso e do sucesso no microfone aberto.

– Sua colega de apartamento – esclarece Josh.

Ele lança para Ari o tipo de olhar fulminante que deve usar com os garçons.

– Ah, *essa* Natalie. É, a gente se fala às vezes. – Ari toma um gole do drinque, torcendo para que sua indiferença passe a mesma energia do emoji das unhas sendo pintadas. – Ela está na minha lista de distribuição de nudes.

Chase ergue a cabeça no mesmo instante, que Deus o abençoe.

Josh tosse, então pergunta:

– Você ainda incomoda pedestres...

– Você quer dizer se eu ainda arrecado dinheiro para causas nobres?

– ... ou encontrou um novo ramo de trabalho?

A hostilidade ainda é palpável, mesmo depois de três anos. A voz dele deve ser uma compensação por algum defeito. Provavelmente um pênis decepcionante.

– Eu... – Ari hesita por alguns segundos antes de lembrar que tem oficialmente o direito de dizer isso. É um fato agora. Nada de "tentando fazer comédia". – Eu sou comediante profissional.

Chase ou Jake não está mais prestando atenção, ocupado com as tarefas de encerramento do bar. Uma funcionária contém um bocejo ao passar o cartão de crédito da última mesa, as unhas tamborilando no protetor de tela do sistema de pontos de venda.

– Vim comemorar com a Rad. Vendi um roteiro.

– Para a televisão? – pergunta Josh com um quê de incredulidade.

– É. – Ari pigarreia. – Bom, na verdade uma plataforma de streaming. Vai ser a Netflix da comédia.

Ela fica surpresa ao perceber que quer continuar conversando com o Homem Alto e Irritante de Suéter. Sua voz está muito empolgada, quase como se tivesse cheirado cocaína, mas também firme.

– E eu fiz uma apresentação muito boa hoje à noite. Fluiu superbem. Então pensei que eu e Rad poderíamos comemorar ficando podres de bêbadas e tentando não vomitar no táxi pra casa.

Cala a boca. Meu Deus. Ari dá outro gole no whiskey sour para deter a tagarelice.

– Sua definição de "colega de apartamento" também não mudou nada – comenta Josh, balançando a cabeça.

– Minha relação com Radhya é estritamente platônica. Você nunca percebeu que ela é hétero?

Ele parece surpreso ao ouvir isso.

– Não temos o costume de conversar sobre nossas vidas amorosas durante a correria do jantar.

– Então ela não sabe sobre a sua teoria dos biscoitos almas gêmeas? Aliás, como anda sua busca? Encontrou sua cara-metade e preparou café da manhã pra ela?

– EU ESTOU NAMORANDO. – Josh faz uma pausa, pensando em quanto deve revelar. A conversa com Ari é uma boa desculpa para ficar no salão e ver em primeira mão a apresentação do pato na mesa 5. – Sophie. Ela é consultora de gerenciamento de marcas. Fala quatro idiomas. É a mulher mais inteligente que já conheci.

– Nossa. – Ari apoia o queixo na mão. – Parece que você a admira muito.

– Admiro mesmo – concorda ele. – E é recíproco.

De esguelha, ele vê o garçom fatiar o pato. É uma dança coreografada: o traçado da lâmina afiada revelando a carne perfeitamente assada.

– Quantas berinjelas? – pergunta Ari.

– Três... não, quatro – diz ele, rápido, sentindo-se ridículo por usar a escala de berinjela de Ari, mas um tanto na defensiva.

– Que mentira!

– E eu vou mentir sobre minha própria namorada?

Uma namorada de dois meses e meio que gosta de responder a *eu te amo* com "que legal".

Talvez Ari e Jace transem hoje à noite. Se Josh tivesse que chutar, diria que Jace vai ganhar uns dois emojis de berinjela no máximo.

– Então, eu uso o emoji de vulcão quando...

Mas Ari é interrompida pelo som de talheres ressoando por cima do ombro de Josh. Ele se vira na expectativa da exclamação satisfeita da crítica gastronômica na mesa 5. Em vez disso, vê o garçom encará-lo com uma expressão de pânico.

– O PATO ESTAVA CRU! – berra Josh, batendo a porta vaivém na parede da cozinha.

Radhya estremece, erguendo os olhos do balcão que está esfregando.

– Meu Deus!

– Acende a grelha de novo!

Ele vai direto até o frigorífico e pega dois filés de Wagyu: a entrada mais rápida que dá para preparar. Não dá tempo de assar outro pato.

Num rompante, Radhya entra no frigorífico atrás dele.

– Eu segui as *suas* instruções.

– "Suas instruções, *chef.*" É o prato mais simples do cardápio. – Josh passa por ela, indo direto para a estação da carne. – Preciso dos brotos de samambaia e das cebolas cipollini em sete minutos! – grita para os cozinheiros de linha.

Radhya faz menção de pegar os filés.

– Deixa que eu grelho e...

– Sai da porra da cozinha – ordena Josh. – Essa noite já deu pra você.

– Essa é a *minha* estação.

O garçom vem correndo do salão e informa:

– A mesa 5 pediu a conta, chef.

– Avisa lá que tem mais uma entrada saindo, porra! – grita Josh, dando as costas para Radhya. – Eu mandei você largar o celular e tomar conta do pato.

– E eu *avisei* que ele precisava de dez minutos! – exclama ela. – E não importa se assou ou não. Lavanda e erva-doce são uma combinação tenebrosa.

Josh limpa a superfície da grelha com movimentos bruscos e cheios de raiva.

– No dia em que você aprender a assar um pato direito, como qualquer calouro da faculdade de gastronomia, eu peço a sua opinião a respeito dos meus perfis aromáticos.

O espaço é dominado por um silêncio constrangedor.

– Eu cozinho há mais tempo do que você tem de...

– Eu não vou falar outra vez, Radhya.

– Passar alguns meses na porra da Europa não o torna um Jacques Pépin. – Ela hesita como se não conseguisse se decidir se deve parar de falar. – Isso não te torna diferente de nenhum outro homem nesta cidade que conseguiu um emprego por causa do pai.

Um tipo de raiva bem específico borbulha dentro de Josh. Os nós de seus dedos ficam brancos ao redor do pano de prato que ele ainda está segurando com força.

O restante da equipe solta vários palavrões baixinho em inglês e espanhol, além de risadinhas. Todos param o serviço, voltando a atenção para o espetáculo do embate de última hora.

Josh reconhece que se trata de um momento decisivo. É provável que boa parte da equipe acredite que Radhya teria o direito de estar no comando. Qualquer indício de recuo ou concessão a divergências crescentes seria desastroso, causando uma completa perda de confiança.

E ele só tem mais uma carta na manga. Ou talvez seja a opção nuclear.

De qualquer maneira, as palavras escapolem antes que ele pense duas vezes:

– Você está demitida.

ARI NÃO PERCEBE QUANDO OS GARÇONS começam a reorganizar o salão do restaurante. Está distraída por Jace e seu sotaque. Ele está falando coisas que seriam irrelevantes no inglês típico dos Estados Unidos, mas parece recitar Neruda com a cadência de sua voz combinada com os whiskey sours que está servindo para ela.

É a gritaria abafada vinda da cozinha que desvia sua atenção meio inebriada, seguida pelos passos de Radhya marchando pelo salão, com a mochila pendurada no ombro.

– Estamos de saída – anuncia Rad, virando-se para o bar. – Na verdade, quero uma tequila. Agora.

Jace pega correndo uma garrafa e um copo de shot.

– Es-espera. – Ari pega sua bolsa e sua jaqueta e desce do banco, cambaleando só um pouquinho. – Qual é o problema?

– *Ele* é o problema. – Radhya bate o copo na bancada e vira o rosto para a amiga, com os olhos marejados. Mesmo nos piores momentos depois do divórcio, Ari não se lembra de ter visto a amiga chorar. – Cozinhei aquele pato exatamente do jeito que ele mandou. Eu estava certa, ele estava errado e me demitiu.

– Quem te demitiu?

Ari empurra o copo vazio de Radhya para Jace enchê-lo outra vez. Radhya está sempre em desvantagem numérica no trabalho, cercada por homens agressivos que acham que sabem tudo, então é difícil saber de quem a amiga está falando.

Quando Josh surge no salão um segundo depois, com o rosto vermelho, as peças começam a se encaixar.

– *Você* demitiu a Radhya? – pergunta Ari.

– Não posso trabalhar com quem não respeita minha autoridade na cozinha.

– Sua autoridade? – Radhya anda na direção da saída principal. – Você só pode estar de sacanagem. – Ela se volta para os amigos e anuncia: – Ele só conseguiu esse emprego porque o dono do restaurante é um cliente fiel da delicatéssen do pai dele.

Então sai do local.

– Isso é mentira! – grita Josh, embora Radhya já esteja na rua.

Ari se vira devagar para ele.

– Qual é o seu problema?

– *Meu* problema? – Ele dá um passo para perto dela, gesticulando na direção da porta. – Não fui eu que acabei de fazer um escândalo.

– Você tem ideia de quanto ela batalhou pra chegar até aqui? De quantos babacas bem-nascidos como você ela teve que encarar? – Josh abre a boca, mas Ari continua: – Você não pode demitir alguém só por causa de *um* prato.

– Um prato ruim servido a uma crítica gastronômica pode fechar um restaurante. Não tem espaço aqui para alguém que não consegue seguir a porra da técnica mais básica. Faz semanas que ela anda negligente e desatenta. Eu não passei sete meses em Provença dominando os *sauces mères* pra deixar Radhya arruinar uma simples receita.

– Você também ficaria um pouco distraído se estivesse se divorciando.

Por um momento, ele parece surpreso... talvez até um pouco envergonhado? Mas não dura muito.

– Centenas de Radhyas nesta cidade conseguem preparar um prato com competência. – Josh enxuga a mão em um pano de prato e observa Ari com aquela expressão de sabe-tudo. – Não vou discutir com uma pessoa que tem como maior conquista culinária aquecer um enroladinho de salsicha no micro-ondas.

Durante um momento nada acontece. Ela não pisca, não dá de ombros, não respira fundo. Ari reconhece a expressão dele. Josh acha que venceu a discussão.

Então não é de admirar que ele seja pego de surpresa pelo que acontece a seguir. Com um movimento rápido, Ari pega o resto de seu whiskey sour e joga a bebida no dólmã e no rosto dele.

Josh seca o queixo com a manga arregaçada.

Ari coloca o copo vazio no bar com uma pancada, sopra a franja da testa e sai marchando do restaurante.

Ela com certeza já tinha colocado coisa melhor na boca.

Dois anos depois

3

NÃO ERA ASSIM QUE JOSH tinha planejado passar a véspera de ano-novo. Se tivesse que elencar as opções por ordem de preferência, ir a uma festa organizada pela professora assistente da faculdade da irmã dele nem sequer entraria na lista.

Plano A: um jantar tranquilo com Sophie em um local que não fosse óbvio demais. Um dos restaurantes de sua lista *Lugares para conhecer*. Eles voltariam para casa logo antes da meia-noite e veriam os fogos de artifício da varanda do apartamento dele, empunhando taças de um Clos Lanson Blanc de Blancs Brut 2006.

Só que Sophie decidiu ficar em Vancouver, deixando Josh com um plano B razoável: a receita de um *cassoulet* que levava oito horas para cozinhar e um álbum de Gil Evans em seu toca-discos. O descanso seria bem-vindo depois de dedicar os últimos três meses a planejar meticulosamente uma "reformulação" da Brodsky's e evitar pessoas bem-intencionadas que queriam relembrar velhas histórias sobre Danny.

O pai de Josh faleceu de repente no outono, deixando a delicatéssen nas mãos da família.

A princípio, Josh não queria se envolver em nada disso. Mas sua mãe, Abby, era uma corretora de imóveis intimidadora e poderosa, que estava convencida a não vender o local. Em sua opinião, era o momento perfeito para seu filho cumprir a vaga promessa que fizera ao entrar no Culinary Institute of America. E, por mais que Josh nunca houvesse tido a menor intenção de preparar *blintzes* em uma chapa, não dava para confiar a administração da Brodsky's a Briar, sua irmã de 21 anos.

Josh reconsiderou. O espaço tinha potencial. Poderia ser a tela perfeita para sua obra-prima gastronômica... com algumas mudanças estéticas. Ele contratou um designer de interiores para transformar a delicatéssen entulhada de Danny em uma caixa branca minimalista, banindo a decoração amarela das paredes e o equipamento velho da cozinha para o porão. De acordo com Abby, era "uma referência nada sutil de seu luto inexplorado pela morte do pai".

Mas também era uma boa decisão estratégica. Durante cerca de duas décadas, o modelo de negócio da Brodsky's consistiu em proporcionar aos turistas de Omaha, ou Cleveland, ou Munique, a falsa sensação de nostalgia da antiga Nova York. Josh viu estabelecimentos locais que pareciam bem estáveis, como o Odessa Restaurant, o Gem Spa e o Angelica Kitchen, na luta para sobreviver diante da alta dos aluguéis e da redução das margens de lucro. O The Brod seria o pivô perfeito para levar um chamariz turístico que mal dá lucro aos escalões da gastronomia refinada.

Seu objetivo para o restaurante era um menu degustação elaborado para complementar uma carta de vinhos naturais. Os pratos incluem verduras lactofermentadas – uma referência aos picles de endro *kosher*, pelos quais a Brodsky's era famosa.

Ao longo dos últimos meses, Josh andava tão preocupado com o The Brod que tinha faltado ao jantar de aniversário da irmã (para ser sincero, era pedir muito que ele se arrastasse até o distante Fort Greene) e ao *open house* dela (ele tinha encomendado uma belíssima tábua de queijos feita de madeira e mármore de uma lista na *Architectural Digest*). Portanto, Briar não aceitou "ficar em casa sozinho com um clássico cozido francês e maratonar *Além da imaginação*" como motivo para rejeitar um convite para um evento de fim de ano.

Para a maioria das pessoas, uma festa oferecida pela ex-professora assistente significaria alguns alunos da pós, amargos e insuportáveis, sentados no chão de um apartamento soturno num prédio sem elevador, servindo-se de garrafas de vinhos baratos já pela metade. No mundo de Briar, significa uma corrida de Uber absurdamente cara até um armazém em Long Island City que alguém converteu em um espaço para morar/trabalhar, com seis quartos, "depois de uma campanha de financiamento coletivo bem-sucedida".

– A Taran tem uma enorme rede de contatos – explica Briar assim que eles saltam do Uber. – E vários deles são influencers, o tipo de gente que você quer que tire selfies no The Brod. Agora, durante a festa, se eu fizer isso – ela aperta a ponte do nariz –, significa que é pra você fingir que não me conhece. E eu não vou rachar um carro com você de volta pra Manhattan. Ouvi falar que Nicholas Braun deve estar na festa.

Josh nem se dá ao trabalho de perguntar quem diabos é Nicholas Braun.

Por trás das portas duplas pesadas, o espaço amplo de um armazém está apinhado de luzes coloridas. Um filme com diálogos murmurados é projetado com a imagem meio borrada em uma parede de blocos de cimento. Briar pega os casacos dos dois e sobe uma escada de metal que leva ao mezanino. Talvez tenha um canto discreto lá em cima onde ele possa se refugiar e falar com Sophie. Ultimamente, parece que eles quase nunca estão no mesmo lugar. Ela mandou o link para uma matéria que relaciona "nove ideias criativas para troca de energia à distância". Dois dias atrás, ele chegou ao oitavo item: mandar presentes com instruções explícitas. De acordo com o rastreamento, Sophie deve ter recebido o pacote às 16h13.

Quando Briar volta, uma jovem entrega a eles bastões reluzentes com o logo de um aplicativo de terapia on-line.

– Esse evento é patrocinado? – indaga Josh, reparando em um bar no canto esquerdo, abastecido apenas com uma torre de latas de refrigerantes alcoólicos.

– Ah! Cass está aqui! – exclama Briar, cumprimentando uma mulher que veste uma regata do SleaterKinney com um blazer que não combina muito.

Cass parece estar na casa dos 40, se ele tivesse que chutar, e é imponentemente alta. Briar empurra Josh para a roda de conversa e diz:

– Você se lembra da minha orientadora, não é? As aulas dela mudaram minha vida.

Ah, sim. Eram sobre ela os relatos bajuladores de Briar.

Josh enfim entende por que a irmã parou de cursar inglês e trocou para comunicação depois de fazer a disciplina "Cinema Queer Neotérico" de Cass Nichols no ano passado. A mulher é especialista em atrair a atenção.

Cass segura uma taça de champanhe em uma das mãos e um caderninho na outra, como se estivesse sempre à beira de algum insight genial que não poderia ser capturado por um celular. Ela tem a aparência de um personagem recorrente em algum drama de TV a cabo bem conceituado que Josh deveria ver.

– "Orientadora" é só uma baboseira hegemônica. Na verdade, é uma parceria acadêmica – explica Cass para ele, segurando o caderninho feito um acessório. – Esse laço é muito importante para mim. – Ela faz gestos grandiosos, quase acertando a orelha de Josh com seu anel imenso. – Aprendo tanto com eles quanto eles aprendem comigo.

Talvez seja por isso que ela frequenta eventos sociais com seus ex-alunos em datas importantes.

Ela está cercada por três ou quatro dessas "parcerias acadêmicas". Provavelmente alunos da pós, que ouvem atentamente tudo que ela diz. Josh está acostumado a interagir com pessoas que se acham as mais espertas do lugar. Em geral, ele adora o desafio. Na maioria das vezes, não encontra ninguém com quem não consiga bater de frente. Seus professores, chefs renomados no mundo todo... Mês passado, ele entrou alegremente em um debate com Stanley Tucci a respeito dos aspectos mais refinados do Negroni.

Ele está prestes a contra-argumentar – falar que a hierarquia rígida funciona bem dentro da cozinha de um restaurante – quando sente uma mão em seu ombro, que o afasta suavemente para a esquerda.

É tão inesperado que ele tem um sobressalto. A dona da mão passa por ele antes que Josh possa se virar e ver seu rosto. Ela atravessa a roda de conversa, interrompendo o papo sobre as várias decepções do Festival Internacional de Cinema de Toronto, e vai direto até Cass, como um míssil teleguiado.

Nada de cumprimentos, nada de "te procurei por toda parte". Ela para bem na frente de Cass, exigindo total atenção, o que não seria muito difícil de conseguir: ela está usando uma calça preta e um sutiã, como se tivesse vestido um terno completo e simplesmente removido a parte de cima. Cambaleando de leve em cima do salto alto, ela ainda é 10 centímetros mais baixa do que Cass.

Desse ângulo, Josh ainda não consegue ver o rosto dela, apenas um perfil indistinto, quase todo oculto atrás do cabelo, um bob louro platinado.

A mulher segura o queixo de Cass e, com avidez, a puxa para um beijo. Mantém a mão no rosto dela, toda relaxada, e, de alguma forma, a beija com o corpo todo. Não há um pingo de consideração por qualquer outra pessoa.

Ele sente uma pontada indignada de inveja no peito, um misto de "isso é uma pouca-vergonha e inapropriado" com "por que isso não acontece comigo também?". Quando foi a última vez que Sophie o beijou assim? Ou vice-versa?

Em algum momento (ou o beijo durou um minuto inteiro ou o cérebro de Josh captou a cena em câmera lenta), a mulher se inclina para trás e se afasta, arqueando as costas. As luzes coloridas iluminam um lado de seu rosto.

Um frio percorre sua espinha. Há nove milhões de habitantes nesta cidade. Diz a lógica que deve ser outra pessoa. Mas Nova York não obedece a probabilidades e estatísticas. A cidade tem vontade própria, e é *exatamente* desse jeito que a vida de Josh se desenrola. Cada afronta, cada julgamento equivocado, cada arrependimento, tudo acaba voltando em algum momento para assombrá-lo.

Mas, em geral, o raio não cai duas vezes no mesmo lugar.

Cass dá um puxão no contorno do sutiã de Ari, recompondo-se um pouco.

– Minha esposa sabe mesmo fazer uma entrada triunfal.

– ESPOSA! VOCÊ SE CASOU DE NOVO? – guincha uma das jovens a centímetros do ouvido de Ari. Talvez uma ex-aluna. Cass é amiga de tantos deles... É meio impressionante. – Parabéns! Que incrível!

As seguidoras de Cass na mesma hora soltam exclamações melodiosas, como um grupo de pré-adolescentes olhando uma ninhada de gatinhos. De repente, estão todas muito próximas, reunidas em um círculo mais fechado, rodeando Ari.

– Você está bem, Arizinha? – pergunta Cass, em sua voz sexy e rouca.

Ela parece uma cantora de country da velha guarda que consumiu uísque e cigarros demais.

– Só curtindo – murmura Ari, voltando a atenção para sua esposa.

A mulher ao lado delas ri e depois comenta:

– Também vou querer um pouco do que ela usou.

Ari se recosta em Cass, tentando instigá-la a se aconchegar em seu pescoço e roçar seus lábios no ponto fraco atrás da orelha. Cada pedacinho de sua pele parece mais sensível nesse momento.

Minha esposa. *Esposa*. Toda vez que Ari ouve a palavra dita em voz alta, seu cérebro a repete como uma afirmação. Um mantra, como nos livros de autoajuda de Cass. Porque ainda parece incerto. Está reconhecido perante a lei, mas ainda parece um sonho louco intangível. De *não monogâmica* a *esposa*? Talvez seja mesmo inacreditável.

Ou talvez seja o ecstasy que está deixando tudo mais intenso, fazendo a música pulsar pelo corpo de Ari. As unhas de Cass acariciam as costas dela de cima a baixo em um ritmo hipnotizante. É a coisa mais prazerosa que já sentiu na vida.

Ari deveria estar passando a noite em Hell's Kitchen, no mesmo lugar em que passou as últimas viradas de ano. Gabe *sempre* organiza um karaokê para arrecadar fundos para o LaughRiot, e Ari *sempre* veste um figurino abominável e cintilante. Juntos, eles torturam todo mundo com sua interpretação de "The Boy Is Mine" depois de brigarem para decidir quem canta a parte da Monica.

Não há muitas tradições em datas comemorativas na vida de Ari. Ela nunca voltava para Phoenix no Dia de Ação de Graças ou no Natal, mesmo quando estudava na Universidade do Arizona, a poucas horas de distância. Trabalhar horas extras nos feriados sempre foi sua prioridade, em vez de ter que suportar os novos namorados da mãe e as opiniões políticas de vovó Pauline.

A única constante eram as viradas de ano com Gabe.

Mas, três semanas atrás, Cass e Ari se casaram no deque do *Jewel of the Seas*, perto do porto de Nassau, e Cass não achou que fosse pedir demais que sua esposa a acompanhasse em sua festa de ano-novo, ainda que só tivesse avisado Ari uma hora antes de o evento começar.

Ari passou boa parte do dia 31 de dezembro encarando uma mensagem e sentindo pena de si mesma, desejando que as letras se reorganizassem e formassem novas palavras.

então, eles gostaram do trecho que vc mandou
mas falaram não pra vaga na equipe de redatores

> Sua voz não se encaixa no projeto
> tem interesse em ser assistente?

Cass fechou a cara ao ler isso e disse: "Que desrespeito! Você não é uma assistente."

A rejeição doeu mais ainda porque aconteceu após um ano inteiro de fracassos: o KWPS encerrou as atividades menos de um ano depois de pagar a Ari uma quantia modesta pelo roteiro dela, e nenhuma série no streaming se materializou. Nenhuma de suas audições rendeu mais do que um papel como vítima de assédio sexual em um vídeo de treinamento corporativo. Ela trabalhou algumas temporadas de quatro meses em um cruzeiro com Gabe e seu grupo de improviso, viajando entre a Flórida e as Bahamas. Mas Cass não gostava que Ari ficasse distante por períodos tão longos.

No fim das contas, era bem mais difícil fazer sucesso em terra firme.

"É assim que funciona", assegurou Cass. "Sua vida pessoal está incrível agora." Ela fez uma carícia descendo pelo braço de Ari. "Sua trajetória profissional está... estagnada. As coisas vão se equilibrar."

É claro que às vezes você encontra esse equilíbrio ingerindo pequenas doses de substâncias químicas, enganando seu cérebro e levando-o a um estado prolongado de prazer, onde tudo é *bom*.

Às vezes, você observa luzes coloridas projetadas em uma parede de concreto e se permite dissociar enquanto sua esposa faz monólogos sobre sua newsletter e fontes de renda viáveis no ramo criativo.

– Eu e Arizinha vimos o mais recente do Terry Malick – conta Cass às suas puxa-sacos, deslizando um braço ao redor da cintura de Ari num gesto amoroso e tranquilizador. – Todinho.

Cass olha para Ari como se a esposa fosse uma deusa. Ninguém jamais a olhou desse jeito. Nada parecido. Eram olhos de coraçãozinho na vida real.

Além de dar aula na New School, Cass é crítica de cinema. Ela chama celebridades pelo primeiro nome, escreve matérias para revistas, participa de podcasts e tem um apartamento de dois quartos (*dois! quartos!*) no Queens. Ela transformou o quarto menor em escritório, como um adulto de verdade. Agora, metade do apartamento é de Ari.

Quer dizer, o escritório ainda é só de Cass, mas Ari tem mais da metade das gavetas na cômoda. E, em Nova York, oferecer espaço de armazenamento é a suprema demonstração de amor.

Uma das várias descobertas agradáveis de Ari ao se mudar para a casa da esposa: duas das três gavetas na mesinha de cabeceira de Cass estão repletas de brinquedos eróticos, uma fartura de silicone roxo vibrante que Ari nunca nem sonhou existir. Quem sabe ela até não teria cogitado um relacionamento fechado antes se soubesse que a vida de casada é como uma festa do pijama sem fim, com muito mais sexo.

CASS PUXA ARI PELO PULSO.

– Arizinha, esta é Briar e o namorado, Josh, hã, alguma coisa.

– Cruzes, *não*! – reclama Briar, se afastando e apertando a ponte do nariz.

"Arizinha" dá um passo à frente. Josh se prepara para ter seu terno arruinado por um drinque, mas ela não explode de raiva. Seus olhos vítreos e desfocados percorrem o galpão sem se fixar em nada – acima de seu ombro, à sua esquerda, para o teto – antes de encontrar o rosto dele.

– Eu te conheço. – Ela estreita os olhos na iluminação fraca, tocando o peito dele a cada sílaba com o indicador. – Homem Alto e Irritante de Suéter!

Briar observa tudo isso em um estado de surpresa amplificado pela água com gás alcoólica.

– O-O quê? – gagueja ele.

Josh inclina a cabeça um pouco para trás quando ela cambaleia na direção dele outra vez, estreitando os olhos. Ele tenta processar essa nova versão de Ari Sloane, que passou por um filtro de alto contraste: o cabelo louro, o batom escuro, a maquiagem impactante nos olhos.

– Arizinha, vem cá – chama Cass, rindo. – Deixa o rapaz em paz.

Cass prende um cacho cintilante atrás da orelha de Ari, deslizando o dedo por seu pescoço. "Arizinha" morde o lábio inferior e remexe o ombro, sentindo prazer.

Sophie diz que a linguagem de amor de Josh são "palavras de afirmação", e não "contato físico". É uma definição bem precisa e sensata, conveniente para dois indivíduos que só se comunicam pelo telefone. Mas, ao ver outras pessoas expressando afeto, ele sente falta disso.

Ele e Sophie não são o tipo de casal que precisa ficar grudado em eventos sociais. Eles não têm sinais secretos. Eles nunca desenvolveram a linguagem boba de piadinhas internas e apelidos carinhosos.

Nesses momentos, quando sente a ocasional pontada de inveja por uma ternura sutil, ele lembra que relacionamentos à distância proporcionam um tipo diferente de conexão. Todas as armadilhas da vida mundana saem de cena. Você fica apenas com o que é mais importante, não com as brigas porque alguém acabou com o pote de creme de amêndoa.

– Você pode continuar tocando meu cabelo? – pede Ari. – Está muito gostoso.

Mas algo chama a atenção de Cass do outro lado do ambiente cavernoso.

– Dasha! – chama Cass, olhando para alguém por cima do ombro de Josh e acenando. Ela se vira para a esposa e avisa: – Já volto.

Relanceando um olhar por cima do ombro, ela atravessa a roda de conversa e vai na direção de um bando de podcasters e alguém que provavelmente fez o papel de um cadáver em dois episódios diferentes de *Law & Order*.

Briar está sentada no chão, em uma rodinha com jovens ricos vestidos como babacas e absorta com um babaca em particular.

Porra, que erro ter vindo. Josh dá duas voltas sem pressa pelo armazém. Sobe a escada e observa os livros em uma estante perigosamente envergada enquanto beberica um merlot medíocre em um copo de plástico transparente. Ele segura o celular como se fosse sua tábua de salvação. Tamborila os dedos no aparelho de vez em quando, como se dissesse: "Sou tão requisitado e importante que preciso responder minhas mensagens às 23h42 da noite de ano-novo."

Por um tempo, Ari fica no meio de uma pista de dança improvisada, às vezes se esfregando em desconhecidos, alguns dos quais bem receptivos. Ele não diria que ela dança *bem*, mas há fluidez em seus movimentos, e nenhum constrangimento.

Depois da segunda rodada de vinho, que consegue ser ainda pior do que a primeira, ele a perde de vista.

Josh verifica seu celular outra vez.

Josh: Estou pronto para ir embora.
Briar: quem é

Nenhuma mensagem de Sophie. O aplicativo do Uber está travado em uma tela de carregamento eterno.

Josh entra em um quarto vazio, com vários casacos largados em cima de uma cama desarrumada. Fecha a porta e liga para Sophie. Estar sozinho traz uma sensação de alívio imediata, distanciando seus ouvidos dos graves que saem das caixas de som. Sua ligação cai direto na caixa postal. Ele suspira, apertando o *X* vermelho em seu iPhone.

Talvez ela esteja em uma festa tão ruim quanto aquela. Assim como ele, talvez esteja andando de um lado para outro no quarto de um desconhecido, tentando escapar da batida da música.

Talvez, se estivessem na mesma festa, no mesmo quarto desconhecido, bêbados por causa de um vinho medíocre, a situação fosse mais... interessante. Não é muito o estilo de Sophie. Nem o dele. Os dois são o tipo de casal que não toca no controle remoto de quartos de hotel, então ele nem consegue imaginar usar a cama de um estranho para uma rapidinha. Mas nada disso importa em uma fantasia.

Quando um casal se vê a cada dois meses, a imaginação se torna um ingrediente fundamental para a conexão sexual.

Ele liga para Sophie outra vez e ouve a voz dela na mensagem da caixa postal. Seu tom profissional faz o que Josh está prestes a dizer parecer um pouco mais transgressor.

Josh pigarreia quando escuta o sinal.

– Você deve ter recebido o pacote hoje à tarde. Se você leu o bilhete, sabe que contém instruções para colocar todos os itens... todos... e me mandar uma foto hoje à noite. São 23h53, e ainda não recebi nenhuma foto. Isso quer dizer que você não vai ser boazinha este ano? Quantas vezes preciso repetir? Apenas meninas boazinhas merecem o meu pau. – Ele baixa a voz. – Ou você quer que eu te coma como se você fosse uma menina má?

De repente, um barulho... uma tosse ou um soluço... parece vir de dentro do quarto. Josh quase derruba o copo de plástico com o restinho de merlot. Ele desliga e corre até o outro lado da cama, dando uma olhada ao redor. O cômodo está vazio, mas outro barulho vem do lado de fora da janela. Ele não reparou que estava aberta.

Uma silhueta escura está sentada na escada de incêndio.

– Preciso saber... O que tem no pacote? – Ari mal consegue terminar a pergunta antes de cair na risada e depois soluçar. – Tomara que seja uma roupa de palhaço.

Josh dá alguns passos cautelosos até a janela.

– Você está me perseguindo?

– Eu cheguei aqui primeiro – argumenta Ari.

Ela está vestindo uma parca enorme, provavelmente saqueada da cama, e segura uma garrafa quase cheia de vinho com uma coloração rosa enjoativa.

– Eu estava suando aí dentro. Precisava de ar fresco.

– Claro. Aproveite o aroma revigorante do ar poluído pela fábrica aqui perto.

Josh coloca a cabeça para fora da janela, sem confiar muito na integridade estrutural da escada de incêndio para sustentar duas pessoas.

– Então eu sou o "Homem Alto e Irritante de Suéter"? É um dos apelidos carinhosos da Radhya?

– Não – responde Ari, bebendo vinho direto da garrafa. – Você conquistou esse título muito antes de demitir minha melhor amiga por causa de um pato.

– Não foi só por causa de um pato. Era uma questão de respeito. – Ele respira fundo. – Fiquei sabendo que Radhya está trabalhando no Frenchette, então me parece que ela está muito bem.

Ari revira os olhos.

– Ela seria uma chef executiva a esta altura se também tivesse um pai famoso para...

– Famoso? – interrompe Josh, bufando com amargura. – Ele só era famoso por expulsar qualquer um que pedisse ketchup para colocar nos *latkes*.

Ainda é esquisito falar sobre o pai no passado. Ari ergue a sobrancelha, como se tivesse reparado na mudança do verbo. Josh se sente aliviado por ela não fazer perguntas nem tentar oferecer condolências.

– Estou prestes a abrir meu próprio restaurante de alta gastronomia no antigo espaço da Brodsky's. Um salão de bom gosto. Meu menu. Meu objetivo. E sem *latkes*. – Ele não sabe por que decide contar isso a ela, de onde vem esse desejo de validação. – Não tem *nada* a ver com meu pai.

Ari assente devagar e comenta:

– Você herdou um restaurante, e isso não tem nada a ver com seu pai, que *com certeza* não era um ícone de Nova York. É claro. Todo mundo tem as mesmas oportunidades. – Ela dá mais um gole no vinho. – Desculpa aí, mas acho que não vou à inauguração. Só frequento estabelecimentos que servem batata frita.

– Eu não convidaria alguém que gosta de assediar chefs na própria cozinha.

Ari dá de ombros.

– Eu gritei com o Mario Batali na 6th Avenue, e ele quase caiu do ciclomotor dele.

Josh ri, apesar de tudo.

– Vinho? – oferece Ari, estendendo a garrafa na direção dele. – Encontrei no balcão.

Josh examina o rótulo.

– Quem vem a uma festa e traz um White Zinfandel do Trader Joe's?

– Não fale assim da varejista de vinho do proletariado – resmunga Ari.

Ele deveria sair da janela e ir embora. Esperar um Uber do lado de fora do armazém. Não tem motivo para continuar trocando farpas com Ari. Mas algo dentro dele – força de vontade, teimosia, orgulho – se recusa a deixar que ela tenha a última palavra.

Josh pigarreia antes de anunciar:

– Acho que devo te parabenizar pela guinada ideológica na direção da monogamia.

– É claro que você acha que a gente é monogâmica – retruca ela, observando uma festa num terraço bem-iluminado ao longe.

Josh engasga com o último gole de seu merlot horrível. Ari sorri, o que faz surgir uma covinha, e, *porra*, por que ele está reparando em todos esses detalhes de uma pessoa que o despreza, enquanto Sophie está a milhares de quilômetros?

Finalmente, o ícone de carregamento do aplicativo da Uber para de girar.

– Merda – murmura ele. – Só vou conseguir ir embora dessa festa daqui a vinte minutos.

Ari se recosta na parede de tijolo.

– Ainda não deu nem meia-noite. Por que a pressa?

– Se a festa está boa, por que você está sentada sozinha na escada de incêndio?

– Quando o efeito do ecstasy passou, acabou minha tolerância pra conversar sobre Lars von Trier. – Ela solta o ar, formando uma nuvem de vapor no ar frio. – Ouvir sua performance dramática ao telefone foi um bônus inesperado.

– MINHA NAMORADA E EU temos um relacionamento à distância. A gente está tentando... manter as coisas interessantes – explica Josh. – Não é o que você está pensando.

Ari não sabe muito bem *o que* está pensando.

A maravilhosa e leve onda de algumas horas atrás está ficando cada vez mais arrastada, o que leva até a inevitável decepção. Ela odeia essa parte. Não existe mais uma camada reluzente de glitter no mundo. É só o Queens, com suas ruas lamacentas e fileiras de casas com decoração de Natal. A apenas alguns quilômetros do apartamento de Cass. Quer dizer, do apartamento de *Cass e Ari*. Ela olha para a festa no terraço de novo, onde um monte de gente está reunida em um círculo. Será que já é quase meia-noite?

– Você geme ao telefone enquanto ela dobra a roupa lavada? – pergunta Ari.

O celular dele vibra. Josh pega o aparelho e olha o status de notificação do Uber.

– Tenho certeza que, quando nos falamos, Sophie não está fazendo outras coisas.

– Eu estaria subindo pelas paredes – comenta Ari. – Não sei como alguém aguenta um relacionamento à distância.

Josh esfrega a testa.

– Estamos namorando há três anos. No futuro, ela vai voltar pra cá, e vamos morar juntos. E aí acho que vamos nos casar. – Josh remexe o celular nas mãos. – Mas, agora, estamos focados em outras coisas. O relacionamento vai acontecer quando pudermos dar prioridade a ele.

Ari o analisa: o terno, o cabelo desgrenhado de maneira intencional. Josh parece pronto para uma foto. Há algo forçado nessa versão dele. Ou talvez esse seja o estágio final de sua evolução. Qualquer atração passageira que ela sentiu por ele anos atrás com certeza foi por achar sexy ver um homem com braços definidos cozinhar.

Antes de Cass, ela nunca tinha rotulado alguém como namorado ou namorada. Nunca tinha ouvido um "eu te amo". Em seus 26 anos de vida, Ari nunca tinha acordado com alguém sem sentir uma pontada de arrependimento enquanto tentava escapulir da cama.

Nunca acreditou que queriam que ela ficasse.

Agora tem alguém que quer compartilhar tudo com ela. Quem não entraria nessa sem pensar duas vezes? Quem não ia querer largar o cruzeiro depois de doze semanas de viagens até Nassau sem olhar para trás? Quem não ia querer parar de trabalhar depois do horário escolar como babá daqueles pirralhos detestáveis, Agnes e Raphael? Ou como "inauguradora da festa" em bar mitzvahs em Long Island, dançando ao som de Maroon 5 com adolescentes do ensino médio *sem* parecer uma esquisitona?

Cass encoraja Ari a mirar mais alto, porque *sabe* que há mais no mundo para ela do que trabalhar em cruzeiros e ensinar "Introdução ao Improviso" no LaughRiot. Ela a encoraja a enviar propostas para talk shows noturnos. Para tentar a temporada de pilotos outra vez. Esse tipo de incentivo é uma demonstração de amor tão válida quanto o fato de Cass sempre querer chupar Ari.

E, se é preciso assistir a filmes dinamarqueses intermináveis de vez em quando ou ouvir Cass pregar sobre o "feminino monstruoso", ainda é uma troca bem justa.

– Interessante – diz ela, por fim, mais para si mesma do que para Josh.

– O quê? – pergunta ele, erguendo o olhar, na defensiva.

Ari se vira para ele.

– Achei que você fosse adepto da intimidade e do sexo matinal e dos biscoitos de alma gêmea. Você fala de um jeito bem diferente sobre a... hã... Menina Boazinha.

– Tenho certeza do pé em que estamos – insiste ele.

JOSH ESTÁ TENTANDO CONVENCER mais a si mesmo do que a Ari.

A verdade é que, quando Sophie se dirige ao aeroporto, ele faz um checklist mental do relacionamento. Essa visita foi melhor ou pior do que a anterior? Eles ficaram entediados? Conversaram sobre assuntos interessantes? Quantas fotos da viagem ela postou nos stories?

– É claro – comenta Ari. – Você tem cem por cento de certeza de que ela está a mil quilômetros daqui.

– Na verdade, a quatro mil quilômetros – retruca ele.

– E quanto ao seu braço dormente?

– Ela sempre teve um sono muito leve.

– A canja de galinha?

– Sophie nunca fica doente.

É verdade. Josh nunca a viu em nada menos do que uma condição física perfeita.

– E é sopa com bolinhas de matze – corrige ele. – Canja de galinha não adianta nada.

– Preciso admitir que Sophie é um bom nome para gemer: *Sooo-fiiii*. – Ari prolonga as últimas vogais de maneira excessiva. – Se quiser, use isso na sua próxima ligação. "Cass" não é um bom nome pra gemer. O som do "A" é bem curto. – Ari olha para o céu escuro e enevoado e dá um sorrisinho, como se estivesse se lembrando de algo particular. – Mas ela tem uma bunda incrível.

– Como vocês se conheceram? – pergunta Josh, surpreso com a própria curiosidade.

– Quando fui entregar a maconha dela. Achei que eu era apenas um prêmio de consolação – conta Ari –, porque ela estava passando por um divórcio terrível. – Ari traça círculos com o indicador na boca da garrafa vazia. – Acabou virando um casinho muito bom que eu sabia que ia terminar em algum momento. Mas, uma noite, eu estava tentando juntar forças para me levantar, vestir a roupa e voltar pro Brooklyn, quando ela meio que virou de lado, olhou nos meus olhos e falou: "Não quero que você vá embora." E eu percebi... que também não queria.

– A garota que ficava horrorizada só de pensar em passar a noite na cama de outra pessoa?

Ari ri, soltando o ar pelo nariz de um jeito fofo.

– Eu precisei fumar quase toda a maconha do meu estoque na primeira vez em que passei a noite lá. – Ela aperta os lábios como se não conseguisse encontrar as palavras certas. – Sei lá. É *bom*. Ela me quer de verdade. Tipo, o tempo todo.

– Você... – Ele inclina a cabeça, pensando nas palavras certas. – Sem dúvida, você evoluiu.

– Os humanos não se tornam uma nova versão diferente de si mesmos a cada quatro anos? Tipo, uma atualização total com células novinhas em folha?

– A cada sete anos – corrige ele. – Mas é só um mito. Essa não é a média da expectativa de vida das células.

– Entendi.

Ela tenta dar mais um gole na garrafa vazia.

Atrás deles, através das paredes finas, o pessoal da festa começa a entoar a contagem regressiva.

Dez... nove... oito...

– Não vai ligar pra sua namorada de novo? – pergunta Ari. – Desejar um feliz ano-novo?

– Ela está três horas atrasada em relação a mim. – Josh olha por cima do ombro. – E você não quer comemorar a virada de ano com a sua esposa?

Cinco... quatro...

– A gente tem a vida toda pra comemorar. – Ela encara o vazio, parecendo distraída, até mesmo assustada, com a ideia. – Tipo, mais sessenta viradas de ano – murmura ela. – Caramba, é tempo à beça. E acho que não consigo me levantar agora.

Ari e Josh assistem à comemoração no terraço alguns prédios adiante: alguns beijos e abraços empolgados.

Eles se encaram, e o momento parece ao mesmo tempo perfeito e constrangedor. *Será que devemos nos beijar? Talvez só um beijo no rosto. Um gesto amigável.* Não que fossem amigos.

Mas talvez...

O celular de Josh vibra, quase escapa de sua mão e por pouco não cai pela grade da escada de incêndio.

– Meu carro chegou.

Ari assente.

– Beleza.

Josh anda até o meio do quarto para pegar seu casaco no meio da pilha gigante na cama, rezando para que ácaros não tenham se infiltrado nas costuras.

– Bom, feliz ano-novo – deseja ele, acrescentando: – A gente se vê por aí.

Ainda que não consiga imaginar nem *uma* circunstância que seja em que possam se encontrar outra vez.

– Beleza! – grita Ari. – Quem sabe da próxima vez a gente não divide aquele White Zinfandel?

Josh enfia os braços nas mangas do casaco.

– Não, obrigado.

Silêncio.

– Tudo bem, então a gente divide só a sua namorada!

Cada músculo do corpo de Josh fica tenso.

– *Como é?*

– Brincadeira! – grita ela. Então, bem baixinho, quase inaudível: – Ou não...

Três anos
depois

4

QUANDO JOSH LEVOU SOPHIE para ver o apartamento pela primeira vez, ela tinha ficado empolgada ao saber que ficava ao lado do The Smile. A proximidade com um de seus locais favoritos para tomar café da manhã ofuscou o resto da visita, fazendo com que visse os aspectos mais questionáveis do imóvel – as dimensões compridas e estreitas, a sujeira na escada e no elevador do prédio, a reforma que seria imprescindível – sob uma ótica mais positiva.

Sophie concordou que o espaço tinha "bastante personalidade".

Com o The Brod às vésperas de sua grande inauguração, bater o martelo em relação a esse imóvel com uma localização auspiciosa parecia o jeito certo de dizer: "Eu te amo. Por favor, venha morar comigo em Nova York."

Josh se imaginava acordando aos domingos com Sophie. Eles fariam as palavras cruzadas do *New York Times* juntos. Ele faria a maior parte (à caneta) com sua letra perfeita, e ela desvendaria os trocadilhos mais difíceis. Depois, Josh a chuparia e... Apague isso, ela insistiria em tomar um banho primeiro, e *depois* ele a chuparia, e Sophie retribuiria o favor, mas não fariam um 69, porque "tira a concentração". Depois, ele ligaria o rádio e faria o café da manhã: ovos fritos ou torrada com avocado, ou então panquecas de ricota com limão. O que ela quisesse.

Josh fez sua melhor oferta, usando a maior parte de sua herança, e os dois desceram para compartilhar o que seria sua primeira e única refeição no The Smile.

SEIS MESES DEPOIS, a palavra cruzada de domingo está em branco e esquecida sob um amontoado de jornais dobrados. Não há sexo. Nada de panquecas de ricota com limão nem cozinha reformada. Nada de Sophie. E, ainda assim, tem a porra de um café da manhã hipster de domingo bem debaixo da sua janela, como um ataque cruel. Mesmo no quinto andar, ele as ouve: pessoas em sã consciência que escolhem passar horas do seu fim de semana apinhadas no frio, esperando que seus nomes sejam chamados por um atendente. Tudo pelo privilégio de esperar quarenta minutos para que um cozinheiro de ressaca coloque uma colher de molho holandês sem tempero em cima de uns ovos pochés malfeitos.

Se tem uma coisa que Josh não suporta é um ovo poché malfeito.

Outra coisa que não suporta são mulheres que aceitam ofertas de emprego em Dubai quando seu namorado está passando por uma implosão na carreira.

O som estridente da campainha reverbera nas paredes cavernosas de tijolo, arrancando-o das lembranças de Sophie.

Até que enfim. O pedido chegou. Ele aperta o botão de PORTA no interfone e ouve o rangido do elevador, içando o entregador até o quinto andar.

Quando o elevador chega, é Briar quem aparece e entrega a Josh a sacola com seu pedido, sem tirar os olhos de seu celular enorme. *Que ótimo*. Ele foi emboscado em sua fortaleza de solidão.

– Emprego novo? – pergunta ele, quando a irmã passa a seu lado. – A agência de marketing digital não deu certo? – Ele observa o casaco de pele sintética azul. – Que uniforme interessante.

– Fiquei de tocaia na frente do prédio e interceptei o entregador. Ele recebeu uma ótima gorjeta e não precisou arriscar a vida nessa armadilha mortal que é o seu elevador.

Josh ouve o clique familiar de saltos altos no piso de madeira que ainda precisa retocar.

– Tragam tudo por aqui! – grita Abby, a mãe dele, para três homens com camiseta de uma empresa de mudança, que empurram diversos equipamentos de cozinha para o que deveria ser a sala de estar de Josh. – Por que não responde nossas mensagens? – pergunta ela, antes de dar um último gole no seu copo de café.

Sua mãe dá uma olhada no apartamento que um estranho acharia inofensiva, mas Josh reconhece o ar de julgamento bem-intencionado.

– Fizeram uma nova oferta na Brodsky's. O contador quer nos encontrar outra vez. Você precisa tomar pé da situação, Joshua.

– O que são essas coisas todas? – pergunta ele, quando dois homens aparecem com o que um dia tinha sido o icônico (e sempre defeituoso) letreiro de neon da Brodsky's.

Josh tem certeza de que os problemas na sua carreira começaram no momento em que o removeu da fachada.

– Fizemos uma limpeza no porão. – Abby tira uma fita métrica da bolsa Goyard e a estica pela largura do cômodo que seria o escritório de Sophie. – O prédio vai ficar mais apresentável sem a zona que seu pai acumulou lá embaixo durante quatro décadas.

Além de armazenar o fornecimento da Brodsky's, o porão se tornara um depósito para todas as porcarias que Danny sabia que era melhor não levar para o apartamento superlotado da família no Upper West Side.

– De jeito nenhum – protesta Josh.

Abby coloca uma das mãos no quadril.

– Não vou pagar um centavo para armazenar tralhas num depósito quando tem quase 30 metros quadrados de espaço aqui. Achei que você fosse reformar o apartamento.

– Eu ando ocupado – retruca Josh.

Durante boa parte do verão, ele conseguiu evitar as mensagens da mãe fingindo que estava nos Hamptons.

Briar ergue os olhos do celular e questiona:

– Com o quê?

É uma pergunta legítima. Desde a falência do restaurante, Josh vem reduzindo o que restou de suas economias pedindo comida e evitando obrigações sociais. Não está trabalhando.

Ele vai até a bancada da cozinha, feita com uma fórmica laranja tenebrosa *nem um pouco* reformada. Mal-humorado, tira o conteúdo da sacola.

O mais enlouquecedor é que a *ideia* era boa. E, no começo, tudo tinha saído conforme o planejado.

O The Brod estava no topo das listas de "restaurantes mais aguardados" da cidade. Era impossível conseguir uma reserva nas primeiras semanas. Mas críticos, blogueiros gastronômicos e até os próprios clientes imaginavam que seria uma versão moderna e mais caprichada da Brodsky's original. O que eles não queriam era pagar 37 dólares por semente de girassol refogada com *fumet* de alcachofra-de-jerusalém.

Os moradores do East Village escreveram longos comentários nos blogs do bairro. As avaliações no Yelp acusaram o The Brod de traição e afirmaram que Danny Kestenberg devia estar se revirando no túmulo. Quando uma avaliação no *New York Times* viralizou ("The Brod é um complexo de Édipo da gastronomia"), as reservas cessaram. Josh precisou demitir a equipe alguns meses depois da inauguração.

Briar surge ao lado dele, tirando a franja da frente dos olhos. Seu casaco ridículo a faz parecer um Muppet teimoso.

– E se a gente não vender? – sugere a irmã. – Poderíamos reabrir como uma delicatéssen de novo...

– Não.

O icônico letreiro neon, agora em cima de sua passadeira luxuosa, é um lembrete constante do seu fracasso retumbante. Josh não tem a menor vontade de voltar para a cozinha onde, toda quarta-feira à tarde, seu pai se plantava em frente à mesa de preparo para fazer a mesma salada de ovos sem graça.

À noite, quando tenta sem sucesso pegar no sono em seu quarto arejado, Josh ouve a voz de Danny ecoando em sua mente, mais alta do que nunca: *Por que você tem que complicar tudo? Minha comida não era boa o bastante pra você?*

Só que, agora, ele não pode responder aos gritos. Nem pedir desculpas. Simplesmente vai passar o resto da vida sabendo que Danny tinha razão.

Briar tira o casaco e se senta em uma das cadeiras da mesa de jantar onde Josh nunca recebeu visitas. Sophie as escolheu.

– Você não pode continuar aqui nesse apartamento esquisito lambendo as feridas por mais seis meses – diz ela. – Gastronomia é um ramo arriscado. Você errou. Agora precisa lidar com isso.

Palavras confiantes ditas por uma jovem de 24 anos que nem sequer chegou a pegar num pano de prato na delicatéssen.

Josh desembrulha seu bagel, examinando-o e colocando-o em um pratinho branco. Bagel de gergelim não tostado recheado com cream cheese e fatias de tomate.

– Porra, toda vez é isso. Eu falei uma fina, *FINA*, camada de cream cheese *simples*. Esse tem cebolinha. – Ele desliza o prato para Briar. – Já comeu hoje? Pode ficar com esse bagel.

Ele pega na sacola o segundo bagel com gergelim e um recipiente à parte com cream cheese. Sempre pede um extra, porque eles deixam os bagels abarrotados, como se estivessem colocando concreto.

– O tomate está sem sal – avisou Josh. – Esqueceram as alcaparras.

– Só pra constar, eu te *avisei* pra não responder aquela crítica. – Sua irmã passa o dedo pela montanha de cream cheese e prova, antes de pegar o saleiro. – Sou do marketing, mas você nunca me escuta. Ué, não tá tostado?

– Você é influencer...

– Criadora *e* consultora de conteúdo.

– ... e aquilo não foi uma crítica. – Josh corta o bagel extra com uma faca de carne. Não consegue lembrar a última vez que abriu seu estojo de facas. – Foi um artigo tendencioso. E, nessa casa, não tostamos bagels. Isso é uma blasfêmia.

– Meu Deus – diz a mãe dele, enquanto orienta os caras da mudança na parte da frente do apartamento –, às vezes você fala igualzinho ao Danny.

Josh quase corta a mão. Briar continua a falar sobre seu novo assunto favorito.

– Beleza, talvez a coisa tenha ido além de uma simples avaliação negativa. Mas qualquer tipo de atenção é boa.

– Recebi um e-mail de ninguém menos que o Guy Fieri dizendo para eu "manter a cabeça erguida".

Briar tira uma garrafa de suco verde da bolsa, junto com um canudinho de metal.

– Tá bom, mas o lado positivo de um fracasso retumbante...

– Achei que fosse "um ramo arriscado" – intervém Josh.

– ... é que você tem a oportunidade de criar um arco de redenção. – A irmã se inclina para a frente. – Dê às pessoas um motivo pra torcer por você. Tipo a era *Reputation* da Taylor Swift: caótica até dizer chega, porém mais interessante do que ser apenas bem-sucedida.

Ela dá uma mordida enorme no sanduíche.

– Bem, eu preferia ser bem-sucedido. – Josh oferece à irmã um guardanapo muito necessário. – E, depois que vendermos o prédio, vou poder reconstruir minha vida.

Ele poderia se mudar para Big Sur, Miami ou Lisboa e deixar tudo aquilo para trás.

Quando o temporizador de sua cafeteira apita, Josh serve o conteúdo do jarro na caneca, deixando a mente vagar para um tempo em que tinha tudo para dar certo.

– Tem notícias da Sophie? – pergunta a mãe.

Maravilha. O segundo motivo para essa emboscada: falar mal de Sophie.

– Ela parece bem – responde ele, sucinto.

Abby franze a testa e prossegue:

– Ela ainda vem para o evento da Sociedade Histórica? Vão fazer uma homenagem para o seu pai. Não posso deixar uma cadeira vaga na nossa mesa.

– Ela deixou de segui-lo mês passado – informa Briar, como se anunciasse a hora do óbito de um paciente no hospital, então troca *EX?* para *EX* ☹ depois do nome de Sophie no seu celular.

Josh passa a quantidade correta de cream cheese na metade de cima do bagel e tenta encontrar uma âncora.

– O problema não fui eu – diz ele, recostando-se na cadeira e tentando parecer tranquilo. – Ela foi promovida.

Briar inclina a cabeça.

– Mas é *meio esquisito* ela ter aceitado um emprego do outro lado do mundo algumas semanas depois de ter concordado em vir morar com você.

– Não tem nada de "esquisito". Foi uma oportunidade profissional.

A irmã estreita os olhos, como se tentasse identificar qualquer indício de angústia no rosto dele.

Josh não revela nada. Ele está bem. Saiu do apartamento *várias* vezes nas últimas duas semanas. Pessoas arrasadas não vão à academia e fazem um treino intervalado de uma hora na esteira a uma inclinação de sete por cento, atingindo um novo recorde pessoal. Elas nem se levantam da cama.

– Ai, o feed da Sophie era um sonho – sussurra Briar, enquanto passa as fotos selecionadas com cuidado e cheias de filtro da ex dele, que pararam de incluí-lo em algum momento do ano passado.

Encontre uma âncora.

– Ótimo – comenta Abby, ainda tirando medidas. – Então você está pronto para a próxima.

Antes que Josh possa protestar, Briar se intromete:

– Aqui. – Ela estende o celular com a tela aberta em um aplicativo de relacionamento que ele nunca tinha visto. – Fiz um perfil pra você mês passado. Estou conversando com essa aqui já faz alguns dias.

Ele vê uma foto de "Maddie, 31". Ela tem cabelo castanho comprido, dentes extremamente brancos e um discreto bico de pato.

– Essa mulher tem conversado com *você*?

– Tecnicamente é *catfishing*, mas acho que vocês dois teriam uma química incrível. Olha, acho que ela tirou essa foto no The Brod.

– Ela faz parte dos avaliadores de elite do Yelp – acrescenta a mãe dele, analisando o perfil por cima do ombro de Briar.

– Que ótimo. – Josh vira a cara para a tela. – Não vou precisar explicar por que estou desempregado.

Briar ignora a provocação.

– Tentei... dar outra cara ao seu jeito de babaca indiferente.

– "Jeito de babaca indiferente"?

– Nenhuma mulher quer sair com um cara que parece estar de luto. – Briar dá uma olhada no suéter preto e na calça preta que está usando, *que é de abotoar, NÃO um moletom depressivo, por sinal*. A irmã continua: – Coisa que você parece estar. Tipo, o tempo todo.

Isso é pura baboseira. Todo mundo em Nova York parece estar a caminho de um velório nessa época do ano.

– Por outro lado – prossegue ela –, você é basicamente o vilão do mundo dos restaurantes de Nova York. A gente pode usar isso a seu favor! E com certeza vocês dois já estão na fase de se encontrar pessoalmente. Podemos marcar alguma coisa agora mesmo. Estou pensando em *bubble tea* e passeios de bicicleta e...

– De jeito nenhum.

– Olha pra ela, Josh! Maddie pode te ajudar a esquecer a Sophie! – Briar praticamente esfrega o celular na cara dele. – Quanto mais tempo você se isolar, mais difícil vai ser voltar a sair com as pessoas. Vou arrumar uma nova namorada pra você até o fim do ano. Estou emanando isso pro Universo.

Encontre uma âncora.

– Não vou passear de bicicleta com uma mulher que nem sabe que está de papo com a minha irmã.

– Podemos escolher outra pessoa agora, então – sugere ela, deslizando a tela com um gesto dramático. – Olha... que tal a Salvia?

Abby volta até a mesa para avaliar a possível futura nora.

– *Amo* um nome botânico! – exclama a mãe.

– Minha primeira filha vai se chamar Oliva – complementa Briar.

Josh franze a testa.

– Tipo uma azeitona?

– Ah, ela tem um piercing no septo. Vamos deslizar pro sim!

– Não estou interessado em Maddie ou Oliva...

– É *Salvia*.

– ... nem em mais ninguém. – Ele meneia a cabeça para o celular de Briar. – Não é assim que deve ser.

– Ok, você tem razão. Não é a narrativa ideal pra seção de casamento do *New York Times*. – Briar desliza a foto de Salvia para a direita sem a menor sutileza. – Mas é um bom ponto de partida.

Ele se imaginava noivo aos 34 anos. No mínimo, morando junto. Não recomeçando do zero.

As unhas de Briar continuam a tamborilar suavemente na tela.

– Também fiz uma conta no Grindr – acrescenta ela. – Vai que...?

– NOVENTA E SETE DÓLARES POR UM VIBRADOR? – sussurra Radhya, em meio à trilha sonora de trip-hop da loja. – Vem com uma bateria que dura três anos ou algo assim?

– Olha, esse seria um avanço tecnológico bem útil para os vibradores – comenta Ari.

Ela passa a mão pela prateleira suspensa branca e elegante, roçando em objetos do tamanho da mão nas cores rosa-choque, roxo-escuro e azul-petróleo, como se fossem pequenas réplicas de obras de arte.

A etiqueta não desperta em Ari seu costumeiro choque ao ver um preço alto, porque Cass insiste em esbanjar com acessórios bem caros.

Insistia. A mesinha de cabeceira com três gavetas foi levada embora, mas os brinquedos continuavam aqui, jogados em uma caixa de papelão que Ari pegou na loja de bebidas, descendo o quarteirão.

A sex shop tinha sido ideia de Radhya, um ato corajoso de autocuidado. Mas não dá a sensação de autocuidado. Muitas clientes na CreamPot se parecem com Cass de costas. Durante os dois anos e meio de relacionamento, Ari nunca confundiu estranhas na calçada ou no metrô com sua esposa. Mas, de repente, sósias de Cass com blazer preto e cabelo curtinho surgiram pela cidade, como se brotassem do chão.

No ano passado, Cass e Ari foram a um workshop sobre a ética da não monogamia. Elas preencheram mais da metade do *Livro de exercícios do ciúme*. Elaboraram um documento definindo os novos limites de seu casamento. Era permitido intimidade física com outras pessoas (mas emocional não). Ménages? Sim, queremos. Por nove meses, foi o equilíbrio perfeito entre relacionamento estável e aventuras excitantes.

Até que veio agosto. Cass se mudou para o norte, a duas horas de carro, para atuar como professora convidada por um semestre na Bard e concluiu que o documento delas não tinha sido tão abrangente quanto deveria.

"Podemos nos desacorrentar da hierarquia", sugeriu Cass, durante uma chamada de vídeo, "onde 'casais'", ela fez o gesto de aspas, "são priorizados em relação a outros relacionamentos."

Enquanto Cass folheava seu caderninho de anotações, parafraseando os dogmas da anarquia em relacionamentos que ela ouvira em uma TED Talk, Ari estava um pouco distraída, imaginando qual seria a intensidade emocional dos "outros relacionamentos" de sua esposa.

Para ser sincera, Cass sempre odiou essa coisa de hierarquia.

"O amor é abundante", dizia ela, tranquilizando Ari. "Ele se espalha."

Mas, um mês depois, seu amor por Ari acabou.

Ela nunca tinha *ido embora*. Não assim.

As últimas semanas têm sido como viver submersa: tudo está embaçado e distorcido. Ari nem se lembra de ter vestido sua calça jeans com o pior caimento e um velho moletom com capuz. Ela não tem lembrança de pegar o metrô ou encontrar Rad na área de carga e descarga do restaurante dela, depois do turno do café da manhã.

Ari pretendia terminar um de seus projetos freelance de escrita na noite passada. Em vez disso, acordou às cinco da manhã em um colchão de ar quase vazio, com um fio de baba na fronha do travesseiro, desnorteada pelas paredes nuas e apenas uma frase incompleta e sem sentido no Google Docs aberto.

Ela mexera no arquivo o dia todo, digitando piadas medíocres em seu celular e depois as apagando.

A escrita foi ideia de Gabe – um de seus vários bicos. É uma plataforma para "empreendedores criativos" chamada NeverTired, em que estranhos pagam comediantes profissionais para elaborarem discursos para brindes de casamentos, bar mitzvahs, até mesmo sermões religiosos.

Piadas escritas para seu próprio stand-up? Nenhuma. Roteiros em andamento? Zero. Bicos de escrita que demandam muito tempo e pagam só o suficiente para criar a ilusão de que valem o esforço? Dezessete nas últimas duas semanas.

Além disso, Ari não precisa se mudar do apartamento que as duas compartilhavam.

São os pequenos detalhes que estão sendo mais difíceis de superar. As coisas em que você nem repara quando vive um relacionamento de repente exigem ligações e papeladas para serem desfeitas. Quais contas estão no nome de Cass? As duas vão permanecer no plano família da operadora de telefonia? Vão continuar compartilhando a senha do streaming da mãe de Cass?

Em vez de um nó gigante, é um emaranhado de fios.

– Você *ainda* manda mensagem pra Cass? – pergunta Radhya, segurando um arnês em volta dos quadris. – Falei pra bloqueá-la. – A amiga larga o arnês e inclina a cabeça. – Por favor, me diga que você não mandou *outro* nude pra ela...

– Estou tentando terminar um discurso para uma madrinha de casamento – rebate Ari, o que é a mais pura verdade, mas não uma negativa em relação a mandar para a ex-mulher uma foto muito lisonjeira capturada em frente ao espelho do banheiro na noite passada.

Rad estremece.

– Não sei como você tem estômago pra escrever sobre amor eterno quando está passando por um divórcio.

Ari examina algo que parece uma chave-inglesa com uma língua na ponta.

– Por que são todos roxos? Quando foi que o roxo virou a cor oficial dos brinquedos eróticos?

– Então... você *continua* mandando mensagem pra Cass ou agora são apenas os advogados que entram em contato? – insiste Radhya.

– Podemos não falar disso na frente da língua?

– Você precisa dar um corte. Arrancar Cass da sua vida. – Radhya faz um movimento rápido com a mão na horizontal. – Canalizar sua energia para algo positivo em vez de ficar em um apartamento vazio sentindo pena de si mesma.

Esse é o discurso de Radhya no estilo *vamos passar para o próximo item da lista de afazeres pós-término*. Ela é o tipo de pessoa que seria capaz de resolver o problema com o provedor de internet fazendo uma ligação ríspida de dois minutos para o serviço de atendimento ao cliente. E é difícil discutir com alguém que já esteve nessa mesma situação.

Ari também não gosta dessa fase. Mas chafurdar na tristeza parece um peso confortável. Como um cobertor gravitacional.

Radhya balança a cabeça e faz o gesto de corte outra vez.

– *Corta*. Lembra de todos aqueles finais de semana intermináveis que você precisava passar com os amigos horríveis dela?

Mesmo sem deixar transparecer qualquer evidência do seu desgosto, os amigos de Cass faziam Ari sentir que irradiava uma aura de não pertencimento. De falta de talento. De "é só uma fase".

Para ser sincera, a hostilidade era mútua. Radhya não era lá muito fã do jeito como Cass foi atrás de Ari durante uma de suas apresentações no cruzeiro e a pediu em casamento publicamente, perto da piscina de ondas. Ou do jeito como Cass incentivou Ari a largar aquele emprego bem legal para "buscar oportunidades mais prestigiosas".

Radhya tira seu celular da bolsa.

– Droga, meu churrasqueiro ligou. Preciso voltar pro restaurante.

Ela é sous chef em um restaurante de "gastronomia americana contemporânea" em West Village enquanto tenta transformar o trabalho ocasional com bufê em uma série de eventos pop-up com a ajuda das conexões de Ari nesse ramo.

– Quer dormir lá em casa hoje? Você não precisa ficar sozinha. Podemos conversar mais sobre o conceito do restaurante pop-up. Testamos receitas, escolhemos a decoração, maratonamos *Vida a bordo – Mediterrâneo* e...

Ari balança a cabeça.

– Eu estou bem. Tenho meu colchão inflável. E vou falar com o gerente do bar ao ar livre essa semana.

Rad coloca as mãos nos ombros de Ari e diz:

– Quero que você saiba que apoio você transar com ele outra vez para ele deixar a gente usar o local.

– Valeu.

– Já que tem o apartamento só pra você, vê se escolhe um brinquedo bem barulhento. – Radhya entrega a ela um rolo de silicone marrom em formato de S. – Que tal esse?

– É brinquedo pra casal – responde Ari, baixinho, tentando não atribuir nenhum tipo de dor ao momento. – A gente tinha um desse. Tenho quase certeza de que Cass levou embora também.

DEPOIS QUE ABBY E OS HOMENS da mudança vão embora, deixando o apartamento de Josh cheio de quinquilharias velhas e mofadas, ele concorda em acompanhar Briar de volta até seu apartamento em Tribeca, só para evitar olhar tudo aquilo por um tempinho. Josh passa por entre a multidão de turistas no SoHo, ouvindo as histórias maçantes de Briar sobre ter saído com "certo ator da Marvel". Mas de qualquer forma Josh não tem nada melhor para fazer em uma tarde de domingo. Nada de preparos para o serviço do jantar. Ninguém esperando que ele apareça em algum lugar ou faça alguma coisa.

– Se Maddie for muito sem graça – diz Briar –, eu tenho trocado mensagens com outra garota, a Norah, que...

– Já falei pra parar com isso.

– ... está quase terminando a residência em odontologia.

Josh esfrega as têmporas após dar um encontrão em alguém tirando uma selfie em uma das poucas ruas de paralelepípedo que ainda restam na cidade.

– Ela mora em Jersey City e...

– Não.

– É só atravessar o rio...

– Fica em outro *estado*.

Briar para de repente, em frente à vitrine de uma loja discreta, com uma fachada de tijolo e aço e uma janelinha posicionada em um local inconveniente.

– Ah! Faz tempo que eu quero vir aqui! – exclama a irmã. – Podemos entrar rapidinho?

A loja tem o ar pseudomedicinal dos revendedores de cosméticos refinados que Sophie gostou de visitar durante a viagem dos dois para Seul. Não tem nada na vitrine, nenhum pôster prometendo rejuvenescimento. Apenas um letreiro pequeno e sutil escrito *CreamPot*.

– Eu espero você aqui fora – avisa ele.

Um ano atrás, Josh poderia ter investido em um sérum de hidratação, mas que diferença faz o tamanho dos seus poros agora?

– Você tem que entrar. Quero uma foto lá dentro pra colocar no meu feed. Pode virar uma publi! Além do mais, só deixam homens cis entrarem acompanhados por uma mulher ou uma pessoa não binária – acrescenta ela. – É seu dia de sorte.

Do outro lado da porta de vidro pesada, o espaço é todo branco, como uma loja da Apple sem todas aquelas marcas de digitais gordurentas. Em um pedestal de concreto, há uma pequena escultura em tom fúcsia-escuro que mais parece um dos brinquedos que Sophie guardava em sua mesa de cabeceira.

Josh para de andar.

– Achei que fosse uma loja de cosméticos.

– A Chloë Sevigny jura que esse lugar é incrível.

Briar começa a tirar fotos de vários ângulos.

Josh enfia as mãos nos bolsos. É melhor não encostar em nada para não arriscar derrubar um produto ou tocar em algum botão de LIGAR invisível.

– Não vou ficar do seu lado como se estivéssemos fazendo compras juntos – anuncia ele.

A atenção de Briar se desvia de repente.

Ele acompanha o olhar da irmã até uma mulher de casaco xadrez sob um expositor com *Dildos Realistas* escrito em uma fonte elegante.

Imagens lampejam na mente de Josh, como se alguém lhe mostrasse uma série de fotos Polaroid. Muitas das lembranças dos últimos oito anos foram deletadas de seu cérebro, mas cada interação ínfima com essa mulher está gravada a ferro e fogo em sua memória. Ele nunca conseguiu apagá-las.

Ari está segurando um objeto fálico, revirando-o, enquanto lança olhares discretos na direção de Josh de vez em quando. O cabelo dela está mais comprido do que na última vez em que a viu, castanho de novo, caindo delicadamente por seus ombros sob um gorro frouxo. Ela é a personificação de aconchego, apesar do entorno estéril.

– Você a conhece? – sussurra Briar, cutucando-o no peito com o cotovelo.

– Ela é *casada* com a sua professora.

– *Caramba*. É ela?! – exclama a irmã, reconhecendo Ari. – Ai, meu Deus. Ela está vindo pra cá.

Briar se abaixa atrás de uma fileira de prateleiras brancas.

– O que você está fazendo? – questiona Josh, instintivamente procurando um lugar para se esconder também, quando...

– Josh?

Ele se vira. Ari está a menos de 1 metro de distância.

– Hã...

Ela aponta para o próprio peito com um dildo coral de vidro em formato de tentáculo e se apresenta:

– Ari.

– Claro, eu sei. – Josh observa Briar sair da loja furtivamente. – Eu estava...

– Comprando vibradores? – sugere ela, com a sobrancelha erguida.

– ... indo embora. O que você está fazendo aqui?

Ela dá de ombros e ergue o dildo de novo.

– Por pouco você não encontra Radhya – comenta Ari.

Que alívio. Havia uma grande chance de que Radhya tentasse nocauteá-lo usando algum objeto fálico.

– Como você está? – pergunta Josh, depois de alguns segundos de silêncio constrangedor, transferindo o peso de um pé para outro.

– Ótima – responde Ari, baixinho. – É, superbem. – Ela assente e olha por cima do ombro dele. – Tudo certo.

– Como está... sua esposa?

Uma expressão estranha atravessa seu rosto. Ela passa o tentáculo de uma das mãos para a outra.

– Este semestre ela está trabalhando como professora convidada no norte do estado. Ela está... bem. – Seus lábios se comprimem em uma linha fina, antes de se curvarem em um sorrisinho. – De acordo com o Instagram, ela está bem.

Josh fica perplexo por um instante. Não por causa do aparente término, que não o surpreende nem um pouco. Mas há um tremor nada característico na voz dela.

– Sinto muito – diz ele, sincero. – O que aconteceu?

– Duas semanas atrás, Cass apareceu no nosso apartamento com uma "jovem professora adjunta genial" que ela conheceu na Bard. Katya. De cara, não achei nada de mais, porque estávamos tendo um relacionamento anarquista.

– Relacionamento anarquista?

– É, a gente se libertou das expectativas que a sociedade coloca em cima de uma relação duradoura. – Ari assente ao explicar, mas engole em seco com tanta força que Josh vê o movimento em sua garganta. – Aí eu vi os caras da mudança embrulharem os móveis em plástico-bolha e percebi que ela não tinha levado a mulher com pós-doutorado e peitos enormes pra nossa casa pra fazer um ménage.

Puta merda. Ela está à beira das lágrimas por causa da tentativa constrangedora de Josh de puxar assunto por educação. Como é que se conversa sobre divórcio?

– Eu...

– Acho que agora ela está nessa de relacionamento anarquista com a Katya. – Ari se balança para a frente e para trás em suas botas, nervosa. – Quer dizer, essa mulher tem 26 anos e cria bodes em uma fazenda por puro hobby, e Cass sempre curtiu louras. – Ela cospe as palavras rapidamente. – Então por que não iria se reinventar com uma mulher ainda mais jovem?

– Isso é...

– Irônico? Não. Talvez irônico no estilo da música da Alanis Morissette. Os bodes são fofinhos. Cass posta um monte de fotos deles no Instagram.

Ari respira bem fundo, encolhendo os ombros cheios de tensão. Ele mal consegue se conter para não esticar a mão e segurá-la. Não é uma coisa que as pessoas fazem para acalmar as outras? Seria intrusivo demais? Íntimo demais?

– Enfim, essa é a minha história triste. E você, como está?

Josh fica surpreso, ainda tentando processar as informações dos últimos dois minutos. Já faz um bom tempo desde que conversou com alguém que não está tentando juntá-lo com uma vítima de *catfishing*.

– Bem – mente Josh.

– Sério?

Ari analisa o rosto dele. É o tipo de escrutínio que ele tem evitado há meses.

– Não pareço bem?

– Você nunca pareceu bem – responde Ari, com uma risadinha.

Sua mão direita – a que não está segurando o dildo em formato de tentáculo – faz um movimento rápido, como se estivesse prestes a tocar no braço dele. Josh fica na expectativa, mas ela desiste no último segundo e pega algo que parece uma língua roxa gigante.

– Você quer conversar? Poderíamos finalmente dividir aquela garrafa de White Zinfandel...

É algo entre uma pergunta e uma sugestão, pontuada por reticências.

– Não. – Ele hesita por meio segundo, só o suficiente para ver que Ari parece decepcionada, confirmando que o convite era para valer. Então convida: – Que tal uma bebida de verdade?

5

– O *NEW YORK TIMES* PUBLICOU um artigo tendencioso em vez de uma crítica honesta. Aí, de repente, estava aberta a temporada de caça a mim só porque meu pai era dono de uma delicatéssen.

Ari está sentada ao lado de Josh no bar de um hotel chique na esquina da rua do CreamPot. Ela bebe uísque, e ele, uma taça de malbec. Josh parece menos refinado hoje em dia. Seus ombros estão meio caídos, como se ele não quisesse ocupar muito espaço. Uma barba irregular cobre parte do seu rosto, escondendo a forma como seus sentimentos se manifestam à flor da pele.

– A frase "só porque meu pai era dono..." não inspira muita compaixão – observa Ari.

O bar está tranquilo no período entre o fim do turno do almoço e o início do jantar. É um alívio sentar lado a lado em vez de ficar frente a frente em uma mesa, onde Josh veria cada microexpressão de Ari.

– Aquela merda de artigo me tornou tóxico. Eu estava tentando dar uma nova vida aos negócios. De repente, todas as pessoas que não comiam na Brodsky's havia anos estavam me acusando de desonrar a memória do meu pai. – Ele pousa a taça no porta-copo com um pouco de força demais. – Eu não sou herdeiro de um legado gastronômico grandioso. Meu pai acreditava que qualquer prato com mais tempero que gordura de galinha, sal e pimenta-do-reino não tinha espaço no cardápio. Eu tenho direito a querer mais do que isso. Era pra eu criar alguma coisa importante. Era pra eu já ter uma estrela Michelin a essa altura.

– Talvez, para algumas pessoas – começa Ari –, um sanduíche de pastrami com a quantidade exata de mostarda seja mais impactante do que um prêmio de uma empresa de pneu.

Josh encara sua taça de vinho, nada convencido. Ela pigarreia e tenta mudar de assunto.

– Bom, pelo menos você tem a... Sarah?

– Sophie.

– Isso. – Ari se inclina para a frente. – Sua "menina boazinha".

Josh revira os olhos.

– Você não lembra o nome dela, mas lembra disso?

– Está marcado a ferro e fogo no meu cérebro – brinca Ari, dando batidinhas na têmpora. – Ela era a metade que faltava do seu biscoito mesclado, com braços e pernas e um pênis esquisito e pequeno?

O barman olha para eles.

– Aquele desenho não era um autorretrato. – Josh dá mais um gole no malbec e balança a cabeça. – Sophie só gostou de mim no momento de maior sucesso. Foi essa parte que ela topou. Não... isto. – Ele gesticula para si mesmo. – Sabe o que me incomoda? Passei meus melhores anos naquele relacionamento. Dois anos atrás, eu apareci no programa *Chopped, o Desafio*. Saí em uma matéria de página dupla da revista *Food & Wine*. Recebia convites para festivais e eventos gastronômicos. Recebia mensagens de mulheres. Uma me chamava de "Garotão Grandão" e viva me pedindo para pisar no pescoço dela.

Ari quase cospe seu uísque de 8 dólares. Essa deve ter sido a primeira risada genuína na semana toda.

– Mas, agora, se uma mulher me procurar no Google, a primeira coisa que ela vai ver é...

Josh se interrompe, como se não tivesse certeza de qual palavra usar.

– Um desastre? – sugere Ari.

– Um artigo na *Eater* onde eu sou retratado como o filho petulante que arruinou o legado do pai ao acrescentar raspas de laranja a uma receita de *blintz*.

Ele suspira e seu corpo todo parece encolher.

– Beleza, mas ela vai estar com um cara que sabe preparar *blintzes*. E você ainda pode cozinhar – ressalta Ari, porque, por algum motivo, o problema dos outros sempre parece ter uma solução óbvia.

Ela não teve motivo para absorver a dor de outra pessoa desde que Cass foi embora. A sensação não chega a ser *boa*, mas dá um alívio estranho não chafurdar na própria infelicidade.

Josh encara o restinho de seu vinho, os ombros se erguendo e baixando por causa dos suspiros profundos.

– Não tenho o menor interesse em pisar em outra cozinha. E ninguém quer me contratar. – A voz dele está mais suave e resignada do que Ari se lembrava. Como se toda a fúria e as certezas que o cercavam houvessem se esvaído, e agora ele estivesse oco. – Toda manhã eu me levanto e lembro que não tenho planos e nada pelo que ansiar.

– Bom, isso não é verdade – rebate Ari, engolindo em seco e vasculhando o cérebro em busca de uma maneira de mudar o rumo melancólico da conversa, embora ela pense exatamente a mesma coisa quando acorda às quatro da manhã no colchão inflável. – Você acabou de gastar 86 dólares no CreamPot.

– Eu não precisava de um dispensador de lubrificante que deixa as mãos livres – salienta ele.

– É conveniente *e* higiênico. – Ela ri, sentindo o último gole de uísque queimar garganta abaixo. – Você vai me agradecer da próxima vez que levar uma garota pra sua casa e não precisar revirar sua mesa de cabeceira.

Josh termina o vinho.

– Para de ser legal comigo. Me deixa desconfortável. E eu não mereço.

O álcool faz Ari querer apertar o braço dele em demonstração de apoio ou algo assim. Mas esse tanto de contato humano provavelmente o deixaria em cacos.

– Acho que prefiro essa versão sua. Você está melancólico pra cacete, mas pelo menos não está agindo que nem um babaca.

É difícil interpretar a expressão de Josh. Parece que está ao mesmo tempo ofendido e satisfeito. Quando seus olhares se cruzam, é como se ele pudesse ver além do sorriso tenso que ela estampa no rosto.

Ari se levanta do banco e pega sua sacola de compras – repleta de vibradores de alto nível que não cabem em seu orçamento – do gancho embaixo do balcão.

– E os homens se recuperam rapidinho – completa ela. – Em um ou dois meses, você vai estar de quatro em algum relacionamento com sua alma gêmea e vai esquecer que a gente teve essa conversa.

Ari olha pela janela, observando os pedestres na Greene Street, encontrando amigos na frente dos restaurantes ou voltando para casa para encontrar seus entes queridos.

Não há ninguém esperando por ela em lugar nenhum.

Ari aponta para a rua.

– Quer... dar uma volta?

– PELO MENOS VOCÊ NÃO PRECISA SE DIVORCIAR – comenta Ari.

Josh a observa cobrir o pescoço com uma echarpe de crochê nas cores do arco-íris enquanto eles caminham sem rumo em direção ao Washington Square Park.

– Sophie achava festas de casamento cafonas. – Josh faz uma pausa. – Ela usava a palavra "deselegante". Sempre imaginei uma cerimônia no cartório. Algo simples.

Um trio de turistas passa rente a ele, sacolas de compras balançando em seu encalço.

– A gente se casou enquanto eu trabalhava em um cruzeiro. Eu usei um biquíni listrado.

Ari pega o celular e rola a tela por umas dez mil fotos – muitas delas exibindo tons de pele fascinantes –, antes de selecionar uma e mostrar a ele.

Josh tenta se concentrar no sorriso radiante de Ari na foto, em vez de no biquíni. Seu nariz está meio enrugado, como se ela estivesse prestes a dar uma gargalhada ao lado de Cass. Não há nada de artificial ou premeditado.

– Você ainda tem essa foto no celular?

– É, pois é. – Ari joga o aparelho de volta dentro da bolsa e balança a cabeça. – Radhya me aconselhou a excluir todas as fotos, mas às vezes acho reconfortante, sabe? Esses artefatos tangíveis da felicidade. Toda vez que eu recebo uma mensagem, é como se... Meu coração dispara, porque eu acho que pode ser um pedido de mil desculpas. – Ari enfia o queixo um pouco mais na echarpe de arco-íris. – Não acredito que eu te contei essa informação humilhante.

Eu daria tudo pra Sophie me mandar uma mensagem, pensa ele, abrindo as mãos rígidas de frio.

– Você ainda tem o apartamento?

– Tenho, mas adotei um estilo de vida involuntariamente minimalista – explica ela. – Sentando no chão para comer. Enchendo meu colchão inflável toda noite.

– Ela levou os móveis?

– Bom, acho que quase todos eram dela. – Uma ruguinha surge entre as sobrancelhas de Ari. – Quando eu me mudei pra Nova York, eu tinha só um conjunto de talheres e minha garrafa d'água. Depois de alguns dias, me dei de presente uma única tigela do Pearl River Mart. Era branca com a borda azul e um dragão no fundo. Eu achava linda. Parecia "coisa" de Nova York.

Josh assente.

– É uma estampa bem clássica.

– Nunca tive mais pertences do que eu poderia carregar em uma mochila, mas tudo que havia dentro da mochila era *meu*. Pelo menos, não tinha importância se o apartamento que eu morasse fosse uma merda. Eu sabia que tinha o equipamento necessário para me servir de um cereal. – A voz dela fica mais agitada. – Cass usava a tigela o tempo todo, e eu até achava isso fofo. Ela já tinha um monte de utensílios de cozinha, mas essa era minha contribuição simbólica pro apartamento. Depois que os caras da mudança foram embora, fui até a cozinha e abri todos os armários, procurando a tigela.

– E não estava lá?

– Eu tinha achado que ela fosse mandar eles deixarem aquela *única* coisa para mim – reclama Ari, sua voz mais aguda. Josh teme que ela esteja à beira das lágrimas de novo, até que ela se recompõe e assume uma expressão de indiferença. – Pelo menos ela não levou meu narguilé.

Ari ri com uma aspereza cortante, dando a Josh a impressão de que a tigela representa a última gota de uma mágoa bem maior, que pulsa sob a superfície.

Eles andam por uma das calçadas do parque, esmagando folhas, seguindo os caminhos sem que nenhum dos dois esteja conduzindo. A luz rosa e laranja do pôr do sol passa pelo arco do Washington Square Park e reluz na água da fonte, criando o cenário ideal para alguns casais tirando selfies.

Ari observa um homem e uma mulher, o braço dele por cima dos ombros dela, a mão direita dela esticada, segurando o celular.

– Como você acha que o namoro desses dois vai acabar? – pergunta Ari.

– Acabar? – Josh vira a cabeça e observa o casal. – Eles parecem bem felizes.

Ambos estão usando pulôveres de lã em tons terrosos suaves.

Ari faz uma cara de "ah, pelo amor de Deus".

– É fácil ser feliz nessa fase – argumenta ela. – Mas, daqui a alguns meses, o homem vai começar a desconfiar que ela o está traindo com um colega de trabalho. Ele vai perceber o sorriso dela depois de algumas trocas de mensagem e vai bisbilhotar enquanto ela toma banho. Vai dizer a si mesmo que está fazendo isso pra provar que está errado, que ela é totalmente inocente. Mas aí vai descobrir que sua intuição estava certa. Ela está dando pro cara do trabalho há meses.

– Esse é seu novo hobby? – indaga Josh, buscando qualquer indício de uma infidelidade futura no casal.

– Na verdade, é uma aptidão de longa data. – Ari volta a andar, mantendo seu casaco fechado. – É estranho que eu não tenha previsto a ruína do meu próprio relacionamento. Acho que a gente sempre pensa que é a exceção.

A expressão de desalento de Ari desperta a empatia dele, revelando um denominador comum. Josh pigarreia e começa a falar:

– Quando a gente se conheceu, eu era...

– Um completo imbecil?

Ari continua olhando para a frente enquanto eles passam por baixo de um andaime. Ele solta o ar. Pedir desculpa nunca foi seu forte.

– Um pouco arrogante – sugere ele.

– E agora você é um *softboi*?

Ela dá um cutucão delicado nas costelas dele. Josh se sobressalta de um jeito que não era a intenção de Ari. Há uma pausa – uma abertura –, mas eles perdem o timing.

– Pra ser sincero, não sei se isso é bom ou ruim – revela Josh, fazendo uma anotação mental para procurar o significado de *softboi* mais tarde.

– Você também falou que tinha certeza de que o melhor sexo da minha vida não seria com um estranho.

Que engraçado ela ter decorado as palavras que ele usou. É claro que a primeira interação dos dois também estava preservada no hipocampo dele.

– E aí? Foi com um estranho... ou...?

– Gosto de acreditar que ainda vou atingir o ápice. – Ela abre um sorriso. – O trocadilho foi proposital.

Ari se coloca na frente de Josh quando eles param diante de um sinal. Os dois estão tão próximos que ela precisaria apenas inclinar a cabeça e... *Merda*, ele sente falta de ter outra pessoa dedicando toda a sua atenção a ele. Eles se encaram por um instante demorado. O sinal fecha para os carros. As pessoas passeando com cachorros, mochilas abarrotadas e bolsas falsificadas da Louis Vuitton se desviam deles. Todo mundo tem para onde ir.

Eles não.

Josh e Ari estavam conversando fazia quase três horas. Pedir ainda mais tempo seria abusar da sorte.

Ari respira fundo.

– Bom, eu tenho que...

– Meu apartamento fica no fim do quarteirão – revela Josh, para sua própria surpresa. – Quer dar uma passada lá?

Ela estreita os olhos, como se estivesse tentando enxergar as letras minúsculas da última linha de um exame oftalmológico.

– Dar uma passada? – repete Ari.

– A gente podia ver um filme... – sugere Josh, meio ofegante, como se estivesse desesperado para não se ver sozinho outra vez.

– Sério? – questiona Ari, desconfiada.

A pergunta humilhante sai na mesma hora:

– Por que não?

– Acho que nunca me sentei no sofá com alguém, a sós, e vi mais de catorze minutos de filme sem...

Um segundo se passa enquanto Josh tenta processar a declaração. Faz anos desde que ele teve que decifrar esse tipo de nuance semântica.

– Não, eu não quis dizer... – Ele engole em seco e começa de novo: – Eu quis dizer de um jeito estritamente... platônico.

Ela ergue as sobrancelhas.

– É só pra ver um filme mesmo? Tipo, em silêncio?

– Você é daquelas que fala durante o filme inteiro, não é?

– Você é do tipo que vê até o final dos créditos em respeito à arte?

Sim, Josh sente que há algo de *errado* em sair do cinema assim que os créditos começam a passar.

– A questão é... – tenta explicar Ari. – Eu sinto que... só de encostar, eu vou me desintegrar.

Talvez Josh também, mas por uma série de motivos diferentes.

– Estou torcendo pra que os vibradores ajudem – acrescenta ela, erguendo a sacola da loja.

Ari abraça o próprio corpo, espantando o frio. Josh não pode deixar que eles se separem na esquina desse jeito. Pensa em oferecer seu casaco a ela, mas seria um gesto íntimo demais. Então, emprega o único fragmento de sabedoria que Danny Kestenberg lhe deixou de herança: quando não souber o que fazer em relação a outra pessoa, existe *uma* sugestão válida.

– Quer comer uma pizza?

O rosto de Ari se ilumina na mesma hora.

– Para falar a verdade, estou morrendo de fome.

Josh aponta na direção mais ao sul da Lafayette, e os dois começam a andar.

– Acho que este será o título da minha autobiografia: *Torcendo para que os vibradores ajudem, mas na verdade morrendo de fome – A história de Arianna Sloane.*

Josh dá uma risadinha.

Ari se vira e olha o prédio dele.

– Ei – começa ela, com a voz suave, quase hesitante. – Só pra você saber: em qualquer outro momento da vida... se eu não estivesse me sentindo um lixo... eu provavelmente pediria que você me levasse pra sua casa nesse instante.

O canto esquerdo da boca de Ari se curva em um sorrisinho, formando uma covinha. Josh ainda não tinha reparado que seus olhos castanhos pareciam mudar de cor, dependendo da luz. Ele guarda essa imagem na mente, ampliando a coleção daquelas que se recusaram a desaparecer.

– Só pra constar – diz ele –, você não precisaria se convidar pra ir à minha casa. Em qualquer outro momento.

– Credo! – reclama ela, soltando um longo suspiro. – Estou muito triste pra trepar. Eu nem sabia que isso era possível.

– Esse é o título da *minha* autobiografia: *Triste demais pra trepar: um retrato do jovem Josh Kestenberg.*

Ari solta uma gargalhada sonora, daquelas de jogar a cabeça para trás.

É um pouquinho emocionante. Uma pequena vitória. Josh nunca se sentiu tão confuso com uma mulher na vida. Eles esperam o sinal fechar na esquina.

– Poderíamos ser... amigos na dor? – pergunta ele.

– Beleza. Amigos. Já deixo avisado que não tenho um bom histórico em manter as coisas...

– Platônicas?

– Sem sexo. Quer dizer, é bem mais difícil fazer uma nova amizade do que encontrar alguém pra ficar de putaria. Isso é, tipo, uma grande oportunidade de crescimento pessoal pra mim.

– Eu nem consigo me lembrar da última vez que fiz uma amiga.

– Aliás, eu sou ótima em ajudar as pessoas a arranjar pretendentes. – Ari pega a mão dele e usa o indicador de Josh para cutucar seu próprio ombro. – Se quiser ajuda para sair desse seu estado de ermitão.

– Vou manter isso em mente. E você? Do que você precisa?

– Móveis. Talvez uma cama de verdade... onde a gente não vai trepar. – Ela respira fundo. – Agora, amigos discutem pra decidir onde vão comer pizza?

6

LIMPAR O CHÃO DO BANHEIRO do teatro do LaughRiot não era a carreira na comédia que Ari tinha em mente quando desembarcou no aeroporto La Guardia oito anos atrás. Pelo menos, nunca imaginou que *ainda* estaria limpando o banheiro do teatro depois de anos assistindo às aulas, se apresentando e dando aulas ali.

Mas o LaughRiot é um coletivo, um jeito requintado de dizer que todo mundo é bilheteiro, bartender, porteiro e mestre em arrumar bicos. Talvez não exista uma carreira como comediante que não inclua secar gotículas de mijo do chão de um banheiro público.

Neste momento, Ari prefere limpar o banheiro a ter que subir no palco e tentar fazer as pessoas rirem.

Dentro de uma das duas cabines estreitas, Gabe canta cheio de vontade o último verso de "Giants in the Sky", seu *vibrato* agressivo ressoando no azulejo.

A porta da cabine se abre e ele comenta:

– Nossa, eu amo a acústica daqui.

– A descarga no final foi o auge – zomba Ari, limpando resíduos de sabonete da pia de porcelana antiga.

Ele cantarola a melodia de novo, pegando Ari pelos braços e girando-a contra sua vontade. Gabe está sempre com excesso de cafeína no sangue, fala alto e tem na ponta da língua uma história de relevância duvidosa para qualquer situação, tanto em inglês quanto em espanhol. O sorriso dele é absurdo, com dentes *enormes*. Ele interpretou o Gaston na Disney de Tóquio por quase todo o ano de 2012. Radhya ainda o chama de Gaston, e ele acredita que seja um elogio.

Gabe se aproxima do espelho, examinando uma manchinha na testa.

– Eu já te contei que interpretei o príncipe da Rapunzel em uma produção de *Into the Woods* naquele jantar com show nos arredores de Mineápolis?

Sim, várias vezes.

– Me apaixonei por um garçom, fui traído pelo garçom e acabei fazendo stand-up para lidar com meus sentimentos em relação ao garçom. – Ele olha para o reflexo de Ari no espelho. – As pessoas se identificam à beça com piadas sobre términos.

Então esse não é só um momento de faxina: é um momento de aprendizado.

– Eu não fui traída – comenta Ari, voltando sua atenção para a pia.

Gabe dá as costas para o espelho, e Ari sente que um monólogo está prestes a começar.

– A gente se apresenta porque precisa de elogios e de validação, e porque somos pessoas profundamente perturbadas. Eu te *desafio* a pegar todo esse luto e transformar essa dor em um espetáculo visceral *e* hilário.

– Desafio recusado – retruca Ari.

Mas Gabe tem razão. Quando sua vida pessoal é um desastre, você transforma isso em humor. Usa como inspiração para um esquete ou uma piada e torce para que viralize no Twitter. Mas Ari não tem forças para isso.

– Você não aparece pra ensaiar com a nossa equipe há semanas – observa ele.

Beleza, talvez ela tenha perdido alguns ensaios com o grupo de improviso do qual faz parte há seis anos.

– Não estou "de luto" – insiste Ari, esfregando a porcelana. – Estou bem. Só estou ocupada com meus cinco empregos e os textos da NeverTired.

– Quando você não está nos ensaios, falta química. – Uma ruguinha aparece na testa de Gabe. – Estamos nos afastando. Metade do grupo planeja se mudar pra Chicago e trabalhar com eventos corporativos de improviso. É assim que eles ganham dinheiro, sabia? Traidores.

– Quanto drama.

Infelizmente, se você diz isso para um ator, não parece um insulto.

– Que tal aparecer hoje à noite no Therapy? Sete minutinhos?

Apesar do nome, Gabe não está se referindo a um consultório onde uma mulher simpática inclina a cabeça e pede que você "fale mais sobre isso".

Ari tem certeza de que nunca, *jamais*, vai querer falar mais sobre isso. No mundo de Gabe, Therapy é um bar logo na esquina, onde ele apresenta um show de comédia às quintas e flerta com aspirantes a artistas da Broadway de sexta a quarta.

As apresentações sempre foram a melhor maneira que Ari tinha de fugir dos problemas: ela costumava se sentir mais em casa num palco com os amigos do que em qualquer outro lugar. Mas, uma semana depois de Cass a deixar, alguns de seus shows de improviso foram um desastre. Era como se seus neurônios não estivessem funcionando. Ela ficou paralisada. Duas noites depois, fez um stand-up que foi um fiasco – tipo, *fiasco mesmo*. Era mais uma evidência do fracasso na sua vida pessoal. A última coisa que ela queria fazer era subir num palco. No momento, preferia ser ignorada. Por que dar a uma plateia de estranhos a oportunidade de validar todos os pensamentos tóxicos que borbulhavam em sua mente? Era mais fácil trabalhar com bufês e bicos onde as pessoas não a puniam com um silêncio sepulcral só por Ari estar *um pouquinho preocupada com o fato de que sua esposa a largou com um apartamento vazio porque concluiu que "está em dívida apenas consigo mesma".*

Ari suspira. Esfregou a pia com tanta força que tirou a camada superior do esmalte branco.

Ela enfia uma pilha nova de toalhas de papel na dispensadora e a fecha com um baque.

– Eu já falei, não consigo ser engraçada agora. Estou ocupada escrevendo discursos fúnebres personalizados por 15 dólares cada.

Gabe estreita os olhos.

– Toda essa depressão por uma mulher que dizia às pessoas que tinha te conjurado a partir de tinta colorida de cabelo, piercings de mamilo e narguilés de segunda mão?

– No fim das contas, era um elogio. – Ari borrifa com agressividade o limpador de vidro no espelho, borrando a própria imagem. – E não estou em depressão.

– Tem uma bartender nova bem bonita no Therapy. – Gabe se aproxima do espelho e examina o próprio queixo, dando tapinhas como se buscasse algum indício de flacidez. – Uma bunda incrível. Nunca usa sutiã. – Ele faz uma pausa dramática. – Usa óculos.

Ari tenta reunir um pouco de entusiasmo. Ela se imagina levando a bartender míope sem sutiã para o beco atrás do bar. Sentindo um novo par de mãos em seu cabelo. A parede de tijolos úmida em suas costas. Roçar a boca por um ombro, uma clavícula, um mamilo coberto pelo tecido fino de uma blusinha elástica. Nuvens de vapor da respiração das duas no ar frio da madrugada. Sendo empurrada para se ajoelhar. Ouvindo gemidinhos quase inaudíveis em meio à música abafada do interior do bar. Imaginar esse tipo de encontro costumava fazer Ari sentir uma eletricidade percorrer todo o seu corpo.

Mas aquele friozinho na barriga não surge.

– Hoje não posso – comunica Ari.

Depois do que com certeza serão algumas horas entediantes servindo merlot barato em um vernissage no Whitney Museum, ela tinha grandes planos de ir para casa e tentar não fuxicar o Instagram de sua futura ex-mulher. Há fotos de Cass e Katya juntinhas em uma rede em Catskills, com a legenda "Novos começos", seguida por uma citação de Brené Brown.

– Você está se isolando. – Gabe encara a amiga. – Você deveria tentar superar essa mulher se enfiando embaixo de uma bartender. Ou duas. Juntas.

– Não vou transar com ninguém. – Ela passa o pano no espelho uma última vez e vê sua expressão de desgosto refletida. – Além do mais, você sabe que eu gosto de ficar por cima.

Quinta, 13 de outubro, 18h26
Abby: O assessor financeiro chega ao restaurante em 7 minutos.
É na 55th Street.
Peguei uma mesa nos fundos.
Traga seu laptop.

19h10
Vc vem?

19h18
Pedimos o salmão pra vc.
Vc gosta de ponzu, não gosta?

20h

Vc precisa participar dessa decisão, Joshua.

Precisamos agir como uma equipe.

Enviei um e-mail com um resumo das ofertas.

Se formos seguir em frente, prefiro esperar até depois do evento da Sociedade Histórica.

É melhor para a nossa imagem.

Josh cruza os braços ao sentir o vento gélido de outubro que assola a Great Jones Street. Ele acrescentou corridas noturnas ao seu cronograma de exercícios. Ficar um quarto das horas acordado na academia na Bowery é uma forma totalmente aceitável de passar o tempo. Melhor do que reuniões com sujeitos carecas e sem graça, mostrando ofertas pela Brodsky's: promotores imobiliários que querem transformar o espaço em um "laboratório conceitual de roupas esportivas" ou "mercadinhos que aceitam bitcoin".

Dentro de seu prédio, o velho elevador estremece e para no quinto andar, se abrindo diretamente no seu apartamento.

As luzes fluorescentes levam uns dois segundos para acender, revelando o caos deixado por sua mãe. No que deveria ser a sala de estar, há metade de um móvel que seu pai nunca conseguiu reformar, uma batedeira industrial, várias assadeiras e carrinhos para transportá-las, livros e discos velhos do pai e equipamentos de ginástica caseiros de eficácia duvidosa. Provas concretas da recusa de Danny Kestenberg de abrir mão das coisas. Seu apartamento de 110 metros quadrados agora é um depósito de entulhos.

Em algum momento, Josh vai arrancar os azulejos horrorosos cor de abacate do piso do banheiro, tirar os armários lascados da cozinha e terminar de demolir todas as paredes que não são estruturais. Mas não serão as reformas que ele e Sophie planejaram. Outra pessoa pode vir com seus eletrodomésticos de primeira linha e cadeiras Herman Miller e criar a versão mais genérica de uma "casa dos sonhos" em Manhattan, com uma esposa e um buldogue francês.

Ele passou os últimos seis meses dizendo isso a si mesmo. O único progresso desde então foi abrir alguns buracos com uma marreta durante um episódio especialmente brutal de ódio por si mesmo. Josh jogou a âncora na parede.

Tem bisbilhotado um pouco as redes sociais: monitora a inauguração e o encerramento de restaurantes pelo *Eater*, olha as contas de cada chefe com quem já trabalhou. De todos os vencedores do James Beard Awards e participantes do *Top Chef*. Esse masoquismo deveria incentivá-lo a tomar uma atitude, mas só o deixa mais amargurado.

Ele tira a blusa e vai até o banheiro para começar o longo processo de encher a velha banheira de água quente. Tudo no apartamento está meio enguiçado. Ele sente falta do boxe de seu banheiro antigo. Ou talvez sinta falta *da ideia* de Sophie em seu boxe, porque só transaram lá uma vez. (Ela concluiu que tinha sido desengonçado e perigoso.)

Às vezes, isso vem à tona em um misto de hostilidade e raiva: um desejo intenso de que ela telefone apenas para ele poder dizer não à tentativa de reconciliação. Josh se pergunta quando terá uma experiência sexual que não envolva apenas sua mão e seu acervo de vídeos pornô.

Então, quando seu celular vibra de repente nesta mesma mão, Josh conclui que conjurou uma mensagem de Sophie com o poder do arrependimento e da autocomiseração. Ele se dá meio segundo para imaginar o pedido acanhado de desculpas antes de olhar a tela.

Mas não é o nome de Sophie que vê.

ARI SE ACOMODA EM SEU COLCHÃO INFLÁVEL – tanto quanto é possível alguém se acomodar em um enorme balão de plástico. Seus dedos pairam sobre o teclado, quase na última frase de mais um discurso de madrinha de casamento.

Ari descreve seu apartamento como "vazio", mas isso não é bem verdade. Está cheio de pilhas: pilhas de roupas, pilhas de livros, pilhas de objetos aleatórios que ela nunca se deu ao trabalho de guardar e que antes ficavam sobre a mesa de cabeceira. Que também foi levada embora.

Com frequência, Ari sente o impulso de dar um jeito nas pilhas, caso Cass volte para casa e tropece nelas no escuro.

Mas não tem mais ninguém ali.

Ninguém enviando uma mensagem muito imprecisa de seu horário de chegada com um emoji de beijo.

Ninguém se levantando no meio da noite para fazer sanduíche de kimchi com queijo quando Ari está com larica.

Ninguém sequer comprando os ingredientes. Há apenas uma dieta de pipoca de micro-ondas, comida de delivery e cereal. Cozinhar era coisa de Cass. Ari tinha se mudado para lá e se integrado à vida dela, que já estava em andamento.

Talvez seja o vazio do cômodo que a encoraja. Ari tira a camiseta e faz algumas selfies. *De muito bom gosto*, conclui ao analisá-las. *Com certeza não demonstram desespero*. Vai até o aplicativo de mensagem, desbloqueia Cass, manda a selfie e a bloqueia de novo.

Pronto. O pequeno gremlin dentro dela está satisfeito.

Ari gosta de imaginar que Cass tenta responder coisas como *Sim, por favor* ou *Mais*. Ou talvez só um emoji de língua. Mas, como Ari a bloqueou, as respostas se perdem. São mensagens de Schrödinger.

Ela abre a Netflix – Cass ainda não mudou a senha – e deixa o cursor pairar acima do trailer em looping de uma dessas comédias românticas natalinas. Parece insuportavelmente triste a ideia de assistir a um filme sozinha enquanto come um pacote de biscoito de água e sal e toma vinho direto do gargalo, ainda que a maioria das pessoas veja esse tipo de filme assim mesmo.

Essas comédias românticas só têm graça se alguém estiver presente para apreciar os comentários sarcásticos de Ari.

Quinta, 13 de outubro, 22h03
Ari: acordada?
Que tal uns cogumelos e ver o quarto filme de príncipe de Natal?

22h11
Radhya: menina, vou grelhar peixe-espada por mais uma hora 🉑
novidades sobre o bar ao ar livre?

Ari: sim!
seu pop-up tá MARCADO pra 15 de janeiro 🎉

(e eu nem precisei prestar favores sexuais)
a gente pode ir lá semana que vem pra decidir as combinações com
cerveja
ele disse pra carregar no sal

Radhya: valeu, Xoxozinha 😊

Ari: disponha, Piranhuda 😎

Ari se deita de novo em seu travesseiro, fazendo o colchão de plástico guinchar. O som ecoa pelas paredes vazias.

Ela suspira. Qualquer ruído parece reverberar.

Com o polegar direito, ela rola a lista de contatos e paira acima de Garotão Grandão por um tempo antes de clicar nele. Por que não?

Quinta, 13 de outubro, 22h13
Ari: quer falar mal de um filme medíocre comigo?
Josh: achei que filmes estavam proibidos devido a seu impulso de tirar
a calcinha assim que vê o logo da Netflix.

Ari: sim, em prol da minha virtude, não estaremos no mesmo cômodo
A gente dá play no filme junto e assiste enquanto manda mensagem

A tela do celular dela se ilumina com uma ligação.

– Cara, qual é o seu problema? – questiona ela ao atender. – Quem é que fala ao telefone hoje em dia?

– Não vou passar um filme inteiro mandando mensagem em uma tela ainda menor. Ou você vai ficar tagarelando a ponto de eu não conseguir ouvir os diálogos?

– Ah, você não vai querer ouvir os diálogos. – Ari se senta no colchão inflável. – Porque vamos ver *Os mercenários*...

– De jeito nenhum.

– É o filme perfeito para lidar com o isolamento e o medo avassalador de morrermos sozinhos. – Ela se deita e o colchão faz barulho em protesto.

– E eu não vou perder o fio da meada enquanto dobro minha roupa limpa.

– Você ao menos tem uma cômoda para guardar roupas limpas? – pergunta ele.

– Não, mas vou conseguir uma de graça no fim do semestre. Os alunos da Universidade de Nova York sempre jogam móveis em perfeito estado no lixo.

– Você não pode guardar sua roupa íntima em um móvel que estava na rua. Eu te ajudo a escolher uma cômoda nova. A gente pode ir a uma loja de móveis chiques.

– Com que dinheiro? – rebate Ari. Ela prometeu a Radhya que elas iriam à Ikea esse mês. – O que você quer ver?

Ela ouve sons baixinhos enquanto Josh rola a tela da interface em sua TV.

– *A árvore da vida. Birdman. Namorados para sempre. Réquiem para um sonho...*

– Pode ir parando. Passei três anos morando com uma crítica de filmes da geração X. Vamos ver alguma coisa que não me faça querer cortar os pulsos.

Cass não expressava sua desaprovação abertamente. Ela apenas arqueava uma sobrancelha para demonstrar uma breve sugestão de decepção. O *hummm* sem compromisso seria logo seguido por passos e a leve batida da porta de seu escritório se fechando.

Josh suspira.

– Beleza. *A princesa prometida.* Cumpre seu papel, não tem erro. Um filme que todo mundo gosta, mas não é o favorito de ninguém. É o Foo Fighters dos filmes.

– Nunca vi.

– Como assim?! – exclama ele, a voz distorcida pela ligação. – É cultura básica.

– Eu sou *jovem* – insiste Ari. – E não estou com disposição para ver nada que tenha "prometida" no título.

– Tem bastante autocrítica, então não vai te incomodar. Além disso, ouvi duas universitárias na academia citando falas erradas e dizendo que era "um filme velho" e ainda estou muito chateado.

– Não – sentencia Ari, com firmeza. – Nada de histórias de amor. Não quero nem saber se são ironicamente imparciais. Não quero sentir nada.

Ari encara a luminária no teto. Tem um remate escuro de bronze que parece um mamilo. Ou talvez ela só esteja com saudade de Cass.

– Mas tudo bem fazer eu me sujeitar a *Os mercenários*?

– Se eu assistir com outra pessoa, é uma atividade social. Senão, sou só uma pessoa triste e solitária, esperando o divórcio sair, sentada em um colchão inflável usado, vendo um thriller de ação sozinha.

– Entendi – diz Josh. – Obviamente esse não é o caso.

– Ah, e se eu ficar calada por alguns minutos, é porque alguém me contratou pra escrever um discurso fúnebre.

7

Sábado, 22 de outubro, 13h32

Ari: não consigo encontrar os colchões

Josh: Cadê vc?

Ari: virei na esquina da seção de móveis de jardim e agora estou perdida e com vontade de comprar esse aparador

Josh: Estou te esperando perto das camas.

Ari: já ouvi ISSO antes

beleza, tô no meio de um mar de escrivaninhas

Grita PÊNIS que eu sigo sua voz

– Tudo aqui está meio pegajoso – comenta Josh, estremecendo.

– Ou são os sorvetes de casquinha ou o molho de almôndegas. – Ari se senta no colchão onde estava deitada. – Se eu não sair daqui com uma caixa cheia de tábuas de madeira, instruções de montagem confusas e um pote de geleia de amora, nossa missão terá sido um fracasso.

– Eu me recuso a consumir almôndegas vendidas numa rede de varejo de móveis. – Josh examina o mapa da loja. – Que tal uma mesa de cabeceira?

– Eu tenho uma caixa de papelão ao lado da cama.

– Beleza. Bom, a gente veio aqui atrás de uma cômoda.

Ari cruza os braços.

– Eu tenho uma pilha de roupa limpa e uma pilha de roupa suja. Esse sistema funciona muito bem.

– Tá. Levanta. – Josh está parado ao lado da cama com as mãos na cintura, parecendo um professor de ciências políticas lindo e irritado. – Você não pode tratar sua casa como um acampamento. Por que deixou que ela levasse tudo embora?

O tom de Josh dá indícios do adolescente arrogante que ele deve ter sido: um garoto que cresceu sabendo que poderia exigir o que bem entendesse.

Ela se levanta e retruca:

– Tecnicamente, não é "minha" casa. E o que eu poderia fazer? Me jogar em cima de uma mesa de cabeceira velha? – Há um quê de nervosismo na voz de Ari, e isso a deixa ainda mais na defensiva. – Tem noção de como eu me senti patética vendo os caras da mudança manobrarem a cama para passar pela porta da frente? Eu me escondi no banheiro.

Ela se prepara para o olhar de pena que sempre recebe quando conta os detalhes constrangedores daquele dia e perde o controle das próprias emoções.

Josh mexe o maxilar como se não conseguisse decidir a reação certa. Eles param em frente a uma cômoda de seis gavetas que custa 329 dólares. "Red, Red Wine" toca nos alto-falantes.

– Você pediu minha ajuda para comprar móveis porque queria alguém que sorrisse e ficasse de boca fechada enquanto você se recusa a fazer algo por si mesma? – questiona ele. – Porque eu não vou fazer isso.

– Não, é óbvio que eu queria que você provasse as almôndegas – rebate Ari.

Os dois se encaram por alguns segundos enquanto um casal estende uma fita métrica para conferir a largura da cômoda. Josh ergue uma sobrancelha, esperando uma resposta mais elaborada. Ari engole em seco.

– Você frequenta muito a academia, então sei que dá conta de carregar caixas pesadas – explica ela. – E também é alto, então consegue alcançar as prateleiras de cima na área de depósito.

Ele continua com uma expressão séria, preocupada. Não aceita as piadinhas dela como resposta.

– Ari.

– O quê?

Josh cruza os braços e insiste:

– Por que pediu que eu viesse aqui com você?

Ela faz uma careta diante da persistência dele e vai até uma cômoda de pinho cru, fingindo examiná-la.

– Achei que você poderia me ajudar a escolher umas panelas – comenta Ari.

– Você não vai comprar utensílios de cozinha na Ikea *de jeito nenhum*. Dá no mesmo usar um pedaço dobrado de papel-alumínio. Vamos passar na Sur La Table. Tenta de novo.

Ela abre o compartimento superior da cômoda e olha para baixo. Dentro da gaveta, tem o desenho tosco de um pênis. É uma surpresa divertida. Como encontrar uma moeda no chão.

– Acho que... prefiro estar com você a ficar sozinha – confessa Ari.

Respirando bem fundo, ela ergue o olhar. Josh tem um jeito potente de se concentrar no rosto dela.

– Por que você veio? – pergunta Ari.

– Pelas almôndegas – diz ele. Um estranho acharia o rosto de Josh impassível, mas Ari sabe que ele está satisfeito. – É óbvio.

Sexta, 28 de outubro, 17h27
Briar: Já deu uma olhada nas propostas dos corretores?

Josh: Mamãe mandou vc ficar no meu pé?
Não estou nem aí pras propostas. É um terreno nobre na Avenue A.
Pode vender pra quem fizer a maior oferta.
Pode vender por partes.

Briar: Vc tem que vir pra minha aula de ioga de alongamento profundo.
A professora nova é MUITO linda

Josh: Já tenho uma rotina de exercício.

Briar: Ela é uma companhia em potencial pro evento de ano-novo!
Vc não pode ir sozinho a um baile de gala em que sua família vai ser homenageada!
É triste demais.

Josh: Mamãe falou que vc nem vai.

Briar: Sinto muito, mas tenho um iurte chiquérrimo reservado há mais de um ano! Estarei acampando sob as estrelas em Joshua Tree.

8

– COM CERTEZA ESTOU DOENTE. – Ari faz um barulho bem alto ao passar pelas portas vaivém da farmácia Duane Reade na esquina da Broadway com a 4th Street. – Ou é resfriado ou é difteria.

– Com certeza você tomou várias doses de tequila e tocou minha campainha às duas da manhã – responde Josh, indo atrás dela.

Ele passa por um segurança entediado, pelos remédios para tosse e por um corredor de cartões comemorativos. Ari não quis subir para o apartamento dele.

Na verdade, Ari nunca tinha ido à casa dele, embora já tivessem assistido a seis filmes tenebrosos e meio pelo telefone, pedido quatro cafés, comido duas pizzas da Arturo's, e esta é a segunda – não, *terceira* – vez que fazem compras juntos.

Não que ele esteja contando.

– Onde foi que você disse que encontrou a calcinha dela? – pergunta Ari, com a voz meio arrastada.

– No cesto de roupa suja – responde ele, guiando-a na direção das bebidas geladas. – Misturada às minhas roupas brancas e claras.

– Você tem roupas que não são pretas? – Ela para diante da geladeira e pega um engradado com seis latas de cerveja. – Joga essa calcinha fora agora. Se você deixar coisas da ex na sua casa, elas vão te envenenar aos poucos, que nem o Um Anel.

Sem dizer nada, Josh tira o engradado da mão dela e o troca por uma garrafa d'água. Ela nem parece perceber e continua andando.

– Eu contei que a Cass ficou um tempão analisando cada um dos livros e levou embora todos os que eram dela? Deixou só uma pilha pequena. Eu tenho certeza de que foi de propósito. – Ari para diante de outra geladeira e troca a água por um energético. – *Saia da sua mente e entre na sua vida*? *A coragem de ser imperfeito*? São essas merdas que professoras de ioga leem durante a savasana, quando a gente só quer dormir. Está na cara que eu preciso me livrar desses livros. Queimar tudo, sei lá.

– Você não pode queimar livros – diz Josh. – A gente leva até a livraria Strand e vende lá.

Ari assente com seriedade.

– Menos agressivo, porém mais lucrativo.

– Tenta ficar sóbria por cinco segundos e se concentra. – Josh pega a lata de energético quando Ari tenta abri-la. – Será que eu mando a calcinha de volta pra ela? Gastei 200 dólares em um triangulozinho de renda e agora ele está zombando de mim.

– *Você* que comprou? – Ari vira de repente em um corredor diferente. – Já contei que a Cass tem uma *tara* por essas calcinhas de algodão básicas? – Ela ergue as sobrancelhas como se ele devesse inferir algo a partir disso. – Ela nunca queria que eu usasse outro tipo. – Ari pega um pacote com dez calcinhas básicas da prateleira e o estende para Josh. – Eu tenho uma gaveta cheia dessas! – Ela larga o pacote, e Josh o pega do chão. – Beleza. Sua vez. Tem que me contar algo muito irritante da Sophie.

Ele coloca o pacote de calcinhas na prateleira.

– Por quê?

– Essa mulher te largou num momento em que você precisava de apoio, e você *nunca* fala mal dela. Tipo... ela deixava só uma folhinha no rolo de papel higiênico em vez trocar por um novo? Peidava baixinho assim que você saía do quarto, achando que você não ia ouvir? Ela compra NFTs? Ela tem alguma brotoeja esquisita ou opiniões imperdoáveis sobre o Zack Snyder?

Josh vasculha os Arquivos de Sophie atrás de um relato interessante, mas não doloroso. Seu Kindle estar sempre sem bateria, sua preferência por fazer sexo vendada com a máscara de dormir...

– Sophie tem que ouvir um podcast muito específico para conseguir... – Josh faz um gesto evasivo com a mão. – Você sabe...

– Gozar?! – pergunta Ari bem alto.

– Shhh… – faz Josh, espiando o entorno da loja.

– Que foi?! – Ari se inclina como se fosse sussurrar, mas fala no mesmo tom alto e bêbado. – Tipo... um ASMR? Contos eróticos?

– Essa é a pior parte. – Josh espera um cliente passar por eles. – Era um podcast de tecnologia.

Ari assente devagar.

– Sabe o que você deveria fazer? – Ela agarra a lapela do casaco dele, e Josh sente o cheiro de Jose Cuervo e um perfume cítrico. Os lábios de Ari se curvam em um sorriso maligno. – Você deveria arrumar outra mulher pra vestir a calcinha, tirar uma foto e mandar pra Sophie.

Josh a encara, impressionado e um pouco intimidado.

– Porra, ainda bem que eu nunca vou precisar terminar com você.

Ela solta o casaco dele e continua a andar pelo corredor, passando para o próximo assunto.

– Como é que você não tem xarope pra tosse em casa? Como você *vive*?

A voz dela está rouca, como o barulho de pneus de caminhão passando por cima de cascalhos.

– Com clonazepam. – Ele pega uma caixa azul-escura de xarope. – Você não devia tomar remédio pra gripe quando está bêbada.

– Fala sério! Esse é o melhor momento pra... – Ari para na mesma hora, quase tropeçando nele. – Ai, meu Deus.

– O que foi?

Ari cambaleia até um expositor de papelão no fim do corredor seguinte e pega uma caixa.

– Josh. – Ela segura o pacote junto ao peito. – Quer ser meu Dust Daddy?

Ele fica vermelho por um instante, antes de ela virar a caixa do produto para ele. O Dust Daddy é um acessório para aspirador de pó (e tem um formato fálico). Ari com certeza está prestes a fazer Josh passar vergonha.

– Eu imploro, não transforma isso em um apelido.

– É pra limpeza. Sua coisa favorita. Ah, alcança as entradas e fendas menorzinhas. – Ela levanta a caixa para que os dois possam ler. – Tubos flexíveis com uma "sucção poderosa". Que garota vai conseguir competir com isso? – Ela morde o lábio. – Será que a gente compra? Será que esse é meu novo namorado? – Ari coloca o Dust Daddy de volta no expositor. – Ah! Tive uma ideia incrível!

Josh faz "shhhh" freneticamente, o que ela parece achar engraçado.

– Envolve uma garrafa gigante de Gatorade e aspirina?

– Pervertíveis.

– Quê?

Josh sente que ruborizou novamente, embora ela não esteja reparando em detalhes como esse no momento. Aos olhos de Ari, a loja inteira deve parecer uma pintura expressionista.

– Você escolhe itens normais, mas que, no contexto certo, podem ser sexuais. Quando você compra todos juntos, parece que está se preparando para uma sacanagem de baixo custo. Tipo... – ela fecha os olhos com força, refletindo – ... pregadores de roupa e corda de pular.

– Não.

– *Sim* – insiste Ari. – Eu te desafio para um duelo de pervertíveis. Tipo o duelo do Hamilton contra o Burr.

– Isso é um dos jogos de improviso que você obriga seus alunos a jogarem na primeira aula?

– Não! Acho que isso configuraria assédio. – Ari pega um desodorante na prateleira, tira a tampa e cheira a fragrância forte. – Em geral esse é o tipo de coisa que eu faço com quem estou tentando transar.

Esse é exatamente o tipo de afirmação ambígua enlouquecedora que faz o cérebro de Josh disparar em cinco direções de uma vez só.

Por outro lado, amanhã ela provavelmente nem vai se lembrar dessa conversa.

Josh suspira.

– Você não vai deixar a gente ir embora até fazer isso, né?

Enquanto a estratégia de Josh para lidar com o término é passar horas na academia, aparentemente esta é a de Ari.

– Três coisas, Dust Daddy. – Ela anda de costas, cambaleando um pouco, na direção da torre de cestas de compras na entrada da farmácia. – Um minuto. Marca no cronômetro?

– Tá bem – concorda ele, convertendo um minuto de Ari Bêbada para cinco minutos de Pessoas Normais. – Só se você também comprar uma garrafa enorme de água.

– Espero que você tenha um plano. – Ela entrega uma cesta para ele. – Eu sou muito boa nisso.

– Eu sempre tenho um plano.

– Eeeeeee... valendo! – grita ela, disparando pelo corredor na direção dos utensílios de cozinha, sem "um, dois, três e já" nem nada. – Solte a sua imaginação pervertida!

Três minutos, vinte segundos e dois berros com versos incoerentes da canção "My Shot" do musical *Hamilton* depois, Ari corre até o caixa, onde Josh aguarda pacientemente com sua cesta.

– Não acredito que eu fiz isso antes de o cronômetro zerar! – exclama ela.

Josh segura uma risada enquanto Ari vai pegando o que escolheu.

– Beleza, eu peguei – arqueja ela– uma espátula. – Ela bate no peito dele com um barulho prazeroso. – É um implemento de impacto. Estojo de escova de dente, com textura, lógico. E um rolo de plástico filme, extra--aderente. – Ela espia a cesta dele, ainda sem fôlego. – Sua vez.

– Escova de cabelo. Luvas de látex. Óleo de bebê.

Ari o observa calada, olhando de novo para os itens na cesta e então de volta para ele.

– *Josh*. Josh, sinto que Deus está aqui nessa farmácia hoje à noite. Você é... – agora ela está gritando – *Pervertido. Pra. Caralho.*

Sem aviso, ela se joga em cima dele, envolvendo-o em um grande abraço. Ou um abraço médio, levando em conta o tamanho dela. Uma onda de aconchego percorre o corpo de Josh. Ela nunca tocou tanto assim nele. Parece que faz meses que alguém lhe deu sequer um aperto de mão. Hesitante, Josh ergue os braços para retribuir o abraço – dessa vez, o movimento parece automático, e não forçado –, quando ela de repente se afasta e coloca a cesta dele em cima do balcão do caixa. Ele tenta disfarçar a decepção. E a ereção.

– Meus parabéns, a gente vai comprar todos os seus itens pra comemorar este momento – declara ela. – Meu Deus, uma escova de *bambu*? – Ela gargalha. – Você deveria acrescentar esse talento nos seus perfis de aplicativos.

– Não – recusa ele, resoluto.

A expressão dela é tomada por pânico.

– Ai, que merda, a gente esqueceu o Dust Daddy!

Josh evita fazer contato visual com o atendente do caixa, que parece entediado e suspira a cada item escaneado. Quando chega ao óleo de bebê e depois ao xarope para tosse, parece que a ficha dele cai.

O atendente olha para Josh e comenta:

– Não perca essa chance, hein, Hamilton?

– MAIS UM? – PERGUNTA ARI, quando os créditos começam a subir no fim de *Gente grande 2*, o nono filme horroroso que eles veem pelo telefone nas últimas duas semanas.

Está se tornando uma rotina: *Como ficar pateticamente juntos, só que sozinhos.*

Josh desliga a TV e deixa os olhos se acostumarem com a escuridão.

– Acho que já esgotamos toda a obra de Adam Sandler na última semana.

– Fala sério. O homem é uma fonte inesgotável. *Sempre* tem mais um filme do Adam Sandler. Mas, se você já está cansado, eu posso desligar e trabalhar um pouco.

– Trabalhar no quê? – pergunta ele, se sentando.

Josh verifica seu despertador marcado para as 5h45, o que deve lhe dar tempo suficiente para tomar banho e realizar toda a sua rotina matinal antes da aula de ioga de alongamento profundo que Briar a obrigou a fazer. Bom, não exatamente "obrigou", já que ela mandou capturas de tela não solicitadas do perfil do Instagram da professora, que demonstra sua paixão pela vida fitness, sua flexibilidade e seu ótimo gosto em roupas de academia.

– Você se recusa a rir das minhas piadinhas sobre o Rob Schneider, mas agora está interessado nessa coisa chata? Beleza. Gostaria de me ajudar a escrever um brinde engraçadinho, mas comovente, do pai da noiva ou um ensaio sobre a importância de oferecer acesso gratuito a produtos de higiene menstruais? – Ela suspira. – Esse é pro discurso de um padrinho de casamento, claro.

– E o seu material original? – pergunta ele com cautela.

Talvez, muito por acaso, ele tenha dado uma stalkeada no perfil @ari. snacks69 e visto alguns vídeos antigos de stand-ups e improviso.

Há uma pausa de um segundo, só o suficiente para quebrar o ritmo incessante dela.

– Espera aí, esse material *é* original. Posso lhe garantir que *não* acesso regularmente um blog chamado "Noventa exemplos de discursos hilários de madrinhas" e dou uma melhorada nas piadas.

Josh hesita, ciente da ferida que pode ter cutucado.

– Vi alguns dos seus vídeos.

Ela respira fundo.

– Viu?

Ele não sabe bem como continuar a conversa. Não tem muitas pistas sem ver o rosto dela.

– Achei... – Ele vasculha o cérebro em busca do adjetivo certo.

– Não diga "interessante".

– ... impressionante.

– Sério?

A voz de Ari tem um tom de muita satisfação. Josh tinha esquecido como era bom elogiar as pessoas.

E ele está falando sério. Em circunstâncias normais, estar na plateia de um show de improviso teria o mesmo apelo que ver um coro da faculdade apresentar um pot-pourri dos anos 1980 à capela. Mas os vídeos forneceram um vislumbre de uma versão alternativa de Ari: a guarda erguida em sessenta por cento, não noventa.

– Sério.

– Eu adorava – diz ela. – Era viciada na adrenalina. Mas, da última vez que subi num palco, senti um embrulho no estômago, e eu só suava, e meu coração estava disparado. Não era o nervosismo de sempre. Foi paralisia total. Eu saí do palco, o que é um pecado mortal no mundo do improviso. Você não abandona uma cena. Você não deixa seu time na mão.

Josh hesita. Sua vida inteira parece estar sempre na expectativa.

– Em algum momento você vai voltar.

É em parte uma pergunta, em parte uma sugestão.

– Não sei. – Ela hesita. – Quando me casei, eu não precisava mais servir petiscos nem passear com cachorros. Cass me bancava pra que eu pudesse enviar meus textos, me apresentar e fazer testes de elenco. Eu dei *tudo* de mim, e ainda estou exatamente onde comecei. Então, pra quê, sabe? Pelo menos esses projetos da NeverTired me deixam fracassar em segredo. Imagina contratar alguém que tem um casamento fracassado e cresceu sem um pai para escrever um brinde pra cerimônia da filha? Ele deve odiar o noivo.

– Nesse caso, talvez você pudesse fazer o cara avisar os noivos pra não levar o relacionamento adiante.

– *Rachel* – diz Ari, imitando a voz de um homem mais velho. – *Se puder dar ouvidos a este homem de 55 anos, duas vezes divorciado, por alguns minutos, eu gostaria de lhe dar um conselho. Quando nos apaixonamos, somos otimistas. Não fazemos ideia das dificuldades que enfrentaremos em alguns anos. Você está pensando "Agora, sim!", porque Caleb te faz feliz. Mas preciso lhe dizer a verdade e...*

– *A felicidade é uma mentira* – interrompe Josh, deixando a voz mais grave para combinar com a imitação dela.

– Credo. Vai ser uma recepção e tanto. Coitado do Caleb.

– *Ninguém deveria se casar com a pessoa que lhe faz feliz* – continua Josh. – *Case-se com a pessoa que vai querer ficar do seu lado no seu pior momento.*

– *Sério, Rachel* – intervém Ari, imitando o tom grave de um homem mais velho. – *Imagina só o Caleb comendo salgadinhos no jantar, vendo* Gente grande 2, *enquanto escreve discursos de brindes de casamento para desconhecidos durante as horas em que não está trabalhando como garçom. Ainda quer se casar com ele?* – Ela ri de si mesma. – Meio autodepreciativo.

Josh pigarreia, sentindo o impulso de transformar a autodepreciação em algo otimista.

– *Se quiser mesmo passar anos vendo Caleb fazer merda enquanto se torna a pessoa que você sabe que ele tem potencial de ser, aí sim você deve se casar.*

Ari não responde. O silêncio provoca uma breve sensação de pânico em Josh. Esse é o problema com o imediatismo do telefone: cada falta de resposta pode ser uma dica sutil de que a outra pessoa está prestes a apertar o botão de sair da conversa. Sophie sempre dizia coisas como "Bom, vou te deixar em paz" ou "Eita, está tarde na Costa Oeste" no primeiro momento de silêncio.

– Merda – xinga Ari, por fim. – É quase uma da manhã. Hora de colocar um podcast horripilante de investigação que com certeza não vai me dar pesadelo.

Suas despedidas educadas pelo menos vêm disfarçadas de observações divertidas.

– Talvez você devesse expandir seus horizontes e aprender algo diferente de como cometer um assassinato e ser pego.

– O que você sugere? Um podcast de tecnologia?

– Não se você quiser pegar no sono. Pelo que parece.

Durante os quinze segundos de silêncio exuberante que se seguem, Josh não se sente pressionado a preenchê-lo. Ele ouve a respiração de Ari e o ruído ocasional de pneus nos paralelepípedos cinco andares abaixo.

– Sabe – comenta Ari –, toda noite eu deito aqui sozinha e penso: "Amanhã é o dia em que eu vou acordar e me sentir bem de novo." Precisa ter uma virada de chave, não é? Você já sentiu que está vivendo um término deprimente, mas a última página nunca chega? Que não consegue superar? Que aquilo só continua rolando?

Fragmentos de pensamentos, observações e experiências dolorosas surgem na mente de Josh, mas nada sai de sua boca. Ari provavelmente precisa ser reconfortada, o que não faz parte do repertório dele.

– Credo, é melhor eu desligar. – Ela solta um riso que parece forçado e diz: – Desculpa a vergonha alheia... Eu só... é...

Se o telefone fixo ainda fosse usado, ele ouviria um clique na linha, mas há apenas silêncio quando ela encerra a ligação antes que ele possa responder.

9

– PRA QUEM VOCÊ ESTÁ MANDANDO MENSAGEM? – pergunta Gabe quando eles chegam ao quarto andar do prédio de Radhya, esticando o pescoço para olhar a tela do celular de Ari.

– Para com isso.

Ela bate no peito dele enquanto os dois andam pelo corredor.

Terça, 22 de novembro, 21h23

Josh: Eu consegui dormir de verdade ontem à noite.
De meia-noite às 6 da manhã, de acordo com meu aplicativo monitorador de sono.

Ari hesita por meio segundo antes de bater à porta e gritar:

– Você está vestida? Tudo bem se não estiver!

Ela tem a chave do apartamento de Radhya faz cinco anos, mas bater à porta era uma cortesia desde a época em que as duas moravam juntas.

Ari: uuuh, muito gentil da sua parte me deixar ganhar no quesito insônia 🏆

A porta de Rad se abre com um rangido. Um homem alto de cabelo louro desgrenhado e nariz pontudo passa por Ari e Gabe dando um breve aceno de cabeça, segurando um casaco e uma blusa de botão azul-clara que sem dúvida faz parte do uniforme de garçom em que Radhya trabalha atualmente.

O olhar de Gabe acompanha o sujeito pelo corredor.

– Radhya começou a comemorar mais cedo – comenta ele.

O Dia de Ação Sem Graça é uma baguncinha em que aspirantes a artista e gente com mestrado perceberam que poderiam dobrar o salário que recebiam de organizações artísticas sem fins lucrativos, servindo mesas e trabalhando como bartenders durante "a época mais mágica do ano". Durante o próximo mês e meio, eles vão fazer hora extra enquanto turistas passeiam pela cidade e executivos vestem seus trajes de festa mais chiques para comparecer a um monte de comemorações constrangedoras de fim de ano.

Ari pendura seu casaco xadrez. Faz semanas que não vai ao Brooklyn. Não por não querer encontrar Radhya, mas talvez por causa da overdose de conselhos e amor sincerão logo após o término com Cass. No último mês, passado o baque, Ari não soube muito bem como reintegrar a melhor amiga em sua vida. E Rad não parava de fazer perguntas: "Já ligou pro advogado que eu recomendei?"

Josh: Suas compras recentes... ajudaram em alguma coisa?

Ah, sim, suas atitudes radicais de autocuidado se encontram conectadas a um emaranhado de cabos de carregadores no chão – cada cabo é diferente, por algum motivo –, no lugar onde costumava ficar sua mesa de cabeceira.

Ari: Estou testando uma nova estratégia em que uso os cabos logo de manhã. Dizem que melhora o raciocínio lógico.

Josh: Pelo menos vc tem uma motivação pra acordar.

– Quem era esse aí? – pergunta Ari à amiga.

– Um ajudante de garçom – responde Radhya, do quarto. – Bonitinho, né? Ei, liga pro meu telefone? Não estou conseguindo encontrar.

Ari toca no nome de Rad em seu celular. Uma voz robótica com sotaque britânico declara "*Ligando para Ra-di-a Am-ba-ni Cozinheira de Pele Marrom*" pelos alto-falantes Bluetooth de Radhya.

Ari cutuca Gabe e indaga:

– Você sabe como fazer meu celular parar de anunciar cada chamada que nem um mordomo aristocrático? Alterei a configuração *uma vez* pra bancar a DJ durante uma festa e agora ele sempre se conecta automaticamente com os alto-falantes daqui. E se abrir algum pornô sem querer no meu telefone?

– Desde quando pornô é "sem querer"? – zomba Gabe.

Radhya sai do quarto com botas de salto debaixo do braço e anuncia:

– Não quero nem saber o contexto dessa conversa.

Ela ergue as almofadas do sofá, procurando seu celular. Um som abafado vem do chão ao lado da poltrona. Radhya pega uma calça jeans. Um dos bolsos traseiros está brilhando.

– *Arrá*!

Radhya recusa a ligação e dá um abraço em Ari.

– Que bom que vamos pra festa juntas. Faz séculos que não te vejo.

Ari ajeita uma almofada e se joga no sofá, fazendo as molas rangerem.

– Eu tive que liberar minha agenda. Ando muito ocupada chorando baixinho.

Ari: vc tinha um lance à distância.
dormiu sozinho durante a maior parte do relacionamento

– Então é isso que você anda fazendo – retruca Rad, olhando desconfiada para o aparelho de Ari. Parece errado estar sentada no apartamento de Radhya trocando mensagens com Josh. – Comprar móveis na semana que vem ainda está de pé?

Merda.

– Ah... Eu já fui – diz Ari, com cautela. E com um pouco de culpa.

Radhya franze a testa.

– Sozinha?

– Agora tenho um pouco de suporte lombar durante minhas horas de sofrimento – diz Ari, evitando a pergunta. – Sou a orgulhosa dona de uma cama de pinho cru, com peças de qualidade duvidosa montadas às pressas.

– Preciso de uma capa de edredom nova – comenta Radhya, largando as botas no tapete com um baque. – Por que não me avisou que estava indo lá?

– Agora você não precisa me ajudar a fazer a montagem com aquelas chavezinhas hexagonais.

Ari não pretende exatamente esconder a identidade de seu parceiro de compras, é só que... o assunto não surgiu organicamente.

Uma notificação ressoa pelos alto-falantes Bluetooth. Ari olha a mensagem.

21h26
Josh: Sim, mas em tese ela estava comigo.

A expressão confusa de Radhya se transforma quando ela entra no modo detetive. A esquiva de Ari não passa batida. Aquilo requer uma distração.

– Você está uma delícia com essa roupa – elogia Ari, mudando o rumo da conversa.

Radhya está usando um daqueles vestidos que parecem um suéter largo, só que sensual, mas que, no corpo de Ari, dão a sensação de ser um saco de batatas. Ela olha para o próprio jeans e a camiseta velha.

– E eu pareço a babá que você contratou pra tomar conta do seu filhinho mimado.

– Quer uma roupa emprestada? – oferece Radhya ao colocar suas argolas douradas e grossas.

– Qualquer coisa que Ari vestir vai manchar com whiskey sour – alerta Gabe.

Ari: ter uma cama inteira pra vc é a melhor coisa
achei que justo vc ia gostar de nunca encontrar fios de cabelo no lençol

Josh: Nem migalhas.

Ari deixa escapar uma risadinha. Gabe e Radhya se entreolham.

– Beleza, já chega – intervém Radhya. – Por que você está rindo? Quem é o estepe?

Ari se força a assumir uma expressão neutra.

– Não é estepe nenhum. Credo.

– É a bartender? – pergunta Gabe.

– Você marcou um encontro na Ikea? – pressiona Radhya.

– Não! – responde Ari, com mais veemência do que o necessário. – Eu tenho *amigos*.

Rad se senta ao lado dela e diz:

– Ninguém consegue fazer novos amigos depois de um término. Já é difícil ser agradável quando estamos felizes.

– Com essa pessoa, eu posso ficar infeliz à vontade.

– Então *existe* uma pessoa – conclui Gabe.

Ari se levanta do sofá.

– Por que estão me interrogando?

– O sorrisinho bobo... Escondendo a tela do celular... – sugere Radhya, fazendo uma careta ao calçar suas botas que mais parecem instrumentos de tortura.

– Espera, deixa eu voltar a estampar meu mau humor – retruca Ari, acenando com a mão na frente do rosto.

Ding!

Josh: Posso te ligar?
Preciso de um conselho sobre a interação que tive com uma professora
de ioga.
Não sei se consigo transmitir o tom com precisão só por mensagem.

Radhya fecha o zíper da bota.

– Se você estiver mandando mensagem pra Cass outra vez, eu vou fazer uma interven...

O mordomo aristocrático a interrompe: "*Chamada recebida de*" – Ari começa a xingar, tentando sem sucesso silenciar o telefone – "*Josh Kes-ten--bunda emoji de poodle.*"

De imediato, nada acontece. Radhya e Ari apenas se encaram.

Talvez não tenha dado para decifrar o nome por causa do sotaque britânico. Talvez Rad não tenha escutado. Talvez...

– Isso é alguma piada? – questiona Radhya. É como se o rosto dela ainda não tivesse descoberto como expressar sua revolta com essa traição. – Um apelido irônico que você usa para alguém que *não é* um babaca tóxico?

– Espera aí – interrompe Gabe, que parece estar resolvendo um cálculo de cabeça. – Quem é "poodle"?

– Não surta – implora Ari, em pânico. – Eu esbarrei com ele umas semanas atrás e...

– Semanas?! – exclama Radhya, virando-se para Gabe em busca de apoio.

– ... e a gente ficou se lamentando sobre nossas vidas deprimentes e... sei lá... a gente se encontra de vez em quando.

– Você "se encontra de vez em quando" com aquele babaca do *Kestenberg*?! – Radhya salta do sofá, cambaleando um pouco por causa das botas. Ela encara Gabe. – É com *ele* que ela anda conversando?

Gabe olha de uma para outra, sem entender.

– Espera aí, quem?

– Ele está se recuperando da fase babaca – explica Ari. – Acho que se...

– Não era uma "fase", Ari. – Radhya balança a cabeça. – Eu sei que todos os chefs que por acaso são homens brancos raivosos recebem segundas e terceiras chances, mas não achei que ele fosse conseguir se redimir com a minha melhor amiga.

– Pensando bem... – opina Gabe, erguendo as mãos. – Ari tem uma queda por gente mandona que acha que sabe tudo.

– Fica fora disso, Gaston – retruca Radhya, lançando um olhar intimidador para ele.

Gabe passa da sala de estar para a cozinha, de onde pode observar a discussão a uma distância segura.

– Não – insiste Ari, sem conseguir pensar nas palavras certas rápido o bastante.

É fácil deixar de lado os vacilos que Josh cometeu com Radhya quando ele é apenas uma voz supreendentemente charmosa do outro lado da linha.

– Não é nada disso.

– Então é o quê? – Radhya inclina a cabeça para o lado. – Que tipo de "encontros" vocês têm tido? Porque eu tenho certeza de que sou a única amizade não colorida que você tem.

– Não tem amizade colorida nenhuma! – Pelo menos nesse caso falar a verdade não é a pior opção. – Nenhuma. Rad...

– É por isso que eu mal tenho te visto? Você entende como isso é ofensivo? *Eu* sou sua amiga, Ari. Não ele.

– Me escuta!

Pela primeira vez na vida, Ari deseja por um breve instante que ela e Josh tivessem simplesmente transado naquela noite, em vez de pedirem pizza. Ela poderia ter escapulido da casa dele uma hora depois, Radhya nunca descobriria a relação deles e os dois teriam tido sua primeira transa pós-término sem muito alarde.

– Se você queria que eu te escutasse, por que manteve isso em segredo durante semanas? – pergunta Radhya.

– Porque eu sabia que você brigaria comigo! – exclama Ari, se levantando do sofá.

– Você sempre faz isso – continua Radhya. – Você foge e evita, aí a bomba explode e você vai embora.

Ding!

Josh: Cadê vc?
Ela mencionou que é personal trainer.
Isso é um flerte ou uma tentativa de conseguir clientes?

Encarando o celular na mão de Ari, Radhya pergunta:

– Você vai ao Dia de Ação Sem Graça ou não?

Ari anda em direção à porta e veste seu casaco outra vez.

– Vou voltar para o Queens – anuncia ela.

– Por quê? Pra trocar mensagens com ele em particular? – acusa Rad.

– Pra poder *sofrer* sozinha!

Ari sai do apartamento batendo a porta.

Um "Feliz Ação de Graças!" abafado e amargurado ecoa pelo corredor.

Na rua, o vento açoita o rosto de Ari. Brigas com Rad sempre afetam seu estado emocional. Levar um gelo de Cass ou se dar mal em um teste de elenco eram decepções que tinham um compartimento certo em sua mente. Quando Radhya e Ari brigam, é como um caminhão derrapando. Pesado. Caótico. Descontrolado.

Ari suspira, soltando uma nuvem de vapor quente, e marcha até o mercadinho na esquina. Se não vai ficar bêbada com coquetéis baratos junto com os amigos, pelo menos pode comprar uma garrafa de vinho e beber sozinha, no metrô, de canudinho.

Um gato gorducho vigia a entrada do mercadinho por dentro da porta de vidro, encarando Ari com um olhar penetrante de reprovação. Ela desiste de comprar um rosé.

Em vez disso, tira o celular do bolso, as palavras totalmente razoáveis de Radhya rodopiando em sua mente como um carrossel.

Ari: meus planos foram por água abaixo essa noite

Josh: Filme?

Ari: Vou levar uma hora pra chegar em casa saindo do Brooklyn

Josh: É por isso que eu não me envolvo com mulheres de fora de Manhattan.
Prefiro que elas morem perto do Madison Square Park.

Ari: é exatamente por isso que vc não transa
eu poderia dar um pulo na sua casa

Josh: E ver um filme pessoalmente?

Ari: não, só jantar e dar conselhos sobre a professora de ioga
Posso passar no lugar que vende taco

Josh: Qual deles?

Ari: onde vc comprou o negócio com recheio daquelas coisas

Josh: O lugar que tem cebola cambraia ou carnitas huaraches?

Ari: o que tem o cara gato no balcão e um banheiro limpo

10

– BELEZA, PENSEI NISSO DURANTE O CAMINHO todo e eis o que você vai fazer – anuncia Ari, saindo com cuidado do elevador apavorante e entrando no apartamento de Josh, para quem entrega uma sacola empapada de gordura. – Depois da aula, demore mais um ou dois minutinhos ajeitando seu tapete e pergunte a ela como alongar bem os músculos adutores. Sério, sempre dá certo. Aulas de ioga são um ótimo lugar pra conhecer mulheres.

Josh está usando jeans preto e um suéter escuro que provavelmente custou mais do que o visual inteiro de Ari, incluindo sapato e casaco.

– Quem usa calça jeans em casa? Você é psicopata?

– É confortável.

Ela balança a cabeça, passando por ele e dando uma olhada no apartamento.

– Cacete. Dava pra isso aqui ser o cenário de uma série.

– Ficaria mais impressionante sem essa tralha toda – comenta Josh, indo até a cozinha para pôr a mesa. – Estou no meio de uma reforma.

Na opinião de Ari, não parece que a frente do apartamento está passando do por uma "reforma", e sim que alguém despejou todo o conteúdo de um porão ali, começou a organizar os objetos e desistiu no meio do caminho. Como uma veterana em pegar coisas do lixo, ela não resiste e caminha entre as pilhas de tesouros: um exercitador de coxas em cima de uma caixa de som avariada, bases de luminárias feitas de cerâmica com abajures bege enormes, os restos de um letreiro neon gigante da Brodsky's. O cheiro de livro antigo e vinil empoeirado.

O olhar dela capta uma silhueta familiar.

– Você não pode se desfazer disso aqui, é uma das melhores mobílias sexuais inventadas pelo homem. – Ari corre até um aparelho de ginástica com o banco inclinado e puxa o conjunto de pesos, testando a estabilidade. – Você tem mosquetões?

O rosto de Josh é tomado de irritação e pânico. É fácil demais deixá-lo desconcertado.

Ela cruza as pernas, sentada no aparelho, e comenta:

– Só pra esclarecer, é mais confortável ficar sem calça do que vestindo qualquer calça. Eu tiro a minha assim que chego em casa.

– Então toda vez que a gente vê um filme, você está sem calça?

– Na verdade, estou totalmente nua.

Ari se levanta e se aproxima da mesa, onde Josh para de repente de organizar as embalagens de comida.

– Desculpa, tô te sacaneando de novo. Não consigo ver filme pelada. É constrangedor. Gosto de usar calcinha e uma camisa velha.

Josh não ergue o olhar, mas pergunta:

– Tipo a camiseta que você está usando agora? Que nem é sua?

– É minha – insiste Ari, um pouco indignada.

– Sério? O auge do Bikini Kill foi um pouco antes da sua época. – Ele ergue uma sobrancelha. – Parece mais... coisa de uma professora universitária da geração X que estuda comunicação.

– Por lei, essa camisa é metade minha – declara ela. – Devia ter jogado fora?

– *Você* falou para eu me livrar de tudo que pertencia a Sophie. É muita hipocrisia.

– É uma blusa confortável! – argumenta Ari, bufando. – É diferente de guardar a lingerie de outra pessoa, e você sabe disso!

– Será?

– Todo o resto foi levado embora. Não posso ficar nem com *uma* camisa idiota?

Ari se surpreende ao ouvir a própria voz quase falhar. Josh se cala, e é melhor assim. Ela não tem energia para entrar numa briga logo depois da discussão com Radhya.

– Podemos comer agora? – pergunta ela.

Josh gesticula para a mesa, que está posta como se ele fosse oferecer um jantar formal. Ari não consegue deixar de observar que a mesa é grande o suficiente para transar em cima dela: um verdadeiro luxo em Nova York.

– Comer num prato em vez de numa embalagem descartável ajuda a pessoa a entrar em contato com a própria humanidade – comenta ele. – É o que diz minha terapeuta.

– Nesse caso, acho que sou um animal – retruca Ari, sentando-se em uma cadeira.

A cozinha dele é caótica: armários e bancada velhos contrastam com eletrodomésticos novos e chiques, alguns ainda embalados.

– Achei que cozinhar fosse sua paixão – conclui ela.

Josh organiza os tacos no seu prato com capricho e responde:

– Eu me recuso a preencher meu tempo livre com algo que me lembra meu fracasso.

Enquanto Ari despeja uma montanha de tortilla chips em seu prato, a notificação de um aplicativo de namoro surge na tela do seu celular:

Um desses matches pode ser A Pessoa Certa!
Toque aqui para descobrir.

– Argh – resmunga ela, franzindo o nariz. – Como é que eu aviso para esse aplicativo que eu não quero encontrar "A Pessoa Certa"? Ainda não estou pronta nem pra sexo casual totalmente esquecível. – Ari pigarreia antes de ler a descrição do perfil. – "Adam, 38. Branco e enorme. Não Circuncidado. Gozo muito. Será que esse cara Não Circuncidado merece um bola-gato." – Ela larga o celular na mesa, enojada. – É isso que a gente tem que aguentar quando se relaciona com homens.

Josh pega o telefone dela e encara o sujeito de rosto redondo em uma selfie num banco de motorista. O rosto de Josh parece nunca relaxar e assumir uma expressão casual. É como se seus olhos estivessem sempre à espreita, em busca de mais informações.

– Não tem ponto de interrogação. E por que "não circuncidado" está com letra maiúscula?

– É *essa* a sua crítica? – Ari limpa a mão engordurada com o guardanapo fino do restaurante de taco. – Está na cara que você tem o luxo de milhares de perfis de mulheres normais e bonitas à sua disposição.

Ele ergue o rosto e estreita os olhos.

– Por que será então que não estou passando tempo com uma mulher normal e bonita agora?

– Você deve estar descartando todas elas por motivos ridículos.

Tudo que Ari deduziu a respeito da ex dele e dos relacionamentos anteriores aos quais ele se referiu por alto parece indicar que, *sim*, Josh sem dúvida tem um histórico de namorar mulheres adoráveis, com empregos de verdade, que leem a revista *The New Yorker* em vez de acumular todas as edições em uma pilha por meses a fio, antes de folheá-las apenas para ler as críticas de filmes e as tirinhas.

– Qual é a pior coisa que pode acontecer?

– Eu ficar preso por horas em um restaurante medíocre com alguém que não obedece às regras gramaticais.

– Sempre que eu acabava presa em um encontro muito ruim, meu amigo Gabe aparecia no restaurante e me acusava de traição. Isso acaba com o encontro na hora e elimina qualquer chance de a pessoa entrar em contato no futuro.

– Vou manter isso em mente se eu decidir sair com alguém outra vez.

– Você precisa de uma pessoa mais objetiva pra fazer a seleção. – Ari estende a mão aberta e faz um gesto para que ele lhe passe o telefone. – Eu te mostro meus pretendentes tenebrosos se você me mostrar as suas.

Ele abre um aplicativo e passa o aparelho a contragosto pela mesa. Ari analisa o perfil de "Lauren", que tem paixão por viajar, mas também ama relaxar em casa. Ela desliza a tela e "Hannah" aparece, uma modelo fitness em meio período.

– Seu feed só tem gente bonita e bem-sucedida?

Josh desliza a tela do celular de Ari para a esquerda a cada poucos segundos e esfrega sua barba curta com a outra mão.

– Você vai mesmo se encontrar com alguma dessas pessoas?

– Eu me arrisco se você se arriscar – diz ela, examinando as fotos de outra Lauren, que está sempre a fim de uma aventura. – Então, você chegou a *conversar* com a professora de ioga?

– Duas conversas pós-aula nessa semana.

– Você foi *duas vezes*? – pergunta Ari, num tom estranho que a deixa um pouco sem graça.

Ele franze a testa para o telefone dela e desliza outra vez.

– "Nada de gordinhas"? É sério? Esse babaca está segurando um peixe.

Ari endireita a postura e estica o pescoço para ver o que Josh está fazendo no celular dela.

– Está configurado para todos os gêneros? – pergunta ela.

– Pode ter certeza de que estou passando um pente-fino em todos os seres humanos disponíveis na região metropolitana. É controle de qualidade. A menos que você queira acabar com alguém que usa uma selfie no banheiro como foto de perfil.

Josh lança um olhar concentrado para ela outra vez, aquele que a faz se sentir exposta.

Ari volta a atenção para o celular de Josh, ciente de que o rumo da conversa na vida real se reduziu a reticências, e desliza para a direita em "Ashlyn", que é gerente de programa e usa pontuação corretamente em aplicativos de namoro.

11

EM CIRCUNSTÂNCIAS NORMAIS, Ari mandaria uma mensagem para Radhya, encontraria a amiga na área de carga e descarga atrás do restaurante em que ela estivesse trabalhando no momento e as duas tomariam uma ou cinco bebidas no barzinho mais próximo. Ari estaria agitada depois de um set em um dos locais de comédia menos conhecidos na MacDougal Street, por ter se saído muito bem ou muito mal.

Mas não são circunstâncias normais. Elas não trocam mensagens há mais de uma semana. Não há apresentações de stand-up há meses.

Ainda assim, Ari atravessa um beco estreito, o ar denso com o familiar cheiro do lixo podre de diversos restaurantes: o coreano, o pub irlandês e o de culinária americana contemporânea, onde Radhya mantém seu atual emprego como sous chef. Rad é uma pessoa de hábitos, então está exatamente onde Ari espera encontrá-la: sentada em uma caixa de leite encostada em uma parede de tijolos. O telefone na mão direita, o cigarro na esquerda.

– Oi, Piranhuda – cumprimenta Ari.

Em geral, Rad responderia com um cansado mas animado "Xoxozinha!". Só que, depois de um ar de surpresa mal disfarçado, ela mal afasta os olhos do brilho da tela.

– Eu só queria saber por quê – exige Radhya, frustrada, como se estivesse falando com um sobrinho imbecil que veio pedir o dinheiro do aluguel emprestado.

Por que o quê?, Ari considera perguntar. Mas não é necessário.

– Eu gosto de conversar com ele – responde Ari, escolhendo as palavras com cuidado.

– Ninguém gosta de conversar com ele. Tenta outra.

– Ele não me julga nem tenta me consertar.

– E *eu* julgo *você*? – questiona Radhya, se levantando.

– Não foi o que eu falei.

– Você precisou de mim logo depois do término. Precisou de mim quando não queria ficar sozinha no seu apartamento. Precisou de mim cada vez que queria desabafar sobre o temperamento difícil da Cass. Você fez tudo isso por mim quando a minha vida virou de cabeça pra baixo.

É verdade. Mas foi muito mais fácil ser o apoio de Radhya. É exaustivo ser a pessoa fracassada em uma amizade.

– Agora você anda de casinho com...

– *Não* estamos de casinho – interrompe Ari.

– ... o meu inimigo?

Ari estreita os olhos.

– Achei que seu inimigo fosse o *chef de cuisine* no Marea.

De repente, um cara com o rosto suado e um avental manchado abre a porta da cozinha, percebe a linguagem corporal de Rad e recua no mesmo instante.

– Eu preferiria que fosse só uma transa qualquer – argumenta Radhya, sentando-se de novo na caixa de leite. – *Eu* é que deveria ser a pessoa com quem você se abre.

– Considerando seu passado com Josh, não me pareceu fácil ligar pra você e comentar casualmente: "Ei, queria te contar sobre esse cara que eu conheci."

– Foi mais fácil agir pelas minhas costas? – questiona Radhya, dando mais um trago no cigarro.

Ari abre a boca para refutar essa interpretação dos eventos, mas o que acaba saindo é uma analogia boba.

– É como se... eu tivesse sido empurrada para dentro d'água. Mas não é uma piscina aquecida. Não tem parte rasa. Eu fui empurrada pela amurada do *Titanic*.

– Fala o que aconteceu de verdade. Cass te empurrou. Para de usar a voz passiva.

– Estou batendo perna na água e me sinto tão exausta que nem consigo... – Ari respira fundo, sentindo o fedor do beco. – Tipo, nem consigo agitar os braços e gritar por socorro.

– Eu estou bem aqui, oferecendo ajuda, e você espera que o Kestenberg te resgate?

– Não! – exclama Ari, cheia de convicção. – Ele também está na água. Nós dois estamos agarrados ao mesmo destroço.

– Segundo essa metáfora, você está se afogando em mar aberto com alguém que empurrou minha cabeça debaixo d'água sem pensar duas vezes. – Radhya solta uma baforada de fumaça. – Não seja o Leonardo DiCaprio nessa situação. Não deixa o Kestenberg ocupar a porra da porta inteira.

Ari nunca viu *Titanic*, mas conhece a cena da porta por causa dos memes.

– Eu não sou o Leonardo de DiCaprio. Josh está só... passando por um momento de autodesprezo – explica Ari, sentindo um breve alívio ao desviar o foco para Josh e Radhya. – Ele nem cozinha mais. Acho que ele até gostaria de te pedir desculpas.

Ari só não consegue se lembrar de Josh ter mencionado isso.

Radhya apaga a guimba.

– Não estou interessada em ser a próxima parada na jornada de desenvolvimento pessoal dele. – Rad grunhe como se fosse vinte anos mais velha ao se levantar da caixa de leite. – Preciso voltar lá pra dentro.

Ela abre a porta da cozinha, então hesita e pergunta:

– Você pelo menos falou com o meu advogado?

Ari sente uma onda esquisita de nervosismo.

– É muito ruim mandar para sua ex uma selfie dos peitos no banheiro do escritório do advogado de divórcio? – indaga ela. – Uma amiga minha quer saber.

– Avisa pra sua amiga que mandar nudes sem consentimento não é legal – retruca Radhya.

– Estou me automedicando.

– Me encontra no Johnny's em uma hora?

Ari assente, soltando um enorme suspiro que cria uma nuvem de vapor no ar frio.

– Você vai pagar as bebidas, Xoxozinha – avisa Rad.

– COMO É QUE VOCÊ MORA NESTA CIDADE há oito anos e nunca foi ao museu Frick? – pergunta Josh, em um tom exasperado. – É cultura bási...

– Básica, eu sei, sou uma selvagem.

A luz do fim de tarde entra pelas janelas de vidro da Sala Fragonard, iluminando esculturas douradas, vasos de porcelana e uma série de quadros enormes que a legenda descreve como "pinturas de romance exuberantes". Josh e Ari estão explorando o museu faz quase duas horas. Bom, *explorando* é um termo generoso. Na verdade, Josh vem tentando persuadi-la e às vezes literalmente a arrasta entre as salas.

– Vamos ver – diz Ari, olhando para os painéis que retratam sujeitos que com certeza perderam a cabeça na guilhotina. – Não estou interessada em barões ladrões, nem em colonialismo, nem em celebrar milhares de anos de sexismo.

– Tudo é problemático pra você?

– Quer dizer que eu não deveria ter aberto o zíper do meu casaco pra mostrar minha blusa com a estampa KILLMONGER TINHA RAZÃO na frente da guia do museu?

Josh para diante de uma lareira espelhada gigante e observa Ari pelo reflexo.

– Esse é um dos meus lugares favoritos em Nova York – comenta ele. – Não mudou nada em... sei lá, cem anos? Não vou me desculpar porque um dia um industrialista rico comprou um tapete persa.

– "Comprou"?

Ari tosse de leve e deixa escapar um "privilégio de homem branco", mas Josh não está prestando atenção.

Ele parou diante de uma enorme pintura de uma mulher em um espartilho torturante, desmaiando diante de um homem afetado com uma peruca. Uma pequena multidão se formou ao redor de um homem robusto usando um boné da Nike. Ele se ajoelha e estende uma caixinha para uma garota de calça jeans e moletom da Universidade Estadual da Flórida.

Não é que Ari sinta inveja da fantasia em torno "daquele momento". Mas pensar nas armadilhas de um casamento traz lembranças de telefonemas sucintos com advogados e de um apartamento vazio e silencioso, em vez de daminhas de honra e passagens da Bíblia.

Términos ruins acabam ofuscando seus começos.

A garota assente com lágrimas nos olhos e abraça o Homem de Boné da Nike. Josh observa a cena enquanto a pequena multidão aplaude e tira fotos dos recém-noivos. Ele lança um olhar enigmático na direção de Ari, que força um sorriso, porque essa parece ser a reação adequada ao testemunhar um pedido de casamento. Mas, dez segundos depois, ela sente uma necessidade súbita de fugir da galeria imponente, da adulação dos admiradores, do cheiro de suor dos turistas usando casacos de inverno. Josh a segue pelo saguão, perto o bastante para ela sentir o sutil aroma da colônia dele.

– Sem comentários? – pergunta ele, assim que os dois saem para a 70th Street, sentindo o ar frio do anoitecer.

– Bom, por 18 dólares eu teria escrito um pedido de casamento bem mais épico. – Ari abotoa o casaco, pensativa. – Eles vão se casar, ter dois filhos e, em uma manhã qualquer, a Garota de Moletom vai sair da cama se arrastando, olhar para o pôster motivacional em sua escrivaninha e perceber que talvez não queira permanecer em uma prisão doméstica com o Homem de Boné da Nike pelos cinquenta anos seguintes.

– Eles são apenas mais um casal destinado a encontrar um fim prematuro? – comenta Josh, num tom de cansaço.

– Sério, qual é a lógica de se casar?

Os dois atravessam a Quinta Avenida, seguindo um caminho sinuoso até o Central Park. Ari acha mais fácil continuar andando, como se pudesse se esquivar dessa conversa desde que estejam em movimento.

– Não precisa ser *isso* ou nada – argumenta ela.

– Então você não quer... *isso* de novo – conclui Josh.

As botas dela esmagam as folhas caídas.

– É uma pergunta capciosa?

– Não. – Ele diminui o passo em frente a um grande arco feito de tijolo e pedras. – É bem direta, na verdade.

Ari observa os galhos desfolhados de uma árvore que formam uma teia complicada sob um céu laranja e rosa que parece uma aquarela. Ela acha prudente não encarar Josh enquanto ele está diante de um cenário tão fotogênico, falando sobre casamento.

– E, tecnicamente, foi uma afirmação, não uma pergunta – acrescenta ele.

– *Tecnicamente* não foi isso que eu disse – esclarece Ari. – Despejar milhares de dólares na indústria do casamento não tem nada a ver com fazer um relacionamento ser duradouro.

– Declarar diante da família e dos amigos que "eu amo esta mulher e quero que ela seja minha esposa" não precisa envolver uma "indústria".

Quero que ela seja minha esposa se repete sem parar na mente de Ari, só que na voz de Cass. Então se transforma em algo indecifrável.

Ela estremece e se vira, andando na frente de Josh e passando por baixo do arco de tijolos. O ar frio e bolorento enche seus pulmões. Parece que estão em outro mundo durante os nove segundos que demoram para cruzar o arco.

– Desde quando você quer ir a *qualquer* evento com seus "amigos e família"?

– Verdade – admite ele.

Quando saem do outro lado, Ari aponta para um banco à margem do caminho. Os dois se sentam na madeira gasta, mantendo uma distância respeitável, como se tivessem campos de força protetores ao redor de si.

– Com a Cass foi como se... – Ari deixa a voz se esvair, tentando lembrar por que o casamento pareceu necessário – ... desempenhar aquele papel validasse o fato de ela ter *me* escolhido. Porque, sem isso, eu era só parte da crise de meia-idade dela. – Ari remexe um botão frouxo do seu casaco. – Mesmo com uma certidão do cartório, uma hora a crise de meia-idade chegou ao fim.

– Você deveria acender umas velas antes de dizer algo tão romântico.

Ari ergue o olhar para Josh. O pôr do sol lança uma luz dourada linda no rosto dele, distraindo-a. Ele cruza os braços bem apertados e diz:

– Eu tenho um anel de noivado... Herança de família por parte do meu pai. Quando Sophie vinha a Nova York, eu o carregava para todo lado, só para o caso de sentir aquele esplendoroso momento de certeza. Eu não queria fazer o pedido a menos que tivesse certeza absoluta de que a resposta seria "sim". Mas nunca aconteceu.

Ari cruza as pernas debaixo de si no banco.

– Você ainda quer se casar? – pergunta ela, mesmo desconfortável.

Josh encara um ponto no vazio. Por fim, diz:

– Em tese.

É uma resposta totalmente previsível e um pouquinho decepcionante. Agora Ari é obrigada a se imaginar saindo para jantar com Josh e sua *esposa* hipotética. Uma Lauren qualquer. Os dois ririam de piadinhas internas, uma linguagem própria que Ari não entende. Eles teriam brigas idiotas, seguidas por sexo de reconciliação maravilhoso. Josh prepararia qualquer café da manhã saudável que a mulher quisesse. Eles frequentariam mercados chiques e comprariam legumes orgânicos enquanto empurram um carrinho de bebê de última geração com Bluetooth.

Ele estaria ocupado com a própria vida, do jeito que as pessoas ficam quando vivem um relacionamento. Os amigos se tornam pessoas que você encaixa na agenda, porque a rotina gira em torno do seu parceiro. Ari sente um aperto no coração ao pensar em Josh como mais uma pessoa que inevitavelmente vai deixá-la para trás.

– Acho que eu não faria o pedido em público, diante de um quadro de Fragonard. É meio clichê – acrescenta ele, erguendo-se do banco, alheio aos pensamentos descontrolados dela.

Ari solta o ar, e é como abrir uma válvula para aliviar a tensão da conversa. Ela remexe os dedos dormentes e enrola um xale ao redor do pescoço, arrepiada por causa do frio. Quando Josh recomeça a andar, Ari corre atrás dele, o alcança e o cutuca de leve.

– Vamos parar naquela barraquinha de *halal* pra jantar.

Ele para de repente. Seu rosto assume uma expressão esquisita e tímida que Ari ainda não tinha visto.

– Ah... eu tenho planos.

– "Planos"?

Josh ergue os olhos para as árvores, evitando contato visual.

– A professora de ioga – explica ele.

– Ah. – Ari sente o peito queimar, mas consegue dizer: – Sexo com uma professora de ioga? Acho que estou com inveja.

É, sem dúvida está com inveja, mas não sabe se de Josh ou da mulher com quem ele vai sair.

– É só um jantar.

Ele está fazendo careta ou segurando um sorriso? Ari segura o próprio celular com força.

– Eita. Direto para o jantar. Não prefere tomar um drinque antes pra entrar na vibe? – Ari se afasta uns passos. – Hoje pode ser a primeira noite do resto da sua vida, e eu mal consigo lidar com a intimidade emocional de umas mensagens picantes.

O tom de sua voz sai um pouco mais amargo do que ela pretendia.

– Achei que você ia começar a sair com pessoas novas também – comenta Josh.

– Lógico. – Ela mantém a curta distância entre os dois. – Claro que eu vou.

E se o encontro dele for bom?

– Eu... É melhor você ir pra casa. – Ari gesticula para nada em particular, recuando. – Imagino que você vá usar um visual preto diferente.

E se eles transarem?

Ari sente o estômago se revirar. O fato de ela simplesmente *sentir* nervosismo em relação a isso intensifica a dor no estômago.

– Te ligo depois? – pergunta Josh, e ela já está tão distante que ele precisa gritar.

– Beleza! – berra ela de volta.

Lógico! Mal posso esperar para descobrir se a professora de ioga vai passar a noite na sua cama.

Ela aperta o passo na direção da Quinta Avenida, indo para um lado quando a ideia era seguir para o outro. Ari olha para trás e vê Josh esfregando a nuca. Ela nunca sentiu necessidade de fugir de uma conversa com ele até então. Ela não disse a Josh que era "ótima em ajudar as pessoas a arranjar pretendentes"?

E se Josh e a professora de ioga tomarem café da manhã juntos e o encontro se prolongar até a segunda-feira, e os dois forem juntos até a academia pra aula de ioga das seis da manhã, onde ela vai demonstrar (de novo) como é flexível enquanto faz uma série de poses instagramáveis de #metasdaioga?

Quando está a uma distância segura, com a canela direita doendo, Ari pega seu celular na bolsa. Ela vinha guardando essa jogada para um momento crítico em sua vida sexual. Uma situação do tipo "quebre o vidro em caso de emergência".

E esse era o caso.

Ari atualiza cada um de seus perfis em aplicativos de namoro para *solteira buscando casais*.

– Foda-se – murmura ela, acrescentando um emoji de unicórnio em seu nome de usuário.

Se Josh pode sair com uma pessoa, Ari pode sair com duas.

12

Sábado, 10 de dezembro, 20h47
Josh: Vc falou que a aula de ioga era um lugar ótimo pra conhecer mulheres.

Ari: e é mesmo.
Aquela flexibilidade toda, vigor e suor...
O encontro não está legal?

Josh: Ela está tentando me vender um superpó de microbioma.

Ari: então quer dizer que ela tem mais empregos do que vc.
Vc tinha que ver o meu pretendente
Pretendentes

Josh: Oi?

Ari: Uma coisa de última hora com um casal que eu dei match

Josh: Um casal?

Ari: Ele tem barba, ela tem um piercing no nariz
Eles moram em Red Hook
Parece o início de uma piada

Josh: Sair com uma pessoa é muito íntimo, mas com duas é tranquilo?

Ari: eles estão procurando um unicórnio
já têm um ao outro pra esse negócio de intimidade
aposto que vão ficar de conchinha depois e não vão querer que eu
passe a noite na casa deles
Tirei a sorte grande!
Nem acredito que não pensei nisso antes

20h59
Josh: Ah, que ótimo. A sugestão dela pro segundo encontro é uma sala
de sal com haloterapia.
Ela falou que preciso limpar meu trato respiratório.

Ari: Ela curte mulher? 👀
Aliás, onde vc tá?

Josh: Em um bar de ostras. Aparentemente "Zach Braff é um dos donos".
Ela trouxe a própria comida.
E vc?

Ari: Burp Castle
pq parece que os homens precisam provar que eles curtem uma marca
de cerveja desconhecida pra ser um encontro de verdade

Josh: Eu gosto daí. É calmo. Dá pra levar um livro.

Ari: é CLARO que vc gosta de um bar onde os funcionários se vestem
como monges e mandam os clientes falarem baixo
Mas o barman é gatinho. Tem cara de quem não faz barulho
Jason Mantzoukas 🐷
Meu Deus, que voz maravilhosa

21h07
Josh: A prática dela tem como base uma "perspectiva mente-corpo-
alma".
Preciso ir embora.

Ari: Fala sobre Platão!
Ela vai amar

Josh: Vc vai mesmo pra cama com um casal?
E se isso afetar o casamento deles?

Ari: eles que me procuraram!
Tá na cara que vc não tem experiência com um par extra de mãos 👐👐

21h16
Ari: Ai, não
Socorro
a verdadeira paixão do cara É oRgAnIzAr NoItES dE JogOS

Josh: Caralho.

Ari: e por acaso vai ter uma noite de jogos hoje
No pub a três quarteirões daqui 😩
Estou sendo convocada contra minha vontade pra ir junto

21h37
Ari: socorrrro, ele se acha engraçado. Está fazendo piadinhas 🆘 🆘
Por que as pessoas acham que encontros são uma porta de entrada pro stand-up? POR QUÊ
como é que a mulher dele aguenta isso???

Josh: Talvez ele seja um daqueles caras que chupam uma mulher com entusiasmo por mais de três minutos.

Ari: duvido

21h41
Ari: Sabia que o primeiro nome do Rembrandt é Rembrandt??

Josh: Todo mundo sabe disso.

Ari: Rembrandt Rembrandt?? 😵 😵
Saí pra fumar um cigarro.

Josh: Vc não fuma.
E o sobrenome dele é Van Rijn. Rembrandt van Rijn.

Ari: Achei que ele fosse igual à Cher 👒
Blz, tô indo embora
Já aguentei merda demais dos homens na comédia. Esse é o meu limite

21h52
Josh: Bom, meu jantar acabou.
Talvez ter encontrado ela quando não está usando roupa de ginástica
tenha sido decepcionante.

22h02
Josh: Quer me encontrar? Trocar relatos sobre as experiências de hoje?

22h12
Josh: Olá?

Domingo, 11 de dezembro, 1h25
Ari: desculpa, fiquei sem bateria. voltando pro Brooklyn

Josh: Vc foi pra casa deles?

Ari: Não. Voltei pro Burp Castle
acabei indo pra casa do barman e da mulher dele 🐌
hã... em casa ele NÃO sussurra

1h29
Josh: Achei que vc mal conseguia lidar com "a intimidade emocional
de umas mensagens picantes".

Ari: A gente não ficou exatamente tendo conversas profundas

Domingo, 11 de dezembro, 1h31
Josh: Quero sair com uma das suas vítimas de catfishing.

Briar: Maravilha!
Vou retomar a conversa com Maddie no Raya amanhã de manhã.
Pra parecer menos desesperado.
Ela tem potencial pro evento de ano-novo!

JOSH ENCARA SUA TAÇA DE VINHO, que tem uma marca de dedo na base da haste, sentindo vontade de limpá-la. É uma pausa após sustentar contato visual por tanto tempo com Maddie, uma autoproclamada "influencer gastronômica, mas que não é irritante". Ela está fazendo um monólogo sobre os chefs youtubers que ela acha "mais tesudos".

A mente dele se desliga, catalogando os clichês de decoração do Smith: lâmpadas retrô, teto com painéis de madeira, paredes de azulejo de metrô. É a cópia da cópia de um bistrô em Nova York. É claro que a merda dessa cadeia de restaurantes prospera, enquanto o único e conceitual restaurante de Josh foi pelos ares.

Quinta, 15 de dezembro, 20h23
Ari: e aí
tô jogando beer pong c/ o gabe em hell's kitchen e tô entediada
onde vc tá?

Josh: Estou num encontro.
The Smith, na 63rd.

Ari: aah, pertinho...

Josh: 27 mil restaurantes nessa cidade, e a "amante da gastronomia" escolhe logo o Smith?

Ari: que bom que vc não está sendo crítico dessa vez 👏👏👏

– Que ironia, não é? – comenta Maddie, e Josh tem certeza de que seja lá o que for não vai ser *nada* irônico. – Acho que estou meio a fim de você, mas só dei duas estrelas para o The Brod.

Josh: Me liga e finge que é urgente.

Ari: Por quê???
Espera
vou fazer melhor

Ele pega a faca e o garfo, ouvindo sem muita atenção o monólogo de Maddie sobre o ex-namorado, que nunca apoiou seu blog de gastronomia, mas que ela "já superou total". Por sorte, a acústica do espaço é tão ruim que a voz dela se mistura à cacofonia geral do restaurante. O casal na mesa ao lado parece estar curtindo um jantar ótimo, sem necessidade de fingir interesse nas histórias contadas em um primeiro encontro.

Tinha sido fácil assim com Sophie? Ou será que ele estava sempre uma pilha de nervos?

Josh consulta discretamente o relógio por baixo da mesa, enquanto os pratos são servidos: o bife dele e a salada de Maddie com cinco ingredientes que ela pediu para substituir. Ela tira uma foto de seu prato irrelevante. Já se passaram quinze minutos, e nada de ligação urgente. Será que Ari se distraiu? Esqueceu? Foi para a cama com seus adversários do beer pong?

Maddie observa algo acima do ombro dele, e ouvem-se batidas insistentes e agudas na vitrine do restaurante.

Josh se vira, esperando ver algum evento bizarro que só acontece em Nova York diante de uma multidão na Broadway. Mas só tem uma pessoa ali, a poucos centímetros do vidro, o rosto retorcido de raiva.

– *Que porra é essa, Joshua?!* – grita Ari, deixando embaçado o vidro temperado.

Josh fica paralisado, procurando na mente uma explicação para isso.

– Você conhece essa moça? – pergunta Maddie, endireitando a postura.

Antes que ele possa responder, um borrão de casaco xadrez surge em sua visão periférica.

– Eu sabia! – exclama Ari, irrompendo pela porta do restaurante e passando pelo balcão do recepcionista. – Mentiroso!

Ela leva poucos segundos para atravessar cinco mesas e parar diante dos dois. Josh se encolhe, mas não há onde se esconder.

– "Trabalhando até mais tarde"? – Os olhos dela estão vidrados por causa do beer pong. – *Porra nenhuma!* Você está me traindo!

– Eu...

Josh não consegue fechar a boca. Ele franze a testa e deixa que o choque e a confusão lutem para ver quem leva a melhor.

Ari dá um tapa no tampo da mesa reluzente. O casal na mesa ao lado finge estar alheio à cena.

– E no nosso restaurante favorito! – acusa Ari.

– Nosso restaurante *favo*...?

Josh trava o maxilar, engolindo qualquer que seja a emoção prestes a se manifestar. Ou ele está à beira de um acesso de riso ou com medo real de Ari.

– Calma aí – interrompe Maddie. – Você tem namorada?

Ele está prestes a responder *alguma coisa* no campo da negação quando Ari se abaixa até seu rosto ficar apenas a alguns centímetros do de Josh e declara:

– Eu sou a *esposa* dele.

Maddie joga a cabeça para trás, como se tivesse sido atingida por uma bolada na cabeça durante um jogo de queimado.

Josh não costuma ficar sem palavras, mas seu cérebro entra em curto-circuito quando Ari baixa os olhos para ele, com uma expressão de raiva impetuosa e um quê de travessura que mais ninguém notaria.

– M-Maddie, não é... – Josh solta o ar. – Isso não é real.

– Não é real? – Ari balança a cabeça. – Não é *real*?

Josh pega seu copo d'água e toma um gole.

– Parecia bem real quando botei piercing nos mamilos porque você disse que era "mais íntimo do que uma aliança". Levou um mês pra cicatrizar! – exclama Ari.

Maddie fica de queixo caído. Josh se engasga e começa a tossir.

Ari larga a própria bolsa no chão e se senta na cadeira ao lado de Josh, encurralando-o. A lateral do corpo dele está em contato com a mistura gelada de lã e poliéster do casaco desabotoado de Ari, que absorveu o aroma de cerveja barata.

– Você é *casado*? – pergunta Maddie, inclinando-se para a frente.

Ari o encara, as sobrancelhas erguidas de um jeito caricatural, desafiando-o a entrar no jogo.

Josh faz alguns cálculos mentais rápidos. Ele nunca foi bom em improvisar, mas Ari não lhe deixa muita escolha.

– Acho que a gente vem... – ele respira fundo, examinando o rosto de Ari – ... evitando a verdade há muito tempo. A gente caiu na rotina.

Maddie solta um gritinho. Ela vai pegar seu casaco e ir embora a qualquer momento.

A pequena covinha no canto da boca de Ari se curva para cima bem de leve.

– Então todas aquelas vezes que transamos pelo telefone era só o seu jeito de "cair na rotina"? – pergunta ela.

Um rubor sobe pelo pescoço dele. Ari se inclina para Maddie e diz:

– Ele faz uns bagulhos malucos, sabe? Uma vez, pediu que eu me vestisse de palhaço.

– Credo, que coisa tóxica – murmura Maddie, empurrando a cesta de pão na direção de Ari.

O fato de Ari estar levemente embriagada ajuda muito a dar a impressão de que ela virou três taças de pinot noir no apartamento "deles" antes de marchar pela 63rd Street e pela Broadway para confrontar o marido mentiroso.

– Quando nos conhecemos – começa Ari, pegando duas fatias de focaccia –, ele não conseguia tirar as mãos de mim. Ele liberou uma gaveta pras minhas coisas depois da nossa segunda noite juntos.

– É um baita sinal de alerta. – Maddie assente, sem fazer um único movimento para ir embora. – Mas também é romântico.

Ari o encara.

– Você falou que me amava e que não se importava se era cedo demais. E isso me assustou, porque eu nunca tinha dito isso pra ninguém. – Ela toma o rosto dele na mão, e Josh tem certeza de que ela consegue sentir seus batimentos acelerados através da pele. – Mas eu falei. Falei porque eu sentia... – A voz dela se torna um pouco trêmula. – Achei que meu lugar era ao seu lado. Deixei você entrar no meu coração. Baixei a guarda. Ocupei a gaveta, e você simplesmente... se cansou de mim.

Josh engole em seco. Se esse monólogo for pura invenção, então ela tem mesmo talento pro improviso.

– Que babaca – diz Maddie, de coração partido por Ari. – Eu sinto muito mesmo.

As duas encaram Josh com um ar de acusação, e por um instante ele se sente culpado por ter cometido uma traição fictícia.

Ari pega o prato dele e começa a cortar o bife em silêncio. Depois de comer metade da comida de Josh, terminar seu vinho e gesticular para o garçom trazer mais, Ari se vira para a mulher atordoada do outro lado da mesa.

– Desculpa, qual é mesmo seu nome?

– Maddie – responde ela, parecendo surpresa por se tornar uma das protagonistas daquele drama. – Oi. Mas eu não... – Ela hesita. – É a primeira vez que nos encontramos.

Ari se vira para ele de repente.

– Você deixou de me contar sobre quantas mulheres, Joshua?

– Você não vai nem pedir desculpas? – pergunta Maddie, balançando a cabeça, sem acreditar.

Que ótimo. Então agora ele também decepciona as pessoas em cenários inventados, não só no mundo real.

Ari corta mais um pedaço do bife.

– Isso está muito bom – murmura ela, fingindo uma aflição convincente ao mesmo tempo que aproveita cada pedacinho da refeição dele.

Josh e Ari se encaram por um instante. O barulho ensurdecedor do restaurante – as risadas no bar, o tilintar dos talheres, Le Tigre saindo pelos alto-falantes – desaparece.

– Desculpa – diz ele, em um tom sóbrio.

Ele não pede desculpas com muita frequência. Até esse pedido falso parece estranhamente poderoso.

– Não tenho sido totalmente sincero com você – revela Josh, respirando fundo. – Porque acho que você não quer ouvir a verdade.

Ari para de mastigar, franzindo as sobrancelhas bem de leve.

– E isso forçaria uma conversa que poderia acabar com o nosso... *casamento.*

Quando ela o encara, é como se tivesse oitenta por cento de certeza de algo. Os outros vinte por cento vão mantê-lo acordado a noite toda.

– Por isso, sim, tenho escondido coisas de você – continua Josh, encarando Maddie e depois Ari –, minha *querida*.

Talvez o momento pudesse ter se prolongado se o garçom não tivesse aparecido para perguntar alegremente se Ari "ainda vai comer o bife".

Ela vai, é óbvio. Mas Josh capta o sorrisinho de Ari antes de ela pegar o guardanapo no colo dele e fingir secar os olhos.

– Nossa. – Maddie olha para sua salada muitíssimo personalizada como se estivesse lendo a borra de um chá. – Agora estou repensando meu término com Kevin. Estávamos juntos desde a faculdade, e pensei que eu estava deixando passar um monte de aventuras sexuais selvagens nos meus vinte anos, mas...

– Hã? – indaga Ari, se endireitando e largando o guardanapo.

– ... ficar solteira é muito deprimente – conclui Maddie, dando um gole em seu Chardonnay. – Assim, sem querer ofender, mas olha só para vocês dois. Não sei se é pior viver marcando encontros ou acabar em um relacionamento tenebroso.

Josh franze o nariz diante da crítica.

Ari pega mais um pedaço de focaccia.

– Me conta sobre essas aventuras sexuais selvagens – pede "a esposa" para Maddie, de maneira pouco inocente, deslizando o pão pela cumbuca de azeite.

13

– POR QUE A GENTE DECIDIU IR até a livraria no dia mais frio do ano mesmo? – reclama Ari ao sair do elevador, uma mochila pesada vergando seus ombros.

– Talvez você devesse investir em um casaco de verdade – responde Josh. – Esse aí é uma vergonha.

– A essa altura, só estou torcendo pra fazer dinheiro suficiente em cima desses livros e comprar *pierogis* no Veselka mais tarde.

Ela larga a mochila na mesa de jantar dele e tira lá de dentro o livro *A coragem de ser imperfeito*, segurando-o para examinar a contracapa.

– Por que todo mundo vive tentando me fazer ler este livro? Talvez eu não queira ter coragem para nada. Talvez eu só queira continuar triste.

Ari vai até a geladeira de Josh e observa seu interior. Pega uma garrafa de Pellegrino e examina a pilha de recipientes reutilizáveis idênticos, todos com etiquetas e datas na letra elegante dele. Hábito de chef.

– E a *tristeza* de ser imperfeito? Alguém deveria escrever *esse* livro.

Josh vasculha a mochila de Ari e pergunta:

– Ela te deixou a coleção inteira da Brené Brown?

– Espera, não olha aí dentro. Eu tenho uma surpresa.

Ari corre de volta até a sala, derramando um pouco de água pelo gargalo da garrafa.

– Antes que possa argumentar – ela dá um tapa na mão dele, afastando-a da mochila –, eu sei que você não comemora o Natal. Isso é um presente de uma festa de inverno qualquer.

Ari puxa uma grande caixa embrulhada com um dos jornais gratuitos distribuídos nas estações de metrô. Talvez Cass também tenha levado embora todo o estoque de papel de presente.

– Parabéns – diz ela. – Espero que esteja pronto pra ser pai.

Ao rasgar o jornal, a primeira coisa que Josh vê é o carimbo "As Seen on TV" na caixa. Ari colou por cima do pequeno rosto do mascote do Dust Daddy uma antiga foto de Josh usada num perfil publicado no site da *Saveur* dois anos atrás.

– Não é só uma piada – garante ela. – Eu sei como você se sente em relação a migalhas. É tipo quando o Aragorn recebe a espada gigante daqueles anões.

– Isso não te dá o direito de comer biscoito em cima dos meus móveis – diz ele, virando a embalagem. – E os *elfos* reforjaram aquela espada, não os anões.

– Eu sei. – Ela dá um sorrisinho e tira o casaco xadrez. – Mas, quando eu te sacaneio, você faz uma cara tipo assim...

Ari franze a testa, formando um vinco acima do nariz.

O presente é perfeito: casual, mas também evoca um momento e um lugar que têm um significado só para os dois. Josh fica um pouco inseguro enquanto pega o presente que comprou para ela duas semanas atrás. Ele o embrulhou da mesma forma que as pessoas fazem nos seriados: é só levantar a tampa.

Ele assistiu a vários tutoriais.

– É o filhotinho minúsculo de golden retriever que eu pedi? – pergunta Ari.

Ela balança a caixa perto da orelha antes de erguer a tampa. O sorriso dela desaparece ao olhar dentro da caixa, as sobrancelhas franzidas.

– Eles ainda vendem essas tigelas no Pearl River Mart – explica Josh, apressado. – Eu sei que não é *a* tigela, mas é a mesma estampa com a borda azul e o desenho do dragão. Eu queria que você pudesse comer cereal outra vez.

Ari olha para ele com os lábios curvados para baixo, como se tentasse conter alguma reação.

Depois de alguns segundos, ela consegue dar um sorriso torto. Ari pega a tigela. Custou 3,50 – menos do que ele gastou no embrulho. Deve ser o presente mais barato que ele já comprou.

– Caramba – diz ela, baixinho. – Você vai direto na jugular, Kestenbunda...

– Bom... – começa ele, sem ideia de como terminar a frase. – Não esquece de lavar antes de usar.

– Obrigada.

Ela passa o indicador pela borda da tigela.

– Eu tenho um motivo escuso – revela Josh, respirando fundo, como se estivesse se preparando para encher um balão. – O que você vai fazer na véspera de ano-novo?

– Gabe organiza um karaokê todo ano. Cantamos músicas tenebrosas e arrecadamos dinheiro para o LaughRiot enquanto vestimos roupas ridículas, mas sensuais. – Josh olha para ela ao ouvir isso. – Cass nunca queria ir. Quer ir? Talvez pra cantar uma versão horrível de "Piano Man"?

– Existe alguma versão boa de "Piano Man"? – rebate ele, no automático.

– Prefiro "We Didn't Start the Fire" – opina Ari, então inclina a cabeça. – Por quê? Quais são seus planos? Você já foi ao restaurante de frutos do mar do Zach Braff. Vai desafiar uma aspirante à atriz em uma partida de pingue-pongue no bar da Susan Sarandon? Vai levar uma influencer fitness no bistrô cajun do Jeremy Renner?

– Sério?

– Tem razão. – Ela assente. – Esse lugar está mais para o Dia da Bastilha.

Josh hesita. Cada palavra que ele está prestes a pronunciar parece constrangedora.

– Na noite de ano-novo, meu pai vai ser homenageado em um evento black-tie na Sociedade Histórica de Nova York.

– É sério?

– Eles vão inaugurar uma exposição sobre hábitos alimentares judaicos – explica ele, com um gesto de desdém. – Meu pai deu algumas entrevistas uns anos atrás. De má vontade, suponho. Minha mãe doou parte do acervo da Brodsky's, e espera-se que a família compareça à festa.

– Não dá pra se livrar dessa?

Josh balança a cabeça.

– Briar convenceu nossa mãe de que seria uma boa maneira de superar essa narrativa toda de filho que acabou com a amada delicatéssen judaica do pai.

Ari assente.

– Reputação complicada. Saquei.

– Dito isso, Briar vai estar no deserto, em alguma viagem patrocinada de influencer, e minha mãe vai passar a noite inteira me acusando de ser grosseiro com todos os seus amigos agentes imobiliários. Vão servir carne em bandejas no vapor e uma garota da Broadway vai cantar algumas músicas do Stephen Schwartz. E, se eu encontrar algum conhecido, vou ter que explicar por que Sophie não está lá...

Josh deixa a frase morrer e ergue as sobrancelhas de um jeito que comunica seu pedido sem precisar fazer a pergunta em voz alta.

– Ahh – murmura Ari, estreitando os olhos e assentindo devagar. Então desaba em uma cadeira da cozinha. – O lance é que eu sou uma péssima acompanhante em bailes de gala. Cass me obrigou a ir a algumas. Ninguém me acha engraçada, e não sei dançar.

– E você age igual a uma pirralha em museus – acrescenta Josh.

– Está fazendo um ótimo trabalho pra me convencer. Continue.

Ele se senta na outra cadeira, os olhos dos dois na mesma altura de novo.

– Se você for e deixar minha mãe te bajular por duas horas, pode reclamar quanto quiser.

– Ela vai achar que estou saindo com você?

– Vou deixar claro que somos só amigos.

Ari estreita os olhos. Ela não sabe se isso é bom ou ruim.

– Tudo bem. Só que você fica me devendo uma, beleza?

– Sem problema – concorda ele. – Quer que eu pegue algo em uma prateleira que você não alcança?

– Radhya vai fazer um pop-up no Bohemian Garden mês que vem. Ela vai servir petiscos gujarati. – Ari faz uma pausa. – Você poderia pedir desculpas a ela.

– Pedir desculpas? – Josh se levanta da cadeira e cruza os braços. – Não.

– Isso requer um décimo do esforço de ir a um *evento de gala* com a sua mãe na maior data festiva do ano!

– Radhya não vai querer minha presença.

Josh sabe que tem razão. Ari *sabe* que ele tem razão. Ela suspira, decepcionada, e se levanta, espreguiçando-se.

– Você tem algum livro pra vender? Acho que eles fecham às oito.

— VOCÊ NÃO QUER MESMO ficar com nenhum dos seus livros de culinária? – pergunta Ari, observando Josh empacotar uma pilha de capas duras imaculada, enquanto uma rajada de vento sacode a imensa janela na frente do apartamento.

– A gente tem que se livrar desses lembretes do passado.

Josh está com aquela cara de "por favor, esquece esse assunto", então Ari deixa para lá, olhando pela janela. Começou a nevar bem de leve. Só dá para ver diante do brilho do poste da rua.

– Argh, parece que está ventando – reclama ela.

Josh vai até o armário e tira uma parca preta grossa.

– Toma. Pode pegar emprestada.

Quando Ari veste a peça e se olha no espelho, vê que seu corpo todo foi engolido por metros e metros de tecido pesado e volumoso.

Josh segura uma risada.

– Você está...

– Parecendo três crianças dentro de um sobretudo?

– Lindinha – completa ele, parecendo surpreso ao ouvir as próprias palavras. – Lindinha e aquecida.

– Suando, na verdade.

O enchimento de pena de ganso não é a causa do rubor no rosto dela. Josh não sai por aí distribuindo "lindinhas" com frequência. É uma surpresa bem agradável ouvir isso. Duas vezes.

Lá fora, montinhos de neve derretem, virando lama na calçada. As ruas estão silenciosas enquanto eles caminham pela Lafayette, lado a lado, pela faixa estreita da calçada perto dos montinhos de neve na esquina. Josh aponta para agências bancárias que já foram estabelecimentos com personalidade: lojas de partitura ou depósitos que vendiam equipamentos para restaurantes. Ari conta a história da vez que ficou presa no banheiro do Kmart que existia do outro lado da rua da Cooper Union.

Quando passam por um mercadinho, Ari insiste em comprar um biscoito mesclado "para adquirir cultura básica". Ela o quebra em duas partes iguais para que os dois fiquem com um pouco de baunilha e de chocolate.

– Ainda é doce demais – critica Josh ao dar a primeira mordida. – Sempre falei para o meu pai que eles precisavam de mais algum sabor. Algo apimentado ou uma nota cítrica.

Enquanto o observa comer sua metade do biscoito – que, na opinião de Ari, tem a quantidade perfeita de açúcar –, ocorre a ela que a amizade dos dois existe em uma bolha frágil e perfeita de *agora*. Se Josh fosse cinco por cento menos exigente, ele já teria uma nova namorada. Se a névoa do fracasso do término se dissipasse... bom, Ari provavelmente ainda não estaria namorando ninguém, mas seria um ser humano funcional que não precisaria que alguém ficasse no telefone com ela até pegar no sono várias vezes por semana.

Ela imagina Josh entrando no Pearl River Mart. Tipo, o processo mundano de empurrar as portas, descer a escada, vasculhar a vasta seleção de pratos. Procurar entre todas as variações de tigelas branca e azul para encontrar aquela.

Isso desperta uma suspeita: talvez seja um pouco sentimental demais? Aceitar esse pequeno mas significativo gesto parece uma trapaça. Uma muleta. Por que ela não pensara em fazer isso por si mesma? O que tinha de tão difícil em comprar uma tigela, ou móveis, ou um casaco acolchoado? Agora ela se acostumou com o fato de Josh ser a pessoa que faz essas coisas, até o momento em que ele parar de se autossabotar e convidar uma mulher para um segundo encontro.

Então ele vai desaparecer no abraço caloroso de um relacionamento saudável, e nunca mais terão notícia dele.

Ari chuta um montinho de neve fresca para extravasar um pouco da frustração, e um rato do tamanho de um gato foge dali. Ela dá um berro e sai correndo por meio quarteirão, tropeçando dentro do casaco comprido demais.

– Há quanto tempo você mora aqui?! – grita Josh atrás de Ari quando ela diminui o passo até parar. – É por isso que nunca se deve pular em uma pilha de folhas no Central Park. Pode ter algum bicho ali embaixo.

– Nunca vou me acostumar com os ratos.

– Ratos são os verdadeiros nova-iorquinos – declara Josh, alcançando-a.

– Os ratos são fodões por andarem nos trilhos do metrô, mas aquela criatura só conseguiria roubar o biscoito por cima do meu cadáver.

Ari ergue com afronta a mão direita e revela o biscoito mesclado que ainda tem na mão.

JOSH SE DÁ CONTA de uma coisa enquanto eles caminham pela Broadway rumo à Union Square. Talvez seja a explosão de energia causada pelo açúcar no fondant do biscoito. Talvez conseguir uma acompanhante para a véspera de ano-novo tenha ajustado as configurações do cérebro dele. De repente ele percebe que qualquer um que passe pelos dois na calçada vai achar que ele e Ari são um casal. Provavelmente por causa da intimidade sutil entre eles, algo impossível de se conseguir em um primeiro ou segundo encontro – que é o limite de suas experiências mais recentes. Josh não está usando luvas, e as dela estão visíveis em sua bolsa. A cada dois passos, as mãos deles roçam bem de leve uma na outra. É claro que, se de fato fossem duas pessoas cujo romance está desabrochando, eles aproveitariam o breve contato e entrelaçariam os dedos. Poderia ser apenas um gesto casual ou um cheio de significado.

No entanto, como não estão nos primeiros estágios de um romance, nenhum dos dois pega a mão do outro.

Mas também não se afastam até chegarem à entrada da livraria Strand.

O térreo está lotado de turistas: andando ao redor dos balcões com best-sellers onipresentes, escolhendo estojos de lápis, ecobags e marcadores serigrafados com o logo da livraria.

– Esse é o lugar perfeito para um primeiro encontro – comenta Ari, enquanto vão ziguezagueando pelos corredores lotados. – Porque é muito fácil despistar alguém no térreo.

Josh nunca tinha levado uma mulher ali. Com as estantes altas e alguns corredores vazios, a loja está repleta de possibilidades românticas. É como se ele e Ari tivessem caído de paraquedas em uma cena de amor de outro casal. A tarde toda tem um ar de novidade e empolgação, como se a energia confortável deles tivesse tomando outra forma.

– *Eita* – diz Ari, olhando para o celular enquanto eles esperam diante do balcão de vendas.

– Tudo bem?

– Isso é um cotovelo? – Ela estreita os olhos para a tela. – Ou um joelho?

Josh se inclina por cima do ombro dela, a curiosidade levando a melhor.

– Tem alguém te mandando fotos indesejadas?

– Não, são desejadas – responde Ari, desbloqueando o aparelho e aumentando a imagem. – Eu já devia ter colocado aquele unicórnio no meu perfil anos atrás. É mesmo um divisor de águas. É literalmente impossível ser rejeitada por esses casais. É uma validação e tanto.

Ele revira os olhos e pergunta:

– Devo deixar vocês três a sós?

– É meio estranho o homem ser bem mais tagarela do que a mulher? Acho que ele copiou e colou o texto de uma daquelas listas com dicas de mensagens picantes. Olha. – Ela entrega o aparelho para Josh. – "Que calcinha você está usando?"

– Uma básica? – Ele lê os balões de texto. – Você respondeu "nenhuma".

Ari nomeou o contato 🐵 *homem grisalho* + *loura gostosa* 🐱.

Ele continua a ler:

– "Você é muito linda, mas ficaria ainda mais com a minha língua dentro de você." – Ele devolve o celular de Ari sem estabelecer contato visual. – É com essas pessoas que você quer passar seu tempo?

– Não é terrível? Eles nem especificaram de quem é a língua!

O balconista oferece a Ari o incrível valor de 1,35 dólar em crédito na loja, embora o exemplar de *A coragem de ser imperfeito* tenha uma dedicatória ("Para Cass: sem você, eu nunca teria tido coragem. –B")

Os livros de culinária obtêm um valor melhor, mas Josh não se importa com os 7,78 dólares. É o princípio da coisa. Ele não precisa de David Chang e Grant Achatz zombando dele na capa de suas autobiografias.

Ari pega uma cesta de compras e meia dúzia de livros nas prateleiras do andar principal. Josh se afasta e passa alguns minutos na seção de Linguística, de vez em quando perambulando, sem querer ou não, para a de Gastronomia.

As capas lustrosas – com chefs sorridentes segurando pratos engenhosos – lembram a ele a vida que agora parece falsa. A comida em si parece apetitosa, apesar de ser tudo iluminação e verniz. Ele mal consegue se recordar do que o atraía.

Josh desce para o térreo. Ari está encostada no corrimão ao pé da escada.

– Viu, eu podia ter te dado um perdido dez minutos atrás. – Ela está um degrau acima dele, ficando na altura de Josh. – Mas aqui estou.

Talvez seja por ver o rosto dela por um ângulo mais reto ou a forma como o humor dela melhorou depois de se livrar das últimas coisas de Cass. Ou talvez os olhos de panda por usar na neve um rímel que não é à prova d'água.

– Você deve ter percebido que precisa dos meus 7 dólares da venda dos livros pra comprar seus *pierogis*.

– Na verdade, preciso dos seus músculos. Aqui – diz ela, entregando para Josh uma cesta cheia de livros, o peso quase distendendo o braço dele. – Vamos aproveitar todo esse tempo gasto na academia.

– Você quer que eu carregue isso tudo até a minha casa?

O elevador soa.

– Quero, porque eu acabei de concordar em passar a virada de ano jogando conversa fora com a sua mãe. – Ari faz um gesto amplo diante da porta vermelha do elevador. – Razão número dois para a Strand ser o lugar perfeito para um encontro: ótimos lugares pra se pegar.

– Você leva suas paqueras até o elevador pra se pegarem? – questiona Josh, entrando no elevador. – Só tem quatro andares. Espero que você não esteja pensando em nada acrobático.

– Estou falando do Acervo de Livros Raros. Mas gostei da sua ideia.

Lado a lado, os dois observam as portas se fecharem. O elevador segue para a próxima parada.

– É você que está fazendo aula de ioga – comenta Ari, erguendo os olhos para Josh.

A parca dela – *dele*, na verdade – roça no seu casaco de caxemira.

– Está pedindo uma demonstração? – indaga Josh.

Ele analisa o rosto dela, assimilando os mínimos detalhes que só consegue enxergar bem de perto: a pequena cicatriz na testa, o lampejo de um sorriso, a covinha. Ela está encostada nos fundos do elevador de maneira casual. Casual demais? Ele não consegue decifrar se ela está só entrando na brincadeira ou se há potencial por trás disso. Se os dois tivessem se conhecido *aqui* oito anos atrás como completos desconhecidos, talvez tudo fosse diferente.

– Depende – responde ela.

As portas se abrem no Acervo de Livros Raros, mas nenhum dos dois se mexe, embora uma pessoa alta, de óculos e blazer, esteja esperando para entrar enquanto lê um panfleto.

– Você é um daqueles caras que chupam uma mulher por três minutos sem o menor entusiasmo e exigem um boquete safado trinta segundos depois?

Antes que ele possa pensar em uma resposta para... *isso*, a pessoa ergue a cabeça.

– Arizinha?

14

NEM JOSH NEM "ARIZINHA" olham para ela logo de cara, como se não quisessem quebrar o feitiço e constatar o elefante branco metafórico um metro à frente.

– Ai, meu Deus! – exclama Cass, dando um passo adiante. – Como você está?

Ari estica a mão esquerda, e Josh sente os músculos tensionarem diante da possibilidade de ficar preso em uma caixa de metal enquanto as duas se abraçam. Mas o indicador de Ari faz uma curva para o botão de FECHAR PORTAS, que ela aperta sem parar, seu rosto inexpressivo.

Isso parece confundir o elevador, que emite um ruído estridente, como se quisesse espantá-los. Cass enfia o braço pelo vão da porta, para impedi-la de se fechar. Não há nada a fazer a não ser sair para o Acervo de Livros Raros.

– Bem – responde Ari, com a voz neutra, mantendo os braços rígidos ao lado do corpo enquanto sua ex-mulher força um abraço constrangedor. – Estou bem.

Cass parece cheia de vida. Reluzente. Josh diz para si mesmo que deve ser Botox.

Ela está usando um blazer preto (provavelmente mais caro que da última vez) por cima de uma camiseta levemente desgastada do Hole. Uma armação de óculos transparente, botas de couro de cano curto. Cada aspecto da mulher parece cuidadosamente planejado. Ela coloca as mãos nos ombros de Ari, assimilando sua aparência: rímel borrado, coque desgrenhado, uma enorme parca masculina. Não chega nem perto de como as pessoas gostariam de estar ao dar de cara com um ex.

E ainda assim... Josh se pergunta se Cass acha que ele e Ari estão *juntos*. É muito errado de sua parte curtir um pouco o leve incômodo que isso pode causar?

Cass perscruta o rosto de Ari, então pergunta:

– Você conseguiu arrumar um tempo para se encontrar com o meu corretor e falar sobre a data da mudança?

– Hum, estou vendo isso. – Ari permanece imóvel. Nada de inquietação, nada de transferir o peso do corpo de um pé para outro. – Vou resolver tudo.

Ela nunca contou a Josh sobre o tal corretor e a data de mudança.

Cass relaxa o aperto nos ombros de Ari.

– Que bom – retruca ela, sem qualquer indício de convicção. Cass olha ao redor como se procurasse alguém. – É tão esquisito ver você aqui. Eu estava em reunião com a coordenadora de eventos.

– Você vai... dar uma palestra? – pergunta Ari, ainda com uma expressão vazia que Josh nunca tinha visto. É como se ela encarasse outra dimensão através de um portal.

– Não, na verdade...

– Você viu os camarins, amor? – interrompe uma nova voz.

Uma jovem surge na visão periférica de Josh, usando um casaco vermelho muito grande e desabotoado. Cass pega a mão dela e a puxa para a frente. Ari estremece antes de conseguir se recompor.

– Ah. Oi, Ari. – A mulher dá um aceno esquisito com a cabeça. – Katya Kulesza – apresenta-se ela para Josh, enquanto se aninha a Cass.

Há um silêncio perturbador quando as duas mulheres voltam sua atenção para Josh. Ele espera Ari dizer alguma coisa – apresentá-lo, quebrar o gelo e tirar todos dessa situação horrível.

Mas ela não se mexe. Mal respira.

Josh cutuca Ari com delicadeza.

Nada. Ela nem parece registrar a presença dele.

– Josh – diz ele, por fim, estendendo a mão para Cass, ainda que seja a última coisa que quer fazer. – Já nos encontramos.

– Já?

Cass o analisa com um olhar plácido e inabalável, inclinando um pouco a cabeça, um sorrisinho ínfimo se formando no canto da boca. Ela dá um passo adiante como se quisesse demonstrar que eles têm quase a mesma altura e aperta sua mão com firmeza. Seu anel grosso pressiona a palma de Josh.

– Minha irmã foi sua aluna – explica ele. – Briar Kestenberg.

– Ah, *Briar*. É claro! – exclama Cass, assentindo, claramente sem ter a menor recordação. – Isso é novidade pra você, Arizinha.

Cass observa Josh de relance, passando a impressão tanto de ceticismo quanto de pena com um arquear sutil das sobrancelhas.

Ari parece acordar de um transe.

– Ah, não estamos jun...

– Amor – interrompe Katya –, precisamos perguntar sobre a troca das cadeiras dobráveis. – Ela se volta para Josh e Ari. – Estamos dando uma olhada em possíveis locais. – Por baixo do casaco, ela usa um blazer e uma camiseta vintage, como se fosse uma versão mais baixa, mais curvilínea e mais jovem de Cass. – Para nossa festa de noivado.

O rosto de Ari fica vermelho. Ela está paralisada, a boca entreaberta, olhando para as duas mulheres, os joelhos travados, os músculos rígidos.

Algo chama a atenção de Katya do outro lado da sala.

– Com licença! – grita ela para uma mulher de rabo de cavalo, que deve ser a coordenadora de eventos, antes de se retirar dizendo que Ari "está linda".

Não há malícia no tom dela, o que, de alguma forma, torna o comentário ainda mais ácido.

Talvez Josh também devesse se afastar, fingir que precisa comprar livros, mas se recusa a ceder espaço, físico ou de qualquer tipo, para a ex de Ari. Em vez disso, ele pega a cesta do chão e finca os pés no lugar.

Sem se intimidar, Cass toca o ombro de Ari *de novo*, dando início a uma conversa particular.

– Arizinha, sei como é esquisito. – Sua voz não passa de um sussurro, mas Josh consegue ouvir o tom afetuoso. – Mas a gente precisa mesmo que você assine os documentos esta semana. Vai ser muito mais fácil para todos fazer isso sem contestação. E você pode retornar as ligações do corretor?

– Tudo bem – concorda Ari, sua voz quase inaudível.

Josh segura a alça da cesta com força, quase arrebentando o plástico, esperando a bomba explodir. Ari tem três segundos para mandar a ex *se foder*.

Os dedos de Cass apertam o ombro de Ari, como se ela ainda tivesse esse direito.

– Espero que você esteja bem – diz Cass. – Se precisar de qualquer coisa...

Três...

Dois...

– Ela está ótima – solta Josh.

As duas se viram para ele com um ar de acusação, como se tivesse interrompido o momento *delas*.

O que acontece quando Ari precisa de algo? Para quem ela liga? Quem tem juntado a porra dos cacos? *Foda-se essa mulher arrogante e...*

– Nesse caso – retoma Cass, virando-se para a ex-mulher –, é melhor você parar de me mandar mensagem. Chega de... fotos, está bem?

O jeito como ela pronuncia *fotos* faz a mente de Josh girar em doze direções.

Ari assente, derrotada. Seus olhos parecem não focar em nada.

Cass dá um último aperto no ombro de Ari ao passar por ela. Josh está prestes a suspirar aliviado quando Cass para e se vira, o rosto a um centímetro irritante mais alto que ele. Deve ser o salto da bota.

– Ah, Josh? Vou te dar uma dica. Chupar uma boceta deve ser o evento principal, não uma preliminar de três minutos.

Seis respostas à altura são semiformuladas no cérebro, mas não conseguem se completar. Calado, ele vê Cass ir embora.

Ari passa por ele e aperta o botão do elevador, que ruge ao se mexer no andar de baixo.

Não houve explosão. Nenhuma discussão. Ari absorveu passivamente tudo que saiu da boca daquela mulher: o falso consolo, a gentileza fingida, até mesmo a crítica.

– Vamos – chama ela, a voz modulada num tom de indiferença que está deixando Josh maluco.

O choque do encontro se transforma em algo sinistro. Ela parece quase... constrangida de ter sido vista com ele.

– E os livros que você escolheu?

– Pra que eu preciso de livros? – rebate ela, as bochechas coradas. – Não tenho prateleiras. Preciso sair do apartamento.

– Eu posso ficar com eles até...

– Não! – exclama Ari, sem encará-lo. Ela olha para a frente, o rosto vermelho. – Não quero sua ajuda. Não quero os livros. Quero ir pra casa. – Enfim a porta do elevador se abre com um rangido. – Só que ir pra "casa" me lembra... *isso*.

Ele abandona a cesta no chão do Acervo de Livros Raros e segue Ari para dentro do elevador.

– Então vamos até o Veselka. Você queria *pierogis*.

Ela solta um suspiro pesado, que Josh interpreta como um "sim". Se ele seguir o roteiro e realizar uma atividade normal – algo que eles fazem o tempo todo –, talvez consiga estabilizar a situação.

Os dois estão nas mesmas posições de antes, só que agora tudo mudou. É como se o elevador fosse um equipamento de teletransporte rumo à tortura emocional. Talvez Josh encontre Sophie conversando com o fantasma do pai dele no primeiro andar.

Quando a porta se abre, um casal aleatório está esperando para entrar, de mãos dadas e rindo de algo que só é engraçado para os dois. Estão dentro de uma bolha, alheios ao desastre que aconteceu três andares acima.

JOSH OUVE O PÉ DE ARI BATENDO NO CHÃO sem nenhum ritmo, ainda que o Veselka esteja bem barulhento. Ela vira o cardápio laminado de um lado para outro.

– Não vai querer os *pierogis*? – pergunta Josh.

É a primeira vez que ele fala desde que saíram da livraria. Dessa vez, não há biscoito mesclado para dividir nem mãos roçando uma na outra. Apenas o silêncio constrangedor e o atrito das botas na calçada molhada.

Ela dá de ombros, joga o cardápio em cima da mesa e evita contato visual. Eles estão cercados por casais, mas Ari não brinca sobre fazer previsões sobre seus términos.

Quando o garçom volta, ela pede simplesmente uma salada. É a coisa mais ofensiva que ela fez a noite toda.

Sem os cardápios para distraí-los, os dois ficam sentados em silêncio. Josh a encara, e Ari volta os olhos para tudo menos para ele. Sua recusa em interagir ferve a raiva dele em fogo baixo.

Há algo desrespeitoso no comportamento impassível dela dentro da atmosfera calorosa e despretensiosa do restaurante, com o aroma familiar de comida ucraniana caprichada nos carboidratos. É como um cobertor afetivo quentinho.

– Vamos falar sobre o que acabou de acontecer? – sugere Josh, depois de dar a ela dois minutos para falar primeiro.

– Se você quiser – responde Ari.

Se você quiser. Como se fosse para o bem dele.

– Você está bem? – indaga Josh, mantendo o tom calmo e desprovido de sentimentos.

Eles parecem dois robôs trocando amenidades.

– Ah, sim, estou ótima – comenta Ari, deixando uma gota de sarcasmo passar pelo filtro que está usando para controlar a emoção. – Faz meses que estava esperando isso acontecer. – Ela continua a bater o pé. – Dou de cara com a minha mulher...

– Ex-mulher.

– ... quando estou parecendo um pinto molhado. Tá tudo ótimo. Estou ótima.

– Sem dúvida você parece "ótima".

– Sim.

O pé dela bate com mais força no chão. Não há distrações: nenhuma comida na mesa, nada de cardápios.

Depois de um instante, ele tenta uma nova estratégia.

– Não tem problema ficar chateada.

– Ah, agora eu tenho sua permissão? – Ari cutuca o canto da mesa e finalmente ergue os olhos. – Que ótimo. Eu é que estou chateada *com você*.

– Comigo?! – questiona Josh, se endireitando na cadeira.

– Por que você agiu daquele jeito na frente dela?

– Eu te faço a mesma pergunta! – Ele desenrola o guardanapo e seca as manchas de água nos talheres. – Você agiu como se nem me conhecesse. Se tivesse me empurrado no poço do elevador, teria sido mais sutil.

Ari ergue a sobrancelha como se fosse um personagem de desenho animado.

– É por isso que você está com raiva? Porque eu entrei em pânico e não realizei uma rodada de apresentações graciosas? Desculpa se eu fiquei distraída por alguns minutos ao encontrar *a pessoa que destroçou a porra do meu coração*.

O garçom escolhe este momento para servir a sopa com bolinhas de matze de Josh e a salada de Ari, deixando os pratos em cima da mesa com um tilintar.

– Eu estava tentando ajudar – diz Josh, tanto para si quanto para ela.

– Eu nunca *pedi* sua ajuda, então pare de viver essa fantasia de que eu sou sua namorada.

As palavras deixaram um lastro no ar, como a fumaça após um tiro.

– Como é? – rebate ele, avançando rumo a um limite até então desconhecido. A fronteira da zona desmilitarizada da amizade. – Você estava praticamente implorando para que eu te beijasse três segundos antes de sua ex aparecer.

Ari fica boquiaberta.

– A gente estava brincando! E foi *você* que começou. Você jogou tudo isso em cima de mim.

– Joguei o quê?

Ele tem a mesma sensação de quando toma cafeína demais, como se mal tivesse controle do que sai da sua boca.

– Sério? – Ari inclina a cabeça. – Por que você veio tomar sopa comigo em vez de levar uma Lauren qualquer a um bar de vinhos argentinos desconhecido? Por que não empresta seu casaco gigante pra professora de ioga e a humilha na frente da mulher dela?

– *Ex*-mulher. Eu emprestei o casaco porque não quero que você congele, porque *eu me importo com você, porra*.

Ari o encara, calada.

O casal de meia-idade na mesa ao lado interrompe a própria conversa e troca um olhar óbvio de "que vergonha". A adrenalina que percorria o corpo de Josh alguns segundos antes se transforma em medo, apatia e resignação.

Ari olha para o seu prato e cutuca a alface com o garfo. Seus ombros começam a tremer. Quando finalmente ergue o rosto, seus olhos estão cheios d'água.

– Será que eu sou mais do que narguilés e piercings no mamilo?

– Ari. – Ele modula a voz em um tom gentil. – Essa pergunta é ridícula.

– Era pra eu ser a musa dela – lamenta Ari, sem qualquer traço de leveza.

– Isso parece muito conveniente para Cass, mas você não é o par romântico dela. Você não é a coadjuvante sem personalidade que só existe para fazer a protagonista parecer desejável. – Josh ergue a colher. – Essa não é você.

– Você tem razão. Eu deveria ser a pessoa que fica mais feliz sozinha.

– Se isso fosse verdade, você não estaria aqui agora – observa ele.

O peito dela se estufa, e Ari não consegue impedir um soluço.

– Como é que elas estão noivas? – Ari funga duas vezes, e as lágrimas começam a rolar. – Quando a g-gente ama uma pessoa, não dá pra apagar essa...

Seu rosto se contorce, e de repente Ari está aos prantos em cima da salada. Josh já a viu à beira das lágrimas, mas sempre conseguia contê-las.

– E-Eu nem tinha certeza de que queria me casar. Fiz isso por ela. Ela queria o compromisso oficial. Alguém me *amava*, e eu finalmente estava do lado de dentro dessa bolha.

A respiração dela falha, e as frases saem em uma torrente:

– Tentei ser o que ela q-queria, porque era tão bom quando ela estava feliz comigo. Toda aquela babaquice de anarquia e demolir a hierarquia não era verdade. Ela só não me desejava mais. – Ari engasga com um soluço. – Eu me odeio por isso. Eu s-sou tão sozinha, e não quero chorar, porque, se eu começar, não paro mais. Eu sei que n-não estava dando certo, então por que eu estou... – Ela arqueja para reabastecer os pulmões. – Eu não choro. Eu n-não...

Há uma série de inspirações ofegantes, sem alívio.

Ari empurra a salada para o lado, deita a cabeça sobre os braços e continua a chorar.

Em outra linha do tempo, Josh estica a mão para tocar a dela. Ele se levanta e corre até o outro lado da mesa. Passa o braço pelos ombros curvados de Ari e sussurra palavras banais e tranquilizadoras em seu ouvido.

Mas, nesta realidade, ele ainda não tem certeza se tem algum papel a desempenhar. Então se contenta em mover o pé para encostar com delicadeza na bota dela. Ari não está mais batendo o pé no chão.

Aos poucos, ele desliza a tigela de sopa pela mesa até ficar na frente dela.

Quando Ari ergue a cabeça, seu rosto está vermelho, as bochechas molhadas, e o que restou de seu delineador traça rios pretos em sua face. Ela franze o cenho, como se estivesse confusa, sem saber por que Josh continua aqui. Mas então puxa o ar, pega a colher e parte uma bolinha de matze ao meio.

– Obrigada – murmura ela, secando os olhos com o dorso da mão.

Ele entrega uma pilha de guardanapos a ela.

– Não seja gentil comigo – pede Ari, assoando o nariz. – A compaixão me deixa pior.

– Você é a única pessoa com quem eu sou gentil. Se você não existisse, eu não teria nenhuma qualidade pra me redimir.

Ari seca o canto dos olhos com um guardanapo.

– Você não quer ver isso. Eu vou chorar até ficar desidratada, fumar um e adormecer com a mão dentro de um saco de salgadinhos. É o meu processo, que eu venho refinando ao longo dos anos.

Ela parte outra bolinha de matze.

Josh a observa engolir uma colherada de sopa. Como é possível estar tão frustrado com uma pessoa e ao mesmo tempo querer que ela feche os olhos e descanse a cabeça no seu ombro?

– Penicilina judaica – diz ele. – Cura qualquer coisa.

– Até luto? – Ela sorve o caldo. – Autopiedade?

– Não – responde ele, pegando um bolo grosso de guardanapos. – Pra isso você teria que pedir sopa de beterraba.

15

Sábado, 31 de dezembro, 21h23
Josh: Que horas vc chega?
É na 77th. Sociedade Histórica de Nova York.

Ari: ai, não

Josh: Que foi?

Ari: más notícias: tô na porta da Sociedade Histórica de Staten Island.
boas notícias: tem uma exposição incrível do Wu-Tang
tô no quarteirão. Precisei parar no Gray's Papaya

Josh: A gente vai jantar daqui a pouco.

Ari: tá, mas vc já tomou o suco de papaia?

Josh: Não.
Ninguém pede suco de papaia.
Dá pra vir logo?
Quanto mais cedo eu chegar nesse evento que homenageia o negócio
de família que eu destruí, mais cedo posso ir embora.

Ari: Ai, que bom que vc me chamou pra isso!

Dez minutos depois, Josh vislumbra um casaco cinzento longo e acolchoado flutuando pela 77th Street. Em cima dos seus saltos altos, Ari caminha meio instável pela lama de neve. Seu cabelo está solto e ondulado, mais comprido do que ele se lembra. Talvez. Josh não consegue lembrar a última vez que a viu sem um coque desgrenhado ou um rabo de cavalo. Ou usando batom. Não é uma transformação absurda – só que, da última vez que estiveram juntos, ela passava por um caso grave de olhos de panda depois de dar de cara com a ex-mulher. Mas Ari claramente se arrumou esta noite e há algo de… impressionante nisso. Mesmo que ela tenha na mão um enorme copo de suco de papaia.

– Oi, Dust Daddy! – cumprimenta Ari, se aproximando e invadindo o quadrado pessoal de Josh. Eles deveriam se abraçar? Dar dois beijinhos? – Atualizei seu nome de contato.

– Para "Dust Daddy"?

– Ei, qual é o meu nome de contato no seu telefone? Nome e sobrenome? – Ari estica mão para o celular dele, que Josh ergue rapidamente, tirando do alcance dela. Eles acabam dando um encontrão, e ela pisca, surpresa, recuando um passo. – Ai, meu Deus. Você fez a barba.

Ari tira a mão do bolso do casaco, ainda quentinha, e a encosta no rosto dele, esfregando o polegar pela bochecha fria.

– O que você achou? – pergunta Josh.

Faz tanto tempo que alguém o tocou com algum nível de ternura que ele está tentado a inclinar a cabeça para recostá-la na mão de Ari.

– Ainda estou assimilando – responde ela, retirando a mão. – Gosto de enxergar seu rosto.

Ele se recompõe, engole em seco e verifica o celular.

– Você está atrasada. São quase nove e meia e…

– Não tinha a menor possibilidade de eu chegar na hora andando com esses saltos. – Ela dá um passo para trás. – E viu só? Comprei um casaco. Parece um saco de dormir com mangas e estava em promoção pelo valor de cinco brindes de padrinhos de casamento na NeverTired. – Ari dá uma voltinha. – Está feliz agora?

Josh reflete por um instante, tentando identificar "feliz" no meio de uma espiral confusa de emoções que vinham borbulhando desde a noite na Strand e no Veselka e o não encontro que pareceu estranhamente… *melhor* do que qualquer encontro casual que ele teve no último mês. Era como o melhor e o pior de um relacionamento recente, depois que as duas pessoas ultrapassam a barreira do papo furado.

Ari o encara com as sobrancelhas erguidas, ainda esperando.

– Ah – murmura ele. – É. Ótimo.

Isso o obriga a pensar no que ela está usando por baixo do casaco.

Por que não conversaram sobre as roupas que usariam? Será que Ari sequer tem um vestido para um evento black-tie?

– Vamos traçar uma estratégia. Se você fizer esse sinal para mim – ela imita um boquete com a mão direita e a língua contra a parte interna da bochecha – do outro lado da mesa, a gente sai correndo?

Josh gesticula para a entrada do museu.

– Vamos.

– Quer o resto? – pergunta ela, estendendo o suco de papaia para ele. Tem batom no canudinho.

Sem dizer uma palavra, Josh pega o copo e o arremessa na lata de lixo mais próxima.

No saguão, uma jovem austera com um iPad na mão – que não acha *nada* divertido quando Ari dá os nomes deles como "Dust Daddy e acompanhante" – indica onde fica a chapelaria.

Ari tira o casaco acolchoado e revela um vestido de seda leve, com uma fenda que sobe por sua coxa. Ela o encara por um nanossegundo, mas os olhos de Josh se fixam nas costas de Ari, porque, bom, estão *nuas*, a não ser por duas alças perigosamente finas que se cruzam. Josh nunca viu essa parte de Ari: curvas graciosas e músculos aparentes quando ela deixa o casaco no balcão. Ele ainda está com o olhar fixo – o funcionário do guarda-volumes falou alguma coisa? – quando Ari se vira e pergunta se o vestido está bom.

– Enfiei um cardigã no bolso do casaco, se estiver muito...

– Não! – responde Josh, rápido demais. *As alças são tão instáveis. Basta uma virada de ombro e...* – Está ótimo.

– Achei que a gente podia apostar na estética "convidados de um casamento gótico" – diz ela. – Eu tive a suspeita de que você vinha de preto.

Ele se permite olhar mais uma vez. O decote desce em um V profundo. Isso proporciona mais uma informação nova. Os seios de Ari estão cobertos por dois pequenos triângulos de tecido sustentados por aquelas alças finas – o tipo de coisa que deixa bem evidente que não há nenhum sutiã.

– Eu gostei.

– Já tenho faz um tempo – explica ela, remexendo no brinco dourado.

Ele entrega o casaco e pega o recibo, sentindo-se um pouco desanimado por ser um vestido da era Cass.

– Podemos dar uma passada no bar primeiro? – pergunta Ari.

Josh aponta na direção do elevador, feliz por protelar a interação com sua mãe.

– Você também está bem bonito – acrescenta ela.

A mão dele não para de tentar se posicionar na lombar dela enquanto os dois caminham. Josh cerra o punho.

O bar fica em uma galeria que parece uma caixa de joias preta, adornada com luminárias antigas da Tiffany, todas acesas dramaticamente.

– Por que essas festas são tão chiques e caras se o objetivo é arrecadar dinheiro? – indaga ela, parando em frente à escada translúcida no meio da galeria e se virando para Josh.

O rosto dela está iluminado pelo brilho suave do vidro colorido das luminárias.

– Bem, eu disse que você poderia reclamar o tempo todo.

Ela para e lê um painel ao lado de uma vitrine.

– Hum. No fim das contas, Louis Comfort Tiffany nem foi responsável pelo design da maioria dessas luminárias. Como sempre, foi uma mulher, trabalhando nas sombras.

Josh dá uma lida no parágrafo.

– Aqui diz que ela e sua equipe foram "muito bem recompensadas" – observa ele.

– Bom, não está escrito Galeria Clara Driscoll na entrada. Os descendentes de Clara Driscoll não estão se beneficiando de gerações de riqueza herdada.

– Sério, chega de museus pra você.

– Vou apanhar com a escova de cabelo de novo, Dust Daddy? – pergunta Ari, bem alto, quando um casal grisalho passa perto deles.

Josh sente uma vibração, mas é só seu celular. Bem, talvez não só.

21h47
Abby: Cadê vc?

Josh: Pegando uma bebida.

Abby: O jantar vai começar em 10 min

Josh: Ari queria dar uma olhada nas luminárias.

Abby: Ah! Sua acompanhante? Diga pra ela aproveitar o tempo que quiser!

Depois de passar mais tempo do que o necessário tomando mais dois drinques, eles sobem a escada para o salão do jantar.

Não é difícil encontrar a mãe de Josh: ela está presidindo um semicírculo de benfeitores elegantes no meio do salão.

Abby localiza Ari como um míssil guiado por calor antes que Josh consiga atravessar a multidão e baixar as expectativas da mãe. Ele tinha planejado apresentá-la como uma amiga. Em vez disso, vê a mãe segurar Ari pelos ombros como se estivesse examinando um suéter numa loja de departamento de luxo.

– SE MAIS UMA MULHER USANDO um vestido Nicole Miller fingir que está elogiando meus Louboutins para me perguntar se é uma boa hora para colocar um apartamento de dois quartos à venda, eu vou perder as estribeiras. Que bom que você chegou.

O que Ari achou que fosse ser um aperto de mão educado se transforma em um leve abraço, que se torna um *abraço* completo, demorado, maternal. Ari fica tensa diante da ternura inesperada. Às vezes, só quando se depara com o carinho verdadeiro de um pai ou uma mãe é que ela reconhece a imensa falta que isso faz. Dói mais preencher o buraco do que deixá-lo vazio.

– É um prazer conhecê-la, Sra. Kestenberg – cumprimenta Ari, enquanto ainda estão abraçadas.

Ela não menciona que Cass está colocando à venda o apartamento de dois quartos das duas, mas, pelo que ouviu de Josh, o Queens não é exatamente o mercado da mãe dele.

– Pode me chamar de Abby. Aliás, é Cohen, não Kestenberg. Mantive meu sobrenome de solteira antes de isso virar moda. As mulheres não costumavam fazer isso nos anos 1980. Você pretende manter seu sobrenome?

– Hã, hum – começa Ari, pega desprevenida. Josh está atrás delas, conversando com alguém. – Na verdade, nunca pensei nisso.

E é verdade. Ela e Cass nunca discutiram o assunto.

Ari se distrai com a aplicação imperfeita, mas charmosa, da sombra de Abby quando ela inclina a cabeça para a frente de um jeito conspiratório.

– Josh nunca gostou de apresentar suas namoradas, então, quando ele me contou que estava trazendo uma pessoa, eu...

– Ah, eu não sou, tipo, *uma pessoa* – protesta Ari. A 3 metros dali, Josh contorna os convidados com uma expressão de pânico. – A gente é só...

– Joshua! – exclama Abby, dando um beijinho perto da bochecha dele, sem de fato encostar. – Antes de nos sentarmos, vamos tirar uma foto em frente ao banner. Acho que temos tempo antes de servirem o aperitivo.

Josh revira os olhos.

– Isso aqui não é um baile de escola. Não quero chamar mais atenção tirando fotos.

– Temos que tirar uma foto de baile – insiste Ari, deixando sua mania de tagarelar quando está nervosa assumir as rédeas.

Ela sutilmente ajeita o vestido, para garantir que o seio direito continue coberto por um pedaço de seda preta que parece frágil demais. Está na cara que foi um erro escolher algo ousado e sexy sabendo que ia conhecer a mãe de Josh.

– A clássica pose na escada pra que você fique um metro e meio mais alto do que eu – acrescenta Ari. – Nunca fiz isso.

Os olhos de Abby se iluminam. Provavelmente porque já está vislumbrando seus futuros netos, mas ainda assim é uma validação.

– Você foi ao baile da escola? – pergunta Ari.

– Não, ele não foi – responde Abby. – Enfim, metade das pessoas neste salão foi cancelada na internet ou acusada pelo movimento Me Too. Dificilmente você é o único aqui tentando controlar a narrativa.

– Eu não fui cancelado – murmura Josh, mas sua mãe já está empurrando os dois até o fotógrafo e insistindo em fazer várias poses com Ari e seu filho relutante.

– Vamos fazer uma só de nós duas – sugere Abby, passando o braço ao redor de Ari, como se elas se conhecessem desde sempre.

Como se essa mulher (uma corretora de imóveis poderosa? Uma venerada dona de restaurante? Amiga de socialites?) tivesse qualquer motivo para posar em frente ao logo do Departamento de Cultura de Nova York com a amiga do seu filho, que está usando um vestido inadequado e escreve discursos picantes para madrinhas de casamento.

– Então, Ari, em que você trabalha?

– Ela é comediante – revela Josh, prontamente.

– Jura?! – exclama Abby, realmente entusiasmada. – Comediante ou atriz de comédia?

– Em geral é garçonete! – responde Ari, com sagacidade.

A mãe de Josh ri mais do que a piada merece. O cérebro de Ari começa a buscar novas formas de conseguir fazer Abby rir e receber outra onda de dopamina.

– A comédia não precisa de mais jeitos de destacar distinções de gênero – argumenta Ari.

– Você tem toda a razão – concorda Abby, assentindo, séria. Ela se inclina e sussurra: – Josh ainda pode se tornar o David Chang dos sanduíches de pastrami, sabe.

Uma voz sai pelos alto-falantes e anuncia que o jantar vai começar. Ari tenta não pensar em qual empresa de bufê conseguiu esse trabalho e se ela poderia estar recebendo um dinheiro extra esta noite por encher taças de champanhe, em vez de bebê-las.

– Parece que estou numa igreja – observa Ari, erguendo os olhos para os vitrais e o pé-direito de 15 metros que cercam o espaço.

– Eles fazem casamentos lindíssimos aqui – comenta Abby, implacável. – Apenas vinte mil dólares por uma recepção sábado à noite.

Uma mulher com cabelo volumoso e preenchimento labial questionável toca no ombro da mãe de Josh para parabenizá-la por uma venda. Abby ergue um dedo para interromper o cumprimento.

– Ari, pode se sentar do meu lado? Quero saber tudo sobre sua carreira e como vocês dois se conheceram. Joshua é cheio de segredos. Ter interesse na vida do próprio filho não significa "bisbilhotar".

Ela não espera resposta e se afasta da mesa para ouvir com delicadeza as reclamações da mulher sobre o conselho de moradores do seu prédio.

Ari se vira para Josh, que puxa a cadeira à frente dela.

– Você conta para sua mãe sobre o dildo em formato de tentáculo ou eu conto?

– Minha mãe acha que pode ditar o rumo das coisas na base da insistência – sussurra ele, quase num estilo ASMR, acima da cacofonia, a boca bem perto do ouvido dela. – Vou dar um jeito nisso.

Os dois se sentam e um garçom oferece mais champanhe. Um curador à esquerda tagarela sobre como sua equipe selecionou as fotografias para a exposição, o olhar fixo mais ou menos uns 20 centímetros abaixo do rosto de Ari. Ele se apresenta como "Dr. Davison". Sem o primeiro nome, provavelmente para forçar todo mundo a usar o título de "doutor". Ela sente muita falta de seu cardigã.

Abby volta para sua cadeira ao lado de Ari e retoma a conversa onde pararam.

– Me conte, você já se apresentou com alguém conhecido? Eu amo a Amy Schumer.

Ari disfarça uma risada e balança a cabeça.

– Acho que não. Mas talvez eu tenha aberto o show de um cara que limpou as mesas do Comedy Cellar antes de uma das apresentações da Amy Schumer.

Abby dedica toda a sua atenção a Ari, e isso traz uma sensação que fica entre um raio de sol e a lâmpada de uma sala de interrogatório.

– Isso é absolutamente fascinante – diz Abby. – O tipo de autoconfiança que a pessoa precisa ter para ficar diante de um bando de estranhos e tentar fazer essa gente rir.

– Meu amigo Gabe diz que se apresentar no palco requer partes iguais de masoquismo e fetiche por elogios. – Ari sente as bochechas queimarem, pensando que devia ter usado outras palavras, mas Abby solta uma gargalhada. – A improvisação nos dá algo totalmente único como artistas.

Ela faz uma pausa, caso a mãe de Josh esteja apenas perguntando por educação. Mas Abby ainda está ouvindo com toda a atenção, o queixo repousado na palma da mão, então ela prossegue:

– A gente faz parte de um grupo, e existe muita confiança ali dentro. Com as pessoas certas e uma boa plateia, dá pra sentir o sangue correndo nas veias. Estamos no controle, mas só até certo ponto, e é preciso ser vulnerável o suficiente para aceitar surpresas. São vários momentos que nunca vão acontecer outra vez. Não dá pra se apegar a eles. Não dá pra repetir. Dá pra fazer a piada mais perfeita do universo e saber que a plateia vai responder de forma esperada uma vez. É algo mágico.

Abby assente e comenta:

– É exatamente assim que eu me sinto quando uma propriedade vai pra escritura.

Ari continua, mal parando para respirar:

– E, quando consigo fazer outro comediante rir da minha piada ou um integrante do meu grupo perder a compostura no palco, acordo no dia seguinte pensando nisso. Repasso mentalmente sem parar. Me sinto energizada por dias só por causa disso. Que outra profissão te dá essa sensação depois de sete minutos no palco, falando um monte de baboseiras?

– Político? – sugere o curador de olhar lascivo.

Ari não tinha reparado que a mesa toda estava ouvindo. Ela sorri e se volta para sua salada murcha, de repente constrangida pelo monólogo.

– Eu gostei dela, Joshua – anuncia Abby, dando um belo gole em sua bebida. – Eu *gostei* dela.

EMBORA O EVENTO OSTENSIVAMENTE celebre os responsáveis pela "icônica gastronomia de Nova York", Josh acha o jantar previsível e sem graça, até mesmo para os padrões do pai. Danny Kestenberg podia não ter um paladar ousado, mas nunca servia *latkes* empapados. Josh olha para o prato quadrado e preto à sua frente, desejando que fosse um dos pratos grossos brancos do pai com fatias perfeitamente suculentas de carne e um molho que estava sempre um pouquinho doce demais.

Depois da refeição, há uma apresentação interminável sobre a próxima exposição "inovadora" que vai trazer os desastres marítimos mais letais de

Nova York e, por fim, uma rápida apresentação musical. Em tese, essa deveria ser a parte mais impressionante, mas já é a terceira vez em cinco anos que ele vai a um evento beneficente em que John Legend é o artista principal.

Josh vê alguns casais se entreolharem numa confirmação mútua e se levantarem quando John Legend convida todos à pista de dança durante uma versão lenta de "Open Your Eyes". Em um movimento que Ari sem dúvida não tinha como não ver, Abby inclina a cabeça para a frente e encara o filho. Ele não se vira, apenas remexe a mandíbula, ignorando-a solenemente. Se a mãe tivesse como dar um chute em Josh por baixo da mesa, com Ari entre os dois, ela faria isso.

Antes que Abby possa emitir qualquer sugestão constrangedora, o curador intragável se materializa atrás deles. Josh se prepara para mais informações a respeito dos fundos arrecadados para a exibição.

– Vamos? – pergunta o homem, estendendo a mão para Ari.

Josh fica surpreso e paralisado. Chamas idênticas de afronta e ciúme se acendem em seu peito ao testemunhar a ousadia do sujeito.

– Estou sóbria demais para dançar – responde ela.

– São no máximo três minutos da sua vida.

– Você com certeza não é o primeiro homem que me diz isso.

O sujeito dá uma gargalhada que mais parece um cacarejo. *Um cacarejo.* Com o que Josh interpreta como extrema relutância, Ari dá a mão ao curador.

– Eu *sabia* que ia ter que dançar – sussurra Ari no ouvido de Josh ao se levantar da cadeira.

Ele observa Ari seguir o sujeito até a pista de dança. Ela está perguntando ao curador se não deveriam ter gastado o dinheiro do cachê de John Legend em preservação histórica.

– Por que você não a tirou pra dançar? – ralha a mãe dele, assim que os dois se afastam. – Esta é a última música. Já é quase meia-noite.

– Eu não estou a fim – responde Josh, sua boca se tensionando em uma linha reta e constrita.

– Você é um péssimo mentiroso – observa Abby, examinando seu celular vibrando. – E teimoso. Igual ao seu pai. – Ela sabe provocar Josh nos piores momentos. – De vez em quando, é bom deixar o orgulho de lado. Se um de vocês dois tivesse...

Josh ignora o diagnóstico não solicitado da mãe. Ele observa o curador girar Ari pela pista. Ela não é lá muito graciosa, mas sabe se divertir em situações idiotas como aquela de um jeito que Josh não consegue. Ele remexe a mandíbula outra vez, imaginando quantos vestidos Ari experimentou antes de escolher aquele. Imaginando se é uma daquelas situações em que *ela* quer ser resgatada.

Depois de mais um giro vigoroso, eles diminuem o ritmo. O olhar de Ari cruza com o de Josh e ela movimenta os lábios formando a palavra "socorro". Ou ao menos é o que ele se convence de ter visto.

– Por que ainda está sentado aqui, Joshua?

Ele não tem certeza se é a mãe que diz isso ou se é seu inconsciente cheio de champanhe que imagina as palavras de Abby.

De qualquer forma, Josh se afasta da mesa.

É só quando fica a poucos metros de Ari e seu parceiro que lhe ocorre: ele não faz a menor ideia de como interromper uma dança na vida real sem parecer um esquisitão.

Por sorte, parecer um esquisitão força o curador intragável a se afastar e soltar a mão da pessoa que o acompanhou por pena a esse evento de ano-novo. Quem poderia imaginar?

Josh continua paralisado enquanto todo mundo na pista de dança desvia dele, como se fosse apenas um pequeno obstáculo. Um cone laranja no meio da calçada. Ari está a poucos centímetros de distância. Encarando-o. Sozinha. Naquele vestido.

Ele demora um instante para lembrar por que está parado ali.

– Eu estava ouvindo uma palestra sobre o sistema de tubos pneumáticos para transporte de resíduos na Ilha Roosevelt – revela Ari, dando um passinho adiante. – Ótimo timing.

– Coisa inédita entre nós dois – retruca Josh.

Então eles ficam confusos sobre onde colocar as mãos.

O braço esquerdo de Ari acaba indo parar na cintura de Josh, enquanto a mão direita dele repousa no ombro esquerdo dela, como se fossem dois estudantes do ensino médio obrigados a formar uma dupla na aula de educação física.

– Estou acostumada a dançar com mulheres – observa ela. – Qual é a sua desculpa?

John Legend canta lentamente sobre estar sentado sozinho. Lamentar um antigo amor. Encontrar a pessoa certa.

Na mesa, Abby posiciona o celular para tirar uma foto dos dois.

Josh se incomodaria *mais* se não estivesse curtindo o benefício adicional da dança, que é colocar a mão direita na posição certa, na lombar de Ari.

Eles não falam nada enquanto deslizam de um lado para outro. Josh não consegue encontrar o ritmo, mas sente a respiração dela. Ari está olhando por cima do ombro dele, observando os casais – que estão mais confortáveis em se abraçar – fazerem um passo de dança básico.

– Apesar das suas explicações, sua mãe parece ter a impressão de que somos... – Ari olha ao redor do salão como se a palavra certa fosse aparecer em um dos globos de luz que projetam uma iluminação colorida nas paredes –... um casal de verdade.

Ele está tão perto que sente o perfume do xampu dela. Cítrico? É um cheiro sutil que ele quer continuar sentindo.

– Ela está sonhando alto.

Ari finalmente o olha nos olhos. Suas bochechas estão vermelhas.

– "Sonhando alto"?

Precisava mesmo ser uma música sobre ver a luz? Exatamente naquele momento?

Vários casais dançam ao redor deles: pessoas mais velhas, no segundo ou terceiro casamento, segundo as estimativas de Josh. Todos passaram por aquele instante em que pesaram os riscos de mais um fracasso e a possibilidade do para sempre.

– Josh...

Ari passa a mão pela testa. Josh não sabe se o tom de voz dela está no campo de "rejeitar com delicadeza" ou "confusa sobre meus sentimentos".

É egoísmo querer mais que isso. Mas ele sempre foi egoísta.

Ele formula algumas respostas possíveis, a melhor delas sendo: *Acaba de me ocorrer que você está com a altura perfeita agora e se eu inclinar só um pouquinho a cabeça...*

– A gente... A gente poderia ir embora antes da contagem regressiva? – Ela inspira com força, como se não tivesse oxigênio suficiente no salão. – E dos beijos?

Ela olha por cima do ombro dele com uma expressão de sofrimento, e

Josh afasta a verdade desconfortável de que dançar com ele aparentemente piorou o humor dela.

– Não precisamos nos beijar.

– É só que...

Ele percebe um brilho de suor na testa dela. Apesar da dança letárgica, Ari está ofegante.

– Preciso de ar.

– Ah. – *Merda.* – É claro. Podemos ir embora – diz ele, torcendo para conseguir evitar um ataque de pânico causado pela aura romântica. *Merdamerdamerda.* – Quer ir pra casa?

– Não posso. Aluguei meu apartamento no Airbnb. Vou ficar na casa do Gabe.

– Beleza. – A mente dele faz uma varredura geográfica rápida da atual localização deles. – Acho que sei pra onde podemos ir.

– PARABÉNS! – GRITA ARI PARA JOSH, que está alguns passos à frente na trilha pavimentada, andando mais rápido do que ela consegue em cima dos saltos altos. – Você é o primeiro e último homem que eu sigo até um parque mal-iluminado às 23h50.

Se há algum traço de estranheza remanescente do momento em que saíram do evento, Ari está determinada a superá-lo. Estar ao ar livre ajuda, sentindo o ar gélido resfriar seu rosto e pescoço. Parecia que estava um clima tropical no museu ou salão de baile ou o que quer que fosse. Ela inalou Chanel nº 5 demais.

– Tem um bom lugar aqui em cima, logo depois dessa curva – informa Josh.

Os dois estão andando por um caminho sinuoso no meio do Central Park e passam por um número surpreendente de pedestres bem agasalhados, que chegam pela entrada ao sul, na 72th Street.

– Nunca vi esse tanto de gente aqui à noite – comenta Ari, tropeçando em seus saltos ao passar por baixo de uma barreira temporária que bloqueia a West Drive. – Elas vieram ver os fogos?

– A New York Road Runners organiza uma maratona toda noite de ano-

-novo – explica Josh, enquanto a conduz pela Oak Bridge, na direção de algo que parece um muro de pedra com um arco estreito, aninhado entre duas rochas gigantes. – Eles disparam a pistola da partida à meia-noite, e mil pessoas correm 6 quilômetros em volta do parque.

– Que comprometimento admirável com o condicionamento físico, ainda mais com esse vento frio! – Ari caminha com cuidado, equilibrando-se nas pontas dos pés. – Parece algo que *você* faria... matar uma festa para se exercitar.

– Eu não corro ao ar livre – retruca ele. – Condições previsíveis geram os melhores resultados. A esteira me ajuda a manter o foco e um ritmo constante.

– ... na cama – acrescenta Ari, um passo atrás dele. – Você também faz isso com biscoitos da sorte? Acrescenta "na cama" ao final da mensagem? De alguma forma, elas passam a fazer mais sentido.

Josh balança a cabeça.

– Esses biscoitos estão sempre velhos e sem gosto.

O padrão de qualidade dos biscoitos dele deve ser tão impossível de alcançar quanto o de namorada.

Embora estejam sem folhas, as árvores criam uma barreira eficaz contra a cacofonia que faz Ari se lembrar de vésperas de ano-novo passadas.

Ela sente uma pontada de pânico quando seu salto agulha desliza na trilha escorregadia por causa de uma fina camada de neve.

– Josh! – grita ela, recuperando o equilíbrio por pouco. – Não consigo descer a colina com esses sapatos.

Ele se vira e avalia a condição dela.

– "Colina"? Você está falando desse leve declive feito para o acesso de cadeirantes?

– Falou o homem que nunca usou salto alto. Me dá sua mão, sei lá.

Josh solta um suspiro profundo, como se essa fosse a maior tarefa do mundo.

Ela agarra a mão dele, dá um passinho para testar e escorrega outra vez.

– Merda – xinga Ari, olhando para cima. – Vou ter que morar aqui.

Balançando a cabeça, Josh se abaixa, posiciona um ombro no quadril de Ari e a ergue do chão em um movimento fluido.

– Que isso?! – grita ela, batendo nas costas dele, presa em uma posição humilhante, com a bunda para cima.

– Primeiro, eu desconfio que você me derrubaria junto – diz Josh, descendo o declive. – Segundo, finalmente descobri um objetivo para os exercícios de ombros e tríceps que faço na academia: erguer cestas de compras e mulheres com sapatos desconfortáveis.

– Ei! – murmura ela. – Cuidado onde põe a mão, eu consigo sentir tudo através desse casaco.

– Cuidado com a cabeça – avisa Josh, abaixando-se para atravessar o arco.

Ari sente o aroma suave dos produtos de cabelo dele.

– Não é com a minha cabeça que estou preocupada.

– Eu deixo você me carregar na volta.

Ele a coloca de volta no chão com toda a calma do mundo, soltando um grunhido pelo esforço. Ari tenta rearrumar o vestido por baixo do casaco. Há uma grande chance de que seus seios tenham escapado da seda pouco substancial.

– Esse lugar fica fora do percurso da corrida – explica ele. – Tem uma caverna com a entrada bloqueada por aqui.

Normalmente, Ari desceria pelas pedras para ver a caverna, mas, no momento, tem uma necessidade mais urgente.

– Você se importa se eu fumar? – pergunta ela, tirando um baseado de sua bolsinha. Pareceu mais elegante do que um vape.

Josh balança a cabeça e espana uma sujeira microscópica de uma pedra larga antes de se sentar.

– Eu meio que senti uma... – Ari agita a mão – ... *coisa* vindo na festa.

– Percebi.

Ari acende o isqueiro e aos poucos forma uma brasa na ponta, rolando o baseado entre os dedos acima da chama. Ela para e dá uma leve tragada. Ari provavelmente deveria respirar fundo sem inalar fumaça, mas quando foi que isso a ajudou durante uma crise?

Ela dá um longo trago antes de oferecer o baseado a Josh.

As engrenagens da mente dele giram por alguns segundos, até que ela fica agradavelmente surpresa quando Josh estica a mão para pegar o baseado. Ari encosta na parede de pedra fria do arco, observando-o inalar a fumaça.

– Maconha altera o paladar – avisa ele –, mas, porra, quem se importa?

No momento eu não corro o risco de salgar demais o confit de pato de ninguém, então...

Ari tem uma resposta na ponta da língua, mas quem é ela para dar sermão em outra pessoa por causa de desistência?

– Sua mãe estava fazendo uma análise visual da capacidade fértil dos meus quadris – comenta ela.

– Isso é inerente ao cérebro dela.

Com cuidado, Josh devolve o baseado para Ari, e seus dedos gelados roçam um no outro por um instante. Há um rápido lampejo na mente dela: a mão de Josh contra sua lombar vinte minutos atrás. Depois entrelaçada no cabelo dela, segurando-o para trás. Puxando. Essa parte não é um fragmento de memória. É... outra coisa. Talvez álcool em excesso.

– Minha mãe não consegue parar de tentar consertar minha vida.

– Que legal. Quer dizer, acho que é reconfortante ter alguém do seu lado.

O contraste entre o ar gélido de dezembro e a fumaça quente dá um choque em seus pulmões.

– Quando eu e meu pai não estávamos nos falando, ela era a mediadora. Acho que ela ainda acredita que pode reatar essa relação, mesmo que ele já tenha partido. – Josh pega o baseado de volta, dá uma segunda tragada e o devolve, recostando na rocha. – Porra, essa parada sempre faz meu coração acelerar.

Ari olha para o céu. Os galhos das árvores tapam a visão das estrelas.

– Odeio ainda imaginar o que a Cass está fazendo hoje à noite – confessa ela, deixando as palavras saírem. – Odeio não conseguir escovar os dentes ou fazer xixi sem lembrar que me escondi no banheiro enquanto ela levava tudo do nosso apartamento embora. Odeio ser uma esquisitona que ainda manda fotos só pra provocar uma reação e provar pra mim mesma que, em algum momento, ela me desejou.

Josh abre os olhos.

– Tenho cem por cento de certeza de que nunca mais vou... me entregar desse jeito a outra pessoa de novo – prossegue ela. – Só quero alguém que faça eu me sentir bem por uma hora e que não tente me convencer de que é algo a mais.

Ari espera que ele contra-argumente ou a tranquilize.

Parece que passa um minuto inteiro antes de Josh responder:

– Só por uma hora?

– Muito otimista? Tá bem. Meia hora.

Ari dá mais um trago e apaga o baseado com cuidado, sentando-se ao lado de Josh. Ela permite que o THC e o álcool diluam o barulho da comemoração dos outros. Nesse momento, não parece que estão em um parque com milhões de outras pessoas.

– Você teve uma experiência ruim – conclui Josh.

Ela balança a cabeça e retruca:

– Essa é a questão. Houve muitas partes boas. Se tivesse sido tudo ruim, não doeria tanto, e eu conseguiria simplesmente superar.

A noite está silenciosa, a não ser pelo ocasional farfalhar das folhas ou uma sirene de polícia passando à distância.

Silêncio.

– Música? – sugere ela, sem querer arriscar que Josh adormeça no Central Park em dezembro.

Ele enfia a mão no bolso para pegar o celular, erguendo-se um pouco.

– "Auld Lang Syne"?

Ari balança a cabeça.

– Alguma coisa emocionante, mas não muito comemorativa.

Ele franze a testa, suspira e então digita algo no Spotify. Alguns segundos depois, a abertura dedilhada com o reverb pesado de "Don't Dream It's Over" soa.

– Essa música é perfeita, puta merda – diz ele, quando entra o baixo. – Do jeito que o Neil Finn queria que ela fosse ouvida: de um alto-falante do tamanho de uma pedrinha.

– Neil quem? Achei que Miley Cyrus fosse a compositora dessa música. – Ari dá um sorriso inocente, adorando a expressão frustrada dele. Ela se levanta, sentindo na mesma hora uma dor excruciante nos calcanhares. – Ei, se a gente ficar embaixo do arco, o som vai ecoar.

– Tecnicamente, vai refletir.

Ela dá um passo adiante e estende a mão.

– Quer? Dançar?

Josh ergue os olhos para os dela, como se não tivesse certeza de que ela está falando sério.

– A gente precisa praticar, e eu passei a maior parte daquela música tomando cuidado pra que o curador não visse meus mamilos. – Ela faz um gesto bem exagerado. – Se está esperando que eu erga você nos ombros, pode tirar o cavalinho da chuva.

Josh agarra a mão dela, e Ari o puxa para levantá-lo. Eles entram na passagem estreita.

As paredes curvas amplificam o som, envolvendo-os em um eco fantasmagórico, com a luz forte de um poste riscando o chão. Eles abandonam a combinação de mão/ombro/cintura errada de antes. Ari coloca os braços ao redor do pescoço dele, e Josh envolve a cintura dela. O celular na mão dele pressiona de leve a lombar de Ari através do casaco. Os dois se balançam de um lado para outro, sem acompanhar o ritmo da música.

– Nunca sei se essa canção é melancólica ou esperançosa – comenta Josh, olhando para ela daquele jeito intenso, como se conseguisse ver seu interior.

Não é uma piada. Não é diversão, raiva, frustração nem nenhuma outra emoção que eles jogaram de um para o outro durante os últimos dois meses.

– Não pode ser as duas coisas?

Ari descansa a cabeça no ombro dele, talvez para escapar da intimidade do contato visual incessante, talvez porque a música e o balanço deles pareçam uma canção de ninar.

Ou talvez seja tudo culpa dos drinques e da maconha.

Deve ser isso.

Com o ouvido colado ao peito dele, Ari escuta os batimentos acelerados e erráticos de Josh. Ele comentou que era um efeito colateral do baseado, não foi?

Em algum lugar além do punhado de árvores, os ocasionais gritos de comemoração aumentam, seguidos por brindes e mais ruídos.

– É quase meia-noite – observa Ari.

Uma forte rajada de vento atravessa o arco e as camadas de pluma sintética do casaco que ela comprou ontem. Apesar de seu empenho em conseguir uma sensação de calor e embriaguez graças ao champanhe, Ari estremece.

E é por isso que se aninha a ele.

Josh a puxa para mais perto e tenta envolver os dois em seu casaco. Não dá muito certo – eles formam uma sombra no chão que parece o monstro de Frankenstein –, mas o gesto é muito gentil. Ari espera que ele dê um passinho para trás, mas ele não o faz.

Nem ela.

– Este ano foi terrível – menciona Ari, erguendo os olhos para ele, esperando que Josh concorde. Ele ainda a encara daquele jeito. – Mas estou feliz por ter reencontrado você. Virar sua amiga foi a melhor coisa que me aconteceu em muito tempo.

Ela ouve sua voz mais relaxada, a maconha e o álcool assumindo o controle.

Josh mexe a mandíbula como se lutasse contra o ímpeto de dizer algo. Ela está afoita e apavorada para ouvir o que é.

– Ari, eu...

– Porque você é muito importante pra mim. Você não tem ideia. Você meio que é a melhor coisa que me aconteceu em muito tempo.

– Você já falou isso – avisa Josh, seus olhos percorrendo o rosto dela.

– Já?

O arco parece balançar como uma gangorra. Ela repousa a cabeça no peito dele outra vez e fecha os olhos. Isso ajuda. Neil Finn canta sobre contar os passos até a porta do seu coração.

Os sons confusos das pessoas festejando no Central Park ficam mais altos. Um grupo barulhento para na ponte logo acima deles, no topo do arco.

– Acho que é quase meia-noite – comenta Ari, erguendo a cabeça.

A comemoração à distância fica ainda mais alta.

– Você também já falou isso – rebate Josh.

Amigos não se olham desse jeito, os olhos descendo para os lábios dela de vez em quando.

– Você é tão... – começa ele.

– Nós vamos... sabe... – interrompe Ari, então para de falar, sentindo a respiração dele profunda e estável através do terno. – Hum... depois da contagem regressiva?

– Vamos.

A música fica mais intensa, o baixo do refrão ecoando no arco de pedra.

Há um coro de vozes vindo das construções do outro lado do parque.

– *Dez!... Nove!...*

Ela engole em seco.

– Tipo, um beijo no rosto ou...

– Não.

– *Oito!... Sete!...*

– Então um selinho bem rápido?

– Não.

– *Seis!*

– Eu só quero saber...

– *Cinco!*

– ... pra não ser constrangedor, porque...

– *Quatro!*

– ... é meio que uma oportunidade única.

– *Três!*

– É, sim.

Ari sente a mão direita dele subir pelas costas dela até a nuca, e, caramba, ela consegue *mesmo* sentir tudo através do casaco. Eles param de dançar, embora a música ainda não tenha terminado. Os dedos dele se enterram de leve no cabelo dela.

– *Dois!*

A sensação de formigamento na nuca de Ari deve ser causada pelo vento, que vem com tudo. Não é porque Josh puxa sua cabeça um pouquinho para trás e a olha daquele jeito que a faz se sentir totalmente exposta, ainda que esteja envolta em uma grossa camada de fibra de poliéster e plumas. Ela fecha os olhos.

Deve ter tido o "*Um!*", mas nenhum dos dois ouviu.

Ela inclina a cabeça para a direita e sente o lábio inferior de Josh roçar nos dela. Esse contato ínfimo acende algo em seu peito. Ari agarra as lapelas dele, puxando-o para perto, aberta, receptiva, convidativa. Ele atende com um quê de cautela, pressionando de novo.

Os lábios dele são macios e hesitantes contra os dela, a fricção os aquece no ar gélido. Ele recua por um momento, só o suficiente para fitá-la. Sua expressão é resoluta, mas ele está esperando por algo. Ari solta um suspiro trêmulo e assente.

Ele continua sem se mexer.

– Josh...

Ela está prestes a puxar o casaco dele outra vez quando, de repente, Josh abaixa a cabeça, passando direto pela bochecha esquerda dela.

A respiração de Ari fica ofegante ao sentir o nariz de Josh roçar atrás de sua orelha, seguido pelos lábios. Ele puxa seu cabelo, dessa vez para a direita, para obter mais acesso ao pescoço. Ari sente o corpo todo estremecer quando a boca de Josh passa por milhares de terminações nervosas, todas ativadas de uma só vez. Ela sente um frio na barriga. Como ele causa isso? Por que ele tem esse conhecimento inato de onde e como ela quer ser tocada?

Alguns primeiros beijos são apressados, um emaranhado sem jeito de mãos e narizes.

Mas Josh avança no próprio tempo, incentivado pelos gemidinhos que ela não consegue conter, descendo bem devagar pelo pescoço dela e deixando uma trilha de beijos pela linha do queixo até ficarem cara a cara outra vez.

Esse é o primeiro ponto onde eles poderiam – *deveriam* – parar.

Mas não param.

Os gritos comemorativos dos estranhos ficam em segundo plano. Ari murmura o nome de Josh logo antes de puxar o rosto dele para que seus lábios se encontrem outra vez. A moderação de Josh se desfaz, e ele desliza a língua pela boca de Ari com uma urgência que a deixa sem fôlego. Os dedos dele se movem pelos ombros dela, os polegares se encontrando na base do pescoço.

Esse é o segundo ponto em que eles não param.

O terceiro é quando as mãos dele entram por baixo do casaco acolchoado de Ari, descendo sinuosamente pela pele exposta de suas costas e então deslizando por dentro do vestido de seda. Ele agarra a bunda dela, e Ari não consegue conter um gemido contra os lábios dele. Josh poderia dar um passo adiante e pressioná-la na parede.

Há uma parte de Ari que está soando alertas. Os limites aceitáveis de "apenas amigos" são esticados até uma ruptura iminente.

Mas eles também não param aí.

Porque há algo incrivelmente *certo* nisso tudo. Há uma pontada agradável na barriga dela e um emaranhado de emoções surgindo e *quem se importa com amizade quando ela pode sentir isso em vez de se sentir entorpecida*?

Ari estica os braços para acariciar o cabelo dele – como ela sempre pensou em fazer, para ser sincera –, quando um barulho alto corta o ar, arrancando-os do comportamento febril.

Ambos recuam. Ari bate contra a parede atrás de si, e Josh afasta as mãos dela como se um professor tivesse batido neles com uma régua.

Gritos de comemoração explodem ao longe no parque.

O som que os impediu de cometer um atentado ao pudor foi a pistola que dá início à corrida da New York Road Runners.

Os dois se encaram pelo que parece um minuto inteiro, esperando que o outro faça algo. Seria muito fácil dar um passo à frente. Ela poderia morder o lábio. Ele poderia dar de ombros e olhar para o chão. Os dois voltariam aos beijos com certa timidez. Com mais intenção.

Mas passam-se dois, cinco, dez segundos, e a energia estranha e eletrizante que os envolvia se dissipa como um suspiro no ar frio.

Talvez não tenha sido o tiro da largada. Talvez tenha sido um raio lançado pela divindade chamada *Pelo Amor de Deus, Não Mandem Essa Amizade Pelo Ralo*.

A garganta de Ari queima com a vontade de explicar por que esse beijo não deveria ser o começo de um romance épico. Que eles podem continuar onde estão. Ou onde estavam até ontem. Se mais uma coisa preciosa na vida dela desaparecer, vai ser insuportável.

Mas parece que o mundo está girando um pouco, como se Ari tivesse acabado de sair de um carrossel.

– Isso foi... – murmura ela, mas sua voz se esvai, sem saber o que pretende falar.

Naquele momento, "apenas amigos" é uma certeza confortável. Um cobertor ponderado. Uma vela com um sutil aroma de baunilha.

E a alternativa é um cursor piscando em um documento em branco. Às vezes, parece que Josh já andou escrevendo passagens e excluindo-as antes que Ari esteja pronta para abrir o arquivo.

A expressão dele se anuvia.

– Foi só um beijo de ano-novo – minimiza Josh, depois de uma eternidade de buzinas soando e cantorias desafinadas de "Auld Lang Syne". – E a maconha.

– Certo.

É tudo que ela consegue responder. Todo o seu talento para retórica parece enterrado sob uma combinação de substâncias entorpecentes, adrenalina e desejos não satisfeitos.

– Não precisa... significar nada – acrescenta Josh.

A voz dele é firme, mas seu rosto conta outra história. Ele deve estar dando algum tipo de sinal, mas Ari não consegue decifrá-lo.

Uma rajada de vento cortante faz o casaco aberto dela ondular. Josh se vira para a ladeira que leva de volta à Central Park West e sugere:

– É melhor a gente ir, antes que fechem o caminho pra corrida.

Ele atravessa o arco sem esperar por Ari, sem hesitar quando ela não o segue logo de cara.

Ari permanece imóvel por alguns segundos, se perguntando se ele vai parar e se virar, dando tempo para que ela o alcance. Mas Josh continua andando, sem reduzir o passo.

Ela se afasta da parede e corre atrás dele.

Talvez fique tudo bem. Talvez seja assim que pessoas normais lidam com equívocos. Apenas seguem em frente. Ela se lembra de respirar fundo algumas vezes, mas o ar gélido faz seus pulmões doerem.

Assim que chega ao lugar onde a colina começa a subir, seus saltos, lindos e nada práticos, deslizam pela trilha coberta de neve outra vez, enviando uma onda de pânico por seu corpo enquanto ela recupera o equilíbrio.

– Josh! – grita Ari. Ela se vira de lado e dá passinhos miúdos, sentindo-se ridícula. – Não consigo subir a colina.

– Acho que você vai ter que morar aí – responde ele, por cima do ombro.

Josh demora a voltar para buscá-la.

16

Quarta-feira, 4 de janeiro, 23h24
Josh: Já escolhi o filme de hoje à noite.
Será que Donnie Darko é bom mesmo?
Quando eu era um adolescente frustrado, achava que era o auge do cinema.

23h34
Ari: desculpa, não posso hoje
enroladona aqui

Josh: Às 23h34?

Ari: vc não disse que eu deveria voltar a sair?
A gente se fala mais tarde?

Segunda-feira, 9 de janeiro, 21h57
Josh: Olá!
Continua ocupada?

22h26
Ari: oi
servi todos os canapés na região metropolitana

Josh: Vai servir canapés no domingo?
Tem filmes do Buster Keaton passando no Film Forum.

Ari: não posso

Vou ajudar a Radhya no pop-up

Josh: Beleza.

Domingo, 15 de janeiro, 22h23

Número desconhecido: Ari! Abby Cohen aqui.

Tive uma ideia incrível. Adoraria conversar com vc.

Pode me encontrar pra tomar um café rápido amanhã de manhã, umas 9h?

O interior do Bohemian Garden tem um charme despretensioso. O aroma de cerveja e salsicha grelhada vem se embrenhando nos painéis de madeira escura há cinquenta anos. Por hoje, Radhya o disfarçou com açafrão, cardamomo, coentro e tamarindo. Ela e Ari cobriram os pôsteres de cerveja com peças decorativas que pegaram emprestadas com a prima de Radhya: guirlandas grossas de cravos artificiais em amarelo e vermelho, sombrinhas penduradas no teto, fios compridos de borlas e pompons.

– Vamos analisar as evidências – diz Gabe, estendendo com maestria uma toalha de mesa estampada em uma mesa de quatro lugares. – Vocês saem juntos. Trocam mensagem o dia todo.

– Não trocamos, não – responde Ari, colocando caixas de aço inoxidável com temperos em cada mesa.

Não é mentira: os dois mal trocaram mais do que alguns *ois* na última semana.

De modo muito conveniente, os empregos informais proporcionam desculpas permanentes como: "Hoje à noite não posso, estou servindo vinho/canapés de camarão/levando cinco cachorros para passear/assinando documentos jurídicos apavorantes encerrando um casamento/escrevendo um discurso para um bar mitzvah."

Ari não estava ignorando Josh, porque respondia às mensagens.

Além disso, está saindo mais do que nunca – ela jamais experimentou esse grau de popularidade em aplicativos de relacionamento –, mas navegar pela dinâmica de encontros, sexo, limites e níveis de intimidade com *dois* estranhos em vez de um só tem sido exaustivo. Testemunhar casais "novos no poliamor" navegarem pelas águas tempestuosas da abertura do relacionamento pela primeira vez faz Ari sentir um alívio profundo por poder ir embora a qualquer momento.

E tem um recorte no formato de Josh que permeia todas as novas conversas.

– Vocês passam horas ao telefone à noite, conversando sobre Deus sabe o quê...

– Filmes – informa Ari, se concentrando em colocar as castanhas e as nozes temperadas e os *paparis* em pequenas tigelas.

– Por acaso eu sei que Ari Sloane não *vê* nenhum filme.

– Eu tenho visto – insiste ela.

– Vocês deviam ter transado logo pra superar isso – opina Gabe, praticamente dançando ao passar para a mesa seguinte. Ele está adorando esse drama. – Vocês deixaram a coisa infeccionar...

– Dá pra não usar o termo "infeccionar"?

– ... daí pularam a parte do sexo casual e foram direto para a pegação em um feriado importante. Agora ele acha que vocês estão namorando.

– Ele não acha. – Ari tem quase certeza de que ele não acha. – Ele é meu amigo. Fomos muito claros a respeito disso.

Será que fomos?

– Tá, mas aposto que ele trepa bem – opina Gabe. Algo ressoa na cozinha, como para dar ênfase à afirmação. – Pelo que eu vi, ele tem aquela coisa de galã feio.

– Dá pra parar de falar isso? – reclama Ari, enfeitando a mesa comprida com um trio de velas decorativas. – É grosseiro.

Que ótimo, agora ela está refletindo se acha Josh um "galã feio" ou só um "cara bonito" e se sequer faz sentido diferenciar as duas categorias.

– É um elogio! – exclama Gabe, desdobrando toalhas de linho com cores vívidas. – Não finja que você não curte!

Ela passou as últimas semanas alternando entre dois modos: apagando a lembrança do Incidente do Central Park e preservando cuidadosamente os detalhes viscerais em um álbum de fotos mental, decorado com letras personalizadas e fita adesiva colorida. Não importa quantas vezes ela feche o álbum com um baque ruidoso e o enfie na gaveta, pois, vinte minutos depois, ela se pega passando a ponta do polegar pelo lábio inferior. Pensando. Lembrando.

Merda. *Merda.*

– Vocês acabaram aí no salão? – grita Radhya da cozinha. – Era para o serviço ter começado três minutos atrás.

Ari vai até a entrada e dá uma olhada pela janelinha da frente, esperando ver um monte de gente do lado de fora, fazendo fila para provar as delícias da culinária gujarati preparadas por Radhya. Não tem fila nenhuma, só uma pessoa usando uma parca preta, esperando à esquerda da porta, olhando ao redor de vez em quando, como se estivesse esperando alguém chegar para um primeiro encontro.

Enquanto arruma as mesas, Gabe comenta:

– Essa é a pior época do ano pra se envolver sem querer com...

– Ai, meu Deus! – exclama Ari, espiando pela janela outra vez.

– ... alguém. Você precisa resolver isso *hoje*...

Josh está parado em frente ao Bohemian Garden, de braços cruzados, usando vários tons de preto. Não está irradiando nervosismo nem olhando para o celular enquanto monitora as pessoas que passam. É mais uma irritação contida. Ele é alto, imponente. Sem o menor risco de abrir um sorriso.

Ari pressiona as costas na parede do restaurante, ainda que seja impossível que Josh a veja desse ângulo.

– ... senão vai ficar presa nesse relacionamento até o Dia dos Namorados. De quem você está se escondendo?

– Ele está aí fora.

Gabe ergue as sobrancelhas e dá uma olhada descarada.

– Opa, está mesmo.

Não há motivo para nervosismo. Os dois concordaram que só se deixaram levar pela celebração do momento. Não foi nada de mais. Tudo tranquilo.

E depois ficaram sem se falar direito por catorze dias.

– Eu te ajudo – oferece Gabe. – Posso te dar uma mãozinha.

– *Não.* As coisas estão... delicadas no momento.

Ele pigarreia.

– Estepes não devem ser coisas delicadas. Ou complicadas.

– Não é um caso de estepe. Não há estepe nenhum nessa situação. Só lanchinhos do Bumble, guloseimas do Tinder e o ocasional casal safado no Feeld.

A melhor coisa a fazer é recuar e restabelecer os limites. A última semana provou que Ari não quer estragar essa amizade de jeito nenhum. Que é imprescindível tudo voltar ao normal.

Gabe abre a porta, e é como se Ari estivesse indo para a forca.

FAZ UM BOM TEMPO desde que Josh precisou esperar no frio do lado de fora de um estabelecimento, dando a impressão aos pedestres de que levou um bolo em um encontro às cegas.

Na verdade, não faz tanto tempo assim. A última vez que ficou parado na frente de um estabelecimento foi duas semanas atrás, enquanto aguardava a chegada da mesma pessoa atrasada.

Josh checou a última troca de mensagens deles, em que Ari escrevera com todas as letras que estaria no Bohemian Garden às três da tarde. E, ainda que ela não o tivesse convidado explicitamente para o pop-up de Radhya outra vez, Josh pensou que aparecer de surpresa no evento poderia ser algo positivo.

Melhor do que continuar a mandar mensagens e receber respostas evasivas.

Porque é lógico que, depois de se beijarem avidamente, como duas pessoas que queriam muito, *muito*, fazer isso havia meses, eles são obrigados a ter pelo menos uma conversa séria a respeito do que isso significa.

A noite de ano-novo dividiu a amizade deles em *antes* e *depois* – e Josh ainda está tentando entender como é esse *depois*.

No *depois*, Josh e Ari não se falam desde que ele a acompanhou do Central Park até o apartamento de Gabe. Ele passou o primeiro dia do novo ano ruminando, oscilando entre a empolgação inebriante de relembrar o beijo e o jeito decepcionante que ele terminou.

E se perguntando se Ari e Gabe ainda "assistiam a filmes" juntos.

São os detalhes que ele não consegue tirar da cabeça: tocar o cabelo dela pela primeira vez, o jeito como as bochechas dela estavam frias e coradas e *macias*, sua voz murmurando o nome dele. Novas versões de coisas já familiares.

Mas, nas últimas duas semanas, as consequências confusas do beijo mancharam as lembranças do ano-novo com uma tonalidade sombria e turva.

Ele olha o relógio. São 15h05.

Porra, ela nunca chega na hora. Será que Ari também chega atrasada a seus vários bicos? A reuniões? Compromissos? Encontros? Será que ela se safa porque sempre aparece com alguma distração? Gritando um apelido ou sugando o canudo de um copo enorme?

Quando a porta enfim se abre, Ari está parada na entrada, dando uma cotovelada nas costelas de um homem familiar. Por que Josh presumiu que ela estaria sozinha? Esses dois também devem ter piadas internas e apelidos.

Olhando com mais atenção, eles parecem muito à vontade um com o outro para terem acabado de se conhecer. Ver Ari tão confortável com outra pessoa faz Josh sentir um nó na garganta.

Para piorar, ela está claramente *desconfortável* quando finalmente cumprimenta Josh...

– O que você está fazendo aqui? – questiona Ari.

– Briar queria vir.

Na verdade, ele precisou implorar à irmã que viesse encontrá-lo aqui.

Josh observa Ari por um momento, analisando sua expressão. Esperando que ela demonstre qualquer reação à aparição surpresa dele. Alívio? Satisfação? Um pouco de empolgação?

Ele não vê nada além de um pânico disfarçado. Depois de um instante, ela se inclina para a frente e lhe dá um abraço sem graça.

Um abraço. Desde quando eles se abraçam? Os dois tinham se abraçado *uma vez*, na farmácia, quando ela estava bêbada e ele segurava óleo de bebê. Josh tem certeza disso.

E, é claro, ele provavelmente vai se lembrar desse segundo abraço esquisito como a vez em que Ari achou que precisava fingir um ato normal de amizade na frente de seu amigo de verdade, a quem ela devia abraçar a porra do tempo todo.

Merda.

Ele pisa com mais força na calçada, tentando se ancorar, mesmo já estando firme.

– Gabe Mendonza – diz o sujeito, estendendo a mão.

Claro. O "amigo". Josh sente uma onda de alívio antes de lembrar que foi com Gabe que Ari preferiu passar o resto da noite de ano-novo, depois de eles se beijarem.

– Acho que já nos conhecemos – comenta Josh, examinando o rosto de Gabe.

Os olhos dele parecem estar brilhando. Gabe tem um sorriso que ou passou por muito tratamento odontológico ou ele foi abençoado com um magnetismo que Josh com certeza não recebeu.

– Muita gente me reconhece do comercial de seguro de automóveis – responde Gabe. – Ou do comercial de celular. Ou da produção off- Broadway do musical *Godspell*.

– Acho que foi quando você estava saindo do apartamento de Ari sem cueca sete anos atrás.

– Oito – murmura Ari, abrindo a porta pesada enquanto um monte de clientes entra no restaurante.

Ela está usando um vestido curto – preto com flores rosadas –, e Josh se tortura com o pensamento de que ela se arrumou para ver outra pessoa. Um encontro?

Desde que voltou para seu apartamento na noite de ano-novo, a mente dele tem girado em um turbilhão, imaginando situações, identificando os erros cometidos.

E se ele tivesse sugerido que Ari dormisse no apartamento dele em vez de no de Gabe? A realidade teria se assentado sob a iluminação forte e os cheiros esquisitos da linha B do metrô? Será que teriam visto um filme? Será que ela teria dormido no sofá? Pedido uma das blusas dele emprestada?

E se ela tivesse dado uma espiada no quarto dele e pedido para dormir na cama? Ari teria batido devagarinho à porta? Entrado sem fazer barulho? Talvez não acontecesse assim. Ele poderia carregá-la até o quarto, com as pernas de Ari em volta de sua cintura, as mãos dele segurando a bunda dela com força, e depois pressioná-la contra a parede que ele devia ter pintado com a tinta "cinza-elefante" semanas atrás.

As possibilidades se ramificavam como galhos de árvores, fornecendo infinitos cenários.

Há um desconforto evidente em Ari hoje: ela evita contato visual, coloca Gabe entre eles, remexe na decoração do saguão. Porra, é muito frustrante.

Ari obriga Josh a ser exatamente o que ela precisa, mas ignora o que ele quer ou como se sente em relação a tudo isso.

Para se afastar dela, Josh segue o amigo de Ari até o bar para beber alguma coisa (Gabe chama os drinques de *apéritifs*, o que Josh acha só um pouco irritante). Ele não para de tagarelar, mas sua companhia é melhor do que a nova versão de Ari, que se recusa a olhar para Josh.

Enquanto aguardam os *boulevardiers* de toranja, Gabe emenda uma conversa com uma bela ruiva que está tomando um gim-tônica na extremidade do bar.

– XOXOZINHA! – CHAMA RADHYA, saindo apressada da cozinha. – Pode fingir que você é uma cliente? Fica mais óbvio que tem lugares vazios à luz do dia.

– Mas está enchendo – comenta Ari, pegando uma tigelinha com *paparis* cobertos de chili para ficar beliscando, embora já tenha consumido calorias equivalentes a um almoço completo em pães árabes crocantes enquanto arrumava tudo. – O cardápio é ótimo pra vender bebidas. Todo mundo vai ficar com sede. Talvez eu consiga convencer o gerente a fechar outro fim de semana mês que vem.

– Vamos torcer.

Radhya ajusta seu dólmã. Ela tem uma postura confiante que diz: "Estou no lugar certo, dando os passos certos." Parece o Super Mario do videogame, pulando corajosamente por cima do abismo até a próxima plataforma.

Às vezes, Ari se sente um Luigi, vagando de volta para o começo da fase em busca de cogumelos alucinógenos.

Radhya olha para o bar, onde Gabe está ocupado conversando com Josh e uma mulher empoleirada numa banqueta bamba. Não dá para saber com qual dos dois Gabe está flertando. Provavelmente ambos.

Ari percebe o momento exato em que os olhos de Radhya se voltam para a pessoa mais alta. Ela fica paralisada, então balança a cabeça devagar.

– Você tá de sacanagem? – Radhya enfatiza cada sílaba. – Você trouxe o Kestenberg? *Hoje?*

Ari se empertiga.

– Ele não me avisou que vinha. Talvez ele só queira te apoiar.

– Aposto que sim.

Radhya aperta com mais força o nó de sua bandana. Seus olhos casta-nhos vão e voltam entre Ari e Josh. Os dois estão obviamente comunicando algo ao *não* se comunicarem.

– Você transou com ele – acusa Rad.

– Não transei! – Ari se encolhe como se tivesse sido atingida por uma bala de paintball. – Eu não mereço nem a consideração de você me *per-guntar* isso?

– *Oiê*, Ari! – exclama uma nova voz.

Unhas bem-cuidadas e brilhantes batem no ombro esquerdo de Ari, que se vira e dá de cara com um rosto sorridente, emoldurado por um cabelo comprido e reluzente. Ari não se lembra de ter sido formalmente apresen-tada a Briar, mas meio que quer ser ela quando crescer.

– E aquelas fotos suas com Josh na véspera de ano-novo, hein? Ai, meu *coração*!

Radhya dá um sorriso presunçoso e comenta, num tom mordaz:

– Não vi nenhuma.

– Minha mãe me mandou essas fofíssimas – explica Briar.

Ela pega o celular e rola a tela até uma foto de Ari e Josh dançando, com as mãos na posição incorreta dando um ar fofo. Olhar para a foto só piora o desconforto desse momento.

– Você é irmã dele? – pergunta Radhya, arqueando uma sobrancelha.

Briar assente avidamente e oferece a Radhya dois beijinhos no rosto.

– Meu arroba é "A-Briar-Commitment" nas redes sociais. Você se im-porta se eu filmar alguns stories sobre o pop-up? Tem alguma hashtag? Co-nheço um monte de influencers gastronômicos. Vou postar alguma coisa agora mesmo. Aaah, podemos filmar os bastidores? – pede Briar, indo para a cozinha.

– Fica sentada aí pra parecer que a mesa está ocupada! – grita Rad por cima do ombro, deixando Ari sozinha em uma mesa redonda grande. – Senta de perna aberta pra ocupar mais espaço.

Ari desaba em uma cadeira de madeira e enfia um punhado de mix de castanhas temperadas na boca. Poucos minutos depois, recebe de Briar oito fotos que documentam as últimas horas do ano anterior. Ari as analisa, focando na mão de Josh em seu ombro nu, uma sensação fantasma que faz sua pele formigar.

Ela dá uma olhada geral no bar. Não há motivo para Josh não estar conhecendo pessoas novas.

Saindo casualmente.

Saindo casualmente com mulheres usando suéteres justos e com um cabelo ruivo volumoso e brilhante.

Ari abre suas mensagens de texto, ignorando a notificação de pouca bateria. O casal com quem ela foi para a cama na semana anterior está querendo sair para beber ("ou fazer outra coisa") mais tarde.

👓 **homem grisalho + loura gostosa** 👠: minha esposa está louca pra te ver de novo

Ela guarda o celular na bolsa e se agarra a isso como uma boia salva-vidas, ainda que ache incômodo as mensagens nunca virem da "esposa" em questão. Pelo menos ele não usa o emoji de joinha como a maioria dos homens de meia-idade.

Um minuto depois, Gabe coloca quatro copos e uma jarra cheia de cerveja pale ale na mesa.

– Seu *amigo* já pegou o número de alguém – anuncia ele, em um tom de voz irritantemente animado.

O que uma garota tranquilona responderia? *Que interessante! Não sabia que nós dois curtíamos mulheres com peitos do tamanho de laranjas!*

Josh coloca guardanapos embaixo de cada copo. Suas bochechas estão mais coradas do que antes, mas sua expressão está tensa, como se estivesse se contendo para não deixar nenhuma emoção transparecer.

Sem uma palavra, Ari se serve de mais um punhado de castanhas enquanto Gabe enche os copos até a borda.

Ele segura a jarra acima do quarto copo e pergunta:

– Está esperando alguém?

Ari se permite meio segundo de contato visual com Josh.

– Briar está aqui – responde ela. – Mas foi até a cozi...

Um pouquinho de cerveja cai na mão de Ari. Gabe apoia a jarra na mesa com um baque ao encarar alguém atrás dela.

– Puta merda. Eu sigo essa mulher há anos! – exclama Gabe. Ari se vira e vê Briar vindo até a mesa, o celular na mão, o casaco pendurado no braço. – Ela é "A-Briar-Commitment" no Instagram. – Gabe olha com raiva para Ari. – Por que não me avisou?

– Calma aí. *Calma aí* – diz Briar, apontando para Gabe e tentando se lembrar de onde o conhece. – Qual é o seu arroba?

– "Bye-Bye-Bi-Boy".

Ele abre os braços, quase acertando Josh no rosto.

Briar solta um gritinho de perfurar os tímpanos e dá a volta correndo na mesa para abraçar seu colega de rede social.

– Ai, meu Deus! Eu tinha a maior queda por você – confessa Briar, então tapa a boca com a mão. – Tudo bem dizer isso?

– Com certeza.

Eles se abraçam como amigos de longa data, balançando-se de um lado para outro.

– A não ser pela parte do "tinha" – acrescenta Gabe.

Ari sente seu olhar se voltando para a outra pessoa na mesa que não está no meio desse abraço. Ela não consegue evitar. Josh tem um rosto que pede para ser analisado. Ele também está olhando para ela, mas não de um jeito que a deixe à vontade.

– Vocês se conhecem? – pergunta Josh.

– Ele é o "Bye-Bye-Bi-Boy"! – exclama Briar, como se fosse uma referência que todo mundo conhece. – A gente se segue há anos. Aqui, Josh, senta do lado da Ari, pra equilibrar.

Será que Josh parece relutante ao empurrar sua cadeira para trás? Irritado? Ari dá três goladas na cerveja enquanto Josh ocupa o assento ao seu lado, como se os dois estivessem segurando vela num encontro de última hora.

TRÊS HORAS DEVEM TER se passado enquanto Briar e Gabe debatem alegremente sobre os mínimos detalhes de *Folklore*, da Taylor Swift, e fofocam sobre atores dos quais Josh nunca ouviu falar. Além da vaga sensação de desconforto, ele não consegue desvendar o estado de espírito de Ari. Ele finge não reparar que Radhya enfia a cabeça pela porta da cozinha de vez em quando, parecendo cada vez mais cansada conforme os seguidores de Briar se amontoam no restaurante.

Mas, quando Radhya aparece na mesa deles de repente, uma onda de ansiedade irrompe no peito de Josh. A expressão dela é contida, como se estivesse prestes a lhe dar um esporro enorme, há muito aguardado por ele.

– Fiquei sem *roti* – sussurra Radhya, agachando-se ao lado de Ari. – Preciso que você me ajude a preparar mais pão. Por favor. É que nem fazer queijo-quente na chapa.

Ari já está se levantando quando Briar sugere:

– Espera, Josh pode fazer isso!

– Meu Deus, *não...* – retruca Radhya, com uma careta.

– De jeito nenhum – declara Josh no mesmo instante.

– Ele é um cozinheiro profissional! – insiste Briar, com um sorrisão. – Sem querer ofender, Ari.

Josh lança um olhar nada sutil de alerta, que a irmã finge não perceber. O último lugar em que quer estar é em uma cozinha – menos ainda com alguém que vem nutrindo rancor por ele há anos.

Radhya parece que prefere ser engolida pelo chão sujo de cerveja a aceitar a ajuda de Josh, mas ela range os dentes (literalmente) e gesticula na direção da cozinha.

Ele empurra a cadeira para trás, arrastando os pés nas tábuas do piso, e a segue até a cozinha. Ao passar por outras mesas, fica tenso e sente que está chamando atenção, mesmo sem reconhecer nenhum dos clientes.

É claramente uma cozinha de cervejaria, com várias fritadeiras e outros equipamentos que Josh não conhece muito bem. Cada superfície parece coberta por uma fina camada de gordura.

– Coloque 225 gramas de farinha de trigo integral aqui – rosna Radhya, empurrando um prato de metal largo na direção dele. – Depois água morna... aos poucos.

Surpreso, Josh encara o prato por alguns segundos, aliviado por ouvir o jargão-padrão de uma cozinha e não precisar pedir desculpas de forma desajeitada. Ele lava bem as mãos na pia e pergunta:

– Quanto de...?

– São 120 mililitros, mas você precisa ir juntando aos pouquinhos.

Presta atenção enquanto eu preparo a primeira leva antes que você estrague a porra toda.

Radhya acrescenta a água bem devagar no próprio prato de farinha, misturando tudo com a mão esquerda até virar uma massa macia. Ela mergulha a mão na água e começa a sovar, mantendo a mão um pouco mais aberta do que Josh se lembra de ter aprendido na faculdade de gastronomia.

– Tem ideia de como eu fiquei irritada quando vi a sua cara idiota e arrogante na *Bon Appétit* ano passado? – indaga ela, sem olhar para Josh, concentrada na preparação do pão indiano.

Direto ao ponto, então. Beleza.

– Eu quero acalmar os ânimos em relação a...

– Não. Não tem "ânimos" pra acalmar. Isso aqui não é um dos doze passos para a sua reabilitação. Eu não tô nem aí para o seu desenvolvimento pessoal. – Radhya enfim vira o rosto para ele, ainda sovando a massa. – Quero continuar ressentida com você. Isso me motiva.

– Estávamos com os ânimos exaltados – diz ele, medindo a farinha na balança. – Nós dois fomos longe demais.

– Por meses eu me torturei, relembrando aquele momento sem parar. E sempre que eu fazia entrevista pra outro emprego, sentia aquela merda de insegurança. A síndrome do impostor. O complexo de inferioridade por não ter cursado a faculdade de gastronomia nem ter trabalhado no exterior.

– Eu nunca falei que a sua técnica era ruim.

– Falou, sim, porra. Você me detonou na frente de todos os cozinheiros por causa da preparação daquele pato imbecil na pior época da minha vida.

– Eu acredito – diz Josh –, sei bem como é horrível ser humilhado.

– Não. – Radhya chega mais perto dele. – Não somos iguais. Passei dez anos aguentando as merdas de homens brancos que nem você dentro da cozinha. – Ela empurra a farinha para longe, como se precisasse de foco para discutir. – Tive que vê-los sendo promovidos e relevar desde microagressões até assédio sexual. Eu precisava ser duas vezes melhor do que eles e não podia contar com o luxo de receber mais de uma chance.

Há uma boa resposta para isso, mas Josh não a encontra em seu arsenal. Tudo o que consegue dizer é:

– Fico feliz por finalmente estarmos conversando sobre isso.

– Nossa! Depois de cinco anos? – Radhya toma um longo gole de sua garrafa d'água. – Que baita senso de urgência você tem.

– Não lidei bem com a situação – confessa ele.

– Isso não é um pedido de desculpa.

– Peço desculpas.

Ela aponta o indicador para o peito de Josh.

– Agora você está pegando o jeito. Tenta mais uma vez, com sentimento.

– Beleza. – Ele respira fundo o ar cheio de gordura da fritadeira. – Por favor, me desculpa. – Josh solta o ar. – Eu provavelmente me sentia... inseguro por estar no comando. Estava tentando manter o controle da cozinha e fiquei... na defensiva. E eu não fazia ideia de que você estava passando por um divórcio. – Ele faz uma pausa, tentando decifrar a expressão dela, que é dúbia e exasperada. – A verdade é que estou feliz por você estar fazendo esses pop-ups. Você é uma chef talentosa, e a comida estava... excelente.

Radhya não responde, mas gesticula para que ele assuma o preparo do pão. Josh tenta imitar as ações dela. A massa está macia e estranhamente agradável de sovar. Ele enfia as palmas das mãos, virando-a e revirando-a.

– Onde você está trabalhando atualmente? – pergunta Radhya.

– Não uso minhas facas há quase um ano.

Eles trabalham em silêncio por alguns momentos. Josh não se incomoda. Tem algo de relaxante nessa ação, similar à de fazer cortes perfeitos. Talvez um pouco menos violento.

Enquanto o observa acrescentar um pouco mais de água à farinha, ela diz:

– Conheço Ari há um bom tempo...

– Eu também – interrompe Josh.

– Não, você *não conhece* – rebate Radhya, antes que ele consiga explicar. – Você a conhece há, o quê, uns meses? E, na maior parte desse tempo, ela estava infeliz. – Ela pega um rolo e começa a abrir discos de massa em círculos perfeitos e achatados. – Talvez você tenha reparado.

– Talvez eu tenha *reparado*? – Josh estaria gesticulando loucamente se suas mãos não estivessem sujas de farinha. – Com quem você acha que ela anda desabafando? Quem passa horas ao telefone com ela? Quem montou os móveis da Ikea com aquelas chaves hexagonais minúsculas?

– *Você* foi até a Ikea?

– Quem viu ela surtar na frente da ex, caramba? Não me lembro de ter te visto lá.

Radhya para de abrir a massa. Há um resquício de mágoa em seus olhos.

– Beleza, mas de que adianta nadar juntos se vocês não saem do lugar?

– Quê?

Ela balança a cabeça e continua a deslizar o rolo em passadas controladas e constantes.

– Preciso que você entenda uma coisa. – Há algo de marcante no jeito como Radhya pausa e encontra o olhar dele. Uma implicância injusta. – Ari é extremamente cautelosa, tá bem? Ela nunca teve um relacionamento sério antes da Cass. E esse relacionamento delas tinha uma dinâmica de poder bem desequilibrada.

Josh percebeu isso quase de imediato ao encontrar aquela mulher: uma dinâmica bem desequilibrada. Ele revira tudo em sua mente, novas peças do enigma Ari se encaixando com um clique satisfatório.

– Ela não confia em muita gente – prossegue Radhya, polvilhando farinha no pão. – Precisa de tempo pra se recuperar, ainda mais depois de ter sido traída e abandonada. Tempo e *espaço*.

Josh abre e fecha o punho de forma inconsciente.

– Por que está me falando isso? – pergunta ele, sabendo muito bem aonde ela quer chegar.

– Quando alguém se apaixona por uma amiga, sempre tem um...

– Não é o que está acontecendo – intervém Josh, sua voz um sussurro. Ele sente a massa ressecando em suas mãos. – Nós dois estamos saindo com outras pessoas.

É verdade. Ninguém pode negar.

– ... desequilíbrio. Isso pode atrapalhar tudo.

– Ela me beijou! – exclama Josh, abanando as mãos e fazendo um pouco da massa sair voando, sem querer. – Quer dizer, foi recíproco. – Ele baixa o tom de voz, endireitando o corpo. – Totalmente recíproco. Não existe "desequilíbrio" nenhum.

Radhya não faz a menor ideia do equilíbrio perfeito que foi.

– Ela não te contou? – questiona Josh.

Há um pouco de mágoa nos olhos dela outra vez.

– Não. – Radhya suspira como se essa fosse a última tarefa de uma longa lista e aquece uma frigideira de ferro em um dos queimadores. – Ari guarda as informações para si mesma até explodir.

– Comigo, não – responde Josh, com um dar de ombros que provavelmente é arrogante demais. Presunçoso. Ele não consegue evitar: já faz muito tempo que não sente uma pontada de satisfação.

Ele passa sua leva de massa para Radhya.

– Não. Força. A barra. – avisa ela, cutucando a massa três vezes com o indicador e acrescentando um pouco de água. – Ari acha que você é um bote salva-vidas ou alguma merda assim. Se quer ser amigo dela, seja *amigo* dela. Não dê nenhum passo a mais.

– Não estou forçando a barra.

Ok, a frase soou como se ele de fato *estivesse* forçando a barra. Mas não é o caso! Ari o beijou. Isso aconteceu. E Radhya não vai conseguir fazê-lo pensar o contrário.

– Ari precisa de tempo – insiste ela, abrindo um pouco de massa em um círculo quase perfeito. – Disso eu entendo.

Mas o timing já tinha ferrado com eles duas vezes.

– EU ACHO DE VERDADE que os braços são as novas coxas – proclama Briar, passando a mão pelos bíceps de Gabe. – Quer dizer, trapézios? Escápulas? Antebraços? Vamos ver mais exercícios de remo nas academias e, tipo, salas cheias de equipamentos para fazer barra.

Ela conseguiu se sentar em cima das pernas em uma cadeira de madeira e parece superconfortável.

– Sim! – exclama Gabe, dando um tapa na mesa instável, derramando um pouco da cerveja de Ari. – *Acabei* de tuitar que eu acho que as barras de macaco são o próximo sucesso em equipamentos de academia, e o segundo colocado do *The Bachelorette* me retuitou. Ele vai começar um grupo de corrida semanal no Central Park.

– Ryan? – pergunta Briar, animada. – O influencer fitness? Ainda não acredito que ele não vai ser o próximo protagonista de *The Bachelor*.

Eles pararam de incluir Ari na conversa meia hora atrás, a não ser para pedir que ela tirasse fotos dos dois no celular de cada um. De vez em quando ela lança um olhar na direção da cozinha, na expectativa de ouvir gritos ou ver alguém tendo uma reação intempestiva.

Mas, quando Josh finalmente reaparece, tem uma expressão contemplativa, como se tentasse desvendar os teoremas da incompletude de Gödel. Ele se senta em sua cadeira sem dizer nada.

– Seu namorado voltou – anuncia Gabe, meio cantarolando.

– Ele não é meu...

– Não sou namorado dela! – insiste Josh, bem alto.

Bem alto mesmo.

Eles trocam um olhar antes de virar o rosto. Ari começa a empilhar pratos vazios em uma tentativa desesperada de se ocupar. Sente o joelho de Josh quicando ao seu lado.

– Parece que a dama faz demasiados protestos – comenta Gabe, dirigindo-se a Briar.

Ari lança um olhar feroz de advertência para ele, o que o faz erguer as mãos em sinal de rendição.

– Tudo bem, parei – declara ele.

Ari já conviveu o suficiente com Gabe bêbado para saber que ele não vai parar.

– Como foi lá na cozinha? – pergunta Briar, endireitando um pouco a postura, depois da conversa íntima com Gabe.

– Foi... – Josh retorce os lábios, como se estivesse escolhendo uma palavra com muito cuidado. – Interessante.

– Você e Radhya deveriam trabalhar juntos!

– E eu acho que você e Ari deveriam simplesmente... – Gabe faz um gesto com os indicadores que pode ter várias interpretações – ... se jogar de uma vez. Vocês já se beijaram. Não vai ficar *menos* estranho do que já está.

Mas Gabe está errado.

– Ai, meu Deus. – Briar está de queixo caído. – Vocês se *beijaram*? É por isso que você sempre dispensa as minhas escolhas no aplicativo de namoro? – Briar estica os braços por cima da mesa, derrubando um copo vazio, e segura Josh e Ari pelo pulso. – Gente, eu shippo! – Ela olha incisivamente para o irmão. – Quando foi que rolou? Por que você não me contou? Como *foi*?

Gabe bate com um garfo em seu copo de cerveja como se fosse fazer um brinde aos recém-casados.

Ari parece estar no banco do carona de um carro desgovernado. Ela afasta a mão do aperto de Briar. Por que as pessoas fazem tanta questão de esmagar uma amizade verdadeira sob o peso de um relacionamento romântico?

– Não foi nada de mais! – garante Ari, sua voz saindo em um grito. Um grupo na mesa ao lado para de conversar e olha para eles. – As pessoas se beijam na virada do ano!

Ari lança um olhar para Josh, em busca de confirmação, para mostrar uma frente unida, mas ele a encara como se ela tivesse enfiado uma faca entre suas costelas.

– É uma tradição. – *Cala a boca.* – Foi só isso. Nada de mais. – *Para. PARA.* – Deixem isso pra lá.

Ninguém à mesa diz nada. Na verdade, parece que todo mundo no bar se cala ao mesmo tempo. O coração de Ari martela no peito.

Uma vozinha repete em sua mente: *Tem algo errado, tem algo errado, tem algo errado.* Josh a olha com uma mistura de confusão e... algo mais. Merda. *Merda.*

Gabe pigarreia. Briar diz alguma coisa que Ari não escuta direito. O celular de Josh vibra, e ele passa um longo momento olhando para o que parece uma mensagem curta no aparelho.

Ari pisca para afastar as lágrimas, observando Briar e Gabe retomarem seu aconchego bêbado como se fosse a coisa mais simples do mundo.

Por que não pode mais ser fácil?

Josh continua calado quando seu celular vibra de novo. Ele põe o guardanapo amassado no prato vazio à sua frente, arrasta a cadeira para trás e se levanta, assomando-se acima de todos à mesa.

– Preciso ir – anuncia ele.

17

JOSH NÃO PRECISA IR A LUGAR NENHUM.

Faz quase oito meses que ele não precisa ir a lugar nenhum.

Ele só não consegue continuar sentado aqui com Ari.

No momento em que Josh enfia os braços em sua parca – a mesma que ele emprestou para ela algumas semanas atrás –, Ari se levanta da mesa também.

– Espera – pede ela. – Eu tenho... um negócio para fazer. Eu te acompanho.

Ela o segue até a saída, arruinando a tentativa de Josh de sair do restaurante em uma névoa de raiva silenciosa e estoica. Ele a ignora, deixando que a porta pesada bata ao passar. Sem a barba, o vento atinge seu rosto.

As dobradiças da porta rangem, e Josh aperta o passo, atravessando rápido o cruzamento e se obrigando a não olhar por cima do ombro.

Dez segundos depois, ele ouve passos atrás de si, andando duas vezes mais rápido.

– Ei! – grita Ari. – Espera. Aonde você vai?

Josh não desacelera, mas ela consegue alcançá-lo, sem fôlego. Ari o encara cheia de expectativa, como se não houvesse motivo para não caminharem juntos.

– Metrô? – pergunta ela.

Josh vasculha o cérebro atrás de uma alternativa. Sem conseguir pensar em nada – afinal, para onde ele estaria indo em Astoria? –, dá um breve aceno com a cabeça.

– Eu também – responde Ari, calçando as luvas sem separação de dedos que ela alega serem mais quentes do que as luvas tradicionais. Uma adulta que usa luvas que parecem de criança. É por essa pessoa que ele anda perdendo a cabeça? – Vou encontrar aquele casal em Chelsea. O homem grisalho com a esposa gostosa.

É claro que ela vai. *É claro* que esse vestidinho é para alguém. Ela não está nem usando seu casaco novo hoje, apesar da temperatura congelante. Como se não quisesse correr o risco de ativar suas lembranças recentes. Ela prefere passar frio naquela jaqueta sem forro comprada em uma liquidação de loja de departamento.

– Esse fim de semana voou – continua Ari.

Desde quando eles trocam banalidades assim? Josh deveria perguntar o que ela fez para o fim de semana passar tão rápido, mas não quer saber. Provavelmente foi para casa com um ou mais desconhecidos e saiu do apartamento deles cinquenta minutos depois.

Merda, ele está nervoso demais para conseguir encontrar uma âncora. A tempestade emocional arrastou o barco dele para o alto-mar.

Josh continua calado e dá passos ainda mais largos quando eles viram na esquina da 31st Street, como se tentando deixar para trás a possibilidade de uma conversa.

Mas Ari continua:

– Aquela garota no bar era bem gostosa, não era?

– Era – concorda ele, entre dentes.

A sensação deveria ser satisfatória, como retorcer uma faca na ferida de Ari, mas é uma vitória vazia. A garantia de destruição mútua.

– Gabe falou que você pegou o telefone dela.

Josh se vira diante da ampla escadaria que leva até a plataforma do metrô.

– Peguei.

Ele analisa o rosto de Ari em busca de indícios de ciúme, mas sua expressão é tão sutil que chega a ser frustrante. Seus lábios estão comprimidos em uma linha tensa, mas não há nada que ele possa classificar como *confirmação visual dos verdadeiros sentimentos de Ari*.

– Legal.

Cada palavra insossa pronunciada por ela o atinge diretamente no peito. Ela sobe alguns degraus da escadaria, sua expressão assumindo uma máscara de indiferença plácida outra vez.

E é *exatamente* por isso que ele deve a si mesmo uma tentativa de levar aquela garota legal de Connecticut – ou da Filadélfia? –, com olhos castanhos e lábios carnudos, no encontro mais padrão possível. Só jantar ou beber alguma coisa. Um beijo meio sem jeito à porta dela. Seria perfeitamente tranquilo e nada mais. Não haveria frio na barriga, nenhuma agonia lenta.

O que é muito melhor. Mais saudável. *É o que eu mereço.*

Ele sobe dois degraus de cada vez, passando direto por Ari.

ARI SE ENROLA COM O CARTÃO DO METRÔ enquanto Josh passa depressa pela catraca.

Ela tentou jogar conversa fora. Seguiu Josh bem de perto. Nenhuma tática parece capaz de consertar o que quer que tenha se quebrado.

Ao passar o cartão do metrô, seus quadris batem na barra da catraca. *Saldo insuficiente.* Droga.

Josh deve estar rezando para o metrô levá-lo embora antes que ela consiga recarregar o cartão. Ele vai voltar a Manhattan e seguir com sua vida, satisfeito por ter escapado de uma fria.

Ari recua de maneira dramática até a máquina de recarga, meio que na torcida para que Josh se vire e se ofereça para passar o cartão dele. Não tanto por causa da tarifa de 2,75 dólares, embora seja o equivalente a meia hora de trabalho na NeverTired.

Ela só precisa de algo – um gesto – para prosseguir. Para provar que a fenda entre eles não vai aumentar.

Tocando com o indicador na tela cheia de digitais para selecionar o mínimo de 5,50 dólares, ela vê Josh dar alguns passos na direção contrária, passando por grupos de pessoas agasalhadas esperando a próxima composição N para Manhattan.

Quando ela passa o cartão recarregado e empurra a catraca, Josh já está colocando os AirPods nos ouvidos.

Isso a incomoda.

Não, não só incomoda; *machuca.* É o tipo de tratamento silencioso babaca que Cass utilizava quando Ari não cedia nem se desculpava por algum crime no relacionamento delas. Tipo um pequeno alerta do que estava por vir.

O que significa que Ari não consegue ignorar e ir embora. Ela precisa machucá-lo um pouco também.

Ela bate no ombro de Josh e questiona:

– Você está experimentando agressividade passiva em vez da agressividade comum?

– Quê?

Josh tira os AirPods, fazendo um biquinho com toda a sutileza de um astro de cinema mudo.

– Cortar relações sem comunicar a amiga que acabou de ser abandonada é uma atitude bem escrota.

Ao menos uma vez, ele parece inexpressivo.

– Eu não entendo o que você quer de mim, Ari.

– Para de me evitar!

Ela ainda não tinha iniciado uma briga com ele. Pelo menos, não desde que se tornaram amigos. Não uma briga de verdade. Ainda não há sinal do metrô... então eles vão partir para a discussão.

– *Eu* estou evitando *você*? Você está de sacanagem? – Ele dá meio passo para a frente, como se fosse o máximo de proximidade que consegue suportar. – Faz duas semanas que você está fingindo que não aconteceu porra nenhuma.

Algo pequeno, vívido e intenso pulsa sob as costelas de Ari.

– Eu não estou fingindo – protesta ela. – A gente só não precisa deixar isso sair do controle. – Ela tira a echarpe, que parece apertada demais em seu pescoço. – Foi *você* que falou que não tinha sido nada. "Só um beijo de ano-novo"? "Foi a maconha"? Foi exatamente o que você disse.

– Eu falei isso porque você não... – Ele baixa os olhos para a plataforma. A mágoa em seu rosto sempre transparece, como se ele não soubesse escondê-la. – Você pareceu aliviada quando eu... – ele para e respira – ... recuei.

– A gente se deixou levar – insiste Ari. – Eu tinha bebido muito, estava me sentindo sozinha.

Ela recitou essa narrativa para si mesma várias vezes nas últimas duas semanas, mas, em sua mente, ainda não parecia certo.

– Bela descrição da nossa "amizade" – retruca Josh, começando a andar outra vez. – Calhou de eu estar por perto enquanto você não queria estar sozinha.

– Não foi o que eu quis dizer.

– Não. – Ele balança a cabeça. – Você deixou seus sentimentos bem óbvios. Você me mantém por perto porque está deprimida e não quer ficar sozinha, e parece que eu sou a única pessoa nesta cidade com quem você *não* quer transar.

– Você quer seu meu pau amigo agora? – rebate Ari, se sentindo bem por acusá-lo de alguma coisa. – Era isso que você queria o tempo todo? Eu nem *gosto* de metade das pessoas com quem eu vou pra cama.

– Você prefere transar com pessoas que você odeia do que com alguém que você ama.

– Quem foi que falou em *amor*?

– Com certeza não foi *você* – retruca Josh, com rispidez. – Isso ia exigir que você desistisse desse teatrinho de fingir que nada tem importância. Você se acabou de chorar na minha frente. *Essa* é a sua vida.

O impulso de fugir entra em ação, e Ari vira suas botas sem marca para escapar, mas Josh a alcança.

– Não quero saber dos casais nem da sua ex horrível, muito menos das colegas de quarto com quem você transava. Quer entreter alguém? Sobe no palco e me esquece.

Ele se vira outra vez, tentando dar a última palavra, mas ela não pode deixá-lo ir embora assim.

– Vamos falar sobre a *sua* vida por um instante, então – começa Ari, andando atrás dele. – *Você* está escolhendo ficar em casa. Você submete cada mulher com quem sai a um padrão ridículo de perfeição, mas seu relacionamento mais íntimo é com o chão do chuveiro da academia.

Ari enfim vê as luzes do metrô vindo da estação de Ditmars.

– Eu acabei de conhecer uma pessoa literalmente uma hora atrás – argumenta Josh, com a voz grave e rouca.

O metrô está tão perto da plataforma que emite um ruído estrondoso.

– Mas você não vai transar com ela, vai? Você vai levá-la pra jantar em algum restaurante caro, vai encontrar uma imperfeição irrelevante e depois *me* mandar mensagem sobre isso.

Pelo menos umas dez pessoas estão encarando os dois.

– Você sabe exatamente o que aquele beijo significou! – Josh está quase berrando para se fazer ouvir acima do barulho crescente. – Você sabe a verdade há duas semanas e está fingindo que não vê, mas está *lá*. Não aguento mais olhar pra você esperando algum reconhecimento dessa *coisa gigantesca* que aconteceu. Não aguento.

Josh passa a mão pelo cabelo e solta um suspiro. Ari acha insuportável encará-lo.

– Eu só... – começa ela, mas as palavras parecem presas na sua garganta.

– Eu não...

A plataforma treme sob os seus pés.

– A próxima vez que eu transar com alguém – grita Josh, quase abafado pelo rugido do metrô – não vai ser porque estou desesperado pra esquecer a minha ex!

Ari prende a respiração. Se ela não soltar o ar, o tempo vai parar neste instante.

– Não fui pra cama com ninguém – continua ele – porque a única pessoa...

– Josh, por favor...

O metrô faz uma parada brusca, guinchando e obliterando a voz deles.

As portas se abrem com um sibilo mecânico, como se tudo ainda estivesse normal, e o estômago de Ari não tivesse afundado até a terra embaixo da estação. A gravação de uma voz alegre e genérica anuncia:

– *Estação Astoria Boulevard. Este é o trem N com destino a Manhattan. Próxima parada: 30th Avenue.*

Josh dá um passo para trás, entrando no metrô. É isso. Essa é a última imagem dele que Ari vai manter gravada em seu cérebro.

– Eu quero *você* – confessa Josh.

Um som indecifrável escapa pela garganta de Ari, mas não é uma palavra. Ela tem certeza de que vai ouvir essa frase – essa entonação séria – para sempre em sua mente. Como a melhor parte de uma música. Aquele trecho de "Hey Jude" que leva aos *na-na-nas*. A parte que causa arrepios.

– Eu só... Eu não quero que isso mude – ela se ouve dizer, gesticulando para o espaço entre eles. – Eu não posso perder isso.

– A gente não vai perder nada – garante Josh.

Ele estende a mão com os olhos cheios de esperança, que se transforma em resignação conforme as pessoas passam por eles. Ari continua paralisada.

O vão entre o trem e a plataforma poderia muito bem ser um abismo. Ari poderia recuar. Ela é boa em enterrar sentimentos inconvenientes. Já os de Josh invariavelmente vêm à tona.

– *Atenção, portas se fechando.*

As portas dão um tranco e começam a deslizar, e o único pensamento que martela na mente de Ari é que ela não pode ficar ali na plataforma e ver o metrô ir embora. Ela não pode permitir que Josh seja mais uma pessoa que a abandona.

Ari pega a mão dele, e Josh a puxa para dentro bem a tempo.

18

O METRÔ ESTREMECE E AVANÇA, jogando Ari contra ele. É uma colisão nada sensual, apesar do novo, hã, *contexto* estabelecido dois segundos atrás. A echarpe desenrolada dela se engancha em um dos fechos do casaco dele.

Eles deveriam estar se beijando apaixonadamente ou, pelo menos, fazendo contato visual. Mas Ari se posiciona de tal forma que os dois ficam lado a lado, encostados na porta do metrô. Olhar para Josh parece impossível. É como se tivesse sido empurrada para um palco sem saber as falas.

Um medo meio irônico para alguém que trabalha com improvisação. Mas essa situação é diferente.

Pelo menos Josh também não vira o rosto para ela. Um pequeno alívio.

A composição segue em seu ritmo, e ela conta mentalmente as paradas que faltam. *Broadway... 36th... 39th... Queensboro Plaza...*

A expressão de Josh lembra a da contagem regressiva do ano-novo, mas parece diferente sob as luzes fluorescentes. Mais clara, mais óbvia. Não dá para esconder. Não deixa dúvidas.

Só que o relacionamento dos dois vinha sendo apenas uma série de perguntas, então o que acontece quando surge uma resposta? Bem aqui? Um *Eu quero você* na cara dela? Literalmente.

Josh continua calado, mas Ari sente a mão dele se mover até os dedos dos dois se entrelaçarem. Ele acaricia o pulso dela com o polegar, e *a gente não vai falar sobre isso*? O vagão se enche e se esvazia várias vezes. Ari percorre esse trajeto todos os dias, mas, dessa vez, parece lento e rápido ao mesmo tempo.

– Estação Times Square. Transferência para...

Ela sente Josh apertar sua mão com mais força, como se estivesse com medo de que ela fosse saltar.

Uma família segurando bolsas enormes da M&M se amontoa no vagão, forçando Ari a ficar mais perto dele.

Está apertado aqui dentro. O ar não circula. Está muito abafado.

Beleza. Pensa. Quando há pressão demais, você dá vazão às emoções. É bem lógico. Mecânico. Talvez seja até do que essa amizade precisa. Eles vão transar e superar isso. Talvez até voltar a ser amigos.

Sim, claro. Afinal ela ainda é amiga de Gabe.

– Hora do show!

– Merda – murmura Josh, dando um passo para trás enquanto uma trupe de dançarinos entra no vagão.

As notas graves da música começam a ressoar, e os turistas batem palmas empolgadas fora do ritmo, do jeito que só uma família do norte de Minnesota consegue fazer. Os nova-iorquinos se retraem instintivamente e se recostam nas paredes assim que as cambalhotas começam.

Ari simpatiza com a apresentação. Dançarinos da "hora do show" são basicamente as pessoas que arrecadam doações no sistema metroviário de Nova York. A diferença é que eles só têm uma chance um pouco maior de acertar um chute na cara de um observador durante um salto mortal em um vagão em movimento.

Quando um tênis passa perto da cabeça de Ari, Josh a puxa para a frente dele, colocando-a no canto perto da porta e protegendo-a com o próprio corpo.

É um gesto cortês e ao mesmo tempo conveniente, já que os dois são obrigados a ficar cara a cara. Na verdade, é mais o rosto dela no peito dele.

Se Ari está corada é porque não se sente confortável por não conseguir ver uma saída. O que Josh provavelmente não sabe, porque admitir isso faz Ari se sentir vulnerável. Radhya percebeu depois de alguns meses morando juntas. Ari atribuiu ao feng shui. Rad não caiu nesse papo, só reorganizou a mobília sem tocar mais no assunto.

Mas Josh não sabe, e seria muito estranho confessar isso agora, então Ari olha para a camisa dele, que escapa de sua parca aberta. Ela sente um nó gigantesco na barriga.

– Você está quente.

Mal dá para ouvir a voz de Josh com o baixo retumbante da música. O dorso da mão dele parece gelo na pele dela.

Ari assente, e ele desce a mão para o casaco dela, abrindo bem devagar os enormes botões, um por um, roçando os dedos na frente do vestido enquanto desce cada vez mais. Não está ajudando. Cada breve fantasia que ela teve com Josh atravessa sua mente, e o jeito como ele a encara meio que indica que ele também consegue ver essas imagens.

Uma gota de suor escorre por suas costas, Ari tem certeza.

– Josh? – chama ela, quase gritando. – A gente vai conversar sobre isso?

– O quê?! – devolve ele.

Sua mão ainda está dentro do casaco dela.

Ari enfia a mão no bolso para pegar o celular e dispensa a notificação a respeito da situação calamitosa de sua bateria.

Domingo, 15 de janeiro, 17h16
Ari: não é melhor a gente conversar sobre isso?

Josh pega o próprio celular. Ari olha por cima do ombro dele, para o anúncio da startup de um colchão que promete "os melhores aconchegos da sua vida", com a foto de quatro pés entrelaçados surgindo por baixo de um edredom cinza macio.

Ela engole em seco quando a tela de seu telefone acende.

Josh: Faz meses que a gente só conversa.
Já conversamos sobre tudo, menos sobre o que queremos de verdade.

Ari: o que vc quer?

– *Atenção, portas se fechando.*

O pessoal da "hora do show" salta enquanto os aplausos vão diminuindo, e o metrô volta a rugir pelos trilhos.

O vagão se esvazia um pouco. Os dois se sentam e deixam os joelhos roçarem um no outro. Antes ela nem teria reparado, mas agora? A fricção de suas coxas na calça de Josh parece tão... *óbvia*.

Josh: Vamos pro meu apartamento.
Eu tiro cada peça de roupa sua.

Ari passa os nós dos dedos da mão direita pelos lábios, recitando as estações mentalmente... *23rd Street, Union Square, 8th Street...*
Talvez isso seja uma espécie de brinde. Algo sem importância.

Josh: Provavelmente no elevador.

Embora sinta mais uma gota de suor escorrer pela curva da lombar, Ari tira a echarpe arco-íris da bolsa e a enrola no pescoço, até cobrir a parte inferior do rosto.

Josh: Vc sobe na minha cama, na mesa da cozinha ou em qualquer superfície que preferir.
E eu faço vc gozar a tarde toda.

Ari morde o lábio inferior com força e quase tira sangue. Seria mais prudente pisar no freio. Dar um espaço para a situação toda arejar.
Mas o cérebro dela só oferece uma informação: *Eu quero você.* Ela repete isso sem parar, tentando decidir se ele deu ênfase no *quero* ou no *você*. Josh não está olhando para as pessoas ao redor, em busca de alguém mais interessante. Ele está puxando uma linha solta que nunca foi remendada depois que Cass foi embora.
Ari engole em seco. Seus polegares dizem *foda-se o espaço para arejar* e pisam com tudo no acelerador.

Ari: a superfície que eu prefiro é a sua cara.

– *Estação... 23rd Street. Este é o trem N... com destino ao Brooklyn.*
Ela dá uma espiada em Josh, agora com um sorrisinho presunçoso no rosto. Só mais duas estações. Eles vão chegar lá logo, logo.

Quando Ari arrumou sua bolsa de sexo em potencial pela manhã, ela não imaginou que o sexo em potencial talvez fosse com Josh.

Ele tem uma súbita explosão de energia, descendo a Great Jones Street sem hesitar e sem se deixar afetar pelas rajadas de vento gélido, praticamente correndo cinco passos à frente dela até sua porta, já com a chave na mão. Como se estivesse eliminando quaisquer dúvidas a cada passada enorme, enquanto Ari permite que as dúvidas açoitem seu rosto.

Sob a luz fria e fluorescente do saguão, sua última mensagem parece um pequeno deslize. Não é mentira, mas foi uma comunicação sem sutilezas. Ela poderia ter optado por: *Ei, acho que eu meio que sempre quis sentar na sua cara, mas estou passando por um estresse emocional intenso, e é muito mais fácil sentar na cara de gente que eu não reconheço.*

Pelo menos, seria mais específico.

Eles entram no elevador. Josh esmurra o botão do número 5 e se vira para encará-la. A tensão na barriga dela a faz se lembrar do elevador na livraria Strand – mas agora é diferente. Menos descontraído. Mais quieto.

Tudo que se moveu depressa durante a caminhada fica em câmera lenta. O elevador sobe com um tranco, sugerindo que também está preocupado com esse cenário. O atraso dá a Ari mais tempo para considerar as várias maneiras como isso pode se desenrolar. Eles estão prestes a demolir a amizade que forjaram com tanto cuidado, derrubando tijolo por tijolo? Ou vão pegar esses tijolos e construir algo novo?

Será que em algum momento isso vai gerar um monte de piadas internas? *Lembra aquela vez em que a gente transou? Quando a gente não soube lidar com a diferença de altura e você ficou chateado porque eu esgarcei sua cueca de algodão egípcio? Emoji chorando de rir.*

Mas, quando Josh puxa a gola do casaco dela e baixa a cabeça, fica bem claro que isso é muito diferente de todas as transas frenéticas de Ari. Que agora há todo o tempo do mundo, e ele vai querer beijá-la lentamente, tocá-la e olhar para todas as partes dela que ainda não viu. Isso não foi discutido no metrô, foi?

Virando o rosto para evitar o beijo, Ari puxa a manga do casaco dele. Sempre foi boa em mudar de direção, em reduzir o ritmo, tornando as situações mais administráveis para o seu cérebro. Ari coloca a mão dele por baixo de seu vestido – *isso, aqui, agora* –, guiando os dedos de Josh por dentro do cós de sua meia-calça. Ele se mostra mais do que disposto a agradar. Ela deve estar agarrando a manga do casaco dele com todas as forças, porque *puta merda*. Suas pernas estão tensionadas, ainda que ela esteja acostumada com essa parte do repertório – uma breve demonstração para que novos parceiros sintam do que ela gosta. Mas o rosto de Josh não se retorce com a expressão de "estou concentrado, preciso me lembrar disso" a que ela está acostumada. Josh está *olhando* para ela de novo, observando-a. E, ao menos uma vez, Ari não diz nada.

Isso não significa que está em silêncio. Ela fica surpresa ao ouvir os próprios suspiros – um gemido patético que confirma como seria fácil perder o controle. Ari fita o peito dele, coberto pela parca, porque, se os dois se olharem daquele jeito enquanto aquilo acontece, vai ser... intenso demais.

Quando as engrenagens do elevador param de repente no quinto andar, eles entram no apartamento aos tropeços. Ari aproveita a oportunidade para redefinir as expectativas. Prolongar muito essa parte vai deixar impossível esclarecer a situação amanhã.

– Tira isso – ordena ela, puxando a parca de Josh e se recompondo um pouco. – Tira tudo.

Se ele fica perplexo com a mudança de tom, isso não o impede de cooperar. Josh deixa o casaco cair no chão.

Ari tira as botas com os pés e agarra com impaciência a camisa dele, puxando-a.

– Estou começando a entender por que você não precisa nem de uma hora nesses encontros – comenta Josh, parecendo se divertir. – Tem algum compromisso depois?

Ela *ia* para um encontro, mas não consegue lembrar onde era nem com quem. Cada neurônio está concentrado tentando descobrir como conduzir esse navio pela queda-d'água sem que ele se estilhace ao cair.

Ari dá um passo para trás, largando a camisa dele no chão. Simplesmente não tinha imaginado Josh de maneira tão específica antes. Pelo menos, não essa parte dele. Suas mãos deslizam pelo peitoral dele. É a quantidade perfeita de maciez.

– Você é... – começa Ari, até que a voz dela morre.

Não é que os músculos dele sejam um espetáculo de definição. Mas Josh é tão *firme*: alguém capaz de cortar grandes quantidades de lenha ou ajudar uma mulher a carregar um carrinho de bebê enorme por um lance de escada do metrô.

Josh dá de ombros, meio acanhado. Ele tenta desabotoar o vestido dela de novo, mas Ari afasta a mão dele. É mais fácil manter o foco na parte física se continuar no controle total do próprio corpo. A mão dela desce mais, e em três segundos Josh está só de cueca.

Ele contrai o abdômen quando Ari coloca a mão por dentro do cós e... *hum...*

– Nossa – diz ela, baixinho. – Eu passei meses me sentando casualmente ao lado disso?

Josh engole em seco com esforço.

– Azar o seu.

Ari começa a esticar o tecido de algodão italiano de um jeito irreparável, mas, ao menos uma vez, o cuidado com as roupas não parece passar pela cabeça dele.

A cueca se junta à pilha no chão. Se Josh está constrangido ou sem graça por ser o único sem roupa, ele não demonstra. Em circunstâncias normais, ela não teria problema algum em tirar o vestido, mas essa aqui não é uma circunstância normal, é?

Ari dá um passo para trás, saindo do alcance dele. Sem ser graciosa nem sedutora demais, ela tira a meia-calça e a calcinha, deixando-as em um montinho no chão.

O vestido fica.

– Quarto? – sugere Josh.

Ela sente a palavra *quarto* reverberar em seu peito.

– Não! – exclama Ari, surpresa pela veemência da própria resposta.

Eles não podem fazer isso na cama, que deve estar coberta por lençóis macios, com a suave fragrância de sabão em pó caro.

Ela olha ao redor, procurando a alternativa menos romântica. *Sofá?* Parecido demais com a cama. *Cadeira?* Confortável demais. *Mesa?* Os olhos dela se deparam com algo intrigante perto da janela.

Perfeito.

É impossível se apaixonar por alguém em um aparelho de exercícios.

– Aqui – anuncia Ari, guiando-o até o banco inclinado do Bowflex e empurrando-o para se sentar.

– Seu plano é me torturar ou algo assim? – pergunta Josh, olhando para o puxador com cinco pegadas e as cordas laterais.

– Você devia ter comprado aqueles mosquetões.

Ari se vira de costas para ele, pressionando as panturrilhas no estofamento rasgado de vinil preto. Talvez os dois nem precisem se olhar.

– *Cowgirl* invertida? – sugere ela, num tom de desespero.

– Ari.

O nome dela soa diferente, como se as coisas entre eles já tivessem sido alteradas em um nível molecular.

– Vira de frente? – pede Josh. – Vamos só... ficar no simples.

Virar de frente não é *simples*. Ficar se olhando não é *simples*. Nada aqui é *simples*. Como é que Josh não percebe isso? Eles deveriam estar se devorando, liberando três meses de tensão sexual reprimida. Não ficar se olhando.

– É minha posição favorita – argumenta Ari, olhando para o outro lado.

– Não tem como isso ser verdade.

– É, sim – insiste ela. – Você está dizendo que *não quer* olhar pra minha bunda?

– Mais tarde.

Mesmo sem ver a expressão de Josh, a intensidade da voz dele faz a ansiedade de Ari disparar. Por que ele está prometendo um *mais tarde*? Isso vai acontecer só *agora*.

– Você está pulando várias partes boas – comenta ele.

Só que as partes boas para uma pessoa são o campo minado de outra.

Um movimento chama a atenção dela para a janela: uma fina camada de neve bate no vidro.

– Olha – diz Ari, levantando-se e andando até a janela que dá para o norte, desesperada para mudar o clima. – Está nevando.

Ela exala, abre a cortina e observa os torrões brancos e espessos caindo do céu em trajetórias diagonais eficientes. Parece o plano geral para um episódio de Natal de *Friends*.

Ari não queria que Josh a seguisse, mas, cinco segundos depois, o corpo quente dele roça as costas dela, com cuidado, como um veterinário se aproximando de um animal arisco.

A janela exibe o reflexo deles justaposto ao cenário coberto de neve lá fora. Poderiam ser qualquer tipo de casal: uma ficada de uma noite, uma amizade colorida, recém-casados, ex-namorados prestes a ter uma recaída. Um monte de cenários emocionalmente devastadores se desenrola na mente de Ari.

– Isso é bom? – pergunta Josh, acariciando o braço dela com os nós dos dedos com tanta delicadeza que faz a pele de Ari se arrepiar.

Será que é bom? Qual é o propósito dessa carícia além de cavar ainda mais esse buraco de confusão?

Em outras partes de Manhattan, milhares de pessoas estão na cama com seus parceiros, apagando as luzes, lendo, ficando de conchinha, ignorando um ao outro, transando. O coração delas não está disparado. A boca não está seca. Elas estão confortáveis em compartilhar uma cama, não acumulam camadas e mais camadas de ansiedade, como se jogassem uma partida *speed* de carteado.

Uma breve edição da amizade deles passa na mente de Ari, como a sessão *In memoriam* de premiações. Ela vai mesmo ligar para Josh na quarta à noite para ver um filme do Kevin James depois disso? *Não.* Metade da cidade vai ficar manchada com "lembranças de passear com Josh" quando isso der errado.

– Você não precisa fazer isso tudo. Estamos só... – ela olha para o próprio braço e engole em seco – ... extravasando.

A mão de Josh para.

– Estamos?

Ele encara o reflexo dos dois, encontrando uma forma de olhar indiretamente nos olhos de Ari, ainda que ela não esteja de frente para ele.

Ari ouve as batidas fortes de seu coração em meio ao som ambiente abafado. Sapatos se arrastando na calçada. Buzinas ao longe. A respiração dela ou de Josh – já não consegue diferenciar a essa altura.

Os lábios de Josh roçam no pescoço dela. Ari sente a mão esquerda dele por baixo da bainha de seu vestido, subindo entre suas coxas. Delicado. Deliberado. Habilidoso.

Ari se vira para Josh – para fazer uma piada ou brincadeira. Mas não tem nada engraçadinho na ponta da língua. Não tem nada a dizer. Porque nenhum match do aplicativo vai olhar para ela desse jeito, estilhaçando seu coração e ao mesmo tempo o remendando.

Josh toca o rosto dela, e Ari vê os olhos dele percorrerem tudo, como se assimilassem cada detalhe de um ângulo mais próximo. Uma pequena explosão de ternura aquece o peito dela e suaviza os espinhos mais dolorosos e cortantes. Não há mais defesas erguidas. Basta o mais leve toque, e ela vai se machucar.

O barulho do aquecedor evidencia o silêncio.

O beijo não vem da forma como ela esperava. Sente apenas a pressão macia e demorada dos lábios dele no rosto dela.

Ari permite que um formigamento gostoso se espalhe por sua nuca. Parece uma admissão. *Mais, por favor.*

Os lábios dos dois se tocam e se afastam. Com certeza *não* é o bastante, porque os lábios se encontram outra vez. E mais outra. Um pouco mais profunda, um pouco mais ousadamente a cada vez, até que não se separam mais. As mãos de Josh mergulham no cabelo dela, um respira o outro, e...

Sem considerar o Incidente no Central Park, faz tempo que Ari não é Beijada, em maiúscula. Ela foi beijada em letras minúsculas, como acontece quando um encontro não foi ruim e parece grosseria não beijar a pessoa. Em geral, dar uns amassos é só uma etapa a ser cumprida rumo à próxima.

Só que com Josh parece urgente – como se tivessem desperdiçado a última hora sem se beijar no metrô, na caminhada, na espera pelo elevador. Josh beija a cavidade do pescoço dela, e Ari inclina a cabeça para trás, ávida e atordoada com a língua dele em sua boca, os dedos dele deslizando pelo vestido florido, agarrando o tecido.

A respiração ofegante de Ari parece barulhenta na sala silenciosa.

– Posso tirar seu vestido? – murmura Josh no pescoço dela.

Ari assente, deixando escapar um grunhido selvagem de concordância, permitindo que a última barreira caia. Agora.

De esguelha, ainda consegue ver o reflexo dos dois na janela. É uma imagem bonita. Não parecem mais duas pessoas deprimidas criando laços por causa da solidão e como mecanismo de defesa. Eles poderiam ser um casal qualquer em um domingo comum. Poderiam ir até uma loja de cama, mesa e banho, dar uma volta na cidade de mãos dadas, tomar um brunch com drinques e passar a tarde toda na cama, dando uma olhada na lista de tarefas que não vão cumprir.

Nunca se sabe.

Dá errado cem por cento do tempo... até a vez que não dá.

A CAMINHADA ATÉ A CAMA leva só uns dez segundos, mas é tempo suficiente para Josh girar o cubo mágico desse encontro e encará-lo sob uma nova perspectiva, afastando o medo vago de que Ari vá se levantar, sair correndo do quarto e enviar uma mensagem do elevador: *Valeu pelo sexo.* 🐦🐦🐦

Isso é significativo: cruzar a soleira mística para entrar no espaço dele. Cada passo, gesto, peça de roupa removida e ponto de contato os aprofunda ainda mais no desconhecido.

Josh a deita em sua cama. Não é o movimento mais fluido, mas, no momento, o corpo dele não é capaz de muita sutileza.

Ari se vira de bruços, e na mesma hora Josh sente falta de ver seu rosto, de ter aquele ínfimo feedback tão crucial. Mas é melhor seguir a deixa dela, e a cautela se sobrepõe a seu desejo de perder o controle. Ele passa os dedos pelas costas de Ari, pela curva delicada da coluna, observando cada manifestação da energia apreensiva dela, examinando tatuagens que não conhecia.

Ele tenta acalmar a própria mente, que está dois ou três minutos adiantada, visualizando as possibilidades a seguir: lampejos das imagens pornográficas mais provocantes que ele já imaginou.

Josh se vê incapaz de calar a boca. E nunca foi muito de falar na cama.

– Por que a gente esperou tanto para fazer isso? – pergunta, como se o pensamento ressoasse tão alto em sua mente que precisou ser colocado para fora.

Ele beija o ombro de Ari, descendo sem se apressar, sentindo o corpo dela responder ao toque. É uma exploração, algo a ser construído.

Existe na mente de Josh a ideia de que Ari é um enigma, e as senhas que ele testa sempre têm um dígito errado, então ela quase se abre, mas continua fechada.

Ele segura o cabelo de Ari e o enrola na mão, deslizando a outra entre as pernas dela, imitando a posição dos dedos dela por cima dos dele no elevador. Ari solta um grunhido incompreensível. Josh é bom em guardar essas coisas. Ele chega perto da orelha dela, puxando seu cabelo de leve.

– Tudo bem com você? – murmura ele.

– S-Só continua... – Ari assente e fecha os olhos. – Cacete.

Ele queria arrancar mais palavras dela, mas isso é quase mais satisfatório.

– Josh, por favor.

– "Por favor" o quê? – Josh ergue a cabeça e para de mexer os dedos. – Me fala o que você quer.

Ela se remexe, buscando a mão dele.

– Não para.

– Me diz o que você quer, senão a gente vai só ficar de conchinha.

– É sério? – reclama Ari, virando o pescoço para encará-lo. – Você se acha engraçadinho?

– Não. Fiquei bom nisso.

Ela se contorce.

– Continua, exatamente como antes – pede Ari. Depois de um silêncio obstinado, acrescenta: – Mas não me deixa gozar com a sua mão.

Ele para.

– Beleza.

– Me faz gozar quando estiver dentro de mim? Isso não costuma acontecer comigo, mas... acho que consigo.

Uma chama de orgulho se acende no peito dele, como se tivesse sido atingido por um raio.

– Mas você ainda vai precisar usar os dedos – acrescenta Ari. – Sabe disso, né?

Josh para outra vez.

– Sei, Ari. Eu já fiz isso.

Ele imagina que ela esteja tentando conter um sorriso, então a vira de frente e pergunta:

– Tudo bem por você? Eu quero muito te olhar.

Ela hesita, então assente.

Agora ele tem uma missão. Durante anos, as conquistas de Josh se basearam na crença de que suas mãos eram capazes de qualquer coisa. Ano passado essa convicção foi abalada, mas ele nunca sentiu tanta confiança em seu tato quanto agora.

A verdade é que ele não se sentia tão bem assim fazia meses. Talvez só precisasse que lhe dessem uma tarefa – no caso, a melhor tarefa do mundo todo –, que é fazer Ari gemer e arquear as costas em sua cama.

Josh começa a falar coisas sem pensar, as palavras escapando de sua boca outra vez.

– Parece que esperei oito anos por isso. Eu quero isso, Ari.

Com a mão livre, Josh passa um dedo por trás da orelha esquerda dela e desce por seu pescoço. Ari estremece. É a mais ínfima reação involuntária, mas a dose de serotonina provocada por esse movimento vai fornecer energia para os exercícios de Josh na academia nas semanas seguintes. *Porra*.

– Eu quero isso.

Camisinhas... *onde?* O cérebro dele não está funcionando. Josh tateia a mesa de cabeceira, onde guardou algumas numa onda de otimismo, dias depois de se mudar. Não as tocou desde então.

Ari pega a embalagem antes que ele se atrapalhe. Porque ela é simplesmente perfeita.

A voz crítica em seu inconsciente zomba de Josh por seus pensamentos governados pelo tesão, mas ele mal consegue ouvi-la graças ao som da respiração ofegante de Ari. Josh vai transformar esse som em gemidos daqui a dez segundos.

Seu primeiro instinto é comer Ari nessa posição, deitada na cama, agora mesmo, mas talvez ela não queira se sentir presa.

O cérebro dele gira o cubo mágico de novo. Josh desliza até a beirada da cama e se senta ali.

– Vem cá. – Ele bate de leve na própria coxa. – Assim.

Josh está com o pau perigosamente duro. Um roçar de pele com pele no ângulo e na fricção certos pode acabar com ele. Quando Ari sobe em seu colo, todas as suas táticas para se acalmar se revelam completamente ineficazes.

Ela monta em Josh e se apoia nos joelhos, garantindo para si uma vista livre da porta e proporcionando a ele a melhor visão possível de seus piercings nos mamilos, endurecidos no ar frio. Josh passa os lábios pelas curvas delicadas da parte de baixo dos seios dela. Ari observa tudo de sua posição elevada, enfiando as unhas nas costas dele. Ela já disse que não gosta do tamanho dos próprios seios. Fazê-la mudar de opinião será o novo propósito da vida dele.

Quando se cansa das provocações, Ari rasga a embalagem. Josh baixa os olhos para ver a mão dela acariciar seu pau antes de desenrolar a camisinha por ele.

Ela hesita por um instante, analisando seu rosto.

– Ponto sem volta? – pergunta Ari.

A voz dela tem um quê de incerteza, mas a dele, não.

– Ótimo.

Josh coloca as mãos na cintura dela, servindo de apoio enquanto Ari desce devagar e com cuidado. Não que ela precise de ajuda, mas fazer isso juntos – como parceiros – o excita.

– Respira – diz ele, sem respirar.

Ela solta o ar de maneira errática até descer totalmente, sentando-se em seu colo, apertando os ombros dele com força.

– Gostoso. Tão gostoso, Ari.

O vocabulário dele diminuiu drasticamente na última hora.

Eles ficam parados por alguns segundos, ajustando-se ao novo centro de gravidade.

– Não se mexe – murmura ela.

Josh resiste ao ímpeto de fazer isso e observa Ari se acomodar, unindo seus corpos ainda mais e permitindo que seu pau penetre um pouco mais fundo. Passando a mão pela nuca de Josh e puxando seu cabelo, ela ergue o queixo dele.

Ari chupa o pescoço de Josh até chegar ao lóbulo da orelha. O que ela faz com a língua dificulta muito a tarefa dele de ficar parado. Os centros de prazer de seu cérebro que ficaram latentes por tanto tempo se acendem com uma luz neon.

Ari se afasta e põe a mão no rosto dele. É como se ela visse tudo: o ódio por si mesmo, a tendência a criticar, os erros que o assombram na calada da noite. O rosto do qual sentiu vergonha a vida toda. E ela o deseja.

Josh sente quanto ela o deseja.

Puta merda.

Ele precisa se mexer. Agora.

Com um grunhido baixo, ele segura o quadril dela e dá uma estocada, fazendo Ari gemer.

– Tá gostoso – sussurra ela. – Nossa, tá muito gostoso.

O vocabulário dela também está operando em um nível mais básico.

Josh ergue os quadris outra vez, observando a reação do corpo dela. Ari deixa a cabeça cair para trás, e é impossível não levar a mão ao pescoço dela, descendo por seu colo e entre os seios, que balançam de leve quando ele se mexe.

– Olha pra gente – exige Josh, subindo a mão até a cabeça dela e inclinando-a de leve para baixo. – Não fecha os olhos. Olha.

– Josh! – Ari se tensiona ao redor dele. – Caceeete...

Ela solta o ar.

Porra, já chega. Ele precisa ficar por cima.

– Segura em mim – diz ele, puxando-a para perto.

Ari apoia o queixo no ombro dele, segurando-se firme enquanto ele se levanta e, por um breve instante, pensa em usar a parede, mas *não*. Não é a hora certa. Ele os vira e a coloca de costas na cama, deitando por cima e apoiando-se nos cotovelos. Porra, benditas pranchas que ele vem fazendo.

– Tudo bem? Posso...?

– Pode.

Ela passa uma das pernas ao redor da cintura de Josh, pressionando o calcanhar nas costas dele.

Finalmente, Josh se move do jeito que queria. Não tão rápido, mas fundo. Bem fundo dentro dela. Ari corresponde a cada movimento dele, sua cabeça quase batendo na cabeceira a cada estocada. É fascinante.

Ela segura a ponta do colchão com a mão esquerda, como se precisasse se agarrar em alguma coisa.

Josh estende sua mão direita, entrelaçando os dedos nos dela.

Ari pode se agarrar nele.

Os dois se movem juntos sem dizer nada. Não que estejam em silêncio. Josh está bem feliz de ouvir a respiração e os gemidos ecoando pelo quarto.

Caralho, ele está fazendo muito barulho.

Talvez seja por isso que Ari vire o rosto para a esquerda, rompendo o contato visual que vinham mantendo. Será que ela está tentando imaginar que está em outro lugar? Com outra pessoa? Alguém com autocontrole suficiente para não perder a cabeça em um simples papai e mamãe?

Quando segue o olhar dela, percebe o que chamou sua atenção. Ari está observando as mãos dos dois entrelaçadas, seus olhos marejados.

A ansiedade gélida que martelava em seu cérebro se derrete na água morna.

Ela esperou por isso, assim como você.

É, ele não vai conseguir segurar muito.

– Eu quero isso, Ari. – As palavras escapam da boca de Josh outra vez. – Tudo isso.

Ela olha para ele, deixando um soluço escapar.

– Josh... E-Eu vou...

Ele se move mais rápido, perdendo um pouco o controle, soltando a mão dela para levar os dedos ao clitóris. A "técnica" deixa um pouco a desejar, com menos sutileza do que ele demonstrou antes, mas Josh consegue sentir a pressão aumentando em seu próprio corpo.

– Eu sei. Estou sentindo. Você tá quase...

Ari balbucia sílabas sem sentido que ele queria muito compreender. Não que ele próprio esteja dizendo algo que faça sentido.

Que ideia maravilhosa e estúpida foi essa. Não importa que o resto da sua vida esteja um caos, contanto que ele tenha isso. *A gente se encaixa. A gente literalmente se encaixa.*

– A gente é muito bom junto – diz ele, abrindo as comportas. – Eu sei. É...

– Josh...

Ele se inclina mais alguns centímetros, testando a flexibilidade dela. Ari está ofegando, as pernas tremendo, quase lá. Ele se sente prestes a explodir.

– Porra, você fica tão linda assim.

Josh encosta a testa na dela.

O rosto de Ari se contorce. Ela fecha os olhos com força e grita. Josh sente o corpo dela se retesar, contraindo-se ao redor dele.

Porracacetevougozarcaralho.

Em uma fração de segundo, tudo dentro dele se tensiona e se solta. Josh se sente ao mesmo tempo frágil e poderoso ao gozar.

Ele respira fundo como nunca fizera na vida. Sua mente está em branco, como se tivesse um cursor piscando, aguardando uma linha de código.

Josh rola de costas e joga a camisinha na lixeira. Erra a mira, mas não dá a mínima. Ele puxa Ari mais para perto, repousando a cabeça dela em seu ombro. Seus olhos ainda estão fechados. Ele sente os batimentos acelerados dela, sua respiração errática se estabilizando aos poucos, até que Ari adormece.

Talvez, ao acordar, ela mude de ideia em relação a tudo. Agora que Josh está se recuperando do que quer que o tenha possuído nos últimos trinta segundos, isso parece cada vez mais terrivelmente plausível.

Por outro lado, Ari está aninhada a ele, relaxada e segura. Isso também é incrível.

Ele poderia dormir também.

Mas não vai.

É tão raro se sentir bem, então por que deixar seu inconsciente traiçoeiro viver esse momento? Não quando Ari está grudada – *grudada* de verdade – nele. Josh acaricia o cabelo dela com a mão esquerda.

Não. Ele passaria dias acordado por isso.

19

ARI ABRE OS OLHOS NO SUSTO. Três metros acima, vê um teto de gesso bege com uma rachadura comprida e preocupante que vai do lustre até a moldura. Faz muito tempo que não acorda em uma cama desconhecida.

Ela enxuga um pouco de saliva no canto da boca. Sua mão atinge um ombro, que, ao que tudo indica, Ari estava usando como travesseiro.

Ai, não.

Várias lembranças cruciais do passado recente invadem sua mente. Essa não é uma cama desconhecida. Ela já a viu várias vezes. Só que nunca deste ângulo.

Não parece que está totalmente escuro. Há gelo no vidro da janela, mas sob as cobertas a temperatura está alta. Ela tinha esquecido que homens, por um passe de mágica, se transformam em radiadores à noite.

Ari se vira de lado com cuidado, na posição de uma fuga silenciosa, mas o ombro de Josh se mexe. Ele parece segui-la, acabando com a brecha por onde ela poderia ter deslizado furtivamente até sair da cama e recuperar seu vestido na sala. *Merda.* Josh elimina a distância entre as costas dela e seu peitoral e *opa, sim, estamos todos pelados*.

– Oi – cumprimenta ele, sua voz baixa e suave.

É uma versão nova e esquisita de Josh, que já está falando com ela em um tom diferente.

– Já é, hã, de manhã? – pergunta Ari, agarrando o cobertor e o segurando na altura do peito, como as mulheres fazem em filmes com classificação indicativa para 12 anos. – Você também pegou no sono?

– Um pouco. – Josh retorce os lábios para conter um sorriso. – Você ronca baixinho, e perdi a circulação do braço esquerdo.

– Ai, meu Deus. – Ari se afasta, chegando mais perto da beirada da cama. – Por que me deixou fazer isso? Você devia ter me rolado de lado.

Saindo dos lençóis – quando foi que ela entrou *debaixo* deles? –, Ari põe os pés no piso de tábua que range. Então hesita e pergunta:

– Tem uma camisa ou algo assim pra me emprestar?

Ela não costuma sentir vergonha na jornada até o banheiro. Mas, nesse momento, na calmaria, sem adrenalina, hormônios, feromônios ou o que quer que tenha passado pelas veias dela ontem à noite, Ari se sente ainda mais exposta. E com frio.

Josh a encara com uma expressão confusa.

– Com a sua reputação de roubar camisetas? Não, desculpa aí, não vou arriscar.

Ari espera até ele ceder e apontar para uma gaveta cheia de camisetas pretas, organizadas pela grossura do tecido.

Mas Josh não faz isso. Há um sorrisinho em seu rosto. Uma ousadia nova, como se a dinâmica deles tivesse mudado da noite para o dia.

– Você é ridículo – reclama Ari.

Ela não vê nenhuma vestimenta à sua volta, então se prepara e sai correndo do quarto, torcendo para parecer apenas um borrão em movimento. Pega sua bolsa largada na sala de estar e depois se tranca no banheiro: seu lugar favorito para surtar.

Depois de fazer xixi e lavar as mãos com um sabonete chique, ela analisa o rosto e o cabelo no espelho. Como era de esperar, seu delineador está catastrófico. Ari prende o cabelo em um coque, para desencorajar Josh a passar os dedos por entre os fios outra vez. *Hora de redefinir expectativas.*

Ela encontra uma toalha – é óbvio que Josh tem uma pilha organizada de toalhas de banho luxuosas – e a estende no chão de azulejo gelado, então se senta para aproveitar alguns minutos de gloriosa privacidade.

Era para ser *só sexo*. Algo inevitável. Era para caber em um compartimento com uma etiqueta e uma tampa que seria esmagado por um compactador até sumir de vista. É assim que costuma ser.

Claro que, às vezes, quando Ari está enfurecida ou quando não consegue parar de chorar – ou a maconha não está amenizando seus sentimentos até torná-los administráveis –, o compartimento explode e solta estilhaços emocionais em todos os outros compartimentos de seu cérebro. Então ela tira o dia de folga, vê todas as adaptações audiovisuais de *Orgulho e preconceito*, come um brownie de maconha e recomeça o processo de contenção.

Mas ela não tem nenhuma substância entorpecente no momento. Nem mesmo um Xanax. Ela nunca se sentiu tão horrivelmente sóbria.

Era para o sexo resolver a tensão. Então por que Ari sente um nó gigantesco no estômago?

Não há como ignorar o que aconteceu. Ari tem quase certeza de que nunca usou um termo constrangedor como "fazer amor". Ela sente o estômago se revirar só de pensar nisso.

Ela chorou. Porra, ela *chorou* enquanto Josh se declarava. Ari nunca tinha feito isso – nem com Cass nem com ninguém. Nunquinha. E olha que ela teve várias transas sensacionais com Cass.

Ari se obriga a respirar fundo algumas vezes.

Encontre a saída. É a atitude mais inteligente. Ela já vestiu a calcinha no elevador em diversas ocasiões, e pode fazer isso outra vez. Seu cérebro oferece uma gama de desculpas: "Não quero estragar a amizade." "Não vamos nos apressar." "Seu pau é incrível, e preciso de um tempo para processar." Ou melhor ainda: "Tenho um compromisso hoje cedo." Uma ótima desculpa que também conta com o benefício de ser verdade. Só não é o verdadeiro motivo.

Ari não *dormiu* com ninguém desde Cass. Melhor esconder essa informação dentro da própria mente.

Talvez ela devesse estar vestida ao dizer essas coisas para Josh. *Sim, primeiro as roupas, depois as desculpas e então ir embora.*

Ela está voltando até a sala na ponta dos pés para buscar seu vestido quando um toque de celular estilhaça o silêncio.

"*Chamada de... Dust. Daddy.*"

Ari pega o celular na bolsa e ignora as notificações. A bateria está em dois por cento. Ela pigarreia e atende.

– Central de atendimento 24 horas para disfunção erétil, em que posso ajudar?

Há uma pausa, e Ari escuta um suspiro de resignação.

– Gostaria de fazer uma reclamação sobre uma de suas funcionárias – diz Josh.

– Ah – responde ela, assumindo a voz melodiosa de um serviço de atendimento ao cliente. – Sinto muito. Qual foi o problema? Falha ao desempenhar um boquete?

– Eu diria que foi uma falha de comunicação. Às vezes, ela até usa humor pra evitar conversas sérias.

– Entendo. Deve haver alguma falha em nosso programa de treinamento.

– Claramente. – Após um longo silêncio, Josh pergunta: – Você planeja voltar para o quarto?

– Não – admite Ari.

– Qual é a pior coisa que pode acontecer se você voltar?

Ari vasculha sua bolsa de sexo em potencial até encontrar a escova de dente.

– Ficar de conchinha.

– Você pode ficar por trás – oferece ele. – A gente pode só dormir.

– Na verdade, não pode, não. – O piso de madeira range quando Ari volta para o banheiro. – Eu não faço isso...

– Nosso caso é diferente – insiste Josh.

Só que não é nem um pouco diferente. Todo relacionamento começa assim. E a maioria termina em lágrimas e prateleiras vazias.

– Você disse umas coisas muito intensas – comenta Ari, colocando a pasta de dente de Josh (Colgate Total, ela esperava algo mais exótico) na escova.

– *Eu* fui "intenso"? – rebate ele. – Você inventou um novo dialeto. Talvez tenha até me pedido em casamento.

– Ah, claro, porque eu não vejo a hora de entrar nessa de novo.

Ela escova os dentes com força e cospe a pasta. Nunca foi tão dedicada à higiene bucal.

E o que fazer com a porcaria da escova de dente? Colocar no pequeno suporte junto com a Oral-B 7000 de Josh?

Ari começa a fuçar a cesta de metal artisticamente envelhecida que fica ao lado da banheira, contendo vários produtos.

– Você usa sabonete com aroma de couro russo?

– Ari.

Ela abre um frasco de "xampu calmante" e respira fundo, torcendo para surtir efeito imediato.

Nada.

O que alguém com um gosto tão ridículo em produtos de higiene sabe sobre relacionamentos?

Ari encara o próprio reflexo. Ela tem um caso grave de olhos de panda e um chupão surgindo entre o pescoço e o ombro.

– Não faço papai e mamãe com um homem... tipo, cara a cara... há muito tempo.

– Como assim? E os casais?

– Em geral eles querem fazer isso um com o outro. É muito...

– Íntimo? – sugere Josh.

– ... constrangedor. – Ari faz uma careta. – É muito contato visual.

– Sabe, Zeus ordenou a Apolo que reorganizasse o corpo humano para que as pessoas pudessem fazer sexo cara a cara. Quando encontravam sua outra metade, as feridas existenciais eram curadas.

– Então é por isso que eu sou um desastre. – Ela dá as costas para o espelho. – Estou sangrando pela minha ferida existencial há bastante tempo.

– Sem dúvida a gente deveria surtar pensando nisso em cômodos separados por doze horas – diz ele, provavelmente colocando o travesseiro em cima do rosto para tapar suas vias aéreas.

– Por mim, beleza.

A bateria do celular dela acaba.

Ari apaga a luz e sai do banheiro. Contra todos os seus comportamentos mais enraizados, ela espia dentro do quarto, o corpo escondido atrás da moldura da porta.

– Eu estou com medo, tá bom? – confessa ela. – A gente pode se machucar de verdade.

– Você acha que eu não sei como é horrível ser magoado? – Josh se apoia no cotovelo. – Você é a única coisa boa na minha vida.

Ari prende a respiração. Ela tem objeções graves a essa afirmação. Tem um guarda de trânsito em traje neon acenando uma placa de REDUZA A VELOCIDADE.

– Vamos só... ver um filme ou fazer alguma coisa – implora Josh. – Por favor.

Ela transfere o peso do corpo de um pé para outro.

– Você sabe que eu não vejo filme sem roupa.

– Eu sei. – Josh joga algo branco e macio para ela. – Veste isso, então.

É um par de meias perfeitamente enrolado.

Ari senta na beirada da cama e veste as meias enormes. São mais chiques que alguns de seus sapatos.

– Eu não faço isso – repete ela, gesticulando na direção da cama. – Eu te avisei assim que nos conhecemos. Eu não durmo na casa de ninguém.

E estou morrendo de medo disso tudo, então vou dar o fora e ignorar você por três semanas.

– Então não vamos dormir.

Josh puxa as cobertas para que ela possa deitar ao lado dele. Esses lençóis devem ter milhares de fios. Parece um hotel bem chique e austero. Um silêncio constrangedor paira como uma nuvem no quarto. Ou talvez a nuvem seja causada por um difusor japonês elegante.

É isso que acontece depois do sexo: após aliviar a tensão, restam apenas duas pessoas peladas e sem graça.

Josh se vira de lado e desliza o braço direito ao redor do quadril dela.

– Isso está perigosamente parecido com uma conchinha – acusa Ari.

– Mesmo assim, você não se desintegrou.

A pele dele cheira a sândalo, cânfora e couro russo, por causa daquele sabonete orgânico idiota. Talvez Ari também queira ter esse cheiro.

Merda merda merda.

– Eu... Eu tenho um compromisso amanhã. Quer dizer, hoje de manhã. – Ela decide não mencionar que vai se encontrar com a mãe dele. – Preciso levantar cedo.

– Humm. – O polegar dele acaricia a pele macia e sensível da junção entre a coxa e o quadril de Ari, fazendo-a se retorcer. – Você não falou que orgasmos te ajudam a acordar?

– A essa altura, meu vibrador é o principal motivo pra eu acordar...

A respiração dele faz cócegas na pele sensível da nuca de Ari.

– Me mostra.

20

– EU NÃO TROUXE MEU EQUIPAMENTO – responde ela, sem saber direito se está tentando estimular ou desfazer a situação.

Sinceramente, isso é bem mais interessante do que uma conchinha.

– Você tem mãos – argumenta Josh, chegando para cima e passando o braço esquerdo por baixo do pescoço dela.

– Assim dá muito mais trabalho.

Faz um tempão que ela não se masturba sem um silicone vibrante roxo.

Ari tem plena consciência da ereção de Josh encostando em sua bunda, e percebe que está arqueando as costas, se esfregando nele. Suas pernas se abrem o suficiente para Ari encaixar a mão direita entre elas.

– Eu também tenho mãos – comenta Josh. Há um segundo ou dois de silêncio antes de ele chutar o cobertor pela cama. – Fica de bruços.

Ele empurra o ombro direito de Ari para colocá-la na posição, e uma sensação emocionante percorre a espinha dela. Talvez Gabe estivesse certo: ela tem uma queda por gente mandona que acha que sabe tudo.

Ela deixa escapar um *hummm* de aprovação quando Josh coloca a mão entre as pernas dela, esfregando por cima da mão de Ari. Um… não, dois dedos deslizam com facilidade para dentro dela. Ari ofega. Ainda bem que não estão se olhando dessa vez.

Josh pressiona seus dedos para baixo e… *caralho, caralhocaralhoCARALHO*. É a diferença entre *vamos ver no que essa sensação prazerosa vai dar* e *cem por cento de certeza de que tem um orgasmo no meu futuro próximo*.

– Você já pensou em mim quando se toca? – pergunta Josh, sua boca colada ao ouvido dela.

Ari solta um gemido incompreensível e envolve o travesseiro com o braço esquerdo, precisando se agarrar a algo.

Parte de seu cérebro está berrando para que ela responda qualquer coisa necessária para conseguir *mais, mais, mais agora mesmo*. E essa parte está se expandido como um balão de gás hélio. A parte sensata (que sabe que todas essas declarações serão usadas contra ela na inevitável discussão que os dois vão ter assim que voltarem a si) está diminuindo até ficar do tamanho de uma ervilha.

– Eu penso em muitas coisas – diz Ari, então resolve rebater a pergunta. – Por quê? Você pensa em mim?

– Não. Nunca. Nem uma vez.

– Você é bem estranho.

– Você tá bem molhada.

Ele toca um ponto dentro dela em um ritmo estável e controlado de enlouquecer. Ari odeia ser mantida no limite. Muito, muito, muito... mesmo.

– Eu sei o que você tá fazendo.

– Humm? – responde Josh, se deleitando em fazê-la falar.

– Eu faço isso com outras mulheres. – Ari se contorce para tentar se reposicionar, em busca de um pouquinho mais de fricção. Josh a segura com firmeza com a outra mão. – Não funciona comigo.

Josh ri. *Que revoltante*.

– Responde à pergunta – insiste ele.

Ari bufa, mas prefere ficar satisfeita a indignada.

– Estatisticamente, é provável que eu, hã...

Ele dá vários beijos descendo pelas costas dela, o nariz roçando sua lombar, descendo um pouco mais... e mais ainda… até que ele ergue a cabeça.

– O quê? – insiste Josh.

Admitir isso parece ser a gota d'água que vai fazer transbordar o copo que eles passaram as últimas doze horas enchendo.

– Eu tenho uma mente bem suja. Mas eu não... *Ahhh*. Ai, meu Deus.

– Isso aí – incentiva Josh, esfregando com firmeza no mesmo lugar. – Quer gozar assim?

– S-Se puder, pra sempre. Como você tá fazendo isso?

E por que ela não vinha fazendo isso em si mesma nos últimos dez anos?

Josh tira os dedos devagar, e Ari solta um gemidinho de decepção.

– Quer que eu continue?

– Se você parar, eu te mato.

Isso rende mais uma risadinha. O peso de Josh na cama muda de posição, e ela ouve um farfalhar na mesa de cabeceira.

Depois de oito segundos lutando para abrir a embalagem, Josh ergue um pouco os quadris dela, ajoelhando-se por trás. O coração de Ari está disparado. Faz anos que ela não sente essa mistura de tensão e excitação sem o auxílio de substâncias.

Ele coloca a mão esquerda no quadril de Ari e posiciona a direita entre o ombro e o pescoço dela. Sem conseguir se conter, Ari se vira para observá-lo, como se precisasse conferir mais uma vez uma resposta que sabe que está certa.

– Tudo bem? – pergunta Josh, com delicadeza, afastando a mão do quadril de Ari. Ele guia o pau para dentro dela. – Me avisa se for demais.

– Já aguentei um punho inteiro, sabe.

– Não o meu. – Josh dá um tapa na parte mais carnuda da bunda dela. – Sua pestinha.

Meu Deus.

Apesar da bravata sobre o punho inteiro, Ari deixa escapar um xingamento baixinho, porque esse ângulo a faz... hã, sentir mais prazer do que estava esperando.

Ele espera os dois respirarem fundo algumas vezes antes de empurrá-la para o colchão, com as pernas esticadas.

No começo é lento, o que é bom, porque ela não tem como se mexer. É o tipo de coisa que ela nunca se permitiria fazer em transas aleatórias. Mas não estar no controle é uma revelação. Ela nunca confiou em um homem desse jeito, nunca mesmo, e é...

Bom, Ari costuma pensar em si mesma como a pessoa que fode a outra.

As mãos de Josh se movem por cima das dela, os dedos se entrelaçando outra vez, como uma inversão depravada da intimidade de ontem.

Não há lágrimas dessa vez.

Josh se apoia nos cotovelos, cobrindo as costas dela com o peso do próprio corpo, se impulsionando profunda e lentamente. Ari toma ar logo antes de Josh afastar o cabelo dela e correr os lábios por sua nuca.

– Não para... de fazer... isso – murmura ela.

Eles respiram no mesmo ritmo, ambos gemendo quando ele atinge o mesmo ponto, sem parar.

Josh coloca a mão por baixo dela, a palma aberta em seu tórax, e a ergue, deixando-a de joelhos à sua frente até as costas dela encostarem em seu peito. Os movimentos dele são mais cuidadosos, mas agora Josh consegue passar as mãos em todos os lugares. Segurar o seio dela, provocar um mamilo, fazê-la gemer.

Beira o insuportável.

– Você é sempre assim... – Ela não consegue encontrar as palavras. O que são palavras? – Assim... assim...

Ari coloca as mãos para trás para se agarrar a qualquer coisa: ela arranha o ombro dele, as costas, puxa o cabelo. Ela não tinha valorizado o sexo matinal. Puta merda.

A boca de Josh está colada ao ouvido dela. Se ele disser *qualquer coisa* – uma vibração profunda qualquer –, Ari vai perder o controle.

– Arqueia mais as costas.

Gah!

Ela obedece sem pensar duas vezes, empurrando o peito dele com os ombros. Talvez sexo *seja* melhor do que uma apresentação incrível de stand-up.

– Tô quase... Não para. Eu tô... Eu tô...

Porfavorporfavorporfavor.

– Você pode acordar assim todo dia.

Com a outra mão, ele afasta as pernas dela um pouco mais, só o suficiente para posicionar os dedos onde precisam estar. Mas não no lugar exato.

– Melhor que um vibrador?

– P-Por que não os dois?

– Traz da próxima vez.

Talvez ela tenha transferido o peso do corpo. Talvez ele tenha alterado quase nada a posição. Talvez tenha sido a menção à "próxima vez". O que quer tenha sido, o menor dos ajustes envia uma descarga elétrica pelas costas de Ari, direto até o centro do seu ser, fazendo todo o resto desaparecer.

– Bem aí, bem aí. Ai, meu Deus. Josh. Ai, meu Deus.

Ele a segura com firmeza contra o peito, então ela grita:

– Porra, eu amo isso. Eu te amo. Caralhoooo.

Ari percebe o que disse logo depois que o maremoto em seu corpo se abranda.

Merda. MERDA.

Seu coração martela no peito… e não é por causa do orgasmo.

O que foi isso?

Por um instante, Ari não tem certeza se pronunciou mesmo aquelas palavras. Talvez uma parte doida e impulsiva do seu cérebro só tenha falado superalto em sua mente.

Ela relaxa o corpo quando Josh a pressiona no colchão outra vez. Ele diz o nome dela algumas vezes e goza em várias estocadas longas, antes de cair por cima dela, como se fosse o cobertor mais pesado do mundo.

Mas, tipo... Ari não estava com a cabeça no lugar. As pessoas dizem maluquices no calor do momento.

Josh sabe disso. Tem que saber.

A frase ricocheteia sem parar em sua mente, como uma bolinha de gude em um labirinto.

Por quê? Por que justamente *aquelas* palavras?

Ela está suando. Por causa do sexo e da preocupação. Uma placa neon pisca em sua mente, alertando: *Sai daí. Vai embora. Pega suas coisas e vai.*

Que engraçado. É o que sempre diz a si mesma depois de uma transa aleatória. Como um mantra.

Ela coloca a mão para trás e dá um tapinha em qualquer parte acessível de Josh.

– Você está, hã, meio que me esmagando.

– Ah. Desculpa, eu só... – Ele rola para o lado, passando a mão pelo cabelo com a respiração ainda pesada. – Porra, isso foi...

Ari já está saindo da cama com cuidado, colocando o pé no chão.

– Aonde você vai?

– Preciso levantar – responde ela, com cautela para não disparar nenhum alarme.

– Você vai embora? – Josh se apoia no ombro e a encara com um ar de incredulidade. – Agora?

– Preciso fazer xixi – comenta Ari, afastando-se da cama. – E vou fazer um teste pra passeadora de cachorros. E depois vou encontrar... – *Ai, meu Deus.* – Tenho um compromisso. Eu te avisei.

Josh não tem como refutar nada disso.

– Vamos tomar café da manhã. Que tal no The Smile?

– Você odeia esse lugar.

– Sim, mas fica logo aqui embaixo. Ou bagels? Russ & Daughters? Tompkins Square? David's? Onde você quiser.

– São seis da manhã, Josh. Nenhum lugar abriu ainda.

– Você poderia cancelar seus planos. Falar que está doente.

Por ironia, ela está se sentindo meio enjoada.

– Mas aí eu ficaria sem dinheiro.

Ari vasculha o chão em busca de qualquer pertence seu, porque não quer ter que entrar no quarto de novo para pegar um prendedor de cabelo ou algo assim.

– Te mando mensagem mais tarde – oferece ela.

– Você vai *mandar mensagem*?

– Preciso ir, vou me atrasar.

– Tá bom.

A tensão na voz dele indica que não está *nada* bem Ari ir embora assim.

O problema é que cada célula do corpo dela está gritando para ela fugir.

Quando está saindo do quarto, Ari olha por cima do ombro. A expressão de Josh a faz se encolher. *Confusão? Decepção?* Mas ela não volta atrás.

Nunca se vestiu tão rápido na vida.

21

JOSH OLHA FIXO PARA A RACHADURA NO TETO que ele está enrolando para consertar há oito meses. Parece uma metáfora condizente com seu estado emocional no momento.

Seu receio era que ela fugisse no meio da noite, então foi uma agradável surpresa acordar duas vezes e vê-la ressonando ao seu lado.

Talvez a segunda rodada pela manhã tenha ido longe demais. Em vez de testar a sorte, ele podia ter se levantado e preparado um café da manhã para ela. Ari era incapaz de sair de um lugar onde houvesse comida na mesa. A ideia lhe ocorria *agora*, dois minutos depois de ela ter atravessado a porta.

Ou talvez as coisas tivessem acontecido exatamente como tinham que acontecer.

Porque, porra, ela disse "eu te amo", com todas as letras, e isso tinha que significar *alguma coisa*, não importa o contexto, e ela não explicou, o que significa que não voltou atrás, mas também não admitiu e... Puta merda, ele vai surtar com isso se não se controlar.

Ele não se permite comemorar. Ainda não.

Em vez disso, repassa os eventos de ontem sem parar, e sua mente distorce qualquer coisinha ambígua, tornando-a algo exagerado e negativo, até parecer que as doze horas com Ari se resumiram a uma discussão longa e tensa com apenas alguns minutos de sexo de intervalo.

E agora cada variável precisa ser reanalisada com o intuito de criar a conjuntura certa para que as últimas doze horas se repitam, mas com outra conclusão.

E se o certo fosse ele correr atrás dela? E, já tendo estragado a chance de fazer isso, será que deveria ligar? Ou, se um telefonema for demais, então...

será que ele deveria mandar mensagem? E quando? Uma árvore de decisões se forma na mente dele, já se ramificando descontroladamente. Se tivesse algo melhor para fazer da vida, ele poderia se distrair.

Mas ele não tem mais nada.

Ele precisa é de uma opinião objetiva. De alguém que conheça Ari, não seja parente dele e não o odeie até o último fio de cabelo.

Josh pega o celular. Tem uma pessoa que conhece Ari, que não é parente dele e, bom... na verdade, o odeia. Mas ele vai ter que se contentar com duas das três condições.

Segunda-feira, 16 de janeiro, 7h36
Josh: Preciso que vc decifre uma coisa.
Radhya: Quem é?
Josh: Josh.
Josh: Kestenberg
Radhya: a gente NÃO tem uma relação próxima o suficiente para trocar mensagens só por causa de um pedido de desculpas morno
Principalmente antes das dez da manhã
Josh: Ela já falou com vc?
Radhya: quem?

Quem? Antes que ele possa responder, chega outra notificação.

Briar: Bom dia, flor do dia.
Vc foi embora tão rápido ontem.
O que vc acha do Gabe?? 👀
Achei que a gente se deu superbem. Será?

Ele se volta para seu objetivo principal.

Josh: A gente ficou.
Radhya: ?
Josh: Ontem. A gente ficou.
Radhya: está tentando me contar que vcs transaram?
Josh: Isso.

Ari e eu.
Nós transamos.

Ele pensa em encerrar a conversa bem aí para sair com uma sensação de vitória. Dessa forma, assim que ela lhe der parabéns a contragosto, ele poderá se convencer de que Ari está prestes a mandar uma mensagem para os amigos e confessar timidamente seus verdadeiros sentimentos.

Briar: Será que ia ficar estranho por ele já ter transado com a Ari?
Quer dizer, eu sei que eles são só amigos agora
Mas talvez seja esquisito mesmo assim, né?

Josh solta o celular, enojado. Então ele o pega de novo em seguida, esperando impaciente a resposta de Radhya.

Josh: Ari ainda não te ligou?
Pergunta hipotética:
Um "eu te amo" durante o sexo...
É válido?
Briar: askdfjsalgkjawoegjoi

MERDA. Mandei na porra da conversa errada, CARALHO.

Briar: Eu...
Não dá.
💀💀💀

Ele arremessa o celular para o outro lado da cama. Mas o aparelho apita de novo, e ele precisa olhar, porque Radhya pode de repente mandar algum insight crucial.

Briar: Alexa, tocar "Paper Rings"
Josh: Exclui meu contato.
Briar: Tá bom, deixa eu pensar
Teve contato visual?

Josh devia largar o celular, mas a empolgação da irmã é gratificante de um jeito estranho. Ele se deixa cair dramaticamente em sua cama desarrumada.

Josh: No momento, não era possível
Briar: Que safado!
O que aconteceu depois que vc soltou essa?
Josh: O que te faz achar que fui eu que falei, e não ela?
Briar: Preciso mesmo responder?
Josh: Foi ela que falou. E depois entrou em pânico e fugiu.
Espera, a Radhya tá ligando.
Briar: MDS, cria um grupo agora 👀
Josh: De jeito nenhum.

Segunda-feira, 16 de janeiro, 7h46
Josh: Como eu faço isso?

Segunda-feira, 16 de janeiro, 7h49
Josh: Eu posso explicar.
Briar: Oi, Radhya! 😚😚
Viu meus stories?
Aliás, onde vc achou aquelas toalhas para mesa de dois lugares?
Josh: FOCO.
Briar: Começa do começo. Conta tudo pra gente.
Radhya: eu NÃO quero saber tudo.
Josh: A gente estava discutindo.
Briar: Beleza, mas vcs estavam gritando com os rostos bem próximos e aí simplesmente SE BEIJARAM?
foi tipo Lover ou 1989?
Radhya: Vc está de sacanagem, né?
Eu não te falei pra dar espaço pra ela?
Tipo, ontem à tarde?
Briar: Mas foi pelo menos um pouquinho mágico?
Ela tocou no seu cabelo?
🙈🙈

Radhya: pqp
Briar: Pelo menos usa um emoji pra descrever.
Josh: Eu não uso emojis.
Briar: SÃO IMAGENS! ESCOLHE UMA
Josh: 🔥
Briar: Berro
Radhya: Que horas ela foi embora?
Josh: Quarenta minutos atrás.
Briar: Vc fez matzo brei pra ela no café da manhã??
Radhya: Peraí, ela passou a NOITE?
Josh: Seu espanto é muito lisonjeiro, obrigado.
Radhya: Não faz nada.
Não manda mensagem, não liga.
Espera ela fazer contato.
Briar: Sei lá...
Lá pras 15h25, me parece um ÓTIMO momento para um "e aí?"
Bem casual.
Radhya: Não.
DÁ ESPAÇO PRA ELA.
Talvez ela me ligue nesse meio-tempo.
Briar: Boa estratégia. Triangulação!
Bora, time. O pelotão está saindo.
🚴 🚴

ARI SE APRESSA PARA VIRAR NA ESQUINA da estação Bleecker Street, segurando o sobretudo bem fechado. É difícil acreditar que, minutos atrás, ela estava suando. Enquanto desce correndo a escadaria, passa os olhos nas mensagens não lidas com o fio do carregador ainda acoplado em seu celular, batendo na meia-calça do avesso.

Ela remexe a bolsa procurando o cartão do metrô, que só tem crédito para uma última passagem, e passa pela catraca com uma leve sensação de alívio por haver pelo menos uma barreira física entre a Ari de agora e a de dez minutos atrás. E vai ficar melhor ainda quando ela sair desse bairro.

Não há previsão de chegada do metrô nos monitores de LED, só um padrão aleatório de pixels vermelhos.

Ao conferir seu celular, ela vê um pontinho vermelho furioso com o número 104 em cima do ícone de MENSAGEM. Ela tem certeza de que ontem esse número estava na casa dos oitenta.

Domingo, 15 de janeiro, 17h31
👄 **homem grisalho + loura gostosa** 👠: ainda está de pé às 18h15?
O local fica na 20th Street.

18h21
Estamos aqui.

18h42
Estamos nos fundos, no salão de jantar. Pedimos tapas.

19h05
Que horas vc deve chegar?

19h23
Olha, a gente esperou mais de uma hora porque a Cara gostou daquela coisa que vc fez com seu queixo, mas isso é de uma falta de educação absurda.

19h31
É tão difícil assim mandar uma mensagem?? "Desculpa, não vou conseguir ir" seria o suficiente, porra.
Vc tem ideia de como foi difícil pra minha mulher ficar confortável pra abrir o relacionamento?

19h47
Seu tempo não é mais importante que o NOSSO TEMPO.
Mulheres como vc não dão a mínima pra ninguém.
Satisfeita?

Ari pisca para a tela, atônita, até as palavras se tornarem amontoados de letras. *Legal.* Ela não está arruinando só a própria vida, mas também os relacionamentos dos outros. Um rato com uma cicatriz branca e comprida nas costas vaga casualmente pelos trilhos ribombantes. Os faróis da linha 6 iluminam o túnel. Ari observa o rato perambular despreocupado na frente.

O metrô vem freando até parar, e ela escolhe um vagão com gente suficiente para indicar que não há um cheiro horrível lá dentro.

Seu polegar hesita acima de DUST DADDY.

Ari: oi

Excluir.

Ela vê as letras sumirem. Se eles nunca mais tocarem no assunto, talvez seja como se nunca tivesse acontecido.

Vai ficar tudo bem.

Está tudo bem.

O metrô segue em frente, e o sinal do celular cai. Apoiando a cabeça nas mãos, Ari vira uma daquelas mulheres que chora baixinho no transporte público enquanto os outros passageiros a ignoram piedosamente.

QUANDO CHEGA AO ENDEREÇO que a mãe de Josh enviou, Ari reconhece as janelas da frente, agora cobertas por pôsteres de uma nova série da HBO e alguns grafites. Abby já está lá dentro da antiga Brodsky's, andando de um lado para outro pelo espaço praticamente vazio. Ela está com dois AirPods nos ouvidos, possibilitando uma conversa animada com uma pessoa invisível.

Ela acena para Ari entrar e continua a ligação enquanto puxa uma cadeira dobrável de metal até uma mesa com um laptop e papéis espalhados.

– Tem um abatimento de impostos de 35 anos. Uso misto. Isso. – Ela esmaga Ari em um daqueles abraços maternais em que as pessoas se balançam algumas vezes para a frente e para trás. – Cento e oitenta unidades pra alugar na base da Ponte Williamsburg? Me manda uma mensagem depois que você falar com ele. Está bem. – Abby revira os olhos. – *Está bem.* – Ela desliga e larga o celular em cima da mesa. – Juro por Deus, parece que os homens se recusam a ler e-mails. Eles precisam que eu diga a informação três vezes antes de entender. Senta, senta.

O celular de Ari apita.

Briar: 🎁😊
Foi TÃO bom te ver ontem.

Pelo menos a mensagem não é de Josh.

– Muito obrigada por me encontrar aqui – diz Abby, segurando dois copos da Starbucks. – Vou mostrar o imóvel pra um comprador em potencial agora de manhã.

Briar: A primeira de MUITAS saídas! 😊

Se Ari tivesse ido ali duas semanas atrás, ela estaria analisando o local, procurando pistas, tentando extrair aqueles fragmentos irresistíveis de informação sobre os quais Josh nunca quer conversar. Será que aos 10 anos ele ficava sentado atrás do balcão enchendo saleiros e pimenteiros depois da escola?

Só que ela não quer imaginar Josh fazendo nada no momento. Não enquanto está com as roupas que pegou no chão do quarto dele. Não depois do que aconteceu de manhã e *principalmente* não na frente da mãe dele.

– Que vestido lindo – comenta Abby. *Será que ela lê pensamentos?* – Vou direto ao assunto – diz ela, sentando-se em uma cadeira dobrável do outro lado da mesa. – Espero não estar passando dos limites, mas o nome "WinProv" te diz alguma coisa?

– WinProv? É uma startup? – Ari beberica o café. – Ou algum tipo de plataforma on-line?

– É uma consultoria de gestão. Eles oferecem workshops de improvisação para empresas. É extremamente lucrativo. Conheci o CEO semana passada... Brad é um amor. Muito inteligente. – Abby inclina a cabeça para a frente. – Ele quer falar com você sobre um trabalho.

– Comigo?

– Claro. Ele está contratando comediantes. Liga pra ele essa semana. Ele está esperando seu contato. – Abby desliza seu celular pela mesa para mostrar a Ari o site da WinProv, onde um homem e uma mulher usando camisas azuis de botão idênticas se dirigem a um público de vendedores de seguros. – O negócio dele está em expansão. Olha essa lista de clientes.

– Nossa. Uau...

Ari rola a tela até a nuvem de logos conhecidos no final da página. As maiores empresas da indústria farmacêutica, do Vale do Silício, do mercado financeiro de empréstimos predatórios.

– Ele agenda esses workshops pelo país todo. Acho até que está abrindo um escritório novo. Tem bastante oportunidade no momento.

Segunda-feira, 16 de janeiro, 9h11
Gabe: Vc vai hoje à noite?
Preciso de vc. Tenho que levar meu próprio público pra esse show.
$23 na porta + 2 drinques de consumação mínima por pessoa

Ari pode ter se esquivado da tentativa de Josh de oferecer um café da manhã constrangedor pós-sexo, mas, de algum jeito, receber tanta atenção da mãe dele é pior ainda. Provavelmente é só a paranoia falando, mas a expressão de Abby parece meio presunçosa. Sagaz. Talvez até... encantada.

O celular de Ari apita outra vez.

Segunda-feira, 16 de janeiro, 9h13
Radhya: já faz 3 horas
Quando vc estava planejando me contar sobre ontem à noite?

Ari sente um nó se formar no estômago. Primeiro Briar, agora Radhya?

– Abby, é muita gentileza da sua parte, mas você mal me conhece.

– Bobagem. – Abby abana a mão em desdém. – Estou ajudando o primo dele a comprar uma cooperativa em Murray Hill. Ele me deve um favor.

Uma emoção intrusiva deixa a garganta de Ari apertada. Uma súbita pontada de saudade de Cass. Aquele misto de carinho e preocupação. Tão irritante e gratificante. A sensação de ser protegida.

Abby abre uma bolsa que parece cara e tira um batom e um pó compacto.

– Ari, quando alguém te oferecer um empurrãozinho, aceite. Eu oriento as jovens no meu escritório. – Ela aplica uma nova camada de cor aos lábios. – Eu as incentivo a aproveitar cada oportunidade, do mesmo jeito que qualquer homem faria. – Abby fecha o estojinho de pó compacto com força e se inclina para a frente. – Onde você se vê a longo prazo? Quais são seus planos para daqui a cinco anos?

Ari ganha tempo tomando um longo gole de café. *Meu plano é ter uma situação financeira estável o suficiente para não precisar implorar que noivos me deixem escrever seus votos de casamento* não parece a melhor a resposta. *Tenho tentado "fazer comédia" ao longo de toda minha vida adulta, e não tenho nada para mostrar porque nunca "cheguei lá", e passo a maior parte do tempo como garçonete, passeadora de cães ou babá* também não.

9h15
Radhya: me liga
E liga pra ele
Não aguento mais as mensagens dele surtando

Ari silencia o celular e o coloca com a tela para baixo em cima da mesa.

– Andei lidando com um... divórcio – explica Ari, pronunciando a última palavra com cautela. – Minha vida tem sido elaborar planos para cinco dias, não cinco anos.

É mais do que ela costuma compartilhar com pessoas quase desconhecidas, mas suas reservas emocionais devem estar chegando à capacidade mínima e o alarme começando a soar.

É preciso reconhecer que Abby não parece se intimidar.

– Correr atrás do que você ama é muito importante. Aprendi essa lição tarde demais. Quando vendi minha primeira propriedade, eu tinha um filho adolescente ressentido, uma filha precoce no jardim de infância e um marido que fazia as coisas do mesmo jeito havia vinte anos. Todo mundo *precisava* de alguma coisa de mim. Mas eu não podia viver uma vida em que meu único propósito era facilitar os propósitos dos outros. Você não pode ficar só esperando, deixando a vida te levar. – Abby tamborila as unhas no tampo da mesa. – Um divórcio é o momento perfeito para reconstruir a carreira. – Ela faz uma pausa. – E os relacionamentos.

Ah, não. Abby abre um sorrisinho, sem vergonha alguma.

– Acho que você está com a ideia errada a respeito...

Abby ergue a mão.

– Não precisa se explicar.

E então ela dá uma piscadinha. *Ai, meu Deus.*

Ari estica o braço para pegar sua água, e Abby a surpreende ao colocar a mão quente por cima da dela.

– Liga pro Brad. Pode ser exatamente do que você precisa. É improvisação, não é? Vai envolver viagens. E pagar bem. Quem não avança, retrocede. Acho que só dão esse aviso para os homens. – Abby dá um tapinha na mão de Ari e volta a se recostar na cadeira. – E quero que saiba: não estou oferecendo isso só porque você está dormindo com meu filho.

DOZE HORAS, 27 MENSAGENS não respondidas e duzentos canapés servidos depois, Ari ouve a risada de Gabe do lado de fora do clube de comédia, onde ele está no meio de um grupo de fumantes, a risada 1 decibel mais alta do que a de todo mundo.

– Por que você está com cheiro de presunto? – pergunta ele quando ela força passagem e entra no meio do círculo.

– Quatro horas servindo fatias de pêssego envoltas em pancetta. – Ari reúne a raiva inquietante que não teve chance de liberar no pop-up de Radhya. – O que deu em você ontem?

– Que engraçado, eu ia te perguntar a mesma coisa. – Ele solta um aro de fumaça. – Vamos beber alguma coisa, tenho meia hora de folga.

Gabe segura Ari pelo ombro e a conduz/empurra pela porta até a recepcionista entediada, que está rolando a tela do celular atrás do balcão. A mulher mal ergue os olhos ao pegar os 23 dólares de Ari, deixando escapar um pequeno suspiro.

Ainda não há ninguém no palco do "Rising Star Room", uma sala do clube que, sinceramente, mais parece o porão de um centro comunitário onde poderia acontecer uma reunião dos Alcoólicos Anônimos. Por isso mesmo, Ari vai até o bar na mesma hora para pegar um Long Island Iced Tea.

– Foi esse tipo de dia, é? – observa Gabe.

Ari responde inflando as narinas, determinada a não ceder às gracinhas dele. Ela toma um gole do copo de plástico e vasculha o local, estreitando os olhos na escuridão para uma mulher alta com uma franja pesada caindo perfeitamente pela testa.

– Aquela é a... Briar?

Por instinto, Ari dá dois passos para trás, cambaleando para sair do campo de visão da outra.

– Tive que chamar minha própria plateia. Mandei convite pra todo mundo com quem já transei. – Ele dá de ombros e faz um movimento estranhamente sedutor com a sobrancelha esquerda. – Ela gosta de mim.

Ari se inclina para a frente.

– Vocês...

– A gente se pegou no banheiro do bar. – Ele faz uma pausa. Há um quê de travessura em seus olhos. – Mas eu não disse "eu te amo" nem nada do tipo.

Ela não sabe se ele solta outra piada depois disso, pois não consegue ouvir por cima da gritaria em sua mente. Finalmente, pergunta:

– Por que todo mundo está sabendo disso?

– Provavelmente porque você saiu correndo da casa dele hoje de manhã, e na mesma hora ele começou a surtar, e vocês não se falaram o dia todo?

– Eu andei... processando o ocorrido.

Isso. *Processando.* Processando e evitando.

– Você tá meio rouca. Foi por causa da gritaria toda?

Ari tem certeza de que seus olhos lançam adagas de desenho animado direto no peitoral perfeito e depilado de Gabe.

– Tudo bem, olha – continua ele. – Não foi tipo um relato no Reddit de um hétero top se gabando de comer uma garota. Foi mais algo na linha "todos os meus sonhos se realizaram ontem à noite, então como a gente faz pra não estragar tudo?".

– Eu não quero ser o sonho de ninguém.

Será que Josh não conseguia nem se vangloriar casualmente, como um babaca normal?

Gabe chega um pouco mais perto, criando a ilusão de intimidade.

– Como foi?

– Foi... – Ari morde o interior da bochecha. – Sabe aquela música antiga, *we make love and then we fuck*? A gente faz amor, depois a gente fode?

Gabe mal consegue conter uma risadinha impressionada.

– Não, mas parece que cada um conseguiu o que queria.

Ari bebe o resto do drinque e joga o copo na lixeira perto da saída.

– Tenho que ir. Não consigo fazer isso agora.

Gabe a segura pelo braço e a conduz de volta ao bar.

– Você já pagou a entrada, e preciso que gargalhe alto na minha apresentação e fique séria nas outras. – Ele acena para o barman. – É sério. Eu chamei um assistente de escalação de elenco.

Ari pede um drinque duplo enquanto olha para as costas de Briar.

– Você e Briar falaram sobre esse assunto agora?

– Claro que não – responde ele, olhando a hora no celular. – A gente conversou sobre isso por mensagem logo cedinho pela manhã.

– *Vocês* que dão à situação mais importância do que ela merece.

Gabe guarda o celular no bolso e põe as mãos nos ombros de Ari.

– Havia uma janela. Você demorou demais. A janela pro sexo sem compromisso fechou pra vocês dois meses atrás.

– Não é verdade. Sempre deixo uma frestinha aberta.

– Pode argumentar quanto quiser, mas vai rolar uma conversa constrangedora pra definir o relacionamento de vocês – acrescenta ele. – Ele está com olhinhos de coração.

– Acho que a gente consegue... voltar umas casas.

As palavras já soam desesperançosas assim que saem de sua boca.

Gabe assente para ela com condescendência, como quem diz "claro que conseguem".

– Tenho que perguntar... O que caralhos ele estava fazendo que fez você dizer a frase que não deve ser citada?

Ari engasga com seu drinque comicamente grande. Ela se sente enjoada, e não é só por causa do cheiro ácido do álcool e do ar mofado do jardim.

– Ei – diz ela, depois que o acesso de tosse diminui –, já ouviu falar em algo chamado WinProv?

– Ótima forma de mudar de assunto. Você deveria dar aula de como se esquivar. – Ele toma o resto do seu drinque. – Uma babaquice qualquer de treinamento corporativo de comédia?

– Babaquice com direito a viagens e um salário de verdade.

Ari pega o celular e mostra o site da WinProv. Gabe analisa a tela, estreitando os olhos.

– Não – diz ele. Um lampejo cruza seu rosto, e é pior do que raiva de verdade. É decepção. – E o LaughRiot? Nossa equipe do Harold? Você vai mesmo abandonar a gente?

– Vocês têm se apresentado sem mim há meses. Não precisam de mim.

– Sério, você não está realmente considerando fazer *isso*. – Ele empurra o celular para ela. – Você, não.

– Você interpretou o Gaston no Japão por seis meses!

– Isso é *atuar* – insiste ele. – Isso aqui? É desleal. É se vender. Você é melhor do que isso.

– Estou só considerando minhas opções.

Eles se encaram por um longo momento, até que Gabe balança a cabeça e sai. De alguma forma, essa reação a magoa mais do que se ele tivesse explodido com ela. Há algo de especialmente horrível na decepção controlada dele.

Ari respira fundo, se vira e vai até a saída, enquanto se atrapalha para fechar o site da WinProv na tela do celular.

Algo ainda mais complicado o substitui.

Segunda-feira, 16 de janeiro, 21h57
Josh: E aí?

É quase pior do que emojis de coração.

Ela sai tropeçando pela porta para o ar frio da noite e aperta o botão de LIGAR antes que mude de ideia.

JOSH ANDA DE UM LADO PARA OUTRO, a passos largos, por todo o seu apartamento.

– Você estava tagarela hoje – diz Ari ao telefone. – Tem alguém nessa cidade com quem você não falou hoje de manhã?

– Foi sem querer – observa ele.

– Não quero receber uma mensagem de parabéns da sua mãe em seguida... nem da sua terapeuta, nem do seu contador.

Há uma longa pausa.

– Podemos conversar sobre isso? – pergunta ele.

– Podemos? – A linha fica muda por trinta segundos. O maxilar dele está praticamente rangendo no telefone, até que ela acrescenta: – Foi...

– ... totalmente incrível.

– ... meio que uma loucura?

– Mas de um jeito bom.

Josh toma cuidado para não acrescentar nenhum tom de dúvida na declaração. Ele perambula sem rumo em seu quarto e se joga de um jeito dramático na cama atipicamente desarrumada.

– Por que ficou tudo tão difícil, tão *duro* de repente? – pergunta ela. – Sem duplo sentido.

– Porque não tinha como a gente continuar daquele jeito pra sempre.

Mais uma longa pausa. Longa demais.

Desconfortavelmente longa.

Por fim, ela quebra o impasse.

– De que *jeito*?

– Como duas pessoas que querem desesperadamente ser mais do que amigas, mas não tomam uma atitude.

Mais trinta segundos de silêncio.

– A gente pode só começar com uma conversa normal – sugere ele. – Você pode me contar como foi seu dia.

– Beleza, vamos lá. – Ela pigarreia. – Então, aconteceu uma coisa interessante ontem. Fui pra casa de um cara com quem eu ando saindo. E a gente, tipo, trepou. Do nada.

– Vocês *treparam*? – indaga ele. Para ser justo, é *mesmo* o tipo de coisa que ela diria para ele em uma segunda-feira qualquer. – Quanta intimidade. Sem dúvida o maior pau que você já viu, né?

Ela solta um guincho.

– Sinceramente – diz ela, em um tom solene –, fiquei apavorada com o diâmetro.

Josh assente.

– Dá pra entender por que você está tão a fim dele.

– Quando foi que eu falei isso?

– É verdade. – Ele se recosta na cabeceira da cama. – Você nunca falou.

– Esse é o problema – observa ela. – Com quem eu vou conversar sobre você?

– Você pode falar comigo sobre quanto eu sou adequado. Provavelmente é o feedback mais positivo que eu já recebi em um ano.

– Odeio quando você fala coisas assim...

– Quer sair pra jantar? Só jantar. – *Foda-se.* – A menos que você também queira transar. Nesse caso, podem ser as duas coisas.

– Estou esperando o Gabe subir no palco. Prometi que vinha a uma apresentação em que ele teve que trazer o próprio público. É tipo um pacto sagrado. – Há mais um silêncio interminável antes de Ari dizer: – Vamos só... dar um tempo? Alguns dias?

Há um ar de cautela no jeito que ela fala que dispara alarmes na cabeça dele.

– Não é pra ver coisa onde não tem, mas...

Ótimo, agora o cérebro dele está pronto, só esperando para designar mensagens subliminares a palavras que ela nem sequer mencionou.

– ... acho que a gente não pode se deixar levar por algo sem considerar tudo à luz do dia, com mais frieza.

– Você já considerou nos confins sombrios de um clube de comédia.

– Josh, cada parte da minha vida está um caos no momento.

Ele ouve o pânico e a confusão na voz dela.

– Eu gosto de você, tipo, de uns catorze jeitos específicos, e provavelmente a gente estragou nosso relacionamento todo. Será que a gente não pode só... se dar um tempinho pra...?

– Beleza. Beleza, você tem razão. – Ele adota o tom tranquilo de um negociador antissequestro. – A gente conversa daqui a alguns dias.

– Legal.

O alívio evidente no suspiro que ela solta aperta ainda mais o nó que se formou na garganta de Josh.

– Sabe – diz ele, ajustando seu tom de voz –, percebi que não recebi uma mensagem educada de agradecimento hoje. Achei que isso fosse seu procedimento-padrão.

– Bom, você não chegou a me chupar.

– Porque você não colocou a fantasia de palhaço que eu pedi pra você usar.

Ele imagina Ari sorrindo com isso: aquele leve brilho de charme e astúcia que é maravilhoso de ver.

– Não faço muito o tipo boa menina. Estou mais pra pestinha, na verdade.

E agora é *ele* que está sorrindo, apesar de tudo. Talvez fique tudo bem. Uma espécie de intervalo. Um tempo para ela se ajustar.

Está tudo bem.

Vai ficar tudo bem.

22

Quinta-feira, 26 de janeiro, 16h53

Brad Hoenig [SFW ⊖]: Ari! Obrigado por entrar em mais uma chamada de última hora.

Ser capaz de lidar com as adversidades é missão fundamental na WinProv.

Só para confirmar, você tem carteira de motorista, certo?

– Você não exagerou quando falou da sua aversão por calças.

Josh está na porta de Ari, segurando uma caixa de papelão e duas bolsas de mercado.

Ari está com uma cueca boxer e uma regata, porque o termostato desse apartamento sempre foi algo fora do controle dela. Mas é o que cria uma dinâmica estranha quando alguém aparece adequadamente agasalhado para o inverno e a outra pessoa está vestida para um verão infernal.

Principalmente quando esse alguém é Josh, que ela não viu e com quem não falou nem trocou mensagem na última semana. Ele estar muito vestido só faz Ari se sentir muito despida.

– O que tem nessa caixa?

Ela cruza os braços na frente do logo da Lilith Fair em sua regata, escondendo o contorno dos piercings que despontam pelo sutiã sem bojo como se dissessem "oi, lembra da gente?".

– Vou fazer o jantar pra você. Um jantar de verdade.

– *Você* vai cozinhar? Aqui? – Ela olha por cima da aba da caixa de papelão e vê algo metálico reluzente. – Sério?

– Sério.

Ele passa por Ari e vai para a cozinha, deixando-a olhando fixo para a porta.

Quando Ari se vira, ele está deslizando a alça de uma malinha de um dos ombros. Pode ser a bolsa da academia, claro. Ou a bolsa de sexo em potencial. Com mudas de roupa.

Como é que ela não previu isso quando mandou mensagem para ele e o chamou para conversarem?

Eles estão vagando por uma terra de ninguém, entre amigos e amantes, sem um manual. Talvez o Josh na versão Homem Alto e Irritante de Suéter tivesse razão: não existe mesmo sexo sem consequências.

Ela anda com cuidado até a cozinha, observando o prazer exagerado de Josh ao separar os produtos em grupos bem organizados e alinhar suas facas perto da tábua de cortar.

– Você roubou saleiros e pimenteiros de algum restaurante? – Ele segura dois frasquinhos de vidro quase vazios que estavam ao lado do fogão dela. – Vou comprar um sal kosher decente pra você. Isso é inaceitável.

– A comida que eu como não costuma precisar de *mais* sódio – murmura ela, espanando umas migalhas perdidas da bancada antes que ele faça algum comentário sobre elas. – Ei, tem uma coisa que eu preciso conversar com você...

A voz de Ari morre, porque, nesse momento, Josh tira o suéter pela cabeça e deixa à mostra um pedacinho de pele entre o cós da calça e a blusa. Por um instante, ela tem um pensamento ridículo de que ele está só... se despindo casualmente na frente dela porque agora é assim que as coisas são entre os dois. Como se ele fosse continuar a tirar camadas de roupa escura até que...

– Porra, está um calor infernal aqui! – exclama ele, dobrando o suéter (é claro que ele o *dobra*) e o colocando em cima da bolsa.

Josh abre metodicamente cada armário vazio no alto. *Por que as blusas dele sempre estão um pouquinho justas?* É claro que os pensamentos obscenos de Ari sobre ele vêm à tona agora, quando ela precisa ser racional.

– Cadê as tigelas que a gente comprou?

– Ah... embaixo, à esquerda. – Ari o observa assumir o controle da cozinha, remexendo em vários aparelhos de aço inoxidável. – O que você vai preparar?

– *Lasagne in bianco* – responde ele, como se fosse um prato corriqueiro.
– Existe alguma chance de você ter uma travessa que vá ao forno?

Ela se agacha diante do armário à direita e ergue uma travessa de vidro retangular.

– Eu uso pra fazer brownie de maconha.

Ele lança um olhar levemente provocante de desaprovação antes de pegar o refratário das mãos dela.

– Essa aí é mais uma das blusas da Cass?

Ari dá de ombros, procurando uma maneira de mudar de assunto.

– Então você trouxe sua máquina de fazer macarrão? – pergunta, girando a pequena manivela.

– Era do meu pai. Teremos comida afetiva, só que de outro nível.

Ari se encosta na bancada, tentando encontrar uma posição que pareça casual antes de contar a ele por que não vai precisar de sal kosher nem dessas tigelas em algumas semanas. Em vez disso, o que sai é:

– Você acha que eu preciso de afeto?

Ela já desviou completamente do próprio roteiro. Ele não devia ter vindo nem para ferver água, quem dirá fazer uma massa do zero.

Josh pega seu ralador e anda na direção dela – apenas um passo, porque ele é um homem grande em uma cozinha nova-iorquina.

– E precisa?

Ele assoma sobre Ari, ficando a apenas alguns centímetros dela. Há um pano de prato em seu ombro. Ele não está jogando limpo.

– Preciso de quê?

O algodão da camisa preta dele roça de leve na fina barreira do logo desbotado da Lilith Fair.

– De afeto.

Ele analisa o rosto dela, como se talvez fossem se beijar. Ari prende a respiração, erguendo o queixo muito de leve. Ele ergue o braço direito e...

... pega um pedaço de queijo fontina.

– Faz algo de útil e rala isso.

Ela solta o ar.

– Claro, me dá o trabalho mais perigoso.

Josh abre um pacote de farinha e procura medidores nas gavetas, como se ela fosse de fato ter algum.

– Enquanto isso estiver no forno, a gente vai para o quarto esvaziar a gaveta da sua ex-mulher.

As blusas de Cass são perfeitamente boas, ela quer observar.

Mas Ari sente um frio na barriga quando ele diz *quarto*. A mente dela sai do modo racional e começa a gerar imagens do sexo que eles poderiam estar fazendo.

Não, não, não. Ela precisa continuar focada. Não tem motivo para perturbar a frágil atmosfera pacífica entre eles no momento, não enquanto ele está cozinhando pela primeira vez em um ano.

Então eles vão comer. E aí vão conversar.

Vai ficar tudo bem.

– Sabe – diz ela, puxando assunto enquanto pega o ralador –, eu tenho um pacote gigante de bacon em cubos. Eles ficam deliciosos em um macarrão com queijo se você salpicá-los e...

– De jeito nenhum. – Ele franze a testa. – Eu trouxe presunto de Parma.

JOSH ESPERA ENCONTRAR TALVEZ meia dúzia de blusas de Cass na gaveta que ele e Ari arrumaram dois meses atrás. Em vez disso, é quase como se essa mulher tivesse se esquecido de esvaziar uma gaveta na pressa de desocupar o local, e esse espaço abrigasse o conteúdo do cesto de roupa suja de Cameron Crowe em meados de 1995.

Agora não importa mais. Ele ganhou.

No geral, Josh está muito orgulhoso pelo comedimento que vem demonstrando a noite toda. Não houve nem um quê de desespero. Nada de pressionar. Até pareceu *certo* cozinhar outra vez, demonstrar certas etapas, até mesmo exibir um pouco de sua habilidade com as facas, como fez na primeira vez em que se encontraram.

Eles não se beijaram, o que também era tranquilo – quase como se não precisassem provar nada. Pelo contrário, a falta de contato físico até o momento apenas elevava a tensão.

E, sim, a comunicação monossilábica dela nos últimos dias foi irritante. Mas ele compreende Ari agora: quando se trata de algo tão *importante* assim, ela se fecha. No mínimo, é uma confirmação dos sentimentos dela.

O que explica por que ela está nervosa, parada ao pé da cama, balançando-se agoniada enquanto vê Josh revirar a gaveta. Todas as características dela agora parecem levemente mais acentuadas: de alguma forma, ela agora tem sardas, o lábio inferior é mais carnudo, o coque está mais rebelde.

Josh se imagina em cima dela, as luzes acesas, as pernas dela ao seu redor. Ela poderia até mesmo dizer "eu te amo" de novo, mas olhando nos olhos dele, para que não haja dúvida. E ele teria a presença de espírito de retribuir a declaração dessa vez.

Ele segura um saco lixo aberto.

– São só blusas – diz Ari, se abaixando e, sem cerimônia, pegando o conteúdo da gaveta. – Não são, tipo, um símbolo de nada.

– Isso se chama seguir em frente.

– Eu *estou* seguindo em frente. Você está só me privando da parte de cima dos meus pijamas. – Ela volta a afundar na cama, segurando dois punhados de blusas. – É isso que eu queria te contar.

– Que você está seguindo em frente sem a parte de cima do pijama?

– Na verdade, sim. – Ela solta as roupas em duas pilhas de cada lado e fica mexendo no tecido de uma das blusas. – Vamos colocar o apartamento à venda. Preciso sair daqui até o fim do mês.

Josh deixa o saco de lixo cair. Ouvir Ari se referir casualmente a Cass como parte de um *nós*, no presente, provoca uma pontada de dor.

– Então eu precisei decidir o que fazer – continua ela.

Ari dobra as pernas e se senta em cima delas, como se precisasse ganhar tempo para formular as palavras. A mente dele gira com um turbilhão de possibilidades.

Um sinal?

Ele se vira de costas para Ari e fica diante da cômoda, olhando para a gaveta aberta e dando a si mesmo um pouco de privacidade.

– Existe uma solução – anuncia ele.

– Na verdade...

– Vem morar comigo.

Ele fecha a gaveta com força, provocando um ruído prazeroso.

– Espera aí, o quê?

Josh se vira e recosta na cômoda. A expressão de Ari está mais surpresa do que ele gostaria.

– Vem morar comigo. Ou a gente pode procurar um lugar novo. Juntos.

– Tipo colegas de apartamento?

– Não. – Ele abaixa a cabeça por um segundo, respirando fundo e lembrando-se de manter a porra da paciência. – Você não é só uma colega de apartamento. – Ele ergue a cabeça e a olha fundo nos olhos. – É a pessoa por quem eu estou apaixonado.

O quarto é tomado pelo silêncio, quebrado apenas pelos ruídos e sibilos ocasionais do radiador.

Ele pensou que talvez ela fosse ficar com os olhos cheios d'água, os cantos da boca se curvando em um sorriso incrédulo, e se levantasse devagarinho da cama para abraçá-lo. E então eles ficariam abraçados, finalmente aliviados.

Em vez disso, ela continua sentada, imóvel e boquiaberta.

Acomodando-se ao lado dela na cama, ele estende a mão bem devagar para segurar a dela.

– Josh. – A voz dela é baixa e comedida. Ela observa Josh acariciar com o polegar os nós de seus dedos. *Que macio.* – Sugerir isso só complica mais as coisas.

– Eu estou cansado de *não* poder sugerir isso. Achei que a gente estava sendo sincero agora. Você já falou. Eu sei que isso pode dar certo. Tenho certeza. Você acha que não está pronta, mas está. – Ele leva a mão dela até os lábios e dá um beijo. – Você está pronta.

– Não me fala o que eu estou... – Ela se obriga a se acalmar e respirar. – Josh, me escuta...

– O que você acha que a gente estava fazendo esse tempo todo? A gente estava namorando, Ari. Foi acontecendo tão aos poucos que nem percebemos. Não rotulamos. Só precisávamos dessa última peça, e agora a gente tem.

Ele leva a mão dela até o próprio rosto, e é quase como se ela estivesse fazendo isso por vontade própria.

Josh inclina a cabeça e se abaixa, colocando a outra mão na nuca de Ari e a puxando para o tipo de beijo que eles deveriam ter dado antes que ela fugisse do apartamento dele na semana passada. Os lábios dela são quentes, receptivos e convidativos, dizendo tudo que ela não consegue expressar com palavras.

Os dois caem de lado no colchão. Ele se ergue, pairando sobre ela.

– Não é o momento certo – revela Ari. – Eu estou... estou deprimida.

– Eu também. Metade da população dessa porra de cidade está deprimida.

– Josh...

– Pessoas deprimidas podem ter relacionamentos. A gente poderia ficar pra sempre esperando em vão pelo "momento certo". Você é perfeita pra mim exatamente do jeito que você é agora.

Ele beija a cavidade do pescoço dela, ouvindo a respiração de Ari ficar mais pesada e entrecortada quando ele suga um ponto em particular, de um jeito que com certeza vai deixar uma marca visível.

– Josh...

Ela enfia os dedos nos ombros dele.

Josh ergue a blusa dela (é *claro* que Cass foi à Lilith Fair), expondo a pele entre o cós do short e o sutiã sem bojo.

– Será que você estar precisando de outro lugar pra morar não é um sinal? – Ele distribui beijos pelo tórax de Ari. Ela é tão macia, tão quente, e tudo simplesmente *faz sentido*. – É um *sinal* de que isso é a coisa certa.

– *Josh*. – Ari chama alto, o que o faz parar. – Eu não estou procurando outro lugar pra morar.

– Quê?

Ele paralisa.

– Eu aceitei um emprego. Vou sair de Nova York por um tempo.

– O quê? – Josh ergue a cabeça, sem processar direito as frases. – Pra onde você vai?

– Por enquanto, para Washington, D.C. Sua mãe me colocou em contato com o CEO de uma empresa de consultoria. Ele está contratando comediantes para dar treinamento de improvisação.

– Minha mãe? – *Quando foi que isso aconteceu? Por que Ari não contou nada?* – Consultoria?

– Vou ficar viajando por aí, ensinando jogos de improvisação para funcionários de diversas empresas. – Ela puxa a blusa para baixo e cobre a barriga. – Paga muito bem. Tipo, um salário de verdade.

– Espera aí. – Josh balança a cabeça. – Desde quando você quer ser consultora?

Ari se senta, endireitando-se.

– Você não tem *ideia* do que eu quero.

– E quanto a voltar a se apresentar? O que aconteceu com "fazer comédia é como mágica"? Você está desistindo?

Um lampejo de raiva brilha nos olhos de Ari.

– Falou o cara que não pisa numa cozinha há... um ano?

– E quanto a *mim*? Onde eu me encaixo nesse plano?

Josh não se dá ao trabalho de filtrar o desespero em sua voz. Ele espera que ela apresente alguma solução: visitas prolongadas, fins de semana na Filadélfia, sexo pelo telefone. Será que ele poderia ir com ela? Ele não tem nenhum motivo para ficar em Nova York. Não tem motivo para ficar em lugar nenhum.

Ela continua no mesmo tom estranhamente cauteloso:

– A gente pode voltar a ser como era. Pelo telefone. Antes de...

Ari inclina a cabeça e dá de ombros.

– Antes do *quê*? – Ele espera Ari dizer a palavra, mesmo sabendo que não vai ouvi-la. – Fala.

– Você sabe exatamente a que eu estou me referindo, Josh. Você pode continuar com seus encontros. Eu vou continuar fazendo, sabe, qualquer coisa...

– A gente *transou*. – *Puta que pariu*. – Eu não quero voltar atrás, Ari. Você prefere dividir a solidão pela porra do telefone? Você acha mesmo que eu quero saber de você fazendo "qualquer coisa"? Olha o que você está falando! – Ele sente as mãos se fechando, se abrindo e se fechando de novo. – O que fizemos desbloqueou alguma coisa.

– Eu não sou boa nessa parte – insiste ela. – Não é nada pessoal.

– Não é nada pes... – Ele ergue os olhos para o teto, como se estivesse suplicando por uma intervenção divina. – Não podemos fingir que isso não aconteceu. Não dessa vez. A gente já cruzou essa linha, Ari. Não dá pra voltar.

A expressão de Josh se transforma de confusa em um tanto acusatória.

– Você não está me escutando. – O que ela diz parece um alerta, mas ela não entende quanto ele já a compreende. – Não estou pronta pra desbloquear nada agora. Ainda estou de luto.

– Você está "de luto"? – Ele pega uma das blusas de Cass e a joga no piso de madeira com uma força surpreendente. – Ela é uma narcisista que traiu você e foi embora. Você está deixando essa mulher ditar a sua vida, e ela não está mais nem aí pra você. Sei que seu orgulho ficou ferido quando ela foi embora. Porque quem desaparece no meio da noite é *você*. Quem vai embora é *você*. E é exatamente isso que você está tentando fazer agora.

O rosto dela estampa uma expressão de mágoa surpreendente.

– Você já se divertiu bastante. Não sei mais o que quer de mim.

Josh gesticula para o espaço entre eles.

– *Isso aqui* deveria ser a diversão.

– Eu estou me divertindo *à beça*, e você?

Ele chega mais perto dela para poder ver sua reação às palavras que estão na ponta da língua dele.

– Eu sei o que eu quero. – Josh experimenta uma sensação inebriante e atordoante de que *esse* é o momento. É a última tentativa. – Eu quero tudo, e vou te dar tudo. – Ele estende o braço e passa a mão pelo cabelo dela. – Você não encontra *isso* com uma pessoa e simplesmente vai embora.

– A gente já está brigando! – Ela retrai a cabeça para longe do toque dele.

– Eu sei que tem alguma coisa aqui. Eu *sei*, Ari. E sei que você também sente isso.

– Todo casal divorciado e amargo sente a mesma coisa no começo. Nenhum dos seus problemas parece ter importância quando tem alguém para ser tudo para você, para cuidar de você. A pessoa é o antídoto pra cada defeito que você odeia em si. E vê além disso quando você não consegue enxergar. – Ari se afasta mais um pouco dele. – Mas, no fim, você acorda e todas as coisas que você enterrou começam a ressurgir. Cada defeito idiota e irritante da outra pessoa vira uma discussão. Ela fica carente e exigente, esconde coisas de você, defeitos que seu instinto lhe diz que na verdade são coisas importantes, e você começa a ficar paranoica e maluca. Vocês se culpam mutuamente por todas as formas como suas vidas não estão dando certo. Por todas as decisões que faziam sentido antes, mas que, olhando para trás, foram tenebrosas. E, de repente, não tem mais magia nenhuma unindo vocês. São só duas pessoas idiotas, brigando para ver quem fica com a louça.

– Eu não vou levar sua tigela embora, Ari.

– Ela pagou trinta mil dólares de honorários pros advogados pra se livrar de mim. Você entende isso?

– Isso não nos representa.

Ari balança a cabeça.

– Mas eu também sei como isso termina. Daqui a quatro anos, vou dar de cara com você no mercado, em Park Slope. Você vai estar empurrando o seu filho de 2 anos em um daqueles carrinhos de bebê supercaros, procurando um cacho perfeito de uvas orgânicas, enquanto sua esposa, a professora de ioga, escolhe um kombucha. E eu vou ser a garota vestindo a camisa do Islanders de uma pessoa qualquer...

– Islanders?

– ... com uma garrafa de vinho barato em cada mão. Vou ficar espiando do canto, torcendo pra você não me ver e perguntar como eu estou. Porque, se perguntar, vou ter que te contar que ainda estou servindo daiquiris em bar mitzvahs e escrevendo discursos para estranhos que realmente vivem uma vida que vale a pena celebrar. Que ainda fico bêbada e vou pra casa com desconhecidos que nunca mais vejo. Que ainda não dei jeito em nenhum aspecto da minha vida. Não quero passar por isso com você. Não quero... – O rosto dela se retorce de repente. – Eu não quero encontrar você passeando com a porra de uma esposa e um filho.

O peito de Ari sobe e desce um pouco mais, e as lágrimas começam a escorrer por seu rosto. Josh desvia o olhar, rangendo o maxilar e contendo o impulso de permitir que os próprios olhos se encham de água.

– Eu estou tão cansada de chorar na sua frente! – grita ela. – Eu não faço isso. Eu não sou assim.

Parece que uma terceira pessoa pausou a cena, e Josh vê a discussão toda como se estivesse sendo interpretada por dois atores e ele fosse apenas um voyeur esquisitão, vendo um babaca furioso gritar com uma mulher que parece se fechar um pouco mais a cada torrente de raiva. Ele espera a crise de choro de Ari passar até ela começar fungar.

– Como você sabe que não seremos nós comprando uvas orgânicas juntos daqui a quatro anos?

A expressão de Ari muda, mas não de um jeito que o ajude a decifrar alguma coisa.

– Eu vou comprar a porra das uvas que você quiser. O kombucha. – Ele faz uma pausa. – O carrinho de bebê. Tudo isso.

Ela parece exausta.

– Eu não quero me perder em outra pessoa. Preciso dar um rumo na minha própria vida.

Parece um cabo de guerra sem graça: quanto mais forte ele puxa a corda, mais ela se desfia.

– E que rumo você acha que eu devo dar à *minha*?

Josh se levanta de novo, precisando estar em movimento, e anda em um círculo tenso ao continuar falando:

– Eu sou simplesmente um fracasso total. Meu pai trabalhou até morrer durante quarenta anos e manteve seu negócio em dia pra mim e pra minha irmã. E eu destruí tudo em questão de meses. Toda manhã eu acordo e lembro que eu falhei com ele de todas as formas possíveis, e é tarde demais pra consertar isso. Não tenho emprego nem amigos, e invento um monte de merda pra fazer até dar a hora de ir pra cama, e no dia seguinte começa tudo de novo. – Ele para de andar. – Você tem noção de que a única coisa que eu quero todos os dias é falar com você?

– É exatamente por isso que não vai dar certo. Você falhou *uma vez* e age como uma vítima patética das circunstâncias. Nada te impede de tentar de novo, a não ser o seu próprio ego. Ninguém exilou você. E eu não *quero* ser a única pessoa com quem você conversa. Não quero que você cuide de mim. Já sou adulta, posso cuidar de mim mesma.

– Desde quando? – Ele sente que provavelmente deveria recuar, mas as coisas já foram longe demais. – Pra mim, parece que você prefere ser só narguilés e piercings no mamilo.

Ari o encara, os olhos arregalados em um misto de raiva e choque, como se ele a tivesse golpeado na barriga com uma baioneta. Josh sente uma pontada rápida de arrependimento, mas não dá mais para voltar atrás.

– Não vou esperar que passe mais tempo – fala ela. – Já desperdicei demais a porra da minha vida. Não vou voltar atrás. Você não vai me insultar e fingir que a gente pode ser amigo outra vez.

Ele a encara e percebe que os olhos dela estão marejados outra vez. Então ela dá um puxão na corda.

– Eu não sou obrigada a ter um relacionamento com você só porque transamos.

Josh cambaleia alguns passos para trás na direção da porta. Era para ele estar olhando para a porra da namorada dele. Era para estar curtindo a energia do novo relacionamento, repassando várias vezes o "eu te amo" na sua mente, finalmente se permitindo acreditar nas palavras. Era pra ele estar com o rosto enterrado entre as pernas dela, com as coxas dela apertando sua cabeça a ponto de ele mal conseguir ouvi-la gemer.

Mas, em vez disso, ele está olhando para mais uma pessoa que só quer que ele desapareça.

Beleza. BELEZA.

Foda-se. Essa. Porra. Toda.

Que ela tenha o que deseja.

Josh passa por cima das blusas jogadas no chão. Vai até a cozinha, pega seu casaco, a bolsa para passar a noite e seu estojo de facas, então sai do apartamento sem uma palavra.

Ari pode ficar com o cilindro para massas. Que fique acumulando poeira no depósito.

Ele deixa o jantar deles no forno para queimar.

Dois meses depois

23

O CARGO OFICIAL DE ARI É "facilitadora de soluções júnior" durante as primeiras duas semanas de trabalho na WinProv LLC. Os deveres dela incluem buscar o chefe, Brad Hoenig (fundador/CEO/aprimorador-chefe/ agente da diversão número 1), em diversos aeroportos. Conduzir Brad por aí é o trabalho mais fácil que ela já teve em anos, ainda que desconfie que esteja fazendo isso porque a carteira de motorista dele foi suspensa.

O nome verdadeiro de Brad é Brian, mas ele fez testes A/B com nomes cinco anos atrás, comparando a recepção, e descobriu que "Brad" é mais estiloso. Realizou testes A/B para cada aspecto da WinProv, incluindo a cor da camisa de seus "facilitadores" em cada workshop (azul-cobalto – as verdes eram "agressivamente sem graça"). Usa óculos escuros esportivos que apoia na testa, uns 3 ou 4 centímetros acima dos olhos. Ari costuma se pegar encarando o reflexo no abismo preto das lentes enquanto ele recita trechos de Louis C. K. para ela.

Brad colocou Ari para morar em um estúdio daqueles conjuntos habitacionais empresariais cheios de bege, móveis duros e desconfortáveis e cafeteiras minúsculas. Parece um lugar que um pai recém-separado ocuparia durante alguns meses enquanto resolve seus problemas.

Ari não trouxe muita coisa com ela. Um dia antes de pegar o trem para Washington, D.C., ela embalou algumas tralhas em caixas de bebidas e pegou um carro de aplicativo até a casa de Radhya.

– Isso é ridículo – comentou Radhya, vendo Ari empurrar as caixas com a bota pelo minúsculo hall de entrada. – Você não precisa sair do estado por causa do Kestenberg.

Devia ser a quinta vez que Radhya expressava o mesmo sentimento.

– Não tem nada a ver com ele – insistiu Ari. – É uma boa oportunidade pra mim.

– Estou surpresa por não ter recebido mais uma enxurrada de mensagens transtornadas dele.

Rad se abaixou para examinar o resto das coisas de Ari: um monte de merdas aleatórias, mas preciosas, que não cabiam na mala (tipo um vaso de babosa que ela conseguiu não matar e a tigela branca e azul, que ela pensou seriamente em deixar no armário, em uma espécie de justiça poética idiota, mas amarelou). Todo o resto foi vendido, jogado fora ou doado.

– Desde quando você tem um cilindro para massas?

Ari teve aquela sensação de quando a professora chama seu nome mesmo sem você ter levantado a mão.

– É do Josh.

Ela tomou cuidado para não engasgar ao mencionar o nome dele, o qual, provavelmente, não dizia em voz alta havia uma semana.

Radhya garantiu que devolveria o aparelho para ele.

– Me faz ter uns flashbacks de enrolar infinitos lotes de *pappardelle* – comentou ela, dando de ombros.

Ari agradeceu e concluiu que seria a última vez que mencionaria Josh Kestenberg para Radhya. Ou para qualquer um.

Agora, em vez de pensar nele, Ari decora jargões corporativos como "parada obrigatória", "missão crítica" e "voltar a isso". Assiste aos vídeos informativos empolgantes de Brad, todos embalados por uma versão não autorizada da música "Where the Streets Have No Name", do U2. E estuda o roteiro de apresentação dele, que já passou por um teste A/B. Nele, há muitas "pausas para risadas". Depois de umas quinze corridas até aeroportos e dois workshops, Ari recebe o cargo de "facilitadora de soluções sênior e membro do corpo docente central". Brad relembra que ela ainda está em período de experiência.

Várias vezes por semana, Ari e Brad entram em um Hilton ou em um Radisson usando suas blusas de botão de um azul vívido. Checam áudio e vídeo, se conectam a headsets com microfone e fazem caras e bocas diante de um mar de gerentes de venda e especialistas de TI regionais durante um período de três a seis horas.

É um trabalho árduo. Não é como se apresentar diante de um público que, por vontade própria, pagou 5, 10 ou nenhum dólar em um show no LaughRiot com o intuito de se divertir. Os espectadores do WinProv precisam ser conquistados o tempo todo, quer estejam satisfeitos por se afastarem de seus escritórios em conceito aberto ou irritados com a camaradagem forçada e a alta probabilidade de um exercício de confiança envolvendo cair nos braços um do outro.

Vez ou outra, Ari pergunta se Brad tem algum tipo de reserva em atender uma lista de clientes que inclui as grandes empresas da indústria farmacêutica, da tecnologia e todo tipo de lugar com membros da família DeVos na diretoria. Ele insiste em dizer que "a improvisação é para todos. Essas pessoas constroem os aplicativos e serviços dos quais dependemos". Ele defende: "Entrega de mercado, viagens compartilhadas, terapias por mensagem de texto. Os desenvolvedores de front-end também precisam ousar falhar."

Quando essa linha de pensamento não dá certo, também tem a velha máxima de Gabe em tempos de crise: "Explorar para conseguir material." Ari se imagina voltando a Nova York com uma nova esquete mordaz, cutucando o complexo industrial da improvisação.

Mas a ideia de voltar não é uma possibilidade, ainda mais agora que Nova York e suas centenas de calçadas, esquinas e mercadinhos se transformaram em minas emocionais. Não há nenhuma área de três quarteirões que não esteja maculada por uma lembrança de Cass ou uma piada de Josh.

Ari não consegue nem ouvir música no carro. É nas longas e deprimentes viagens pelos estados do Médio-Atlântico que os pensamentos dela ficam vagando. Esperando o sinal abrir, parada em drive-thrus, passando por cartazes publicitários sobre Jesus ao lado de outros sobre lojas de produtos para adultos. Quando ela sintoniza na rádio FM local e uma mulher com uma voz anasalada canta sobre corações partidos, a mente de Ari forma uma imagem perfeita de Josh de perfil, melhor do que qualquer câmera poderia captar.

Ela tenta se lembrar das coisas horríveis que os dois disseram, reacendendo sua raiva só o suficiente para conseguir superar a mágoa.

Com frequência, parece que Ari está tapando o sol com a peneira. Mas só dá para lidar com uma crise de cada vez.

Depois de algumas semanas acompanhando Brad como uma sombra, Ari lidera um workshop sozinha: em um cruzeiro próximo ao porto de Washington, D.C., ela conduz uma pequena sessão. Depois do workshop, enquanto os funcionários de alguma firma de lobby tenebrosa aproveitam o "bufê de jantar premium", Ari fica no convés, tremendo de frio em seu sobretudo e observando o Monumento de Washington passar. É incrível como, há milhares de anos, os seres humanos vêm construindo sem o menor pudor esses pênis monstruosos.

Ela ajeita o casaco para cobrir a abominável blusa de botão azul, endireita a postura e tira quatro selfies: duas bobas, uma meio boba, mas ainda bonita, e uma séria/sexy. "Viu?", dizem as fotos. "Sou independente. Estou me encontrando aqui."

Ela escreve na legenda "Curtindo o falo ereto nº 1 da nação" e posta as quatro fotos, não sem antes organizar várias vezes a ordem em que vão aparecer. Provavelmente é a primeira vez que ela tira uma selfie em um barco desde que ela e Cass se casaram. Talvez seja bem pertinente que também haja um falo monumental nessa foto.

VASCULHAR OS MOSTRUÁRIOS na Academy Records, uma loja de CDs, DVDs e vinis usados, é a atividade preferida de Josh para fazer o tempo passar. É bom vestir uma calça sem elástico e se juntar à fraternidade de homens de meia-idade que se comunicam tentando superar o conhecimento inútil um do outro em relação a *free jazz* e *minimal techno*. Nos últimos minutos, Josh fez um esforço consciente – alguns diriam até *heroico* – para se desligar da palestrinha que o insuportável homem de coque está dando para sua companhia *normcore* sobre os "detritos auditivos" em *Ambient 4: On Land*, de Brian Eno.

Ele atualiza o aplicativo do e-mail, ainda que as notificações *push* estejam ativadas e que seja bastante improvável que a pergunta constrangedora que ele fez a um chef de Sonoma com quem ele trabalhou brevemente quatro anos atrás tenha sido respondida em meras duas horas e meia depois de tê-la enviado.

Isso se ele sequer receber uma resposta.

Ainda assim, o fato de ter mandado o e-mail é algo concreto que ele pode riscar da sua lista de afazeres. *Não estou de fato gastando todo meu tempo sentindo uma combinação de amargura, coração partido, raiva e autocomiseração.*

Também estou mandando e-mails.

Nas últimas três semanas, certas lembranças alojaram-se em seu cérebro, expandindo-se e retraindo-se. Caminhar até o metrô com a raiva ressoando nos ouvidos depois do choque da última interação entre os dois. Esperar que ela ligasse e pedisse desculpas. Não receber *nada*.

Durante uns dias, ele não falou com mais ninguém. Não saiu de casa. Apenas ficou sentado no sofá, sentindo a própria fúria se dissipar aos poucos como um colchão inflável com um ínfimo vazamento de ar – e cada coisa naquela porra de apartamento o lembrava de algo bobo que Ari tinha dito ou feito.

"Peace Piece", de Bill Evans, começa a tocar no sistema de som da loja, seus dois acordes repetindo-se como uma meditação. Às vezes, músicas melancólicas causam o impacto emocional contrário. É uma forma estranha de masoquismo. *Consegue lidar com essa melodia triste de piano? Consegue? E que tal esse solo do Miles Davis, babaca?*

Quinta-feira, 14 de março, 18h03
Briar: Animado pra hoje à noite?
Lembre-se de seus temas de conversa POSITIVOS.
Fuxiquei o Instagram dela e concluí que ela tem quase 1,80m.
Muita gente tem essa tara da mulher minúscula com o homem do tamanho de uma árvore, mas acho que duas pessoas com quase a mesma altura é algo MUITO satisfatório esteticamente.
Aliás, vamos falar de filtro pra foto em breve.
Vc precisa de uma estratégia melhor pras suas selfies.

Falando em masoquismo...

Ele clica no link do Instagram da mulher. Fotos de férias na praia. Pratos elaborados em restaurantes. Ela foi madrinha de casamento três vezes este ano, e ainda estamos em março.

Sem pensar, Josh clica no ícone de PÁGINA INICIAL e atualiza seu feed.

No topo da tela, há um fantasma. Um rosto que ele não vê há meses.

Graças ao algoritmo, que sabe exatamente como brincar com a mente dele, Ari está olhando para ele, sorrindo.

Josh enfia o celular rapidamente no bolso, como se o aparelho não obedecesse ao princípio de permanência do objeto.

– As faixas desse aqui vão muito além da ideia de começos e fins – opina o Homem de Coque a alguns metros de distância, sua voz se projetando como se ele estivesse em um palco. – Há apenas uma moldura aural.

A melodia no piano parece ficar cada vez mais alta no sistema de som, complicando-se e florescendo para além da constância daqueles dois acordes.

Josh coloca o disco no lugar e pega o celular outra vez, usando as duas mãos para segurá-lo e reabrir o post de Ari. Ele passa pelas quatro fotos, cada uma enviando uma mensagem completamente diferente. É um post feito com o único propósito de deixá-lo confuso.

Ele vai e volta no carrossel de fotos, olhando todas elas, deixando que seu cérebro memorize o ângulo levemente novo do rosto dela em cada imagem. E tomando o cuidado de não apertar sem querer o ícone de coração.

A legenda diz: "Curtindo o falo ereto nº 1 da nação." Será que tem algum significado além de uma mera piada de pau? Será que ela conheceu alguém? Será que é um código?

Josh tem matado a terapia. Alguns assuntos simplesmente são complexos demais para serem explicados em sessões de cinquenta minutos. Melhor seguir sozinho e esperar até conseguir entender a narrativa.

E, de qualquer forma, ele também não está a fim de receber porra de ajuda nenhuma agora.

"Peace Piece" se dissolve em notas dissonantes, a música quase acabando.

Provavelmente ele se sentiria bem se parasse de segui-la. Ou talvez ele pudesse postar uma seleção das próprias fotos que sugerem uma nova vida produtiva e empolgante. Que seja ela a ficar checando o perfil dele.

Mas quando foi que ele já se permitiu se sentir bem?

Josh guarda o celular novamente. Ele finge olhar os mostruários mais um pouco. Talvez essa também seja uma forma de encontrar uma âncora.

A melodia vai aos poucos se reconciliando com o baixo, mais branda, rumo a um final mais suave.

A respiração dele se acalma.

No momento em que ele se sente mentalmente fora de perigo, seu celular apita outra vez no bolso.

Quinta-feira, 14 de março, 18h12
Radhya: Oi, "chef". Estou com seu cilindro aqui.

24

JOSH NÃO ESTÁ ALI PARA FAZER PERGUNTA NENHUMA a respeito de Ari. Ele só quer seu maldito cilindro, quer vá usá-lo ou não. É por isso que ele finalmente se arrastou até o Brooklyn.

Limpa as botas no capacho de boas-vindas enquanto a porta se abre.

Radhya está usando jeans com rasgos nos joelhos. Seu cabelo está solto e é mais comprido do que ele imaginava. Deve ser a primeira vez que ele a vê sem a armadura da cozinha: nada do dólmã branco ou do cabelo preso em um coque apertado.

O apartamento dela cheira a comida de Sichuan. Em algum lugar além do hall de entrada, dá para ouvir uma música baixa e um ruído de latas sendo colocadas diretamente em uma mesa, sem porta-copos embaixo.

– Cheguei em má hora? – pergunta ele, louco para arrumar uma desculpa e ir embora rápido.

– Não, entra.

Ela gesticula para uma pilha meio inclinada de caixas de papelão no fim do corredor com um saco de lixo preto ao lado. O cilindro para massas do pai dele está em cima de uma caixa de uísque estufada.

Josh o pega. Seu pai nunca o usou de fato para fazer massa: apenas um experimento fracassado com *pierogi*. Talvez esteja amaldiçoado. Que esquisito essa inofensiva ferramenta culinária ter virado o símbolo de sua crença equivocada de que ele era importante para Ari.

Algo vermelho-vivo escapole por cima do saco de lixo. Ele se abaixa e pega uma blusa amassada do Soundgarden.

– São as coisas dela? – pergunta ele, sem conseguir se conter.

Radhya assente.

– Estou guardando alguns pertences dela. – Ela cutuca o saco de lixo com o pé. – Mas isso vai para o brechó Buffalo Exchange. Acho que a velha camiseta de academia da Cass pode ser uma "peça exclusiva" vintage de outra pessoa.

Isso não quer dizer nada. Talvez ela tenha comprado blusas novas. Talvez esteja dormindo nua.

Josh está doido para abrir as caixas, examinar as coisas dela e recapturar um pouquinho daquele sentimento de conhecê-la.

Ele se repreende, espantando o pensamento quase na mesma hora em que ele surge.

Esse tipo de ímpeto já devia ter sumido.

Para ser justo, está se dissipando um pouco. Ari tem ocupado menos espaço em sua mente. Ele não fica mais angustiado por causa dela, esperando uma ligação ou tentando decifrar cada post nas redes sociais como se fossem hieróglifos.

Ou está se limitando a fazer isso apenas em lojas de discos usados.

– Tem falado com ela? – indaga Radhya, encarando-o.

– Ela quem? – Josh se obriga a perguntar.

– Fala sério, Kestenberg.

– Não.

Estou dando espaço a ela ou qualquer merda dessas que você tenha aconselhado, então...

Radhya solta um suspiro profundo.

– Ela está...

Ele se prepara para alguma informação monumental a respeito de Ari. *Saindo com alguém. Prestes a se casar com Gabe. Entrando para uma seita na Colúmbia Britânica.*

– ... bem... segundo ela.

Josh não responde. É sempre assim: quando sua raiva está se transformando em aceitação, as cartas são embaralhadas de novo. Ele tensiona o maxilar, controlando sua expressão para manter um ar de neutralidade.

– Já jantou? – pergunta Radhya.

– Não. – Ele balança a cabeça uma vez. Deve estar mesmo parecendo derrotado. Patético. Sem amigos. – Mas tenho que ir.

– Pedi comida no Chuan Tian Xia – diz ela. – Nem tenta fingir que não quer.

E então uma voz muito familiar vem do outro cômodo:

– Ele não consegue resistir ao *soba* de Chengdu.

Josh lança um olhar para Radhya e segue a voz, virando no corredor e chegando a uma pequena sala de estar onde sua irmã (*traidora!*) está sentada no chão diante de uma mesinha de centro, que tem cada centímetro ocupado por recipientes, pratos, guardanapos, tampas e latas de cerveja.

Se Briar tivesse alguma vergonha na cara, o encararia com olhos arregalados e arrependidos, mas ela parece calma, até mesmo satisfeita. Melhor manter uma posição de poder, já que isso é obviamente uma espécie de emboscada.

– O que é isso? – pergunta ele, virando a cabeça de uma para a outra. – Uma intervenção?

Radhya estreita os olhos e se senta. Ela sempre foi boa em manter uma expressão que desafia as pessoas a questionarem mais a fundo. Ela empurra o peixe apimentado na direção dele, o que é o equivalente de Radhya a um gesto de paz.

– Não tem a ver com a Ari.

– Tem a ver com negócios – acrescenta Briar. – Eu tive uma ideia.

Radhya pega um pacote de hashis embaixo de uma pilha de guardanapos.

– Ela acha que deveríamos trabalhar juntos em um novo pop-up.

– Seria mais uma operação em grande escala – explica Briar, abrindo uma lata de cerveja e entregando a ele. – Uma espécie de teste para o tipo de restaurante que Radhya quer abrir. Inspirado na gastronomia gujarati com um... bom, vamos chamar de *toque* dos clássicos da delicatéssen nova-iorquina.

Ele ergue uma sobrancelha. Há algo de intrigante nesse conceito. Seu cérebro já está repassando combinações de sabores.

– Briar me garantiu que você sabe fazer um *latke* perfeitamente crocante pra combinar com meu chutney de coentro – acrescenta Radhya.

– "A umidade é a inimiga de um bom *latke*" – recitam Briar e Josh em uníssono.

– Você já tem um local? – pergunta ele depois de um instante.

As duas trocam um olhar.

– A Brodsky's – responde Briar.

Josh dá um passo atrás.

– De jeito nenhum. Estamos vendendo a propriedade. Está decidido.

– *Não* está decidido! – Briar dá um pulo e puxa o casaco dele. – Está lá vazia há meses.

– Porque está *à venda*.

– Mamãe consegue vender qualquer propriedade, menos um ponto turístico icônico de Manhattan? Você acredita mesmo nisso?

– Não é um ponto turístico. – *Pelo menos não desde que eu tirei o letreiro em neon azul da fachada*, admite ele em silêncio. – Talvez tenha até invasores lá dentro.

– Ela não quer se desfazer do espaço. Não de verdade. E é uma solução perfeita pra Radhya. E pra você.

– Aquela cozinha não é uma solução, é um transtorno. Ou você já esqueceu a última vez que eu tentei reinventar a Brodsky's?

– Exatamente! Tem uma história de interesse humano inerente aí – argumenta Briar. – Ex-rivais trabalhando juntos. Josh se redimindo no lugar onde falhou miseravelmente...

– Ei!

– ... e Radhya finalmente tendo a chance de brilhar. Críticos gastronômicos vão aparecer, porque tem um chamariz.

A ideia de induzir mais escrutínio de jornalistas faz o estômago dele se revirar. O tempo finalmente começava a abrandar todas as emoções atreladas ao fracasso. Atrair publicidade para a cozinha onde ele tinha tanta história? Onde seus infortúnios com o The Brod seriam mencionados em cada artigo, cada avaliação? Depois de passar um ano *sem cozinhar*?

– Eu não confio em críticos gastronômicos – comenta Josh. – E me colocar no meio disso pode desvirtuar o objetivo.

– Você vai ficar nos bastidores – explica Radhya. – Eu sou a capitão, você é o... o que quer que seja o Gilligan, e Briar é a comandante do cruzeiro.

– Com todo o respeito – observa Josh –, o que Briar entende no campo da fama é fazer uma *thread* de fotos de como seria a Taylor Swift se ela fosse uma bolsa de mão. Não captar clientes pagantes que entrem pela porta da frente.

A irmã se empertiga.

– Com todo o respeito, eu consigo fazer cem pessoas irem a qualquer lugar.

– O pop-up no bar ao ar livre lotou – acrescenta Radhya.

– Ser influencer não te qualifica a administrar um restaurante.

– Eu cresci em um restaurante! – grita Briar, o rosto vermelho. – Estou cansada de você me subestimar sempre. Eu sou adulta. Sou boa nessas coisas. E não vou ficar de braços cruzados vendo você vender o legado do papai pelo lance mais alto.

Radhya olha do rosto alterado de Briar para o de Josh e pigarreia.

– É só um pop-up pra começar. Dá um tempinho até o fim do ano para provarmos que é um bom conceito. Depois disso, se você ainda quiser vender, a gente... encontra outro local.

Briar bufa, mas entrega um prato a ele.

– Senta pra gente poder discutir como é que vai funcionar.

Todos os instintos de Josh berram para ele cair fora. Para deixar que a raiva hipócrita domine cada pensamento racional. Para agarrar a oportunidade de ter um pequeno prazer doentio em dar a última palavra.

Ele não sabe por que dessa vez é diferente nem por que aceita o prato.

Talvez seja o jeito como Briar pontua seus pensamentos com afirmações, não interrogações. Ou talvez seja o fato de ele já conseguir sentir o gosto de três pratos judaicos tradicionais diferentes que combinariam perfeitamente com os sabores indianos de Radhya. Ou talvez seja porque Radhya limpa a garganta e diz:

– Você vai se arrepender amargamente se sair cheio de raiva daqui sem experimentar esses *wontons*. Estão deliciosos.

Dessa vez, Josh pressiona os sapatos no piso de tábua. Ele nomeia mentalmente cinco coisas que está vendo, quatro cheiros que está sentindo – o que é fácil, porque está diante de uma das melhores comidas de Sichuan da cidade. Quase dá para sentir o cabo de sua faca favorita na palma. Suas mãos estão sensíveis demais para pertencerem a um chef. Por sorte, ele tem todo o tempo do mundo para fazê-las voltarem à ação.

Cinco meses depois

25

QUANDO ARI RECEBE UM E-MAIL DE BRAD com o assunto *NeverTired!!!*, a princípio ela pensa que pode ser algum tipo de tática motivacional. Brad tem a tendência de mandar e-mails para a equipe inteira às três da manhã, estimulado pela cocaína, contando a história "inspiradora" de como ele largou seu emprego de corretor de seguros para dar o "pontapé inicial" na WinProv.

Mas não é nada disso; é a apresentação de um cliente. Ari vai voar para Austin, para um retiro de liderança estratégica da NeverTired, com destaque para uma "sessão de idealização e concepção", seguida por uma tarde de workshop de improvisação.

– Eles estão com grandes projetos em andamento – explica Brad ao telefone. – Acabaram de alcançar a trigésima posição no gráfico de negócios da App Store. – Ele dá uma fungada alta e suspeita. – Estão atrás da coroa do Grubhub.

Ainda assim, Ari prefere receber um belo salário para ensinar executivos da NeverTired a fazer jogos de improvisação a passar horas na plataforma da própria NeverTired em troca de uma remuneração baixa.

Radhya liga toda semana. Ela não acredita nas mensagens repletas de emojis de Ari para comunicar com precisão o estado de espírito de sua amiga. É compreensível. Talvez porque, por já terem morado juntas, elas se comuniquem com uma camada a mais de sutileza que paira logo acima do diálogo de fato. Rad repara nos detalhes que os outros deixam passar. Isso faz Ari se esforçar ainda mais para não expressar nada além de uma tranquilidade neutra.

– Briar vai me apresentar um estrategista de gestão de marca – conta Radhya. – Vamos encontrar com ele hoje, antes do meu turno.

– Legal.

Ari faz o melhor que pode para transmitir seu apoio, que é de fato tudo que ela *pode* transmitir a 800 quilômetros de distância.

Briar tem comentado consistentemente em todas as selfies genéricas de Ari com um emoji de coração partido. Não está claro se a intenção é consolá-la ou algum tipo de defesa passivo-agressiva do irmão.

– Ela tem me ajudado muito. – Pausa suspeita. E então na mosca: – E, por falar em ajuda, Josh veio buscar o cilindro para massas.

Há um silêncio teimoso de cada lado da linha.

Mas Ari não tinha especificamente pedido a Rad que nunca mais falasse sobre ele. É mais o caso de um processo por eliminação, tipo um teste de alergia. *Filmes*: não reativo. *Briar*: meio reativo. *Cilindro para massas*: altamente reativo. Mas como é que Radhya sempre dá um jeito de direcionar cada ligação para uma conversa que se volta para Josh? ("Sério, o que aconteceu?", "Vocês não se falaram mais mesmo?", "Tudo bem se eu...") Ari, como sempre, ou muda de assunto ou anuncia que sente muito, mas precisa desligar.

A pessoa que vai embora não tem o direito de sentir nada, a não ser resignação. Ari já gastou todas as suas cartas de autopiedade com Cass. Melhor nem chegar perto da questão Josh.

Existe um motivo para os veterinários colocarem aqueles cones gigantes ao redor do pescoço dos cachorros depois que eles passam por uma cirurgia. Se isso não for feito, os animais destroem a ferida. Eles rasgam os pontos. Ainda que pareçam fofinhos, confusos e patéticos com aqueles cones, eles precisam ser protegidos deles mesmos. Pelo menos até que o ferimento sare.

Ari passou a maior parte dos últimos meses com a cabeça em um cone. Evitando falar sobre como se sentiu vazia quando Josh saiu de seu apartamento sem sequer bater a porta com força. Evitando falar sobre quanto queria ligar para ele e dizer qualquer coisa que o fizesse não odiá-la. Evitando falar sobre a dor intensa que tinha se transformado em uma agonia persistente e irritante depois de alguns dias. Como a porra de uma cólica terrível.

Ainda assim, há algo quase sombriamente confortável em saber que ela sempre teve razão: dormir com ele tinha mesmo sido um erro.

ESTAR NA SALA DE CONFERÊNCIA do Hyatt diante de um monitor onde se lê *Encontro Anual de Visão Estratégica da NeverTired* é meio como Dorothy avistando a Cidade das Esmeraldas à distância. Por algum motivo misterioso, essa empresa, que opera com base no trabalho de atores subempregados, tem uma "equipe de liderança executiva" de dezenove pessoas, todas sem dúvida muito bem-remuneradas e com um plano de aposentadoria patrocinado pelo empregador.

Na estação do café da manhã continental, Derek, diretor da Hustler Expansion, coloca uma colher de chia em seu iogurte grego enquanto explica que a plataforma está "no meio de uma explosão de crescimento gigante" graças às "oportunidades empolgantes com propagandas contextualizadas". No mês seguinte, em vez de apenas escrever textos para os clientes da NeverTired, os "Hustlers" vão receber "pontos de bônus" quando "tornarem públicos" produtos direcionados. "Seu discurso de bar mitzvah segue em anexo. E clique aqui para ganhar 20% de desconto em uma escova de dentes da Quip, para que seu sorriso esteja brilhando no grande dia!"

Ari quer perguntar se a equipe de liderança executiva ganha "pontos de bônus" ou dinheiro de verdade por sugerir a ideia da propaganda contextualizada, mas, em vez disso, enfia um croissant na boca. Nos últimos meses, ela percebeu que esse trabalho se torna dez vezes mais fácil se ela guardar seus pensamentos para si. É meio que o oposto de ser uma comediante de verdade, o que dá uma sensação boa meio deturpada e autopiedosa.

Depois de conduzir um aquecimento (vários sorrisos forçados, aplausos vigorosos e piadas aprovadas em testes A/B, cortesia do roteiro de Brad), Ari sai para o pátio ao ar livre com piscina do hotel, onde executivos discutem visão estratégica. Ela se recosta na espreguiçadeira e pega o celular. Não é o lugar mais instagramável do mundo, mas já faz um tempo que @ari.snacks69 não atualiza o mundo da sua vida postando diretamente de um hotel conhecido.

Antes que ela abra a câmera, um post de Briar aparece na tela:

Anunciando minha mais recente colaboração, o pop-up mais quente da Avenue A: Shaak + Schmaltz.
Tentei chamar de Rad-sky's (adivinha quem vetou) 😕 😕
bjs, B.

É uma foto de Radhya (vestindo seu dólmã e exibindo uma postura impecável), Briar (com um batom vermelho ousado e a franja invejavelmente arrumada) e...

Que porra é essa? Uma onda de confusão, afronta, talvez adrenalina sobe pelo peito dela.

Rad atende no terceiro toque, mas Ari não espera o cumprimento inicial.

– Por que você não me contou?

– O quê?

Há uma mistura de sons esquisitos ao fundo.

– Sua nova "colaboração". Não sabia que você tinha um novo... sócio.

– Ah, sim. Oi pra você também. Josh está me ajudando na cozinha e estamos usando a velha estrutura da Brodsky's como um local temporário. É só isso.

É só isso?

– Não acha que é um pouco hipócrita?

– Estou tentando conversar com você há semanas, Ari. Você mudou de assunto *todas as vezes*. Você desligava *todas as vezes*.

– Claro, porque eu achava que você ia me perturbar pedindo detalhes sobre o que aconteceu com o Josh. Não percebi que você estava planejando contratá-lo pra descascar cenoura pra você.

– "Perturbar"? Sério? E eu achando que estava tentando te ajudar enquanto você passa por um colapso emocional. Porra, chega a ser ofensivo você não conversar comigo sobre isso.

Ari é atingida por um leve esguicho da borda da piscina, onde um grupo de crianças está brincando na água.

– Você já sabe o que aconteceu.

– Não sei, não – rebate Radhya. – Você nunca me contou. Que tipo de amizade é essa em que eu entendo melhor o estado de espírito do Kestenberg do que o seu?

Beleza. Ela provavelmente já tinha escutado a história toda do seu novo melhor amigo, Josh.

– Desde quando você é a confidente *dele*?

– Sei lá, Ari, pelo menos eu recebo uma mensagem surtada dele de vez em quando. Falar com você nos últimos tempos tem sido o mesmo que conversar com uma parede. Tem ideia de como isso me deixa mal? *Você* que foi embora. Achei que a gente fosse trabalhar nesses pop-ups juntas. Você também *me* abandonou.

– E pra que você precisa de mim? Todo mundo ama sua comida. As pessoas respeitam você pra cacete. Você sempre foi a bem-sucedida, a pessoa que tem a vida nos trilhos, o que é ótimo, porque uma de nós precisa ser a fodida, não é? E, aparentemente, só o que estava faltando pra você nessa equação toda era o Josh.

Ari nem percebeu que essa frase a estava corroendo antes de ser cuspida.

– Isso é ciúme?

Há uma tensão na voz de Radhya, como se ela mal estivesse conseguindo conter algo.

– Não!

Mas Ari não tem muita certeza de que essa resposta é definitiva.

Há um instante de silêncio antes de Radhya dizer:

– Melhor amiga é a pessoa pra quem você liga a qualquer hora e fala: "Tem essa merda toda acontecendo na minha vida e eu preciso desabafar com você." E a outra pessoa, em tese, responde incondicionalmente: "Isso *é* uma merda *mesmo*, e você tem razão." E em seguida se oferece pra bater em alguém. A gente costumava ser assim uma com a outra.

Dá pra ouvir o ruído de uma descarga, o que enfraquece um pouco o sentimento. Radhya continua:

– Estou muito orgulhosa do pop-up.

Ari para de andar.

– Josh é irritante, mas está fazendo até mais do que a própria parte. O local é icônico. E eu estou *empolgada*. O cardápio, o logo, a divulgação nas redes sociais que a Briar está fazendo. Tudo isso. E eu estou bem triste e puta por te contar sobre isso tudo de dentro de um banheiro público, porra.

Ari sente o sangue se esvair do rosto.

– Rad...

– Eu só queria contar pra minha melhor amiga que estou empolgada. Queria te contar todos os detalhes banais que ninguém mais acharia importantes. As coisas que meu marido seria obrigado a ouvir, caso eu ainda tivesse um marido. Mas eu não tenho. Eu tinha *você*. E eu queria que você ficasse empolgada, e me perguntasse mil coisas, e dormisse na minha casa, e provasse todos os pratos experimentais. Eu queria que você estivesse aqui pra inauguração. Eu queria que você fizesse parte disso.

– Eu quero estar aí – devolve Ari, tentando se agarrar a uma tábua de salvação. – Vou pegar um voo para passar o fim de semana. A gente pode ficar a noite toda acordada. Você me conta tudo. Eu provo tudo. Por favor.

Nesse momento, uma dupla de gêmeos em trajes de banho combinando pula na piscina, encharcando Ari de água e cloro.

– Acho que não dá, Ari. Não agora. – Radhya suspira. – É melhor você ir.

Sobra só um silêncio vazio sem nenhum sinal de conclusão quando Radhya desliga antes que Ari possa dizer qualquer coisa para mantê-la na linha. O peito dela dói: a mesma dor de quando percebeu que Cass não ia mais voltar. Ela quer THC e talvez um Xanax. Qualquer coisa para impedir que a discussão se repita em sua cabeça, cada vez mais alta.

Atordoada e com a blusa azul ensopada, Ari vaga de volta para a sessão de improvisação e se acomoda em um canto para ficar fora do caminho, nos fundos da sala de banquete que cheira a café velho. Derek está conduzindo a reunião no palco, e uma mulher escreve em um quadro branco grande com uma caligrafia redonda e caprichada. Até mesmo no nível executivo quem faz anotações é uma mulher.

Enquanto Derek descreve o sistema pelo qual a Hustlers vai ter a "oportunidade" de oferecer certos serviços *de graça* em troca de uma colocação melhor na classificação de pesquisa da NeverTired, algo se estilhaça no cérebro de Ari.

Depois de um ano fazendo o impossível para ser bem-sucedida nesse aplicativo – se mantendo atualizada com táticas nos fóruns da NeverTired e comunidades do Reddit, enviando mensagens humilhantes para clientes implorando por avaliações com cinco estrelas, respondendo cada mensagem, até mesmo spam e assediadores –, está claro como a água com cloro da piscina secando em sua blusa de botão.

Ninguém nunca vai conseguir viver da NeverTired.

– Nossos Hustlers são empreendedores dinâmicos, intrinsecamente motivados, que querem a flexibilidade de trabalhar por conta própria – diz Derek. – Eles determinam o valor do próprio trabalho. Quando os Hustlers menos produtivos abandonam o sistema, as leis de oferta e demanda criam condições favoráveis para nossos Hustlers mais dedicados.

A mulher que está anotando no quadro verifica seu Apple Watch, olha para Ari e diz:

– Vamos voltar a isso. Temos uma parada obrigatória para nossa primeira sessão de improvisação.

Excelente.

Ari vai até a frente da sala, evitando contato visual com Derek enquanto ele desce do palco. *Essa jovem planejou algo divertido*, ele deve estar pensando. *Talvez eu coma ela depois do happy hour.*

Mas ela tem uma ideia diferente se formando em sua cabeça.

Porque a dor no peito de perder Radhya e a dor no estômago de perder Josh não vão aliviar.

Porque cada homem usando uma roupa cáqui nesta sala lucrava cada vez que Ari ficava acordada até mais tarde para escrever o texto de uma palestra no TEDx para algum homem arrogante.

Porque Ari, na verdade, está bem cansada disso tudo – está *VeryTired*.

O que quer que Brad esteja pagando para ela promover sucesso não é suficiente. Ela precisa de uma purificação completa.

Ou, pelo menos, de uma pequena vingança.

Ari estampa um largo sorriso no rosto e começa a inventar qualquer merda.

– Vamos arrebentar, beleza? Vamos sair da nossa zona de conforto com um jogo que eu chamo de "Não, *você* é o Escroto".

Isso é o mais próximo que ela chegou de improvisar no ano todo. A sensação é boa, orgânica.

– Quero metade do grupo em uma fila à minha direita e a outra metade à minha esquerda.

A equipe de liderança é muito obediente e se enfileira como orientado.

– As duas pessoas na frente da fila vão se encarar. Cada um de vocês tem dez segundos para convencer o grupo que a pessoa diante de você é a maior escrota do mundo. Por exemplo, eu poderia dizer: "Derek, você é um escroto porque ficou a manhã toda olhando para os meus peitos em vez de olhar nos meus olhos."

O sorriso de Derek vacila. Os dezoito líderes executivos olham em volta, sem saber direito se é uma piada. Ari se vê no limiar de perder a cooperação cega deles.

– Vou ser sincera com vocês. – Ela se inclina para a frente, falando em um tom de voz conspiratório e suave. – Realizei essa atividade com uma equipe do Grubhub semana passada e... eles não deram conta. Não tiveram coragem. Mas estou com um pressentimento muito bom em relação a esse grupo. Desconfio que há gente *muito* escrota nessa sala hoje.

Um cara branco genérico ergue o punho.

– Foda-se o Grubhub, vamos nessa!

Brad Hoenig [SFW ⚠️]:
Fui informado de que você inventou atividades inadequadas sem minha aprovação prévia durante um encontro recente com um cliente, no qual os participantes foram instruídos a se chamarem de "escrotos" durante 45 minutos enquanto lançavam insultos pessoais uns aos outros.

Além disso, avaliei suas redes sociais.

Simular felação ao se referir a um monumento dos Estados Unidos durante um de nossos workshops contratados é inaceitável e é uma justificativa adicional para dissolver esta relação profissional.

Boa sorte em suas iniciativas no futuro,

Brad Hoenig

Fundador/CEO/Aprimorador-Chefe/Agente da Diversão nº 1

Três meses
depois

26

ARI ANDA DE UM LADO PARA OUTRO em frente à antiga Brodsky's, que agora exibe uma placa pintada à mão com SHAAK + SCHMALTZ. Ela bafora o vape e de vez em quando olha para o interior do estabelecimento pela janela, apreensiva. Suada, mas com frio. Embaixo do braço, ela traz um buquê murcho do mercadinho e um pacote de jujuba azeda.

Se Nova York se tornou uma espécie de palácio de recordações fantasmagórico, esse lugar é particularmente mal-assombrado, mesmo que esteja irreconhecível como o lugar onde ela encontrou Abby nove meses atrás. Será que Abby ficaria orgulhosa por ela ter usado a tática da terra arrasada ao sair da WinProv? Ou decepcionada?

Como Gabe. E Radhya.

Nas últimas semanas, Ari viveu como se estivesse em liberdade condicional: sublocando um quarto sem janela do primo do amigo de um amigo e montando cuidadosamente uma lista de bicos, incluindo um "serviço de babá sob demanda" e duas de suas antigas empresas de bufê. Ela faz rotas tortuosas pela cidade para evitar dar em quarteirões como esse – lugares marcados por lembranças estranhas e conversas pendentes –, só para passar pela Brodsky's toda quinta à noite, por volta das oito e meia, quando o pop-up de Radhya está a todo vapor. Sempre tem uma fila de gente dobrando a esquina, esperando uma hora por uma mesa.

Sua melhor amiga e seu... bom, o que quer que Josh seja... estão bem ocupados na cozinha aberta. Juntos. Ela não vai entrar. Está só sondando o terreno. Curiosidade. A necessidade instintiva de Ari de apoiar qualquer iniciativa de Radhya, mesmo que seja do outro lado de uma vidraça grossa.

COZINHAR PARA APENAS CINQUENTA CLIENTES é como jogar no nível mais fácil, mas, porra, é muito bom mandar bem. Briar até postou algumas fotos do *mise en place* de Josh, porque estava bonito *nesse nível*. Ele ainda está meio enferrujado – e assim vai ficar por um tempo. Mas, depois de mais de um ano se privando dessa fonte primária de confiança, é uma espécie de triunfo, mesmo que ele seja o coadjuvante, não a estrela principal.

Embora não seja exatamente o mesmo que trabalhar no Eleven Madison Park, ficar atrás das bancadas de preparo de segunda mão que seu pai comprou nos anos 1970 não é tão ruim quanto ele tinha imaginado. Pelo menos o velho equipamento de Danny não está mais entulhando seu apartamento, graças à sua mãe e aos rapazes da mudança.

Josh emprata a última sobremesa, as mãos cansadas, mas firmes. Ele a coloca no passa-pratos e ergue os olhos para o salão quase vazio. Mas o que chama sua atenção está do outro lado da vidraça. *Aquele* sobretudo xadrez. *Aquele* rosto espiando nervosamente o interior do restaurante. Ele se obriga a olhar de volta para o balcão, sabendo que vai ser um inútil pelos próximos minutos, surtando por dentro. Talvez, em seu esforço de *não contemplar* a possibilidade de Ari aparecer em um desses jantares pop-up, ele tenha atraído sua presença.

Ele tem um milhão de outras coisas em que pensar: acabar com a fila de duas pessoas, fechar as contas, esfregar cada superfície até ficar brilhando. Há 23 itens em sua lista de tarefas, e todos eles sumiram diante daquela combinação persistente de fantasia e lembrança que providencia várias imagens de Ari em momentos inoportunos.

Em cerca de quinze anos vendo mulheres nuas, Josh esqueceu os detalhes da maioria delas. Todas formam um borrão em um amálgama nebuloso, assim como é difícil se lembrar de um sonho depois que você acorda.

Mas sua mente não se desfaz das mais ínfimas observações sobre Ari. O formato afilado de seu queixo. Os cabelinhos nascendo em sua nuca. Os músculos de suas costas naquele vestido preto e sem ele. Sério, a maioria das mulheres tem essas coisas?

Talvez ele se lembre porque foi recente. Depois que ele conseguir seguir em frente, as características de Ari serão adicionadas à compilação. Ele precisa acreditar nisso.

Finalmente, a porta da frente acaba se abrindo e soando o sininho. Ari está com um buquê de flores murchas e um pacote gigante de doces que deve ter entrado em promoção depois do Halloween. Ela ergue os braços para abraçar Briar, exibindo uma parte da barriga. Ele pensa em traçar o dedo exatamente por aquela faixa de pele.

Josh fecha a porta do refrigerador sob o balcão silenciosamente. Ele se esquiva pelo corredor dos fundos e pega seu celular antes de escapar pela porta de trás.

RADHYA PEGA UMA GARRAFA DE TEQUILA Casamigos Blanco debaixo do balcão enquanto Ari se aproxima, estendendo as flores e o doce à sua frente como se fossem um amortecedor físico.

– Xoxozinha – diz Radhya, com um quê de emoção na voz, pegando as flores.

Ari continua de casaco, sem ter certeza de que é bem-vinda, mas Radhya desliza um copo grande com tequila pela metade em troca do pacote de jujuba azeda, abrindo um leve sorrisinho sem jeito.

– Vem aqui, Briar – chama Radhya do outro lado da sala, servindo mais um copo. – Fez fila na porta. Você merece um drinque de fim de turno.

Josh não está em nenhum lugar à vista. A situação toda parece tão *tranquila* que Ari chega a acreditar que talvez vá mesmo ficar tudo tranquilo.

Briar passa pelo balcão, entra na cozinha e volta com um prato de biscoitos com cobertura: círculos quebrados em preto e branco com glacê.

– Juntei os que não ficaram perfeitos – diz ela, empurrando o prato na direção de Ari. – Esses têm sabor de chai. Ideia do Josh. Gosto mais deles do que dos originais.

– Obrigada.

Ari baixa os olhos para a cobertura aplicada em linhas precisas enquanto Briar a atualiza sobre seu novo namorado, outra subcelebridade.

– Tem tantas estrelas de reality tentando pular direto pra esse lance de influencer, mas Ryan é *realmente* apaixonado pelo mundo fitness. Ele está criando toda uma comunidade. Conheci várias meninas legais no grupo de corrida do Ryan. Todas nos juntamos para olhar a bunda dele enquanto ele corre, mas fiz amizades pra vida toda. – Briar pega algumas fatias de limão na estação de bebida. – Você sabe se o Gabe ficou chateado quando de repente coloquei o Ryan no meu perfil?

Ari se obriga a morder o biscoito, que forma um equilíbrio perfeito entre apimentado e doce.

– Não falo com ele há um tempo, mas tenho certeza de que ele está com um pouco de ciúme do Ryan... e provavelmente de você.

– Você acha que Gabe e eu ainda podemos ser amigos sem ficar esquisito? Ele me incentivou a fazer umas aulas de contação de história, e acho que estou mesmo desenvolvendo minha arte e...

Os sininhos acima da porta ressoam. Uma mulher alta de cabelos louro-escuros e um rosto perfeitamente simétrico entra com toda a confiança que Ari não teve enquanto andava de um lado para o outro lá fora, que nem uma esquisitona.

Um segundo depois, entra Josh, deixando a porta bater.

Ari engole o resto do biscoito. De repente, tem gosto de serragem.

– Só quis dar uma passada pra dizer oi – comenta a mulher, cumprimentando todo mundo com abraços rápidos, como se fossem velhos amigos. Ari procura rapidamente uma rota de fuga (atrás do balcão?, debaixo da mesa?), mas é tarde demais. – Oi! – exclama a mulher, animada, acima do *yacht rock* que sai das caixas de som. – Meu nome é Harper.

– Ari – responde ela, engasgando e estendendo a mão direita.

A pele de Harper está quente, como se ela estivesse de mãos dadas com alguém pouco antes.

E tudo bem.

Está tudo bem.

Josh está a metros da mulher, talvez decidindo se clica em CONTINUAR ou em CANCELAR toda a interação.

Ari estampa um imenso sorriso no rosto para indicar até que ponto está tudo bem. Ela se serve de mais uma dose de tequila. E depois mais outra.

É claro que ela é uma Harper. É claro que está usando um vestidinho preto por baixo do casaco que exibe as curvas que Ari não tem mais. É claro que tem cabelos compridos e ondulados e a porra dos lábios carnudos, e...

bom, sinceramente, se elas tivessem se encontrado em outra circunstância, Ari estaria elogiando sua bolsa de mão e pagando um drinque para ela.

Josh-e-Harper. Um casal. Nomes que ficariam bonitos juntos em um site de casamento.

– Eu tenho que... J-Já volto – murmura Ari, deixando cair o biscoito no balcão e deslizando sem jeito pelo banco.

Ela escolhe mentalmente uma paleta de cores para o site josh-e-harper--ponto-com ao pegar um corredor lateral estreito.

Não chora não chora não chora.

O banheiro é aqui atrás em algum lugar, ela tem certeza, mas sua visão está um pouco embaçada por causa das lágrimas ou das três doses de tequila que tomou muito rápido. Ela tateia a parede com painel de madeira em busca de uma porta vaivém...

... na qual ela tropeça na mesma hora, caindo de joelhos. Provavelmente doeu muito, mas ela não consegue sentir nada. *Obrigada, tequila.*

Ainda assim, ela não consegue se levantar. Talvez só um minutinho aqui no chão melhore sua condição. Ari respira fundo algumas vezes e empurra a língua contra o céu da boca. Ela pensa em gatos gorduchos se espremendo tranquilamente em caixas pequenas. Qualquer coisa para conter as lágrimas.

Quando a porta se abre, Ari já está de pé, fingindo lavar as mãos. Mas não é a nova namorada de Josh.

– Você está bem? – pergunta Radhya, acima do rangido das dobradiças.

Ari não ergue os olhos.

– Dá pra parar de me perguntar isso? – Ela olha para as mãos, respirando fundo algumas vezes.

– Eu não sabia que a Harper vinha hoje – diz Radhya, que está na frente do espelho, tentando dar um jeito no estrago em seu delineador líquido, causado por uma noite em uma cozinha de restaurante quente e estressante. – Não sei nem se ele sabia. Eles saíram só algumas vezes.

– Legal. É. Quer dizer, bom pra ele.

Ari continua esfregando as mãos, que parecem em carne viva. De repente, Josh quer sair com alguém casualmente. É provável que ele saia em encontro de casais com Briar e Ryan, o apaixonado pelo mundo fitness.

– Está tudo bem. – *Está tudo superbem.*

Radhya se vira.

– Então por que está se escondendo no banheiro?

– Mãos suadas – responde Ari, entre dentes.

Radhya a encara, esperando para ver se a amiga vai dizer mais alguma coisa. Nada.

– Bom, ela já foi embora. Achei que você fosse... querer saber. – Ela abre a porta para sair e para. – A gente vai pro Doc Holliday's.

Ari ouve o ruído do sapato de chef de Radhya se afastando pelo corredor dos fundos.

Ela fecha a torneira e se senta no chão de azulejos, ofegante, de olhos fechados, implorando a si mesma para não desmoronar. Então, se vira para olhar a parede. Há um pequeno amontoado de etiquetas, recados e números de telefone escritos com várias canetas. Humanos lutando para se conectar entre si, tentando ser lembrados de qualquer maneira. Ela tem certeza de que seu telefone apareceu em vários banheiros pela cidade. Provavelmente aos poucos foi sendo enterrado sob dezenas de outros.

Talvez ela devesse ligar para um dos números, já que não tem ninguém para conversar na vida real a essa altura. Ela conseguiu despertar um tipo específico de solidão que só acontece quando você se afasta de qualquer um que conheça você – *de verdade*.

A deixa para odiar a si mesma.

É, aí está. Um nó se formando em sua garganta. Bastava só um empurrão de leve – *um pensamento errado* – para acionar o sistema hidráulico. É um joguinho doentio ficar tão à beira do abismo. Os pensamentos vagam pela mente de Ari, quase debochando dela.

O relacionamento da juíza Ruth Bader Ginsburg com o marido, Marty. Mel Brooks e Anne Bancroft cantando "Sweet Georgia Brown" em polonês. Os primeiros dez minutos de *Up – Altas aventuras*. Ela já consegue ver as mãos de Josh e Harper entrelaçadas com perfeita clareza em sua mente.

Dói, mas não o bastante.

Ari pega o celular e rola a tela por seu histórico de mensagens com Josh. O que é isso tudo, no fim das contas? Piadas internas idiotas e discussões excessivas sobre onde e quando se encontrar. Ainda assim, parece risível a ideia de que houve uma época em que ela mandaria para ele um vídeo do James Earl Jones cantando o alfabeto em *Vila Sésamo* e ele responderia em menos de um minuto.

Apesar do nó gigante na garganta, as lágrimas não vêm. Ari se força a respirar fundo duas vezes, se levanta e abre a porta do banheiro.

O restaurante está em silêncio, a não ser pela água da torneira na cozinha. O dólmã de Josh está aberto e suas mãos estão ocupadas limpando facas. Ari sente um aperto no peito. Na verdade, não – está mais para tomar um soco no esterno do efeito cumulativo de meses de saudade dele. Ele ergue os olhos ao ouvir os passos dela e então rapidamente olha para baixo outra vez.

Ele fecha a torneira. A caixa de som no balcão está tocando "What a Fool Believes".

– Elas desceram o quarteirão pra beber alguma coisa – informa ele, depois de um instante que parece durar minutos.

– Você não quis ir?

– O Doc Holliday's tem cheiro de pântano.

– Ah, eu acho esse cheiro reconfortante.

Ele não sorri. Parece mais um golpe no peito dela.

– Alguém tinha que terminar de limpar as coisas.

– Posso ajudar? – arrisca Ari.

Josh não responde. Mas não é um "não", então ela entra na cozinha.

– Eu sei que essa não é a hora certa, mas... talvez, sei lá, a gente possa conversar? Tem tanta coisa, eu queria... – Ela para e respira. – Se você quisesse dar uma saída pra tomar um café ou algo assim.

Ele ergue a cabeça, mas não a encara.

– Café.

– Acho ótimo você ter voltado a cozinhar e, hã, namorar, e...

– Você acha ótimo eu estar namorando.

Não, não, não. Abortar missão. Isso já virou a porra de um desastre. Mas os lábios dela continuam se movendo.

– Eu só queria conversar com você. Não podemos só conversar? – Ari fecha a boca antes que piore.

– Era só isso que você queria de mim. – Ele seca a faca e a coloca em cima de uma toalha dobrada. – Não somos amigos, Ari. A gente *foi* amigo e, em algum momento, fomos algo mais também, mas só um de nós teve capacidade de reconhecer isso.

– Olha só, eu também não estou bem, entendeu? – Os batimentos cardíacos dela disparam como se ela tivesse acabado de correr 10 quilômetros.

– Eu estou... estou me sentindo muito sozinha.

Ele enfim a olha nos olhos.

– Sinto muito por ter sido *tão* difícil assim admitir que você sentia qualquer coisa por mim, a ponto de você precisar se mudar de estado pra lidar com isso.

Uma buzina soa em algum lugar da avenida. O tom animado da música dos Doobie Brothers soa fora de lugar na atmosfera entre os dois.

– Eu sinto... – *Merda*. A voz dela já está embargada. É tipo quando a gente corta a mão e só começa a doer depois que a gente vê que está sangrando. – Eu sinto saudade de você. E eu entendo você não querer, tipo, *conversar*, mas preciso que você saiba que... você meio que era t-tudo pra mim.

Ela consegue falar tudo antes de sufocar algo que parece um soluço em potencial.

Ele coloca a mão na mesa de preparo, o que faz um som estrondoso.

– Não quero saber o que você sentia. – A voz dele parece tensa e engasgada. – Porque você estava a quilômetros de distância, e eu ainda estou aqui, e eu *fiquei* esse tempo todo aqui, esperando que você só...

– Josh...

– Eu também estraguei tudo. Eu sei. Você me avisou que não estava pronta para um relacionamento e eu não quis escutar, então não escutei. Eu tentei centrar meu mundo ao seu redor em vez de reconstruir de verdade a minha vida.

Mas por que ele está finalmente "reconstruindo" com Radhya? Por que *isso* é justo? Como é possível que essas duas pessoas, que passaram os últimos seis anos com rancor uma da outra, tenham encontrado um ponto em comum ao tirar Ari de cena? Às vezes a pessoa que você menos espera se torna sua melhor amiga.

Há uma sirene de polícia zunindo ao fundo. Ele espera o barulho se distanciar antes de continuar:

– Levou oito meses e dois terapeutas diferentes, mas agora eu entendo. Para mim, aquela noite parecia ser o começo de alguma coisa. Você estava convicta de que precisava ser o fim. E eu não tenho como controlar isso só com força de vontade.

O nó na garganta de Ari parece estar pressionando sua traqueia. *Não chora. Fala alguma coisa.*

– Você está onde deveria estar neste momento – continua ele. – E acho que eu estou... onde estou.

As lágrimas começam a embaçar a visão de Ari. Josh se torna um borrão aquoso, mas sua voz é bem clara.

– Acho... – Ele engole em seco. – Acho que tem uma parte de mim que ainda te ama.

Há uma longa pausa, longa o suficiente para fazê-la ter esperança de que a próxima palavra seja *e*, não *mas*.

– Mas eu não posso voltar a conversar com você como se fôssemos amigos. Não vamos mais fazer ligações tarde da noite. Não sou sua companhia pra tomar um café. Não sou um ombro pra você chorar.

Ele respira bem fundo.

– Eu mereço mais do que isso. Mesmo que não seja com você.

Ari quer responder. Quer argumentar que, sim, ele merece muito mais do que isso. Mas as palavras não aparecem. Ele *deveria* mesmo estar com uma pessoa que não tornasse tão difícil o fato de estar apaixonado por ela.

– Você me avisou, sabe. Você disse que a gente ia magoar um ao outro. E eu estava tão preocupado em fazer *você* se sentir segura que simplesmente não me dei conta de que... – Ele funga, talvez. – Você tinha razão.

Josh anda na direção dela e, por dois segundos ridículos, Ari pensa que talvez todo esse discurso seja um fingimento. Que talvez ele só estenda a mão e...

Ele passa direto por ela.

Ari o observa sair em silêncio pelo corredor dos fundos, deixando-a na cozinha escura.

Sua mente ainda está em um espaço limiar, onde não processou de fato a conversa. Talvez ainda seja possível voltar cinco minutos no tempo e tentar outra vez. Só que ela não sabe muito bem o que poderia mudar. Eles teriam que voltar muito mais no tempo para fazer qualquer tipo de revisão significativa.

Seu cérebro leva só mais alguns segundos para virar uma esquina em direção à tortura emocional.

Essa é a última vez que a gente se fala. Essa é a última vez que a gente se fala.

É. A sensação é boa e dolorosa. O suor, o pânico começando, os pensamentos revoltos perfurando seu cérebro como uma agulha na pele. Tipo fazer uma tatuagem cheia de detalhes em cima de uma cicatriz. Todas as boas lembranças com Josh sendo cobertas por essa tatuagem.

Ari cambaleia até os fundos do salão. O choque vai passando aos poucos e sendo substituído por ondas gigantes de uma emoção que cresce em seu peito, irrefreável e avassaladora. Ela cobre a boca com a mão para abafar o soluço, caso Josh ainda consiga ouvir. No rádio, ouve a propaganda de um advogado especialista em danos pessoais. *Que conveniente.*

Ela está há trinta segundos em seu colapso emocional quando alguns acordes conhecidos, carregados no *reverb*, saem pela caixa de som. Neil Finn introduz o primeiro verso, e é claramente uma piada cruel do universo que o DJ dos "hits otimistas clássicos" coloque para tocar "Don't Dream It's Over" justamente nesse momento.

Dois meses depois

27

ARI DÁ UM GOLE NA GARRAFA de cerveja Bud Light morna. Ela sente inveja e alívio por não ser o cara suado ao microfone com um punhado de cartões na mão trêmula.

Ela precisou pegar duas linhas do metrô e um ônibus para chegar, saindo do quartinho sublocado, e está aliviada por descobrir que a viagem não foi em vão: Gabe ainda é o anfitrião do microfone aberto toda quinta à noite. Não há configuração melhor para um pedido de desculpas do que aparecer em um dos eventos dele.

Gabe termina de ler o e-mail de Brad e devolve o celular para ela.

– Você queimou aquela blusa azul horrorosa?

– Ele segurou meu último pagamento até eu devolver a blusa.

– E agora você quer se juntar de novo à equipe do Harold? – Ele confere a hora no celular. – É por isso que você tá aqui?

– *Você* nunca faria eu me apresentar com uma blusa de botão – responde Ari.

– Bom, não tem mais equipe. Tim e Kamal foram embora para entrar na Second City. Selina viajou pra Los Angeles, pra algumas audições de pilotos, e nunca mais voltou. Tem sido meio difícil se apresentar com apenas duas pessoas.

– Gabe. – Ela põe a garrafa no balcão. – Desculpa. Eu sei que pareceu que eu estava me vendendo, mas eu só... precisava de um recomeço. E de dinheiro.

– A parte do salário eu entendo. – Ele olha a ficha de inscrição e checa o relógio. – Você abandonou o grupo *meses* antes de sair em sua aventura pelo mundo corporativo dos Estados Unidos. E só deu a desculpa de estar muito ocupada. *Isso* foi a afronta. Era só ter sido sincera.

– Você tem razão. – Ari engole em seco. – Posso usar meu crédito de empatia por abandono conjugal para pegar outra bebida?

Gabe faz sinal para o barman entediado e pede mais uma rodada.

– O lance é que eu acho que você já gastou esse crédito todo – diz ele.

Ela puxa o rótulo da nova garrafa de cerveja.

– Por que tenho a sensação de que fiquei dando voltas no mesmo lugar durante meus 20 e poucos anos, tentando fazer disso aqui uma carreira viável?

– Ari. – Ele a olha bem nos olhos, como se estivessem no meio de um exercício desconfortável de atuação. – Você se sente exausta apenas porque não está fazendo o que costumava te deixar realizada. A gente se sujeitou a pegar trabalhos de merda justamente pra poder fazer *isso*. – Ele gesticula na direção do palco improvisado.

– Mandar mal em uma apresentação aberta é uma espécie de recompensa por reabastecer jarras de mimosa todo domingo?

– Não, mas, neste momento, você está fazendo *só* a parte dos trabalhos de merda. – Gabe acende a luz de um minuto para o artista ao microfone com a testa brilhando de suor. – Pelo menos esse cara está vivendo o sonho dele.

– Você está fazendo um trabalho péssimo tentando me animar – murmura Ari no bocal da garrafa.

– Não estou tentando te animar. – Ele pega uma bebida. – Ainda estou puto. Mas me deixa te contar um segredinho desse ramo. – Gabe se inclina para a frente e gesticula para ela fazer o mesmo. – Com certeza não vai ser uma carreira viável se você nunca, sabe, *trabalhar* nela de verdade. – Ele bate o dedo na testa dela. – A comédia não é nem um hobby.

– Crochê é um hobby. – Ela meneia a cabeça na direção do palco. – Isso aí é tortura autoinfligida.

– Se quiser mesmo se redimir comigo, preciso que faça duas coisas. – Ele desliza para descer do banco. – Primeiro, o LaughRiot recebeu uma verba para uma série de workshops de comédia para garotas adolescentes em situação de risco. Você vai dar aula em todas as sessões. – Ele se demora contemplando a lista de nomes na ficha de inscrição da apresentação aberta. – Segundo, você é a próxima no palco.

Ari se firma ainda mais no banco.

– Não vou subir ali. Não tenho nem material.

– Você só precisa preencher sete minutos. Posso até te apresentar com um pseudônimo. – Gabe inclina a cabeça. – Você finalmente chegou a um momento da vida de comediante em que pode reclamar da sua ex-mulher. Que sonho.

– Ah, sim, o clichê de se apresentar em um palco aberto e tratar isso como um momento de terapia em grupo em grande escala.

– Exatamente. Você pode morrer no palco hoje à noite, e provavelmente vai ser a pior apresentação que você já fez. Com isso fora do caminho, você vai se sentir um por cento melhor. E então vai subir lá semana que vem e fazer vergonha de novo. – Ele apoia a garrafa vazia no balcão. – É preciso começar de algum lugar.

– Não, espera. – Ari segura o braço dele. – Não tenho nada pra dizer.

– Isso é improvisação. Pede sugestão da plateia.

Ela olha ao redor para a plateia meio vazia.

– Só vão sugerir "pênis".

– Se alguém sabe o que fazer com um "pênis", é você.

Gabe puxa um aplauso morno e dá uma corridinha até o microfone.

– E agora, uma surpresa especial.

Ari bebe o resto da cerveja e procura uma rota de fuga ou um esconderijo.

– Deem as boas-vindas, de um jeito só um pouquinho acima da média, para – ele faz uma pausa, e Ari reconhece a cara que ele faz quando está tentando inventar um nome ridículo para um personagem – Freckles McCloud.

Ela põe a garrafa no balcão e anda devagar até o microfone, zigueza-gueando por entre as mesas. Há talvez cinco pessoas assistindo e dez claramente *não* assistindo, e Ari cai no erro de analisar seus rostos. Ela sente as pernas bambas.

– Oi, eu sou a... Freckles. – Faz anos desde a última vez que Ari sentiu esse tipo específico de nervosismo ao pisar em qualquer palco. – É agora que vocês respondem "Oi, Freckles".

Ainda há um burburinho rolando, o que é quase mais desrespeitoso do que o silêncio absoluto.

– Não temos nenhum viciado hoje à noite? Que inédito. Beleza.

Ela olha ávida para o letreiro vermelho-vivo que diz SAÍDA e para o amontoado de fumantes do lado de fora da porta da frente. Mas mantém os pés plantados ali.

– Bom, oi, meu nome é Freckles, e faz... quase uns dez meses desde que mandei um belo nude pra minha ex-mulher.

CONTRARIADA, ARI ADMITE PARA SI MESMA que fazer uma apresentação terrivelmente irregular no microfone aberto a encheu de algum tipo de entusiasmo. Um breve toque da antiga eletricidade percorrendo seu corpo, rodopiando em seu peito. O espírito sagrado da comédia.

Isso lhe dá exatamente o empurrão necessário para arrastar a bunda até o metrô, apesar da hora, e ir ver a pessoa de quem ela tem sentido uma saudade terrível, apesar de evitá-la há meses.

Ari ainda tem a chave da casa de Radhya, mas parece errado bater e entrar desta vez. Ela bate e espera, olhando para a porta sem graça, com seus arranhados e manchas familiares. Depois de vinte segundos que pareceram muitos minutos, Ari ouve passos. Radhya destranca a porta e abre alguns centímetros.

– Não estou bem – diz Ari na mesma hora, antes que Rad possa fechar a porta outra vez. – Nada bem.

Há uma pausa, e então a porta se abre mais.

– Queijo-quente?

Ari entra atrás de Radhya e se acomoda no sofá sob um cobertor de lã. A televisão está ligada, sintonizada em um daqueles canais de gente velha que só passam séries de comédia dos anos 1990. Elas ficam vendo um episódio de *That '70s Show* enquanto comem queijos-quentes cheios de manteiga.

– Estou me sentindo um lixo humano – diz Ari entre mordidas. – Nossas últimas conversas foram tão...

– Horríveis? – sugere Radhya. – Carregadas? Um monte de lixo passivo-agressivo pegando fogo?

– Sinto sua falta. – A garganta de Ari está apertada. Ela se acostumou com essa sensação nos últimos meses. – Desculpa por ter te excluído. Eu sou um caos, e você é a pessoa competente que tem todas as respostas.

E fiquei com medo de finalmente termos chegado ao momento em que você se pergunta: "Por que sou amiga dessa pessoa? Foi por causa da proximidade?"

Radhya respira bem fundo.

– Você às vezes é frustrante? Sim. Tomou decisões extremamente questionáveis? Também.

– E você me julgou por essas decisões?

– Sim. Eu sou imperfeita *e* crítica. – Radhya dá outra mordida no sanduíche. – Não sei o que estou fazendo da minha vida. – Ela se endireita. – Começar meu próprio negócio é absurdamente arriscado. Meu estômago dói o tempo todo. Tenho sonhos estressantes em que estou cercada de pedidos que não param de chegar. – Ela faz uma pausa. – Quando a Brodsky's for vendida, vou ter que arrumar um novo local. E Josh pode não querer continuar com os pop-ups.

Ari para de mastigar.

– Por que não?

– Ele tem falado sobre cozinhar em outro lugar. Talvez na Califórnia. Um recomeço.

Ari tenta, mas não consegue imaginar Josh em outro lugar. Ele parece tão enraizado na cidade, como se ele e Manhattan tivessem uma relação codependente.

– Precisa de uma garçonete charmosa e atrevida? – pergunta Ari, tentando tirar Josh da cabeça.

– Não. Preciso de uma melhor amiga charmosa e atrevida. De preferência, uma que me deixe dar conselhos fantásticos para depois ignorar todos.

Ari bufa, fazendo Radhya rir.

– Nesse caso... – Ari olha para a televisão, esperando o nó na garganta desapertar um pouco. – Preciso te contar sobre um cara que eu conheci.

– Beleza.

Radhya não mexe um músculo, como se tivesse medo de que a mais ínfima hesitação faça Ari fugir noite adentro.

– A gente se odiou por muito tempo. E depois paramos. Ficamos amigos. E esse é o tipo de relação mais difícil pra mim. Obviamente.

Ari respira fundo.

– Ele é uma dessas pessoas que nunca precisa cheirar um item de geladeira antes de consumir. Migalhas e vírgulas erradas são seus inimigos mortais. Ele sabe bem que é inteligentíssimo, mas não percebe que também é engraçado. Se eu conseguisse arrancar uma risada dele, ou só um *humpf*, ou um olhar exasperado, eu ganhava o dia. Isso não era difícil, porque eu andava muito infeliz.

É doloroso falar tudo no passado.

– Ele simplesmente me *entendia*. Ele me viu de um jeito que mais ninguém vê. Somos muito diferentes, mas eu podia conversar sobre qualquer coisa com ele... todas as coisas que eu me esforçava tanto pra esconder de todo mundo, porque eu sentia muita – ela engole em seco – vergonha de estar tão magoada. Eu estava no pior momento da minha vida, mas mesmo assim ele me aceitou. Mas aí a gente... você sabe.

Os olhos de Ari se enchem de lágrimas de novo.

– E aí eu me convenci de que era um erro enorme, porque eu não podia lidar com o que isso significava de verdade. Mas eu... eu sinto saudade dele, Rad. Eu r-realmente...

Dessa vez, ela não tenta conter os soluços, que soam intensos e feios.

Rad passa os braços pelos ombros de Ari, envolvendo-a no cobertor.

– Ei – diz Radhya, com a voz suave. – Respira.

Ari engole em seco e respira ofegante, como se finalmente estivesse tomando ar. Radhya pede:

– Começa do começo.

JOSH CAMINHA PELA AVENUE A, atravessa o perímetro oeste do Tompkins Square Park, passa por um bar de kefir novo, caro e idiota, uma Starbucks, um mercadinho e o que quer que seja o Pyramid Club agora.

Todo o resto no quarteirão pode ter mudado, mas, apesar da infeliz tentativa de Josh de transformar a Brodsky's no The Brod, a mãe dele tinha se incumbido por vontade própria de fazer o local voltar à sua velha forma. O piso xadrez foi esfregado mil vezes, mas os quadrados brancos sempre tinham sido beges. Quando criança, Josh se oferecia para limpar as mesas, desentupir as pias – qualquer coisa para colocar o caos em *ordem*.

Mais do que isso, o local tem um cheiro específico. Não importa quantas misturas de tempero Radhya macere na cozinha, ele sempre vai detectar o cheiro de fumaça de cigarro velho da época em que o espaço para fumantes era separado por nada além de um painel distorcido de vidro acrílico. O molho agridoce que acompanhava cada porção de repolho recheado. As salsichas Frankfurter chiando na grelha. Os recipientes com salada de repolho, salada de macarrão, salada de ovo e uma mistura que o pai chamava de "salada saudável", que apenas um cliente regular pedia.

A comida de Danny era tão familiar para Josh que ele não tinha como avaliá-la da maneira adequada: o sabor característico da mostarda escura, a cobertura levemente adocicada da carne, a espuma densa de uma gemada de chocolate que deixava um bigode no lábio superior. Nos anos de preparação de pratos absurdamente complexos para os clientes mais criteriosos da cidade, Josh não sabe se já viu pessoas tão felizes quantos os fregueses regulares da Brodsky's pareciam ser.

Em poucas semanas, ele poderia assinar uma pilha de documentos financeiros e jurídicos renunciando à propriedade de uma instituição sagrada em prol de alguma "cadeia hospitalar". Será que ele se arrependeria pelo resto da vida ou aquilo marcaria o começo de um novo e emocionante capítulo? Talvez trabalhar em Sonoma seja a virada de chave da qual ele andou precisando no último ano. Não, nos últimos dois anos. Porra, possivelmente cinco ou seis anos.

Josh baixa o estojo de facas e acende as luzes. Às quartas, o lugar fica bem calmo. Ele tem aparecido quando o pop-up não está aberto para testar coisas. Ideias de receitas, técnicas novas, muito pão, muito chalá. Tem algo de satisfatório em preparar o mesmo prato várias vezes e aprimorá-lo aos poucos.

"The Waiting" está tocando um pouco alto demais no rádio. Que oportuno. Danny Kestenberg era a personificação de uma música de Tom Petty. A cozinha ainda parece assombrada pelo fantasma teimoso dele. Às vezes, Josh pode jurar que sente o pai espiando por cima de seu ombro, murmurando enquanto o filho prepara chalotas em conserva ou refoga repolho roxo.

Algo chama a atenção de Josh do outro lado da vitrine do restaurante: uma cadência específica de saltos batendo na calçada.

O sino acima da porta ressoa quando Abby entra, passando direto pelas mesas e indo para trás do balcão. Ela abre o refrigerador de bebidas e pega uma lata de Diet Black Cherry da Dr. Brown. Depois, enche um copo com gelo e serve o refrigerante até a borda com a prática de quem já fez isso milhares de vezes.

Sem uma palavra, ela vai até o refrigerador expositor e volta com um pote de maionese de 4 litros e um pote de ovos. Josh os havia cozinhado para usar no *keema* com ovo de Radhya.

– O que você está fazendo? – pergunta ele.

Abby pega uma pilha de tigelas de uma prateleira no alto.

– Eu te falei que ia trazer compradores. A gente precisa tomar uma decisão.

– Não. O que você está fazendo com as minhas tigelas de preparo?

Em algum momento nos últimos meses, ele começou a pensar no equipamento da cozinha como *dele*.

– Preparando um lanche – diz ela, organizando uma linha de montagem familiar na mesa de preparo. – Desde quando a gente senta a uma mesa sem uns petiscos?

Salada de ovo não estava nos planos de Josh para esta tarde. Mas o retinido de duas tigelas de metal gigantes no aço inoxidável da mesa de preparo, o som das cascas dos ovos sendo esmagadas com delicadeza no tampo, o ruído do descarte delas na lata de compostagem – todos são sons familiares e inegáveis. Parecem trazer o pai de volta à vida por um momento fugaz.

Danny usava uma receita muito simples (ovos cozidos, maionese, sal, pimenta-do-reino), com apenas uma diferença: gemas extras para uma consistência mais cremosa. "Os outros lugares usam maionese demais", insistia ele. Josh não é um profundo conhecedor de salada de ovos, mas tende a concordar. Dito isso, passou duas décadas tentando convencer o pai a acrescentar um pouco de endro.

Josh pega um ovo cozido no pote, quebra, descasca e deposita a clara em uma tigela à esquerda, e a gema, em uma à direita. Ele finca os pés no piso da cozinha. Então, esmigalha com os dedos a textura escamosa e seca das gemas. As claras são escorregadias e macias. Quebra. Descasca. Separa.

É o mais perto que ele chegou de se ancorar em meses.

Abby não diz nada, mas quebra um ovo na bancada em quatro batidas curtas.

"Just the Way You Are" enche a cozinha vinda do rádio e o arranca do presente. A música serpenteia pelo cérebro de Josh com um sentimentalismo fácil e idiota e alusões óbvias a Ari. Cada verso da letra parece ter sido feito por um Billy Joel de 1977 que viajou no tempo para infligir o máximo de dano em um Josh Kestenberg indefeso de 2023.

– Tem notícias dela?

A mãe dele é péssima em fingir indiferença.

– Da Harper? – pergunta ele, só para dificultar.

Não há motivo para as coisas não terem dado certo com Harper. Ela trabalha na ONU. É sócia e doadora da companhia de teatro Roundabout. Tem sal kosher ao lado do fogão. Ela tem um schnauzer chamado Pee Wee, porra. Josh terminou o relacionamento pelo telefone – bem antes das festas de fim de ano, como aconselhado por Briar. Mas como explicar para alguém que você só quer que suas conversas sejam estimulantes? Que você quer rir porque não consegue evitar, e não porque força uma risadinha por educação? Que, em vez de só escutar as histórias que contou a outras seis pessoas com quem saiu, você precisa que ela ouça as coisas que não está dizendo? Que conheça você melhor do que ninguém?

– Acho que você sabe de quem estou falando.

– Por quê? Você tem outra oportunidade profissional esperando por ela? – Ele pega outro ovo e começa o processo, mas bate com muita força na bancada, fazendo pedaços de cascas voarem como estilhaços. – Um dos seus clientes vai inaugurar um clube de comédia na Argentina ou algo assim?

Há uma breve pausa na casca de ovo sendo esmagada por ela na ponta da bancada.

Josh continua a quebrar, descascar, separar. Tentando e não conseguindo ignorar as bombas emocionais que ameaçam explodir em sua cabeça, lhe mostrando que ele sente a ausência de Ari todos os dias. Que ela se enraizou em algum lugar profundo e inacessível que não pode ser editado ou sobrescrito – apenas administrado. Como uma doença crônica.

Ele sente um nó na garganta inconfundível. *Encontre uma âncora, droga.*

– Dançamos essa música no nosso casamento – comenta Abby, depois de mais uma série de breves sons de batida. – Eu queria Fleetwood Mac. Essa foi ideia do seu pai.

Óbvio. A letra começa com o mantra dele: *Don't go changing*, "não vá mudar".

– A gente fez até aula de dança em um estúdio na 6th Avenue. Ainda assim, ele pisava no meu pé.

Invadido pela lembrança de Ari naquele vestido preto, dançando sem jeito uma música de 40 anos, Josh só aguenta até a segunda menção da música a uma "conversa inteligente", então a âncora se solta, lançando-o além de um ponto sem retorno. Ele passa os últimos 45 segundos do solo de saxofone soluçando baixinho em sua manga, tomando cuidado para não tocar o rosto com as mãos cobertas de gema.

Essa blusa vai ficar para sempre associada à vez em que um golpe de sentimentalismo de Billy Joel o pegou pelo pescoço enquanto ele chorava na frente da mãe em uma tigela de claras de ovo.

Felizmente, Abby não vira a cabeça para olhar o filho. Quando a música acaba, ela entrega a Josh um pano de prato limpo.

– Vai ficar mais fácil.

Vai? Ou será que só vai ficar mais doloroso conforme a pessoa da sua vida fica mais ausente da sua vida? Conforme você passa mais semanas e meses analisando o que poderia ter sido? Será que aqueles humanos originais ficaram mais sofridos e aflitos à medida que procuravam mundo afora sua alma gêmea perdida, vendo todos os outros se reunirem com suas metades?

Em silêncio, Abby estica a mão até uma prateleira mais alta e coloca um recipiente com um tempero vermelho-vivo diante das tigelas. O tom reflete no aço inoxidável. Deve ser de Radhya: páprica não tinha lugar na cozinha do pai.

Josh fica olhando para o tempero.

– Sempre achei que a salada de ovos podia receber um toque a mais – diz ela. – Acho que seu pai concordaria comigo se tivesse de fato experimentado. – Abby tamborila um dedo pela bancada. – Ele não teria se importado com uma estrela Michelin, sabe. Mas teria orgulho do que você fez aqui.

Josh seca os olhos com o pano de prato e respira fundo, olhando para o salão de jantar vazio do mesmo jeito que Danny fez por quarenta anos. Estar nesta cozinha não é uma rendição ou uma traição. Pela primeira vez, parece o lugar certo para encontrar sua âncora.

Até mesmo a garrafinha vermelha parece pertencer ao local. Junto com o açafrão, o cardamomo e os dois tipos de coentro para temperar a carne.

Porque, agora, é a cozinha de Josh. Bom, de Radhya e Josh.

Ele respira bem fundo.

– Talvez a gente devesse... continuar fazendo isso – sugere ele, removendo a metade de uma casca sem desfazê-la. Josh não acredita em sinais, mas nunca é fácil descascar ovos assim. – E não vender. Ainda.

Abby pisca e o cutuca com o cotovelo.

– Vamos adicionar um pouquinho de endro?

28

– OBRIGADA, ZACH! – diz Ari no microfone enquanto as notas da gaita finalmente vão sumindo até silenciarem pela segunda vez nesta noite. – "Piano Man" é sempre uma novidade quando escutamos, não é?

Ela aponta para o cartaz no cavalete ao lado do palco que exibe um enorme QR Code de arco-íris e o título *LaughRiot: Dinheiro, por favor.*

– E você pode comemorar a virada de ano sujeitando este lindo bar a qualquer clichê de karaokê que quiser por uma doação de 15 dólares para nossa campanha de financiamento coletivo. Todo o dinheiro vai ser revertido diretamente para uma série de programas para adolescentes queer. Qualquer uma das músicas na lista "Por favor, Deus, não" exige uma doação de 30 dólares. A lista "Foda-se todo mundo", que inclui Journey, Adele, Queen, entre outros, é a partir de 50. Como anfitriã, é claro que me reservei o direito de atormentar vocês e apresentar uma interpretação muito honesta de "Parte do seu mundo", da Pequena Sereia, a qualquer momento. A seguir – ela consulta seu aplicativo de notas –, Cameron com *minha* música-tema, "Return of the Mack".

Ari entrega o microfone e imita passos de dança constrangedores dos anos 1990, abrindo caminho entre as pessoas até a banca de exposição, onde Gabe e Radhya estão vendendo peças de roupa do LaughRiot a um preço altamente inflacionado por causa do ano-novo.

– Quando for lá fora esperar o Uber ou caminhar até o metrô, você vai ver que está frio pra cacete e vai querer desesperadamente um moletom desse – diz Gabe para um jovem de regata, que balança a cabeça e se afasta. – Os preços vão subir depois da meia-noite! – grita Gabe atrás dele.

– Você está perdendo o jeito, velhote – diz Ari, sentando-se no colo de Radhya em vez de em uma cadeira. – Contato visual. Elogios. Flerte. E então: "Ei, acho que esse moletom ia ficar uma maravilha em você..."

– "... mas ficaria muito melhor no chão do meu quarto" – completa Radhya.

Ari pega duas taças de plástico de champanhe.

– Não é justo. Radhya provavelmente é o amor da minha vida, mas é praticamente minha única amiga hétero.

– Não leve a mal – responde Radhya, tomando mais uma taça de prosecco barato. – Morar com você uma vez já foi o suficiente.

– Engraçado, foi o que a minha ex-mulher falou.

Radhya finge batucar um *badum-tss* nas pilhas de moletons e shorts.

– Ei, eu te amo tanto que vou passar o principal feriado pra transar em um bar gay onde é praticamente certo que eu vá terminar a noite sozinha.

– Primeiro – diz Gabe, virando seu prosecco –, estou disponível para suas necessidades de beijo da virada. E segundo, você está passando o principal feriado pra transar curtindo duas interpretações diferentes, mas igualmente tenebrosas, de "Piano Man".

Em sua mente, Ari ouve uma resposta debochada na voz de Josh: *Existe alguma interpretação* boa *de "Piano Man"?*

– Ano passado, eu estava trabalhando no réveillon – comenta Radhya, arrastando um pouco as palavras. – Dei no pé às duas da manhã. – Ela para e abre um sorrisinho torto. – Dei outra coisa meia hora depois.

Gabe pigarreia.

– Exatamente um ano atrás, eu servi *hors-d'oeuvres* em uma cobertura em Koreatown e vim aqui pra conduzir a arrecadação – ele lança um olhar direto para Ari – sozinho. Depois, acordei em Alphabet City sem a calça. Não tenho a menor lembrança de como cheguei em casa, só lembro de ver Ari desmaiada no meu futon, em seu vestido de gala, roncando e babando. – Ele olha para ela. – Presumo que este ano vá ser a mesma coisa, a não ser pelo traje. Não é uma roupa apropriada para transar.

Ari olha para a camiseta, o short e a meia-calça arco-íris cintilante, peças do LaughRiot que Gabe mandou que ela usasse hoje à noite, e se lembra, nos mínimos detalhes, das circunstâncias que a levaram até o futon do amigo no ano passado. Ela tem tentado não permitir que sua mente vagueie para esses lugares.

Ela tem escutado um exercício de atenção plena em um aplicativo. Você fecha os olhos e se imagina deitada de costas, olhando para o céu, observando as nuvens flutuando delicadamente lá em cima. Você nomeia cada nuvem a partir de uma emoção que está sentindo e apenas a deixa passar, e em tese isso deveria te ajudar a lidar com o desconforto em vez de evitá-lo.

Só que a falha nessa visualização é que ela *ainda está sentindo a emoção de merda*. Esse é o problema com as lembranças de Josh. Elas não são fofas como nuvens – estão mais para raios imprevisíveis que surgem no cérebro dela em momentos inoportunos.

Talvez ela ainda não tenha cruzado aquela última ponte até a aceitação, mas essa merda leva tempo. Em algum momento, sem Ari perceber conscientemente, sua mágoa em relação a Cass tinha se transformado em algo menos potente. Uma fina camada de cinzas em vez de brasas ardentes.

A mesma coisa vai acontecer com Josh.

Ela precisa acreditar nisso.

Radhya dirige a ela o que provavelmente pretendia ser um olhar de preocupação, mas, em sua névoa de prosecco, com os olhos semicerrados, ela dá a impressão de estar confusa com o nariz de Ari.

De repente, o microfone do karaokê fica mudo bem no refrão de "Return of the Mack". Ari ergue os olhos. Ainda falta um minuto para a música acabar. Mas Cameron está apontando para alguém na multidão.

– Kyle, acabei de perceber que são 23h45! – grita ele no microfone. – Este ano, não quero beijar minha alma gêmea à meia-noite. – Ele se agacha em um dos joelhos. Ari fica de queixo caído. A multidão faz silêncio. – Quero beijar meu noivo.

Os vocais de apoio genéricos repetem "You *liiied* to me" e um homem usando um terno cintilante se levanta lentamente, assentindo. O bar inteiro explode em comemorações enquanto os dois se abraçam, e o microfone cai no chão.

Quantas cenas dessas ela vai ter que presenciar? É algum tipo de penitência cósmica estranha por fracassar no casamento? Ari poderia citar uns dez motivos para a derradeira ruína desse casal, e o primeiro é o pedido com "Return of the Mack" no karaokê como música de fundo, quase abafando a declaração de amor.

Então por que essa dor teimosa no peito? Por que ela está pensando que nunca vai poder contar para Josh a história do noivado desse casal? Será que é mesmo só uma questão de esperar que a dor diminua, como um músculo que atrofia aos poucos?

– Sobe lá e fala alguma coisa! – ordena Gabe, empurrando Ari do colo de Radhya, arrancando-a de seu turbilhão de pensamentos.

– Pra quê?

– Essa babaquice sentimental deixa as pessoas mais dispostas a gastarem dinheiro. Sobe lá e fala alguma merda comovente!

Radhya estende uma taça de plástico com champanhe na direção de Ari.

– Você tem, tipo, mais de vinte discursos pra casamento no seu celular, cara.

Quando Ari não pega a bebida, ela dá de ombros, recolhe a mão e vira o prosecco. Então, completa:

– Só, por favor, Deus, não aquele parágrafo de *O capitão Corelli* ou a oração apache.

Assentindo distraidamente, Ari dá a volta na banca de exposição, quase tropeçando a caminho do palco enquanto o DJ baixa a música. Um burburinho desconfortável percorre o bar. Ela pega o microfone do chão, o que gera um aumento do retorno.

– Que tal, pessoal? Coisa linda, né? – Ela respira fundo. – Gabe está à frente dessa arrecadação há dez anos, e acho que esse é nosso primeiro noivado. Parabéns, Kyle e Cameron!

Há uma explosão de aplausos e assobios.

Ela engole em seco e rola a tela pelo aplicativo de notas, parando em um discurso com o título "Brinde de um pai da noiva cínico que prefere nem saber da estranheza de 'entregar sua filhinha'". Esse é literalmente o título. Vai ter que servir.

– É o seguinte, Rach... hã, Cameron. – Ela pigarreia e lê na tela. – Quando a gente se apaixona por alguém, somos só otimismo. Não temos noção das dificuldades que vamos enfrentar em alguns anos. Você pensa "É isso!" porque, hã, Kyle te faz feliz. Mas a verdade é que...

Ari mal se lembra de ter escrito isso. Talvez tenha sido em um estado dissociativo. Uma onda de *Cannabis sativa*. Uma névoa de xarope para gripe e tequila.

– A verdade é que... a felicidade é realmente complicada. É volúvel. – O rosto de Radhya parece o meme da expressão de choro bizarra da Chrissy Teigen. – As pessoas se preocupam demais em serem felizes. Se quiser ser feliz o tempo todo, veja vídeos de gatinhos. São bons pra cacete.

Há uma reação bem débil de leves risadinhas. Gabe faz um gesto de *sorria* com os indicadores.

– Ninguém deveria se casar com a pessoa que a faz feliz. Case-se com a pessoa que você quer manter ao seu lado no seu p-pior momento. Case-se com a pessoa de quem você... você nunca enjoa. Que você sempre quer mais. Que faz você ter orgulho de ser dela.

Ari sente um nó na garganta, agora inconfundível, ao se lembrar de onde vinham aquelas palavras. Kyle e Cameron assentem. Ela pisca depressa, afastando a ameaça das lágrimas. Porque, se for sincera consigo mesma, o buraco no formato de Josh não parece estar se fechando de fato.

– Mas se você... – Ela baixa os olhos para o celular, mas é inútil. As palavras estão ilegíveis agora. – Se você calhar de encontrar sua pessoa, é um ato de coragem dizer isso a ela. "Por favor, me ame de volta." Permitir que alguém tenha seu coração nas mãos, mesmo sabendo que pode... na verdade, provavelmente *vai*... acabar mal. Sabendo que vocês dois vão se machucar. Mas, se essa é a *sua* pessoa, vale o risco. Porque a *sua* pessoa vai ver sua melhor versão. Ela vai ter uma lista inteira de motivos para achar você insubstituível. E vai te dizer isso. – Ari sente lágrimas quentes escorrendo pelo rosto. – Se você quer ver a pessoa que você ama crescer e virar a pessoa que você sabe que ela pode ser, então é aí que você se casa.

Um silêncio cai sobre a plateia – um clima que está menos para um silêncio atordoado e mais para um "hummm, será que ela... acabou?".

Ari não está nem aí se acham que ela é louca, está bêbada ou ficou incrivelmente emocionada com as próprias palavras. Em algum lugar dessa ilha está a pessoa com quem ela quer conversar logo antes de adormecer. A pessoa que sabe exatamente como ela quer ser beijada. Que quis segurar a mão dela, acordar ao lado dela, levá-la para tomar café e talvez se tornar alguém melhor do que era oito anos atrás.

Gabe corre até o palco, tira o microfone da mão de Ari com delicadeza, dá um empurrãozinho nela para descer do palco e ergue uma taça de champanhe.

– Aos pombinhos!

Ele faz um gesto para o DJ e se joga em uma interpretação de "Wonder of Wonders", que é bombástica até para os padrões de Gabe.

Ari tropeça na direção de Radhya. Ela sente uma ideia ganhando força, como uma tacada simples em sua mente.

– Você está bem? – pergunta Radhya, entregando um prosecco a Ari. – Isso foi...

– Cadê o Josh?

Rad pega o celular.

– Acho que o namorado da Briar o arrastou para algum lance de corrida que parecia um negócio frio e infeliz. Bem a cara do Kestenberg. – Ela abre o Instagram. – Aqui, acho que ela marcou ele...

Ari arranca o celular da mão da amiga, fechando a notificação de bateria baixa. É uma foto de Briar sorridente com um homem extremamente bonito, também sorridente, usando roupas de corrida quentes com um peitilho da corrida preso na camada mais externa de tecido. Ao lado de Briar, quase fora do enquadramento, como se tentasse escapar da foto, está um homem – nada sorridente – vestido todo de preto, como um ladrão de prédios muito atlético.

– A corrida. No Central Park. – Ari deixa o celular cair na mesa da exposição. – Tenho que ir.

– As ruas estão fechadas – observa Radhya. – E essa é, tipo, a pior noite do ano pra preços abusivos.

Ari olha ao redor. Eles estão perto o bastante da Times Square para as calçadas estarem cheias, mas não completamente intransponíveis.

– São só vinte quarteirões, eu posso correr.

– Pode?

Em vez de responder, Ari se abaixa e aperta os cadarços dos tênis. O público aplaude Gabe enquanto ele solta o microfone.

– Essa foi boa, hein? – pergunta ele, cheio de sorrisos ao voltar até a mesa de exposição. – Nova música de audição?

– Foi genial, Gaston – diz Radhya, entre goles. – Um sucesso.

Ari segura Gabe pelos ombros.

– A gente precisa trocar de celular. Ele deve ter bloqueado meu número.

– Quem?

– *Preciso* do seu celular. O da Radhya está com três por cento de bateria.

– Ari arranca o aparelho da mão dele. – Sua senha ainda é meia-nove-meia-
-nove-meia...

– ... quatro.

– Quatro? Espera aí, quando foi que você mudou?

– Estava ficando muito fácil adivinhar a senha antiga. – Ele olha para
Radhya. – O que eu perdi? Ela está pegando meu celular no ano-novo? O
feriado supremo do "está de pé"? Quando todo mundo literalmente está
"de pé"?

Ari puxa a camisa larga do LaughRiot que Gabe está usando.

– Acho que encontrei a outra metade do meu biscoito mesclado e outra
pessoa pode estar comendo agora mesmo. Preciso encontrá-lo.

– A gente nem cantou "The Boy Is Mine" ainda.

– É um gesto romântico – explica Radhya. – Ela precisa ir para o Central
Park.

– Em doze minutos – acrescenta Ari. – A corrida começa à meia-noite.

– Ai, meu Deus. – Gabe arregala os olhos. – Você vai fazer o lance da
corrida no aeroporto? Igual aos filmes?

Ari adiciona o número de Josh como um novo contato no aparelho de
Gabe.

– Obrigada e desculpa.

– Cadê seu casaco? – Ele se vira para procurar nas caixas de mercadoria
embaixo da mesa. – Não consigo encontrar.

– Toma – diz Radhya, pegando um moletom do LaughRiot extragrande
na mesa e jogando para Ari.

– Credo, esse visual inteiro realmente ficaria melhor no chão de um
quarto – opina Gabe. – A meia-calça cintilante e o short da LaughRiot pareceram uma ideia divertida quando a gente estava tomando umas no meu
apartamento.

– Valeu. Agora minha autoconfiança está lá em cima.

Ari pega mais dois espumantes na mesa e os bebe. Eles descem queimando.

– Você está bem, Xoxozinha?

Radhya segura Ari pelos ombros.

– Não. – Ela balança a cabeça. – Não estou. Não estou bem há muito
tempo e tenho empurrado tudo pra debaixo do tapete. Mas, por algum
motivo, quando estou com...

– Guarda essas palavras pro Kes... *Josh*. – Radhya acena para a porta. – Agora *vai*.

– Te amo.

Ari anda de costas na direção da saída, esbarrando em pelo menos três pessoas.

– Viu? – diz Radhya. – Você já está até falando isso.

– Não acredito que é ela que vai fazer a porra da corrida dramática no aeroporto – reclama Gabe. – Eu tenho uma playlist pra essa exata situação.

29

ARI ESBARRA NAS COSTAS SUADAS de alguém antes de pôr o pé direito na calçada. Tecnicamente, essa parte da 9th Avenue não está fechada, mas está lotada de pedestres indo para a Times Square. Para que essas pessoas querem chegar mais perto de uma massa gigantesca e fervilhante de gente, ainda por cima sem acesso a banheiros, é um mistério.

– Licença! Desculpa! Licença! – grita Ari, enquanto se encaixa e se espreme entre pessoas de rosto corado vestindo casacos pesados.

Ari corre no fluxo contrário do tráfego, como uma personagem de um jogo de videogame 8-bit. *Direita-esquerda-esquerda – não, direita*. Em algum momento, um treinador da sua academia de quinta categoria sugeriu um treino de agilidade. Ela riu, perguntando-se em que momento essa habilidade seria útil.

Aparentemente, em uma Corrida de Aeroporto Estilo Parkour.

Seus apelos pela 53rd Street de "Posso passar, por favor?" evoluem na 55th Street para ordens de "Sai da frente, porra. *SAI!*".

O cigarro de alguém chamusca a manga do moletom do LaughRiot enquanto ela se esquiva e desvia das bolsas de mão e das pernas esticadas das pessoas.

Na 57th, longe dos bares da 9th Avenue, a aglomeração começa a diminuir. Ela aumenta a velocidade, dando passos largos: braços balançando, joelhos lá no alto, sapatos deslizando um pouquinho na calçada coberta de neve.

Quando chega ao Columbus Circle e salta por cima de uma grade aberta, coberta de neve derretida, Ari se sente uma verdadeira gazela. Mais uns quarteirões correndo assim e ela vai conseguir chegar ao ponto de largada em, o quê, uns sete minutos?

Quatro segundos depois, ela sente uma pontada na lateral do corpo.

Merda. Merdamerdamerda. Ela diminui o ritmo vigoroso pelo Central Park West, tocando a lateral do corpo.

Tudo bem. Caminha que passa. São catorze quarteirões entre o local onde ela está com ânsia de vômito e o ponto onde Josh se encontra, provavelmente se sentindo afrontado pelos fogos de artifício, pelas fantasias bobas e pela alegria expansiva no ar.

Ele deve estar mentalmente revendo sua estratégia de corrida.

De alguma forma suando *e* congelando de frio ao mesmo tempo, ela começa a trotar, desviando de grupos de pedestres que devem estar indo até o parque para ver a queima de fogos.

Está tudo bem. Continua a se mexer. Você vai conseguir. Inspira pelo nariz-dois-três, solta pela boca-dois-três. Inspira pelo nariz, solta pela...

Olha... uma barraca de pretzel que não está lotada.

No fim das contas, é possível correr bem rápido (tudo bem, razoavelmente rápido) enquanto se está sentindo o cheiro de um pretzel macio e segurando uma garrafa escorregadia de Powerade azul.

Ela olha a hora no celular de Gabe. 23h54. *Merda.*

É como se alguém tivesse virado a pequena ampulheta de um jogo de tabuleiro. Não é mais só *em quanto tempo consigo chegar lá?*, está mais para *isso está mesmo acontecendo* e *meu rosto deve estar da cor de um tomate* e *que porra vai acontecer se eu encontrar mesmo com ele?* e *como exatamente a gente declara nosso amor para alguém?*.

E pior ainda: *E se ele não estiver sozinho?*

Pode ter uma Harper, uma Lauren ou uma Maddie, e *nossa*, a mente tem mesmo o poder de provocar uma autossabotagem nos piores momentos. Pelo menos a dor nos músculos tensos da panturrilha é uma boa distração.

No meio da aglomeração mais pesada na entrada da 72nd Street, Ari se sente como uma criança invadindo a recepção de um casamento apenas para adultos. Todo mundo à sua volta é parte de um grupo ou casal. Todos têm acessórios festivos para acenar e selfies para tirar, e ela está nervosa e sozinha, tentando consertar uma situação tensa ao emboscar alguém cujos sentimentos por ela podem já beirar a hostilidade.

O coração dela está disparado – e não só por causa da quantidade sem precedentes de exercício aeróbico. Várias barricadas de metal na altura da cintura estão alinhadas definindo as margens da pista sem uma entrada óbvia. Ari segue correndo por ela, pulando de vez em quando para analisar a multidão de corredores.

É como se fosse uma edição bizarra e em tamanho real de *Onde está Wally?*, em que o objetivo é encontrar um emo do tamanho de uma árvore, com uma roupa de corrida toda preta, não um nerd de olhos esbugalhados com um suéter listrado. A música "Gimme! Gimme! Gimme!" está reverberando pelo sistema de som da concha acústica, ecoando sinistramente por entre as árvores. Encontrar uma agulha alta e vestida de preto em um palheiro é bem mais difícil quando todos os corredores estão dançando ao som do ABBA.

A não ser...

Tem uma cabeça que não está dançando: um homem com um gorro de lã preta, parado de braços cruzados com a boca meio curvada para baixo, cercado por um grupo de jovens de cabelos louros e compridos, maquiagem pesada e blusas com logos combinando, curtindo para valer a segunda estrofe da música.

Ele não podia parecer mais infeliz nem se tentasse – e é possível que ele tenha tentado. Que tipo de esnobe arrogante comparece a uma gigantesca corrida divertida e coloca fones de ouvido antes mesmo da largada?

Meu esnobe arrogante.

Tomara.

DE CARA, JOSH ACHA que todo esse estímulo visual está lhe pregando peças. Porque, às vezes, ele está andando atrás de uma mulher de cabelo castanho-claro, com um coque desgrenhado, e se pergunta se é...

Nunca é.

Mas aquela garota, se inclinando por cima da barreira para conter a multidão do outro lado da rua, poderia ser gêmea de Ari. Ela está a mais de 10 metros – é difícil discernir detalhes a esta distância na escuridão pontuada por luzes piscando –, mas, quando cruza o olhar com ela, Josh pode jurar que os olhos dela se arregalam em reconhecimento. No mesmo instante, os organizadores da corrida obrigam todo mundo em seu grupo inicial a avançar.

Porra.

Josh respira fundo para se acalmar, mas não adianta muito. Ele não consegue encontrar Briar na aglomeração de mulheres à sua volta – todas usando camiseta estampada com o logo CORREDORES DO RYAN (o desenho no logo é apenas uma calça de moletom cinza correndo, o que acaba sendo uma descrição bem adequada do próprio Ryan). Apesar de ter um universo inteiro de arte, cultura e gastronomia, um clube de corrida meia-boca organizado por um ex-astro de reality é o melhor entretenimento que a porra dessa cidade tem a oferecer? Josh não pode nem monitorar direito suas estatísticas em uma corrida ao ar livre, porque seu progresso seria limitado por atletas amadores.

Como era de esperar, Briar achou que ali seria um bom lugar para ele conhecer alguém, mas nenhuma dessas mulheres quer conhecer um cara que é o oposto de Ryan e sua calça de moletom cinza. Josh é o único que não está fazendo dancinhas bobas ou tirando selfies com caras e bocas praticadas previamente. É um sentimento bem conhecido, como se toda a sua vida tivesse sido uma festa onde todo mundo está se divertindo enquanto ele fica amuado no canto.

Josh estica o pescoço e vê outra vez a sósia de Ari. Ela ainda está olhando diretamente para ele com uma intensidade desconcertante.

Ela parece exausta e corada, mas...

– ... *trinta segundos. Assim que a bola descer, a corrida começa. Corredores, em suas marcas, por favor!*

Mesmo que ele não tivesse as feições precisas do rosto dela gravadas na memória há oito – *nove?* – anos, ainda saberia que é Ari, porque ela abre a boca e grita:

– Josh!

Quase não dá para ouvir por causa do rugido crescente da multidão e da música agitada, mas ele ouve.

O coração parece parar.

– *Dez!*

– *Josh!* – grita ela de novo, a voz mais alta, porém irregular.

– Beleza, Corredores do Ryan, vocês vão *arrasar*!

Ryan envolve Josh em um abraço de camaradas não consensual antes que ele possa evitar.

– *Nove...*

Josh se vira rápido e vê Ari chegando perto da barreira de metal que contém a multidão, agarrando-se a ela.

Ela já está com uma perna por cima da grade quando um policial corre até ela e a obriga a ficar atrás da barreira. Josh chega alguns centímetros mais perto do meio-fio, como se isso fizesse alguma diferença.

Ari está discutindo com o policial. Gesticulando. Apontando para o caminho. Para ele.

Quem ela pensa que é para ter esse direito? De aparecer aqui e gritar o nome dele desse jeito?

– *Oito...*

O policial vai embora com um gesto de advertência e Ari olha de volta para Josh, inclinando-se por cima da grade, as mãos segurando as barras e um dos pés apoiados na barra inferior, como se estivesse pronta para dar impulso e fazer mais uma tentativa.

Por algum motivo, ela está usando um moletom extragrande com um logo, um short e uma meia-calça cheia de purpurina. Ela deve estar sentindo um frio do caralho. Josh sente a garganta apertar.

– *Sete...*

A boca de Ari continua a se mexer, como se ela ainda estivesse gritando algo importante, algo que ele precisa ouvir de qualquer maneira, mas o estrondo da multidão ao redor dele é alto demais para ele conseguir entender.

– *Seis...*

Ari enfia a mão por dentro do moletom e puxa um celular do sutiã. É a coisa menos surpreendente que aconteceu nos últimos quinze segundos.

Ele observa – meio chocado – Ari enxugar a tela na manga do moletom antes de baixar a cabeça para digitar.

Dois segundos depois, Josh sente seu bolso traseiro vibrar. Ele pega o celular, ainda olhando para Ari. Ela o observa do jeito que os competidores do *The Great British Bake Off* observam seus fornos.

– *Cinco...*

Domingo, 31 de dezembro, 23h59
Número Desconhecido: Preciso te falar uma coisa

Lá vem mais merda. Ela vai dizer algo aparentemente inofensivo e amistoso, mas que na verdade só vai perturbar o frágil equilíbrio da turbulência interior dele.

Ele não digita uma resposta, mas volta a olhar para ela e assente sutilmente, com relutância, para que ela continue.

Na mesma hora, Ari baixa a cabeça outra vez, descendo da barreira para digitar, como se essa mensagem exigisse mais concentração. Ele se sente rangendo o maxilar.

– *Quatro...*

Ari continua concentrada no celular, os dedos pairando acima da tela, aparentemente escrevendo um ensaio persuasivo de mil palavras sobre os motivos pelos quais deveriam voltar a ser amigos. *O Dicionário Webster define "platônico" como...*

Ryan já inclinou Briar em uma preparação para seu grande beijo da meia-noite, enquanto um dos corredores dá um passo para trás para fazer um vídeo.

– *Três...*

Ari ainda está de cabeça baixa. Poderiam ter se passado minutos. Malditos *minutos.*

– *Dois...*

Ele vai ter que começar a correr em alguns segundos. Josh olha para os lados em busca de qualquer abertura para escapar da largada quando seu celular quase cai da sua mão suada ao vibrar.

– *Um... Feliz ano-novo!*

Número Desconhecido: Eu te amo

É só isso. Sem pedido de desculpas. Sem explicação.

Caos, fogos de artifício e "Auld Lang Syne" explodem enquanto Josh fica olhando para as três palavras que ele metaforicamente teria estrangulado gatinhos para ouvir seis meses atrás.

O homem com a pistola para dar a largada ergue a mão no ar.

Josh se esforça para se virar e enxergar Ari através da multidão.

Ela não está mais digitando. Está olhando para ele, as sobrancelhas levemente erguidas, a boca em uma linha fina e tensa.

A pistola dispara, dando um susto em Josh.

– Vamos nessa, corredores! – grita Ryan.

O embalo de centenas de pessoas empurra Josh adiante.

Por alguns segundos, ele fica quase feliz por estar literalmente correndo para longe de Ari.

Josh: É engano.
Número Desconhecido: Esse não é o número do Garotão Grandão? 😳
Josh: É só isso?
Isso ainda é uma piada pra vc?

Nada entre eles tinha sido tão simples quanto uma afirmação declarativa e uma resposta direta.

Número Desconhecido: Tem um discurso em que eu listo todos os motivos pra gente ficar junto, mas pra ser sincera não foi assim que eu imaginei isso acontecendo

– Você está bem? – pergunta Briar, cutucando-o enquanto o grupo dos Corredores do Ryan percorre o trajeto na direção de East Drive. – Parece que você viu um fantasma.

Josh: Vc não pode chegar aqui e dizer isso como se nada tivesse aconetcido.

Ao menos uma vez na vida, ele não dá a mínima para os próprios erros de digitação.

Número Desconhecido: Tô dizendo isso por causa de tudo que aconteceu. Porque morri de saudade de vc o tempo todo que fiquei longe
Josh: Vc nao pdoe aparecer aqui e me emboscar e espwrar que as coisas votlem a ser do jeito que vc quer.

Malditos dedos gigantes no teclado minúsculo.

Josh: Não vou faezr isso de novo. Não quero ser seu amigo. Não quero ser a pessoa pra quem vc volta rastejando quando outra coisa não dá certo.

As reticências reaparecem na tela, e Josh solta o ar.

Número Desconhecido: Não estou rastejando.
Eu fiz uma corrida de aeroporto pra chegar até aqui!!
Josh: Não sei o que é isso.
Número Desconhecido: É cultura básica!!
e não tem outra coisa. Nunca teve.
Só vc
Josh: Então eu quero o discurso.
O pacote completo.
Número Desconhecido: minhas mãos estão tremendo
Josh: ENTÃO DITA. DIGITAÇÃO POR VOZ.

– Aí, cara – diz Ryan, chegando pelo outro lado de Josh. – Pode filmar isso aqui? O armazenamento do meu iCloud está lotado.

– Não! – berra Josh, afastando o sujeito.

– Tá bem. Credo! Então acho que vou ter que excluir alguma coisa.

Ryan balança a cabeça, rolando a tela pelo seu aplicativo de fotos enquanto eles trotam adiante.

As reticências continuam piscando – *que demora toda é essa?* – quando Josh sente os primeiros flocos de neve. Algumas cabeças na multidão de corredores se viram para cima.

Ari: Às vezes eu falo coisas ridículas só pra ver vc fazer uma cara bem específica de quando está meio irritado, mas principalmente achando graça, e isso me deixa mais feliz do que fazer outras pessoas de fato rirem.
Vc faz uma coisa com a boca quando está decidindo o que vai falar, e eu acho um tesão e nunca te contei isso.
Eu fico com um sorriso pavloviano no rosto cada vez que recebo uma

mensagem sua, mesmo que seja só uma palavra, porque vc ainda me deixa meio nervosa e empolgada.
Quero encher seu saco com a história da roupa de palhaço pra sempre. Isso nunca vai perder a graça pra mim.
Quero comprar uvas orgânicas com vc.
Quero levar canja de galinha pra vc quando vc estiver doente.
Quero usar suas blusas.
Quero que vc tire suas blusas de mim e sussurre sacanagem no meu ouvido.
Quero acordar com a sua voz todas as manhãs e dormir ao som dela todas as noites.
Construí minha vida toda em torno dessa coisa de não precisar de ninguém. Mas eu PRECISO de vc.
Desculpa ter levado tanto tempo pra me permitir acreditar nisso.
Não sei se essas são as palavras certas pra fazer vc acreditar também.
Porque eu ainda não estou curada. A porra da minha ferida existencial ainda está aberta.
E talvez seja tarde demais.
Mas vc falou que nunca ia ter um momento certo.
Então aqui estou, nesse momento, falando que a gente merece ser feliz.
Talvez não exista esse lance de almas gêmeas, mas acho que vc é a minha pessoa. E eu sou a sua.
E eu não quero mais esperar.
Quero acordar com vc amanhã.

ARI AGARRA AS BARRAS DE METAL, o coração martelando de um jeito que parece um problema de saúde em potencial. Em algum lugar no meio daquela multidão de gente com roupas coloridas, tem um homem usando um gorro e um casaco pretos, lendo uma declaração de amor desajeitadamente ditada. Ou é o começo de uma história de amor ou um momento que ela vai narrar para os terapeutas nos anos seguintes.

Ela anda de lado pela calçada escorregadia, esperando encontrar um olhar no meio da multidão se deslocando devagar. A cada segundo que passa, parece um pouco mais impossível.

Nenhuma mensagem. Nem mesmo as reticências.

Quem é que recebe uma declaração de amor e... desaparece?

Alguém como você?, sugere o cérebro dela.

Na frente da barricada, ela esbarra em um policial, que não permite que ela vá além enquanto os corredores viram à esquerda, rumo ao norte.

– Se quisesse participar da corrida, você devia ter feito a inscrição – repreende ele.

Ari observa os aglomerados de corredores trotando lentamente e se afastando. Ela envolve a grade com as mãos, mal sentindo o metal úmido e gélido em suas palmas.

– Você também pode esperar na linha de chegada – sugere o policial. – Eles vão terminar a volta daqui a mais ou menos uma hora.

Ah. Só uma hora dessa agonia de revirar o estômago, ouvindo o DJ soltar "Cha Slide" e vendo o celular de Gabe se iluminar com mensagens de *Feliz ano-novo* que não são de Josh?

Ari se afasta da grade, a cabeça já visualizando um cenário em que Josh cruza a linha de chegada e também a ignora de propósito lá. Ela não percebeu como estava estupidamente confiante até que a possibilidade do fracasso se tornou aparente.

Delicados floquinhos de neve flutuam em volta dela, caindo do céu nublado. Ari estremece.

O policial está olhando para uma breve comoção mais adiante na rota da corrida – uma agitação na manada –, pessoas se desviando, como se para evitar um obstáculo.

Algum corredor rebelde, um pouco mais alto do que quase todo o resto, força passagem na contramão, partindo no meio o mar de corredores.

Ari permite que um ínfimo lampejo de esperança crie raízes nela.

– Josh! – grita ela, quase colidindo com uma mulher de roupão com uma coroa de espuma da Estátua da Liberdade.

Um oficial da corrida, usando uma jaqueta do Road Runners, gesticula dramaticamente para Josh, tentando fazê-lo continuar na direção certa.

– Sai da frente, porra! – grita um dos corredores, batendo com força na lateral direita do corpo de Josh.

Josh força passagem entre o mar de gente à sua frente, subindo lentamente até a barricada.

– O que você quer que eu diga? – grita ele por cima da comoção.

Há um ar de exaustão em seu olhar.

Ari respira fundo.

– Você poderia dizer que – as cordas vocais dela parecem emperrar – ainda está apaixonado por mim.

Ela não solta o ar.

– Tudo que eu fiz no último ano foi tentar... tentar superar isso.

Merda. Não é assim que se começa uma declaração de amor.

– E v-você superou? – pergunta ela, antes que possa evitar.

A cada segundo em que ele a encara com a expressão séria e confusa, o coração de Ari se aperta mais um pouco.

Não. Não não não não não.

Não pode ser. Corridas de aeroporto seguidas por um discurso dramático têm cem por cento de aproveitamento nos filmes.

A visão dela já está embaçada com as lágrimas e os flocos de neve em seus cílios, mas ela vê algo irredutível na expressão dele.

– Acho que eu nunca...

Ai, meu Deus.

Ela desvia o olhar dele, as primeiras pontadas de uma emoção familiar martelando em seu peito antes que ele complete o resto da frase.

Ai, meu Deus.

Ari recua um passo da barricada, em direção à calçada, esbarrando em um grupo que assiste à queima de fogos. *Não deixa que ele veja essa parte. Vai embora agora. Anda! Mexe as pernas.*

Só que ela não tem ideia de qual direção deve tomar para voltar à rua.

Ela está prendendo a respiração. Seus pulmões não aceitam mais ar.

É só um sentimento. Não é disso que tratam os exercícios de atenção plena? *E esse sentimento é uma angústia completa. Você pode chorar quando estiver sozinha. Não faça isso aqui. Trata de se controlar, porra...*

A mão dele agarra o braço direito dela, logo abaixo do ombro, interrompendo o movimento. A sensação é a de que essa mão poderia erguê-la do chão.

– Acho que eu nunca vou superar isso.

Ela sente um puxão no braço e se vira para encará-lo, soltando o soluço que mal estava conseguindo segurar no último minuto. Lágrimas quentes escorrem pelo seu rosto. Talvez os olhos dele também estejam marejados, mas é impossível dizer, porque a vista dela está embaçada.

Josh a puxa para si, aninhando a cabeça de Ari em seu peito e envolvendo-a em seus braços, elevando um pouco a temperatura do corpo dela. Há apenas o metal gelado da grade entre eles. Os dois ficam assim até que a respiração dela se acalma.

– Me diz que você está falando sério. – Ele baixa a cabeça e sussurra ao pé do ouvido dela. – Me diz que você não vai voltar atrás amanhã.

Amanhã. O conceito é demais para processar.

– Não posso voltar atrás – retruca ela contra o casaco dele. – Está no seu celular, você tem as provas.

Ele roça os lábios na orelha direita dela e logo atrás, deixando beijos suaves por seu pescoço. Ao que parece, ele não se esqueceu dos pontos sensíveis dela. Ari não se dá ao trabalho de conter sua reação desta vez – para quê? –, soltando um gemidinho enquanto ele sobe por seu queixo até que seus rostos estejam quase alinhados e ela possa encará-lo.

– Eu quero você. – É libertador dizer isso a ele. Deixar que a vontade se derrame. Permitir-se sentir uma emoção visceral e descontrolada. – Eu. Quero. Você. Quem dera ter conseguido dizer isso muito tempo atrás.

Josh assente e segura o rosto de Ari, inclinando o queixo dela de um jeito que faz os lábios dela se separarem na mesma hora. Mas, em vez de beijá-la, ele fecha os olhos e encosta a testa na dela.

– Porra, eu senti muita saudade de você – confessa ele.

– Porra, eu senti muita saudade de transar com você.

Ele suspira nos lábios dela.

– Pestinha.

– *Sua* pestinha?

Josh assente, acariciando com o polegar a bochecha dela. Ari descansa a cabeça na mão dele, absorvendo a sensação de ser protegida.

Ela não consegue sentir a neve caindo. Não consegue sentir o baixo vibrante do cover de "Modern Love" tocando ao fundo. Não consegue sentir o som explosivo dos fogos de artifício em seu peito. O que ela sente – *a única coisa que ela sente* – é Josh: os lábios dele roçando nos dela, as mãos dele entrando pelo cabelo úmido dela, depois descendo por suas costas e abaixo da sua bunda, erguendo-a por cima das barras de metal.

Os pés dela não tocam o chão do outro lado. Ela enrosca as pernas ao redor da cintura dele, cruzando os tornozelos e segurando-se firme enquanto as pessoas continuam a passar aos empurrões e a neve continua caindo.

Ela respira Josh. A maciez de seus lábios, o jeito como o nariz comprido dele se projeta na bochecha dela, o leve aroma de sua colônia sem graça. Ela quer capturar o lábio inferior dele entre os dentes e manter assim por alguns segundos. Como se finalmente houvesse algo que pertence a ela.

– É sopa com bolinhas de matze – diz ele, quando os dois param para respirar. – Não canja de galinha.

– Era um teste. Eu precisava ter certeza de que você tinha lido de verdade.

JOSH TEM UMA BREVE NOÇÃO do constante fluxo dos últimos corredores e caminhantes que passam e olham os fogos de artifício explodindo atrás das árvores. Ninguém parece reparar em um casal (um *casal*!) se pegando apaixonadamente contra uma barricada de metal instável.

Eles são as únicas duas pessoas, em uma multidão de duas mil, que não estão olhando para cima.

Ele não se importa com a neve derretida nas roupas e no cabelo dela, que tornaram um pouco mais desafiador carregá-la. Não se importa com o suporte de celular dentro do sutiã dela, que pinica a clavícula dele.

Ela está *aqui*. A bunda dela está literalmente nas mãos dele.

E ela o ama.

– Eu quero ouvir você falar – pede ele entre os beijos caóticos, cheios de neve, e as respirações ofegantes. – Bem alto.

Ari não finge que não sabe do que ele está falando desta vez. Porra, que milagre.

– Eu te amo – declara ela, quase tímida, bem no ouvido dele, como se estivesse se acostumando com isso.

Josh se aninha no pescoço dela, fechando os olhos.

– Como é?

Ele joga a cabeça para trás e a encara.

– Eu te *amo*.

Ela pisca contra os flocos de neve, mas o encara. Finalmente.

Talvez ele esteja abusando da sorte, mas...

– Fala de novo.

Ari estreita os olhos um pouquinho, e ele sente a mão dela deslizar por dentro do casaco dele. Ela pega o celular de Josh, virando-o para ele desbloquear com o reconhecimento facial. Demora algumas tentativas.

– Nossa. Seu celular não está familiarizado com você sorrindo de verdade – provoca ela.

– Avisar que uma pessoa está sorrindo é a maneira mais rápida de fazê-la parar de sorrir, sabia?

– Ah, tenho certeza de que consigo fazer você sorrir outra vez.

Os cantos da boca de Ari se curvam para cima no que é – objetivamente – o sorriso mais lindo do mundo.

Ela digita por alguns segundos antes de mostrar a ele o aplicativo de notas aberto na tela.

Me leva pra sua casa e me faz gritar o que vc quer me ouvir falar

Bom, ela não estava errada em relação à sua habilidade de arrancar sorrisos.

Ari o beija de novo, e ele se permite sentir algum otimismo genuíno sem racionalizar uma saída. Ao menos uma vez.

Ela lança a Josh um daqueles olhares, como se tivesse mais um gracejo a acrescentar, mas morde o lábio levemente inchado em vez disso.

– Então vamos voltar para o apart... – começa ele.

– Sim. – Ela o encara com um sorrisinho suave do qual ele tem certeza de que nunca vai enjoar. – Estou querendo fazer uma coisa com você há literalmente anos.

30

– VOCÊ PRECISA DE UMA BATEDEIRA pra preparar café da manhã?

Na manhã seguinte, bastam três minutos de aula de culinária para Ari derramar creme de ovos com infusão de baunilha na camiseta da STUYVE-SANT HIGH SCHOOL MODEL U.N. que Josh emprestou para ela.

– Que tipo de magia é essa? – continua ela.

– Para bater o *crème fraîche* – responde ele, como se fosse uma conclusão óbvia. – É isso que você perde quando sai correndo no meio da noite.

– Tenho a sensação de que esse relacionamento todo teria sido bem diferente se você tivesse me alimentado naquela primeira noite.

– Nesse caso, ainda bem que estou dando o melhor de mim nesse *matzo brei*. – Ele está cortando o pão ázimo em pedaços perfeitamente iguais. – E aí, o que achou?

– Do filme? – Ela sorri, batendo o creme na tigela de metal. – Eu gostei.

– Eu sabia que você ia curtir.

Ele faz uma careta para um pedaço irregular e o entrega para ela.

– Bom, você falou que "é um filme totalmente perfeito" umas dez vezes – diz ela, mastigando o pão ázimo. – Mas é uma história de amor legal entre o cara gostoso, André the Giant e Mandy Patinkin.

– Você viu *A princesa prometida* e conseguiu chegar à conclusão de "sexo a três"?

– Não – responde ela, colocando a tigela com o creme na bancada. – Cheguei à conclusão de que o segredo para ver um filme inteiro com alguém é transar *antes* dele.

– Fico feliz de testar essa hipótese quando quiser. – Ele desliza um prato de vidro com manteiga na direção dela. – Derrete isso na frigideira até cobrir o fundo. Fogo médio.

– Então posso perguntar – ela rouba outro pedaço de pão ázimo – por que você tem tantas escovas de dentes embaladas individualmente no seu banheiro? Muitas visitas que dormem aqui e ficam impressionadas com sua batedeira e suas críticas cinematográficas?

– Sim, muitas. É chocante, mas eu planejava voltar a fazer sexo na vida.

– Nesse caso – Ari pega seu celular –, acho que posso mudar o nome do seu contato de volta para "Garotão Grandão".

Josh dá um suspiro exasperado para ela.

– Beleza, então vou atualizar o seu também.

Ele pega o próprio aparelho.

– Ah, é? O que eu vou ser? "Anticalças"? "Demônio das Migalhas"? Apenas "Pestinha", quem sabe?

Josh estende o celular para que ela possa ver o novo apelido.

Namorada 🐸

Ela desvia os olhos da tela para o rosto de Josh, vendo uma emoção diferente atravessar de leve as feições dele a cada segundo de silêncio.

Ari olha de novo para seu celular e digita. Ele se prepara – fisicamente tenso – quando ela se vira e mostra a tela para ele.

Namorado Grandão 🌶️ 🌶️ 🌶️ 🌶️ 🌶️ 🔔

O alívio inunda a expressão de Josh. O celular dele apita outra vez.

Namorada 🐸 Valeu pelo sexo!

Os lábios de Ari se abrem em um sorrisão.

– Gabe talvez faça algumas perguntas quando eu devolver o...

Josh larga o celular na bancada. Ele desliza o braço direito pela cintura de Ari e a ergue, deixando o rosto dos dois na mesma altura. Ela fica muito arrebatada para ser qualquer coisa além de um peso morto enquanto ele a beija com vontade, o nariz pressionando a maçã do rosto dela.

– A gente pode fazer isso de novo? – pergunta ela, quando ele a coloca com cuidado de volta no chão. – Acho que eu não estava pronta.

– Essa pode ser a frase-tema de todo o nosso relacionamento.

Ele volta sua atenção para a manteiga chiando.

Ari senta na mesa da cozinha, deixando as pernas penduradas.

Josh se vira do fogão, sua expressão se alternando entre indignada e excitada.

– Tem uma cadeira *bem aí* e você senta em cima da mesa que eu *acabei* de limpar? Desce. Vai pra cadeira.

Ela sente um frisson de excitação.

– Me obriga... chef.

– Obrigar a quê?

Josh dá alguns passos em direção à mesa, erguendo as sobrancelhas.

Ari o olha nos olhos, ainda balançando as pernas e usando um tom comedido.

– Me obriga a chegar lá.

– Vou precisar pegar a espátula?

Josh se aproxima mais, e Ari tem certeza de que ele sorriu por meio segundo, antes de pegar o tornozelo direito dela quando ela o balançou para a frente.

– Ou a escova de cabelo?

Os olhos dele descem pela barriga dela, logo abaixo do umbigo.

– Você ainda tem essa mesma calcinha?

Ela olha para baixo para confirmar.

– Bom, ainda não recebi minha calcinha de 200 dólares.

– Essa aqui está surrada. Não posso deixar você andar por aí desse jeito.

– Então não deixa – diz ela com um meio sorriso.

Ari pega a mão dele e a leva até o cós surrado de elástico ao redor de seus quadris. Eles o puxam juntos.

Ele coloca a mão entre os seios dela e a empurra até que ela esteja deitada na mesa.

Por cima de seu peito arfante, Ari o vê se ajoelhar. As narinas dele dilatam quando ele segura a coxa esquerda dela e, com uma perna em cada mão, ele a puxa para a frente de um jeito levemente brusco até a borda da mesa. Algo vibra sob a pele dela.

– Você tem três minutos até seu café da manhã queimar – murmura ele, repousando as pernas dela em seus ombros.

Oito minutos depois, Ari morde um *matzo brei* completamente torrado.

Ela não se importa nem um pouco.

Um ano depois

31

– A GENTE DEVIA TER COMPRADO os ingressos com antecedência. – Ari abotoa o casaco para se proteger do vento invernal enquanto caminham pela Crosby Street. – O Moth Story Slam sempre esgota.

– Briar nos convidou. Tive que concordar em trabalhar três turnos de encerramento semana que vem pra Radhya me liberar hoje. – Josh vira a cabeça para olhar mais uma vez a fila que serpenteia pelo quarteirão em frente à Housing Works Bookstore. – Presumi que nossos nomes fossem estar na lista. Mas não sei se a gente precisa escutar a história da Briar sobre o Chris Evans. De novo.

– Eu *adoro* essa história. – Ari para na esquina da Houston, enrolando a echarpe no pescoço. – Imagina ir a um encontro com o Chris Evans com o único propósito de conseguir o número da Jenny Slate pra poder ligar pra ela e implorar que ela voltasse com o Chris Evans. Que heroína.

– Isso *não* aconteceu.

– Claro que aconteceu. Gabe ajudou Briar a montar o monólogo – diz ela acima do som estridente de várias buzinas. – Pizza?

– Arturo's? Numa sexta à noite? – Josh olha para o rosto "pidão" dela. – A gente pode perguntar sobre o tempo de espera.

Pela janela da enorme loja principal da Crate & Barrel na esquina da Broadway com a Houston, Josh vê um casal discutindo sobre a disposição dos talheres. A mulher segura o celular para escanear alguma coisa – provavelmente para o registro deles – enquanto o homem balança a cabeça.

– Acabei de pegar esse casaco na lavanderia – comenta ele, ao se lembrar de repente. – Vou ter que mandar lavar de novo.

– Eu pago – oferece ela, embora lavagem a seco seja um luxo para o salário de uma professora de improvisação.

O sinal está fechado na esquina do Mercer. Ari para e se vira para olhá-lo enquanto o trânsito flui.

– Mas fique sabendo que, quando está com cheiro de pizza no forno a lenha, você fica dez vezes mais atraente pra mim.

– Não achei que isso fosse possível – diz ele, abraçando-a.

Ele não se cansa disso: de tocá-la ou de como ela ergue a cabeça para olhá-lo. Ari puxa as lapelas do casaco de Josh e o beija com delicadeza. Ele sente o sabor artificial de cereja do batom dela nos próprios lábios quando recua.

– Ei. – Ela dá um sorriso torto. – Eu gosto de você.

– Você é legal, eu acho.

Ele se inclina, puxando a echarpe dela, e beija seu pescoço e seu queixo, subindo até os lábios. *Eu vou comprar um conjunto inteiro de tigelas de cereal com monogramas para você*, ele promete em silêncio.

Quando o sinal fica verde, Ari pega a mão dele e o puxa pela Houston na outra direção.

– Achei que você quisesse pizza.

– Sempre. Mas tem uma coisa que eu preciso fazer antes.

Eles passam por butiques de grife lado a lado na rua escura, a maioria encerrando o expediente pela noite.

Ari está estranhamente quieta enquanto eles cruzam a Spring... e depois a Broome – a luz ocasional e intrusiva dos faróis superando a iluminação fraca da rua. Ela para de súbito em frente a uma fachada de tijolos e aço inoxidável com uma janela pequena.

– Era essa parada que você queria fazer? – pergunta ele. – Uma necessidade repentina de comprar um novo vibrador? Ou é uma pergunta idiota?

– É o nosso encontro fofo – responde ela. – Um deles, pelo menos. – Ela puxa Josh pelas lapelas em direção à entrada da CreamPot. – Imagina só como a trajetória da nossa vida teria sido diferente sem esse lugar.

Ele revira os olhos e abre a porta.

– Tenho certeza de que o Universo teria encontrado outra maneira de nos juntar. Em outra linha do tempo, a gente obviamente teria se conhecido no casamento da Briar com o Chris Evans.

– Onde eu com certeza teria transado com você no banheiro – garante Ari.

– Para nunca mais nos vermos. Voltaríamos direto para as nossas vidas.

– A gente deveria escolher coisas um para o outro – sugere Ari. – Lembrancinhas.

Ela ergue os olhos para algo que parece uma escultura de vidro coral em uma prateleira atrás da cabeça dele.

– Aah, o dildo tentáculo!

– É *isso* que você quer?

– É bonito! – insiste ela.

– Vou fingir que estou dando uma olhada por uns minutos enquanto você escolhe alguma coisa ridícula pra mim e a gente se encontra no caixa.

– Você já usou um masturbador masculino?

– Não.

– Bomba peniana?

– *Não.*

– Lubrificante com cheiro de bolo?

– Ari.

– É culinário! – Ela vai até a seção masculina, que é menor. – As possibilidades são infinitas.

Há algumas pessoas dentro da loja: um jovem casal que parece não falar inglês, mas que está totalmente fascinado pelo expositor de kits BDSM, e uma mulher vestindo um casaco lavanda, claramente ligando todos os modelos de vibrador em exposição.

Ocorre a Josh que ele não entrou mais na CreamPot desde o dia em que Ari lançou olhares furtivos para ele e Briar convenientemente evaporou dali. Ele tenta não pensar muito nisso, em como esse lugar específico se tornou o divisor de águas do resto da sua vida.

Talvez estar apaixonado seja saber que você viveria tudo de novo – todas as partes, inclusive as sofridas – para chegar exatamente ao ponto em que está.

– Se você tirasse um molde do seu pênis – Ari de repente se encaixa nas costas dele, abraçando-o por trás –, acha que eu seria capaz de identificá-lo em uma fileira de dildos usando só a boca?

– Agora você arruinou o que seria o seu presente de Dia dos Namorados. – Ele se vira para encará-la, e Ari na mesma hora põe as mãos para trás, como se estivesse escondendo algo. – Terminou? Encontrou alguma coisa?

– Encontrei. – Ela engole em seco. – Na verdade, encontrei aqui dois anos atrás, quando eu estava sozinha, com tesão e tentando passar o tempo pra não ter que voltar para o meu apartamento triste.

– Eu sei. Foi isso.

Ele ergue o dildo tentáculo e se prepara para vê-la fazer um pequeno escândalo. É um dos riscos de estar em um relacionamento com alguém que atua com improvisação duas vezes na semana.

Então ele não fica de todo surpreso quando ela se abaixa devagar e se apoia em um dos joelhos, arrastando o casaco no chão de concreto.

Ela abre a mão e estende um grande anel peniano de silicone preto.

– Quero colocar um anel em você.

Josh fica olhando o anel por um momento antes de soltar um suspiro frustrado e dar um passo para trás.

– Muito engraçadinha.

Ela também não parece achar graça, porque não está rindo.

– Quero ser sua esposa.

Não há nenhum indício de sarcasmo na voz dela.

Ele olha para baixo, analisando a expressão dela. Nenhum sorriso torto. Nenhuma risada. Nenhuma piada. Os olhos dela estão bem abertos, como se ela estivesse fazendo um pedido de verdade.

Josh pisca, atônito, dando ao cérebro uma chance de repassar rapidamente todas as evidências em contrário.

– Você me falou que noivados são uma narrativa disseminada pelas comédias românticas.

– Mantenho minha opinião.

– E que relacionamentos sérios são uma distração que torna as mulheres dependentes da validação dos homens – observa ele.

– Também é verdade.

– Você não quer se casar de novo.

– Eu não quero passar pelo meu primeiro casamento de novo. – Ela dá um suspiro alto e profundo. – Mas o casamento significa uma coisa completamente diferente pra mim agora.

Uma batalha se trava nas profundezas do cérebro de Josh. Vozes e fragmentos de frases que insistem que ela está brincando ou ela pode mudar de ideia ou "porra, quem é que pede alguém em casamento enquanto a outra pessoa está segurando um dildo com tentáculos?".

Mas, por algum motivo, ele *sabe*, só de olhar para ela, que Ari está se permitindo ser vulnerável de um jeito cada vez mais familiar para ele...

Ela está falando sério.

Os olhos de Ari estão marejados, e ele não consegue continuar olhando para ela por nem mais um segundo sem se ajoelhar e pegá-la nos braços.

– Eu amo você por fazer isso. – Ele coloca o tentáculo no chão, passa as mãos pelo cabelo dela e aninha seu rosto. – Mas qual é o objetivo de casar?

Ari torce o nariz.

– Ficar na frente de um grupo restrito de amigos e familiares e chamar você de "minha pessoa"?

– Não consigo pensar em um único amigo ou familiar que já não esteja cansado de saber como nós nos sentimos.

– Eu quero que a gente seja um do outro...

– Já somos, Ari.

– ... legalmente. Quero acordar todas as manhãs sabendo que você teria que gastar uma grana alta pra se livrar de mim.

– Ei. – Josh a envolve no abraço mais apertado possível em seus casacos de inverno grossos. – Não vou me livrar de você.

O rosto dela se retorce, e ela solta um soluço baixinho. Josh a toma em seu peito, acariciando seu cabelo enquanto ela chora no suéter que está escapulindo pelo casaco desabotoado.

– Olha – diz ele. – Não preciso que você assine um documento oficial ou use um anel de diamantes porque acha que precisa provar algo pra mim. Eu já sei. Você sempre está comigo pela manhã, de conchinha.

– Eu gosto de ser a conchinha maior – diz ela, a voz trêmula. – Ser a menor...

– ... te deixa claustrofóbica – completa ele. – Eu sei.

Josh coloca as mãos na nuca dela, acariciando suas bochechas com os polegares. Ele assimila os contornos do rosto de Ari: todos os mínimos detalhes que não podem ser capturados em fotografias. Como a cicatriz na testa dela. Ou aquela ruguinha fofa em cima do nariz que aparece quando ela fecha os olhos sob o sol. Ou aquela marca no canto da boca que precisa ser beijada para ser apreciada de verdade.

Inclusive precisa ser beijada agora.

O interior iluminado da loja se dissolve em algo escuro, suave e leve, onde só há os braços dela ao seu redor, a mão dela em seu cabelo e o sabor artificial de cereja dos lábios dela. É a melhor coisa que ele já provou.

Algum tempo se passa, algo entre dois e vinte minutos. Tempo suficiente para que os joelhos dele provavelmente criem raízes eternas no chão de concreto. Quando eles param para tomar ar, o jovem casal e a vendedora observam os dois com atenção. A mulher do casaco lavanda desliga o vibrador em suas mãos.

– Vou comprar o anel peniano mesmo assim – diz Ari no ouvido dele.

– Imaginei – murmura ele, levantando-se e puxando-a.

Josh sente a respiração de Ari voltar aos poucos a seu ritmo regular e não sabe dizer se há um quê de decepção no rosto dela ou se é só o delineador borrado.

– Já que você agora tem a mente mais aberta – ela corre a mão por um expositor de amarras –, posso ousar perguntar qual é sua opinião atual em relação a sexo a três?

– Nós nos tornamos pessoas novas a cada quatro anos. – Josh se abaixa e pega o pênis tentáculo do chão. – Tudo é possível.

Ela ergue as sobrancelhas.

– Aí, sim.

Josh coloca as compras em cima do balcão branco e liso, parando por um instante.

– Por mais comovido que eu tenha ficado, você sabe que eu nunca teria aceitado me casar com você me oferecendo um anel de silicone de 14 dólares.

Ari fecha o zíper de seu casaco cinza acolchoado.

– Nada além de plástico cultivado localmente, da fazenda à mesa, direto para o cliente. Posso pegar aquele com orelhas de coelho se você...

– Na verdade, eu estava pensando em algo mais sofisticado – diz ele. – Ouro.

– Beleza, ricaço. Um anel peniano de ouro parece *bem* sofisticado. – Ari ergue as sobrancelhas. – Uma peça de investimento?

– Está mais para uma herança.

Ele coloca a mão no bolso para pegar a carteira e puxa uma caixinha preta, colocando-a em cima do balcão.

– Eu menti antes – continua ele. – Se a gente se encontrasse em outra linha do tempo, eu não teria como voltar pra minha vida como se nada tivesse acontecido. Porra, você teria acabado comigo.

O sorriso mais lindo do mundo se abre lentamente no rosto dela.

Josh está carregando o anel já faz um tempo, esperando por um *sim* garantido. Mas a verdade é que ele não precisa calcular a probabilidade de que tudo vá pelos ares. Nem o fato de que a maioria dos relacionamentos não dá certo. Ou a completa certeza da dor.

Talvez não exista essa coisa de almas gêmeas. Talvez existam só pessoas que confiem uma na outra o bastante para começar algo sem ter garantia nenhuma do final.

– A gente não consegue nem fazer um pedido de casamento direito de primeira – observa ela.

– A gente não precisa fazer isso de novo. Nada disso. – Ele pega o anel peniano no balcão sem desviar os olhos dela. – Você já era perfeita pra mim na primeira vez.

Agradecimentos

ESTE LIVRO NUNCA TERIA ACONTECIDO se não fosse pela extraordinária agente Gaia Banks e sua DM que mudou minha vida muitos anos atrás. Me senti como Lana Turner sendo descoberta em uma máquina de refrigerante. Sou muito grata a você por ter visto o potencial em meio a tantas revisões, edições, pandemia e fusos horários. Seu *paprikash* tem a quantidade totalmente perfeita de pimenta.

Desde a primeira ligação com minha editora, Emma Caruso, senti as melhores energias. Você se esforçou para fazer deste livro o melhor possível, o que a torna a melhor colaboradora. Você me entende. Nunca vou conseguir agradecer o suficiente. Você tem razão, você tem razão, eu sei que você tem razão.

Um grande agradecimento a Whitney Frick e à incrível equipe da Dial Press: Jordan Pace, Corina Diez, Maria Braeckel, Debbie Aroff, Avideh Bashirrad, Erica Gonzalez. Obrigada, Donna Cheng e Cassie Gonzalez, e também Debbie Glasserman, por dar vida a um documento de Word.

Comecei a trabalhar nisso em 2018 porque Kat incluiu uma referência a *Harry & Sally* em uma de suas histórias, e eu a obriguei a ser minha amiga e me ajudar a escrever minha primeira cena de beijo. Centenas de milhares de palavras depois, ela ainda me faz rir todo dia. Ela é uma escritora genial, uma ótima confidente e a melhor ouvinte que eu poderia desejar.

Eu já era fã da Selina antes de obrigá-la a ser minha amiga. (Vocês estão captando um padrão aqui?) Ela não só cria artes lindas, como também é uma escritora incrível que elabora as melhores e mais angustiantes ideias para reviravoltas. Seu talento sempre me arrebata. Sempre teremos Snalps.

Kate, tenho certeza de que sentamos uma de frente para a outra na linha N do metrô várias vezes. Você é minha alma gêmea. Aisling, você é uma das pessoas mais engraçadas e perspicazes que eu conheço e ainda escreveu a fanfic do meu coração. Seu incentivo, apoio, aconselhamento e humor foram inestimáveis. Eu sempre vou querer suas duas mesas de centro com rodas de carroça metafóricas.

Ali, ainda bem que você respondeu minha DM exausta anos atrás, me explicando o processo de publicação. Obrigada por me tolerar como uma falsa italiana. Sempre vou ser grata por seu elogio e sua prosa absurdamente hilária, mas mais grata ainda pelo ser humano que você é. Julie, você é minha escritora heroína e esteve ao meu lado em cada passo árduo do caminho ao longo do processo de publicação. Tem alguma coisa que você não saiba fazer?

Todo mundo deveria ter uma rede de apoio de amigos escritores como a Words Are Hard (Celia, Victoria, Sarah, Rebecca e Jen). Eu não tenho ideia do que eu faria sem vocês. Katie, Tam, Lucy, Claire, muito obrigada por lerem vários rascunhos desta fera quando ainda estava em formação, ainda que vinte mil palavras mais longa. Obrigada pelo incentivo: Nat, Amy, as duas Kats, Julia, Elizabeth, Court, Sit, Terestrial, Kay, castles_and_crowns, Berit, Kayurka, Jen e todo mundo que deixou um comentário em uma fanfic bem esquisita de uma escritora de primeira viagem. Vocês nunca vão saber quanto isso significou para mim. Este livro é fruto de uma incrível comunidade de fãs e do nosso santo padroeiro, Rian Johnson.

Josh, será que consegui invocar você e sua sopa com bolinhas de matze? Diz para mim que eu nunca mais vou ter que enfrentar o mundo cruel novamente.

Obrigada, Bhavi e Viv, por serem as pessoas com quem eu adoraria tomar coquetéis em um brunch no Central Park BoatHouse em 1989. (Eu levaria meu arquivo de contatos rotativo.) Griffin e David, do *Blank Check*, a minissérie da Nora Ephron de vocês veio na hora certa durante minhas releituras do manuscrito. Obrigada por defenderem filmes com beijos. *Skytalkers*, obrigada por ser minha trilha sonora por boa parte de 2018.

Tenho muita sorte de ter minha mãe e meu pai como meus genitores. Os dois são as pessoas mais inteligentes que conheço e espero ter herdado um pouco disso através da genética ou da osmose. Minha mãe tinha vários cassetes de Harry Connick Jr., e acredito que esse é um grande motivo para este livro existir. Tem alguém te espiando no Desenvolvimento Pessoal, e esse alguém sou eu.

Jeremy, na primeira vez em que nos encontramos, fui embora do seu apartamento para ir a uma festa de lançamento de *Crepúsculo* por "motivos de pesquisa antropológica". Na segunda vez, chorei no seu sofá e recusei seu abraço. Na terceira, você pediu um prato de bacon para a gente comer e me beijou antes que eu pegasse a linha 6 do metrô para a cidade, e nos apaixonamos. Obrigada por ser a pessoa de quem eu nunca me canso. Obrigada por me amar mesmo quando eu sou difícil (o que é desafiador). Quando você percebe que quer passar o resto da sua vida com alguém... bom, o resto você sabe.

Uma nota da autora:
Vou querer o mesmo que a Nora

Em *Você, de novo*, duas pessoas com um passado amargo formam uma amizade improvável enquanto se ajudam a atravessar seus términos. É uma comédia romântica que explora os limites (ou a falta deles) entre uma amizade e um romance na atual conjuntura dos relacionamentos. Também sou eu – uma pessoa com um passado em história e teoria do cinema – tentando fazer uma espécie de diálogo com um filme que foi incrivelmente importante para minha formação.

Cresci imersa em *Harry & Sally – Feitos um para o outro*, de Nora Ephron, por causa dos meus pais. (Minha mãe ouviu a trilha sonora de Harry Connick Jr. em fita cassete até não poder mais.) A ideia se solidificou no meu cérebro impressionável: "provocações sagazes = romance de adulto".

Leitor, leitora, esse filme deixou a régua das provocações tão alta que arruinou muitos anos de namoro para mim.

O filme mostra a evolução de um relacionamento durante uma série de conversas. Não há conflitos externos. Não há interferência de elementos malucos. Os dois personagens mal parecem ter uma carreira. Não há explicação nenhuma sobre por que essas duas pessoas não podem ficar juntas, a não ser os próprios complexos e neuroses.

Para mim, *essa* é a genialidade de Nora Ephron. Ver duas pessoas que se amam enfim superarem esses obstáculos internos é uma das resoluções mais satisfatórias de qualquer comédia romântica. Por isso é a número um.

Enquanto eu escrevia *Você, de novo* (no meu celular, no meu escritório distópico em conceito aberto), eu me perguntava: *O que Nora Ephron escreveria se fosse contar esta história em um mundo sem um arquivo de contatos rotativo?* Os cineastas fizeram a pergunta: existe amizade verdadeira entre um homem e uma mulher? Mas, se reconhecermos que pessoas de qualquer gênero quase sempre *podem* ser amigas, que perguntas podemos fazer 35 anos depois? Como nossas atitudes em relação a amor, romance, sexo e amizade ficaram mais complicadas? Quando "amigos coloridos" é praticamente a regra, o que acontece quando você e o seu amigo passam a ter uma amizade *não* colorida? É o arauto do fim ou um novo capítulo?

Você, de novo é baseado em algumas das minhas experiências amorosas em Nova York. Como alguém que transita tanto entre relacionamentos sérios e a montanha-russa dos encontros por aplicativo, costumo ver o que há de melhor e pior no romance moderno. Os personagens são aspectos de mim mesma: Josh é meu cérebro ansioso e ambicioso que demanda um relacionamento superseguro e tomates-cereja perfeitos na salada; Ari é meu lado esquivo e poliamoroso que mantém as pessoas à distância e consegue separar sexo e amor com muita facilidade. (Oi, também sou eu, junto com meus mecanismos de defesa!)

Um dos luxos de escrever um romance em oposição a um filme de noventa minutos é o espaço que temos para explorar a jornada plenamente realizada. Em *Você, de novo*, quis adicionar um forte elemento de evolução tanto para Ari quanto para Josh.

"Tem alguém te espiando no Desenvolvimento Pessoal" é só mais uma das falas icônicas de Carrie Fisher em *Harry & Sally*, e essa é bem a essência de todas as comédias românticas. Elas não são apenas histórias engraçadas sobre duas pessoas que se apaixonam. Trata-se, em essência, de pessoas que começam a se tornar suas melhores versões enquanto se apaixonam. Pessoas se olhando por cima do corredor de livros de autoajuda em uma livraria independente? *Isso* é que é romance.

Uma conversa com
Kate Goldbeck

Nossa entrevistadora é Kate Robb, escritora que mora nos arredores de Toronto, Canadá, com a família, onde passa o tempo livre fingindo que não é mãe de um jogador de hóquei e sonhando em um dia poder voltar a usar sapatos com saltos de 10 centímetros.

Kate Robb: Bom, confesso que nunca assisti a *Harry & Sally*, que foi a inspiração do seu livro. Tenho a sensação de que isso é um pecado no mundo do romance.

Kate Goldbeck: Nossa! Na verdade, eu adoro saber que alguém ainda não assistiu.

KR: Você sempre foi apaixonada pelo filme ou é coisa recente? Qual foi o caminho entre ver o filme e escrever o livro?

KG: Na verdade, é um filme que eu relaciono mais aos meus pais. Minha mãe tinha a fita VHS, então eu cresci vendo. Mas eu assistia com ela e pensava: "Ah, então isso é que é namorar. É assim que vai ser quando eu for adulta e morar em Nova York." Então eu não diria que foi um marco para mim, mas é algo que sempre ficou na minha cabeça, porque era muito citável. Mas foi só bem mais tarde na vida, quando entrei na onda das fanfics Reylo e decidi tentar escrever uma fanfic de *Harry & Sally*, que li o roteiro e assisti ao filme mais um monte de vezes. Só então comecei a dar valor a ele como o mais perfeito exemplo de comédia romântica e a entender a genialidade de Nora Ephron, porque ela foi capaz de tecer ansiedades específicas nessa história atemporal que continua soando verdadeira, mesmo mais de trinta anos depois.

KR: Você se coloca em uma página e fica pensando: será que vão me julgar? Vão ler alguma coisa nas entrelinhas? Vão achar que é horrível e não vão querer me dizer? É muita vulnerabilidade.

KG: É esquisito mesmo. Eu me lembro do exato momento em que deixei meu parceiro ler meu livro. Eu estava superempolgada e nervosa. Estamos juntos há mais de dez anos. A gente já compartilhou de tudo. Mas havia algo de muito visceral e vulnerável em permitir que ele lesse. Então eu entendo totalmente isso, e sou muito, muito cuidadosa em relação a quem pega meu manuscrito. *Acabei* de deixar meus pais lerem porque queria a ajuda deles na revisão final. Mas, depois, enquanto lia as anotações dos dois, pensei: *Ai, meu Deus, meus pais leram tudo isso.* Eles devem estar com tantas dúvidas. Devem estar se perguntando, tipo, quais partes eu tirei da minha vida. Fiquei meio mortificada. Mas acho que é quase a parte mais difícil deixar as pessoas mais próximas lerem a história sem saber o que vão tirar dela. Dá para aprender muita coisa sobre uma pessoa pelo que ela escreveu, muito mais do que provavelmente ela te contaria em uma conversa.

KR: É, com certeza. Acho que a gente acaba pegando recortes da nossa vida, mesmo que os personagens não sejam baseados em ninguém em específico e que a história não seja inspirada em acontecimentos reais ou em qualquer fato pessoal. Sempre tem pequenos fragmentos que meio que encontram o caminho e entram ali. Até que ponto seu livro é baseado na sua vida?

KG: Acho que boa parte dele é baseada em momentos da minha vida com meu parceiro. Também tivemos um começo meio arruinado. Tivemos dois encontros e depois eu desisti dele. Eu achava que não daria conta de nada naquela época da minha vida. Então não nos vimos por mais de um ano. Finalmente, retomamos contato quando eu quis devolver um DVD dele e tivemos o que chamamos de nosso "segundo primeiro encontro". É a partir daí que contamos nosso aniversário de relacionamento. Sempre tivemos um pouco dessa coisa de segunda chance. Muitas trocas de provocações no livro são basicamente eu imaginando a forma como conversamos um com o outro. Muitos locais são apenas lugares onde passo minha vida. E muitas anedotas são minhas. Breves momentos da vida de solteira e algumas péssimas histórias de encontros que tive.

KR: Queria ter escrito mais quando eu tinha meus 20 e poucos anos e incluído minhas histórias de encontros horríveis.

KG: Eu também.

KR: Eu costumava escrever e-mails para minha irmã e minha mãe contando sobre os meus encontros terríveis, e eu queria que eles ainda existissem, porque eu poderia escrever uma antologia inteira de contos hilários sobre encontros ruins. Mas agora eles se entrelaçam e dão um jeito de entrar nos meus romances.

KG: É, total. A recompensa vem mais tarde.

KR: Lendo seu livro, eu tive a sensação de que você passou muito tempo em Nova York, como se fosse um lugar que você conhecesse muito bem.

KG: Sim, passei a maior parte dos meus 20 e poucos anos em Nova York. Sem dúvida foi lá que me tornei adulta. Não que eu de fato me sinta totalmente adulta, mas foram muitos anos tentando namorar, pulando de apartamento em apartamento, sempre na tentativa de encontrar um negócio melhor e nunca tendo dinheiro o suficiente, apesar de trabalhar sete dias por semana, já que eram principalmente empregos em museus e organizações sem fins lucrativos. Grande parte do livro se baseia nessas lembranças.

KR: A protagonista do seu livro é uma comediante de improvisação. Você mesma faz improvisação?

KG: Já namorei muitos comediantes e sempre tive muito interesse nas mulheres que conseguem se virar nessa área. Acho que melhorou nos últimos anos, mas é um ambiente muito difícil para uma mulher prosperar. Na hora de decidir qual deveria ser a profissão da Ari, eu queria que ela fizesse algo que fosse difícil, algo que exigisse que ela passasse por cima das dificuldades e que fosse bem espontânea e realmente engraçada.

KR: E o livro é cheio de humor, mas também é uma montanha-russa emocional. Altos e baixos o tempo todo. De onde veio a inspiração para o término do relacionamento?

KG: Acho que parte dessa montanha-russa acontece porque a história começou como uma fanfic. Você posta capítulo por capítulo, vai engajando o público fiel e precisa prender os leitores com ganchos no fim de cada trecho. Conforme eu ia escrevendo este livro, acho que muitas vezes eu ficava com a sensação de discutir comigo mesma, porque vejo os dois personagens como aspectos de mim, mesmo sendo tão diferentes. Eles discutem sobre coisas que são profundamente pessoais para mim. Você quer estar em um relacionamento sério? Até que ponto quer que ele seja estável e até que ponto precisa de liberdade? São apenas várias das lutas internas que travei comigo mesma ao longo da vida adulta, sempre ficando com a impressão de que não existe resposta certa.

KR: Como você acha que escrever fanfics afetou sua forma de contar uma história?

KG: Eu venho do mundo do cinema. Já tinha escrito algumas peças e tentado elaborar o roteiro de uma comédia romântica. Então, todo o meu conhecimento sobre como construir uma história vinha de roteiros e livros sobre roteiros, mas estar na comunidade de fanfics me ajudou de verdade a entender como elaborar uma narrativa mais longa, porque eu nunca tinha tentado fazer isso. E acho que não teria escrito tanto quanto escrevi se não sentisse que eu tinha um público. Eu tinha pessoas que queriam saber o que ia acontecer em seguida, e isso foi muito estimulante. Não sei se eu teria conseguido escrever este livro se não tivesse começado desse jeito.

KR: Houve algum momento em que você precisou "matar" algum dos seus queridinhos? Tipo, eliminar um personagem ou uma cena inteira que você amava de verdade?

KG: Ah, não há quase nada neste livro que não tenha sido editado ou transformado. Alguns personagens estavam entre meus preferidos e tiveram que sair por motivos diversos. Mas tinha toda uma sequência em que a Ari trabalhava como comediante em um cruzeiro...

KR: Não!

KG: É. Tinha uma parte inteira sobre um cruzeiro, mas pareceu um passo grande demais, então acabei cortando tudo, e provavelmente foi uma das maiores mudanças. Mas talvez eu guarde para outro livro, porque cruzeiros são fascinantes. Fiz um monte de pesquisa, vi diversos canais sobre cruzeiros no YouTube. Minhas recomendações do YouTube ficaram arruinadas para sempre.

KR: Como você abordou as cenas quentes no seu livro? Acho que o tesão está em alta nos romances.

KG: É, fico com sensação de que às vezes pode ser estranhamente controverso, mas acho que, quando estamos escrevendo um romance, existe algo de bom em descrever as coisas sem usar só a emoção. É satisfatório para o leitor. Amo muitos livros que não têm sexo nenhum, mas acho que, quando as pessoas conseguem retratar sexo e intimidade com maestria, isso ajuda de verdade a destacar o desenvolvimento de uma relação.

Guia de Kate Goldbeck da cidade de Nova York

RESTAURANTES

ARTURO'S COAL OVEN PIZZA (106 W HOUSTON ST., NOVA YORK, NY 10012): Meu parceiro cresceu na vizinhança e me apresentou a essa verdadeira joia. Você senta, olha as pinturas, hã, ecléticas, pede uma pizza inteira (sugiro bacon com cogumelos) e curte uma música ao vivo, porque tem um piano de verdade. Além disso, muitos anos atrás, eu estava comendo lá com ele e começou a tocar "It Had to Be You" – foi um sinal.

THE SMITH (1.900 BROADWAY, NOVA YORK, NY 10023): O local do encontro de Josh que é interrompido por Ari. The Smith é, por essência, uma cadeia pequena e sofisticada, cujo tema é "um restaurante de verdade de Nova York". É bem consistente e fica em frente ao Lincoln Center.

KATZ'S DELICATESSEN (205 E HOUSTON ST., NOVA YORK, NY 10002): A Brodsky's é sem dúvida uma homenagem a esse ícone do Lower East Side. Todo mundo deveria ir lá ao menos uma vez, mas não se esqueça de prestar atenção no sistema de ingressos. Além do pastrami, eles também têm ótimos cachorros-quentes! Ah, e acho que filmaram a cena de algum filme lá, certo?

THE SMILE (FECHADO) (26 BOND ST., NOVA YORK, NY 10012): O The Smile, que Josh diz que fica no mesmo quarteirão de seu apartamento, foi um "clássico do brunch NoHo" por cerca de dez anos. No lugar agora fica o Jac's on Bond.

GRAY'S PAPAYA (2.090 BROADWAY, NOVA YORK, NY 10023): A icônica barraquinha de cachorro-quente em que Ari para a caminho do baile de gala. Não, nunca tomei o suco de papaia, mas gosto de um bom cachorro-quente.

KING OF FALAFEL & SHAWARMA (53RD E PARK, NOVA YORK, NY 10022): Quando Ari sugere parar na barraquinha de *halal* para jantar depois que ela e Josh visitam o museu Frick, ela está se referindo ao reduto de Manhattan da melhor comida de rua da cidade. A barraquinha fica na 53rd e Park, então seria uma caminhada mais longa do que o Halal Guys na 6th Avenue, mas Freddy *é* o Rei. O falafel de lá não é seco e tudo é gostoso e apimentado.

2ND AVE DELI (162 E 33RD ST., NOVA YORK, NY 10016): De um jeito meio confuso, saiu de onde ficava na 2nd Avenue, mas é uma das minhas delicatéssens clássicas preferidas e mais uma inspiração para a Brodsky's. Tem um ótimo sanduíche de carne.

SHOPSIN'S (LOCALIZAÇÃO ORIGINAL) (63 BEDFORD ST., NOVA YORK, NY 10014): O proprietário, Kenny Shopsin, foi uma figura fascinante e idiossincrática, além de uma grande inspiração para Danny Kestenberg. Recomendo muito seu livro *Eat Me: The Food and Philosophy of Kenny Shopsin* [Me coma: a comida e a filosofia de Kenny Shopsin]. A encarnação posterior do Shopsin's ainda está aberta no Essex Market.

MILE END DELI (FECHADA) (53 BOND ST., NOVA YORK, NY 10012): Agora está fechada (continua em funcionamento no Brooklyn), mas foi, de leve, uma das inspirações para o The Brod. Há algo estranho em abrir uma delicatéssen judaica no estilo Montreal (cara e com uma estética hipster) em uma cidade onde as delicatéssens judaicas locais lutam para sobreviver.

ODESSA (FECHADO) (119 AVENUE A, NOVA YORK, NY 10009): E, por falar em estabelecimentos locais que lutam pela sobrevivência, tenho que me juntar a Josh em seu lamento pela perda desse restaurante que funcionava 24 horas por dia, sete dias por semana, mas que não resistiu à pandemia.

GRAND STREET SKEWER CART (CHRYSTIE ST., NOVA YORK, NY 10002): Você estava morrendo de curiosidade para saber de onde era o espetinho de cordeiro da Ari no Capítulo 2? Aqui está!

THE MERMAID OYSTER BAR (96 2ND AVE., NOVA YORK, NY 10003): Zach Braff é mesmo um dos proprietários desse lugar – informação que descobri em um primeiro encontro ruim.

VESELKA (144 2ND AVE., NOVA YORK, NY 10003): Um amado restaurante ucraniano no East Village, onde a comida parece um abraço quentinho.

ESS-A-BAGEL (324 1ST AVE., NOVA YORK, NY 10009): O que não falta é opção de bagel, mas essa é minha eterna escolha. Meu pedido-padrão é um bagel de gergelim com creme de cebolinha, salmão defumado, tomate e alcaparras. Josh tem razão: não precisa tostar se você tiver pedido um bagel fresquinho!

ELEVEN MADISON PARK (11 MADISON AVE., NOVA YORK, NY 10010): Já considerado o melhor restaurante do mundo, esse lugar tem o tipo de gastronomia superintensa a que Josh faz referência em oposição ao seu empreendimento mais despretensioso com Radhya.

CHUAN TIAN XIA (5.502 7TH AVE., BROOKLYN, NY 11220): Um dos melhores restaurantes provenientes de Sichuan em Nova York. É lá que Radhya pede comida quando estrategicamente convida Josh para ir até seu apartamento pegar o cilindro para massas.

LOS PORTALES (25-08 BROADWAY A, ASTORIA, NY 11105): Tacos até as três da manhã, bem escondidos na Broadway. É lá que Ari compra tacos. (E, sim, eles têm mesmo a cebola cambraia e um homem cortando carne assada.)

BOHEMIAN HALL (29-19 24TH AVE., QUEENS, NY 11105): Essa instituição do bairro é a inspiração para o Bohemian Garden, onde Radhya realiza seu pop-up. Passei muitas horas depois do trabalho nas mesas de piquenique desse lugar precioso, tomando cerveja e comendo linguiça, queijo frito e *pierogies*.

VIDA NOTURNA

DOC HOLLIDAY'S (141 AVENUE A, NOVA YORK, NY 10009): O bar onde terminaram vários encontros ruins que tive. Como Josh observa, há um aroma muito marcante que se espalha até a calçada, motivo pelo qual ele recusou o convite para encontrar Radhya e Briar lá.

THE PIT (154 W 29TH ST., NOVA YORK, NY 10001): O Peoples Improv Theater fica ao lado do meu antigo trabalho na 29th St. É uma das inspirações para o LaughRiot.

BROADWAY COMEDY CLUB (318 W 53RD ST., NOVA YORK, NY 10019): Eu costumava passar por esse lugar na ida e na volta do trabalho (em determinada época, tive um milagroso trajeto de quatro quarteirões). É a inspiração para o clube onde Ari vê o show de Gabe em que ele precisa levar o próprio público.

BURP CASTLE (41 E 7TH ST., NOVA YORK, NY 10003): A sacada dessa cervejaria é que seu tema é um mosteiro, e é preciso falar baixo lá dentro. Por alguma razão, os homens parecem achar que isso o torna o lugar ideal para um primeiro encontro. Pergunta só como eu sei.

PYRAMID CLUB (DESCANSE EM PAZ) (101 AVENUE A, NOVA YORK, NY 10009): Também na Avenue A fica o antigo lar do Pyramid, um lugar com uma célebre história, que a princípio fechou as portas devido à pandemia, reabriu em um formato meio diferente (daí a fala de Josh em relação a "o que quer que seja o Pyramid Club agora") e depois tornou a fechar no final de 2022. Nunca fui descolada o suficiente para ir lá, mas era um dos inferninhos favoritos do meu parceiro, que costumava tocar como DJ em noites de música gótica dos anos 1980.

FILM FORUM (209 W HOUSTON ST., NOVA YORK, NY 10014): Josh menciona uma retrospectiva de Buster Keaton passando nesse cinema sem fins lucrativos. Como autodeclarada cinéfila, acredito que a experiência de ir ao cinema é muitíssimo transformadora e poderosa. No mínimo, precisamos dele como local para encontros! (Observação: filmes devem rolar apenas a partir do quarto encontro em diante, no fim da tarde.)

COMPRAS

STRAND BOOKSTORE (828 BROADWAY, NOVA YORK, NY 10003): Sim, essa livraria pode ficar lotada de turistas nos horários de pico, e na entrada basicamente só tem produtos sem relação com livros, mas com certeza é uma das minhas principais indicações para um primeiro encontro. Adoro dar uma olhada nos carrinhos de venda na rua em frente.

DUANE READE (WEST 4TH ST., NOVA YORK, NY 10012): A Duane Reade (cenário do "vitorioso" duelo de pervertíveis de Ari) é uma cadeia de drogarias exclusiva de Nova York, agora de propriedade da Walgreens, o que significa que podemos esperar que todas virem Walgreens em poucos anos.

BABELAND (94 RIVINGTON ST., NOVA YORK, NY 10002): A inspiração para a CreamPot. A Babeland foi uma das primeiras cadeias a tornar acessível a compra de acessórios sexuais. Uma vez, fui entrevistada para um artigo sobre tendências para o *The New York Times*, onde me chamaram de "cliente fiel da Babeland". Eu também levei minha mãe lá uma vez, e ela levou na esportiva.

ACADEMY RECORDS (415 E 12TH ST., NOVA YORK, NY 10009): Meu parceiro é DJ, então tive que incluir uma loja de discos e seus frequentadores assíduos na história. É lá que Josh ouve o palestrinha discorrer sobre Brian Eno.

HOUSING WORKS BOOKSTORE (126 CROSBY ST., NOVA YORK, NY 10012): No último capítulo, Ari e Josh estão esperando na fila do lado de fora dessa livraria para um Moth Story Slam. Eles organizam vários eventos lá, mas vale a pena parar só para dar uma olhada nos livros!

MUSEUS

NEW-YORK HISTORICAL SOCIETY (170 CENTRAL PARK WEST, NOVA YORK, NY 10024): Toda comédia romântica precisa ter um evento onde as pessoas estão bem vestidas e dançando. É lei. Ambientei o baile de ano-novo na New-York Historical Society desde que escrevi a primeira versão da história, em 2018. Em 2022, fui até lá com a minha mãe porque era uma caminhada fácil do apartamento de um amigo nosso, e eis que a verdadeira Sociedade Histórica estava organizando uma exposição sobre a cultura judaica das delicatéssens com o título "Vou querer o mesmo que ela".

THE FRICK COLLECTION (1 E 70TH ST., NOVA YORK, NY 10021): Um dos meus museus favoritos, é o antigo lar e coleção de um famoso barão ladrão, como observa Ari. É mais íntimo e fácil de explorar do que o Met.

BROOKLYN MUSEUM (200 EASTERN PKWY., BROOKLYN, NY 11238): Ari está arrecadando doações na frente desse museu na primeira cena do livro. Essa área do Brooklyn oferece muito daquilo que torna Manhattan empolgante, mas em uma escala um pouco mais gerenciável. Eis o exemplo: a enormidade do Brooklyn Museum, que fica ao lado do Prospect Park.

PONTOS DE INTERESSE

RAMBLE STONE ARCH (CENTRAL PARK, OAK BRIDGE, NOVA YORK, NY 10024): Pequeno arco pitoresco onde Josh e Ari se beijam na véspera de ano-novo. Tem um macete para se orientar ao longo do Central Park (os postes de luz têm códigos numéricos que correspondem às ruas transversais), mas os caminhos no Ramble são tão sinuosos que você *vai* se perder. Divirta-se.

GREYSHOT ARCH (CENTRAL PARK WEST & W 61ST ST., NOVA YORK, NY 10023): É por esse arco que Ari e Josh passam depois de testemunharem o pedido de casamento no museu Frick. Tem mesmo um pouco de cheiro de porão quando se passa por baixo dele.

STUYVESANT HIGH SCHOOL (345 CHAMBERS ST., NOVA YORK, NY 10282): Uma das escolas públicas especializadas de Nova York e a *alma mater* de Josh. (Ele é um aluno acima da média.) Também é uma homenagem aos meus incríveis amigos da faculdade que eram alunos acima da média e cresceram como crianças maneiras de Nova York.

Para saber mais sobre os títulos e autores da Editora Arqueiro,
visite o nosso site e siga as nossas redes sociais.
Além de informações sobre os próximos lançamentos,
você terá acesso a conteúdos exclusivos
e poderá participar de promoções e sorteios.

editoraarqueiro.com.br